# FANTASY

»Packender als jeder andere Fantasy-Stoff – ein Breitwand-Epos
mit jeder Menge Action und brillanten Einfällen,
wie Sie sie in kaum einem anderen Fantasy-Roman
finden werden.«

*The Washington Post Book World*

Raymond Feist, geboren 1945 in Los Angeles, studierte
an der Universität von Kalifornien in San Diego
und arbeitete unter anderem als Fotograf,
Gebrauchtwagenverkäufer und Erfinder von Spielen,
ehe er sich dem Schreiben zuwandte.
Jeder seiner Romane war auf den amerikanischen
Bestsellerlisten zu finden. Seine in den achtziger Jahren
begonnene Midkemia-Saga gilt als Meisterwerk
der modernen Fantasy.
Die Midkemia-Saga wird komplett im
Goldmann Verlag erscheinen.

*Raymond Feist im Goldmann Verlag*

Die Midkemia-Saga 1: Der Lehrling des Magiers (24616)
Die Midkemia-Saga 2: Der verwaiste Thron (24617)
Die Midkemia-Saga 3: Die Gilde des Todes (24618)
Die Midkemia-Saga 4: Dunkel über Sethanon (24611)
Die Midkemia-Saga 5: Gefährten des Blutes (24650)
Die Midkemia-Saga 6: Des Königs Freibeuter (24651)

Die Schlangenkrieg-Saga 1: Die Blutroten Adler (24666)
Die Schlangenkrieg-Saga 2: Die Smaragdkönigin (24667)

# DIE SCHLANGENKRIEG-SAGA

## RAYMOND FEIST
# DIE SMARAGDKÖNIGIN

### Ein Midkemia-Roman

2

Aus dem Amerikanischen
von Andreas Helweg

**GOLDMANN**

Die amerikanische Originalausgabe erschien unter dem Titel
»Shadow of a Dark Queen, Chapters 12–24« bei William Morrow &
Company, Inc., New York

*Für Jonathan Matson:*
*Mehr als nur mein Agent,*
*ein guter Freund.*

*Umwelthinweis:*
Alle bedruckten Materialien dieses Taschenbuches
sind chlorfrei und umweltschonend.
Das Papier enthält Recycling-Anteile.

Der Goldmann Verlag
ist ein Unternehmen der Verlagsgruppe Bertelsmann

Copyright © der Originalausgabe 1994
by Raymond E. Feist
Copyright © der deutschsprachigen Ausgabe 1997
by Wilhelm Goldmann Verlag, München
Umschlaggestaltung: Design Team München
Umschlagillustration: Ferenc Regös, Oderding
Satz: deutsch-türkischer fotosatz, Berlin
Druck: Elsnerdruck, Berlin
Verlagsnummer: 24667
Lektorat: Cornelia Köhler / SN
Herstellung: Peter Papenbrok
Made in Germany
ISBN 3-442-24667-9

1 3 5 7 9 10 8 6 4 2

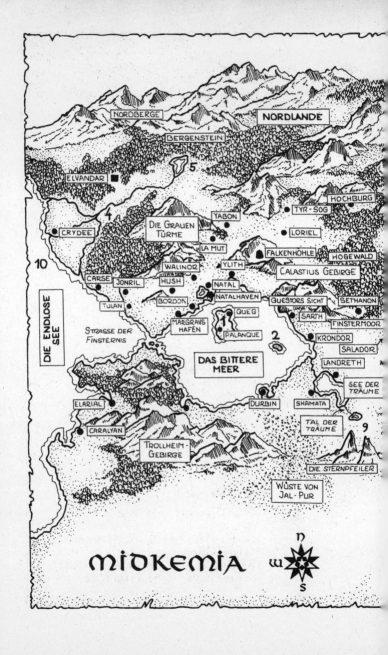

# Die Geschichte von Erik

## Teil 2

Tage, da's Rund unsres Blickens
die Adler zur Sonne noch aufsteigen sah;
da der Griff unsrer Hände am Bogen
mit Pfeil und mit Auge eines war;
da die Wogen der Freuden noch stürmten,
und Wonne und Lust sich uns boten! –
Erfleh sie, sie schwinden, sie glimmen
wie Lichter auf Hügeln der Toten.

George Meredith
»Ode an die Jugend, in Erinnerung«

# Eins

## Ankunft

Erik zuckte zusammen.

Der Schwinger, den Nakor ihm verpaßt hatte, schmerzte nicht mehr so stark, doch Erik konnte ihn noch deutlich spüren.

»Du greifst immer noch wie ein wilder Bulle an«, schimpfte der Isalani. Die Haut in seinem Gesicht sah zwar aus wie zerknittertes Leder, aber in seinen Augen blitzte jugendlicher Schalk. Sho Pi beobachtete genau, wie sich sein älterer Landsmann vollkommen unerwartet noch einmal drehte. Erik konnte gerade noch rechtzeitig zurückweichen, um keinen weiteren Tritt gegen die Brust einzufangen, wagte jedoch keinen Gegenangriff, sondern nahm wieder seine Verteidigungshaltung an.

»Warum?« schrie Nakor böse. »Warum hast du nicht angegriffen?«

Erik keuchte, schnappte nach Luft, während ihm der Schweiß über Gesicht und Körper lief. Schnaufend stieß er hervor: »Weil ... weil ich das Gleichgewicht verloren hätte. Dieser Schlag ... damit wollte ich Euch nur zurückdrängen ... nicht verletzen. Wenn ich ihn ausgeführt hätte, hättet Ihr mir dabei das Genick gebrochen.«

Nakor grinste, und einmal mehr mußte sich Erik darüber wundern, wie es diesem Mann gelungen war, von jedem gemocht zu werden, obwohl er noch nicht einmal einen ganzen Monat an Bord des Schiffes war. Er erzählte die verblüffendsten Geschichten, die vermutlich allesamt erfunden waren, und bei dem Glück, mit dem er jedes Kartenspiel gewann, mußte man ihn zwangsläufig für einen Betrüger halten. Aber wenigstens war er ein Lügner und Betrüger, dem man vertrauen konnte.

Sho Pi stellte sich neben Nakor. »Es ist weise, wenn man weiß, wann man sich neu formieren muß, und genauso weise ist es, wenn man weiß, wann man den Druck verstärken muß.« Er verneigte sich, und Erik erwiderte die Verneigung. Zuerst hatte er wie alle anderen dieses Ritual sehr seltsam gefunden und darüber gespottet, doch jetzt war es ihm in Fleisch und Blut übergegangen. Ja, eigentlich mußte er zugeben, daß ihm diese Rituale dabei halfen, seine Konzentration zu verstärken.

»Meister –« setzte Sho Pi an.

»Zum letzten Mal, Junge: Nenn mich nicht Meister!«

Die Männer lachten. Sho Pi hatte irgendwann in der Woche nach Nakors Ankunft beschlossen, ihn zu dem Meister zu erklären, nach dem er gesucht hatte. Dagegen wehrte sich Nakor allerdings mit Händen und Füßen. Doch mindestens einmal in jedem Gespräch zwischen den beiden nannte Sho Pi ihn dennoch Meister, und jedes Mal verlangte Nakor von ihm, er möge damit aufhören.

Sho Pi beachtete die Zurechtweisung nicht. »Ich glaube, wir sollten den Männer *shi-to-ku* zeigen.«

Nakor schüttelte den Kopf. »Nicht wir, du. Ich bin müde. Ich werde mich dort drüben hinsetzen und eine Orange essen.«

Erik bewegte die Schulter, die von dem Stoß gegen seine Brust steif geworden war. Sho Pi bemerkte das. »Ist es schlimm?«

Erik nickte. »Hier hat er mich getroffen«, antwortete er und zeigte auf seinen rechten Brustmuskel, »aber ich spüre es bis in den Nacken und die Ellbogen. Meine Schulter ist ganz steif.«

»Dann komm mal her«, meinte Sho Pi.

Nakor sah zu und nickte nur, während Sho Pi Erik bedeutete, er möge sich hinknien. Er machte mit der rechten Hand eine Geste und legte sie Erik dann auf die Schulter. Erik riß die Augen auf, als er spürte, welche Hitze aus Sho Pis Händen floß. Das Pochen in seiner Schulter ließ jedoch sehr rasch nach. Während Erik kniete, fragte er: »Was machst du?«

Sho Pi erwiderte: »In meiner Heimat kennt man das als *reiki*. Das ist eine heilende Energie im Körper, die dir hilft, dich von Verletzungen und Krankheiten zu erholen.«

Die Hitze lockerte den steifen Muskel. Erik fragte: »Kannst du mir beibringen, wie man das macht?«

»Es dauert sehr lange –« fing Sho Pi an.

»Ha!« rief Nakor. Er kam von der Reling herüber, warf eine halbgegessene Orange zur Seite und meinte: »Das ist eher mönchischer Hokuspokus! Reiki ist keine geheimnisvolle Meditation; dazu braucht man nicht zu beten. Das ist etwas ganz Natürliches. Kann jeder!«

Sho Pi lächelte leise, als Nakor ihn zur Seite winkte. Der kleine Mann baute sich vor Erik auf und fragte: »Willst du es machen?«

»Ja.«

Nakor befahl: »Gib mir deine rechte Hand.«

Erik streckte sie ihm hin, und Nakor drehte die Handfläche nach oben. Er schloß die Augen und malte mit dem Finger ein paar Zeichen hinein, dann klatschte er hart darauf. Erik traten wegen des unerwarteten Schlages die Tränen in die Augen. »Wofür war das denn jetzt gut?« wollte er wissen.

»Das weckt die Energien. So, und jetzt halt deine Hand hierhin.« Nakor legte sich Eriks Hand auf die Schulter. Erik merkte, wie die gleiche Hitze, die Sho Pis Hand ausgestrahlt hatte, nun aus seiner eigenen floß. »Ohne ein einziges Gebet oder eine einzige Meditation fließt sie«, erklärte ihm Nakor. »Das ist immer so, und alles, was du berührst, wird geheilt.« An Sho Pi gewandt bemerkte er: »Ich kann diesen Männern in zwei Tagen beibringen, wie sie die Kraft zu nutzen haben, Junge. Und nichts von deinem geheimnisvollen Unsinn. Die Tempel behaupten, es wäre Magie, aber es ist eigentlich nicht einmal ein guter Trick. Nur wissen die meisten Menschen einfach nicht, welche Kräfte in ihnen schlummern, und vor allem wissen sie nicht, wie sie sie nutzbar machen können.«

Sho Pi sah Nakor scheinbar ernsthaft an, doch in seinen Augen blitzte der Schalk. »Ja, Meister.«

»Und nenn mich nicht noch einmal Meister!« schrie Nakor.

Er wies die Männer an, sich im Kreis um ihn zu setzen, und begann über die natürlichen Heilkräfte des Körpers zu sprechen. Erik war fasziniert. Er dachte an all die Pferde, die er in seinem Leben schon behandelt hatte, an die, die sich wider Erwarten nicht erholt hatten, und die, die trotz übler Verletzungen doch wieder geheilt werden konnten. Es fragte sich, welche Rolle der Geist dabei wohl spielte.

»Diese Energie ist aus dem Stoff des Lebens gemacht«, sagte Nakor. »Ich halte euch nicht für dumm, Männer, aber ihr habt nicht viel für die Dinge übrig, die ich so faszinierend finde, deshalb werde ich gar nicht erst versuchen, euch zu erklären, was der Stoff des Lebens ist. Sagen wir einfach, die Energie ist eben überall, in allen Lebewesen.«

Calis kam an Deck und warf Nakor einen Blick zu. Nakor erwiderte den Blick, während er weitersprach. »Alle Lebewesen sind miteinander verbunden.« Erik wandte sich zu Roo um. Der hatte den Blickwechsel zwischen Nakor und Calis ebenfalls bemerkt.

Nakor erklärte weiter, wie sich der Körper selbst heilen kann, aber die meisten Leute wüßten nicht, wie sie diese Kraft einsetzen müßten. Er zeigte ein paar Dinge, die die Männer unbedingt kennen mußten, wenn sie Reiki wirklich mit Erfolg benutzen wollten – wo man die Hände am besten auflegte, wie man verschiedene Arten von Verletzungen und Krankheiten unterschied –, doch die Energie war immer da, nachdem Nakor die Kraft in ihren Händen »geweckt« hatte.

Gegen Mittag hatte er allen in die Handflächen geklatscht, und sie hatten einige Stunden geübt, wie man andere mit Hilfe dieser Energie heilt. Nakor und Sho Pi hatten ihnen erklärt, wie man die Quellen verschiedener Krankheiten erkannte und wie man den Energiefluß im Körper eines anderen aufspürte. Beim Mittagessen machten die Männer über das Handauflegen Scherze, doch gleichzeitig waren sie beeindruckt, mit welch einfachen Mitteln man Schmerzen vermindern, Schwellungen abklingen lassen oder sich einfach nur viel besser fühlen konnte.

Nach dem Essen wurden Erik und Roo in die Takelage geschickt, um dort die Seeleute der Tageswache abzulösen. Während er ein Segel festmachte, das der Kapitän hatte reffen lassen, fragte Roo: »Und, was hältst von dem Ganzen?«

Erik antwortete: »Ich finde es richtig nützlich. Unabhängig davon, was Sho Pi über Mystik und so weiter erzählt, es klappt, und ich werde es anwenden.« Etwas wehmütig fügte er hinzu: »Ich wünschte, ich hätte das schon gekannt, als ich Greylocks Stute gesund gepflegt habe. Dann wäre es bestimmt schneller gegangen.«

Roo meinte: »Ich glaube, alles, was irgendwie unsere Gesundheit erhalten kann, ist gut.«

Erik nickte. Die Männer dachten nur widerwillig darüber nach, wie ihre Reise möglicherweise enden könnte. Nachdem Calis seine Absicht verkündet hatte, sie in das Heer der Invasoren einzuschmuggeln, hatte er ihnen auch kurz erzählt, wie die Fahrt weitergehen würde.

Sie würden an einem schmalen, von Klippen umsäumten Streifen Strand landen, wo selten Schiffe vorbeikamen. Die sechsunddreißig Gefangenen und die achtundfünfzig Überlebenden der letzten Fahrt – unter ihnen Foster, de Loungville, Nakor und Calis – würden die Klippen ersteigen. Auf dem Plateau angelangt, würden sie über Land weiterziehen und sich mit einigen von Calis' Verbündeten treffen, um dann zu einer Stadt namens Khaipur zu marschieren, wo sie zu den Invasoren stoßen wollten. Im wesentlichen wollten sie die Schwächen des feindlichen Heeres auskundschaften, falls es welche gab, und das war vor allem Calis' und Nakors Sache. Sobald solche Schwächen aufgespürt wären, wollten sie versuchen, zur Stadt am Schlangenfluß zu gelangen, um dort an Bord der *Trenchards Rache* zu gehen und mit den Informationen zu Nicholas zurückzukehren.

Wenn sie einen Weg fanden, den großen Angriff zu verhindern, ehe die Invasoren ein ausreichend großes Heer aufgeboten hatten, um das Meer zu überqueren und das Königreich anzugreifen, um so besser. Aber Calis machte ihnen immer wieder das Risiko klar, das für alle von ihnen bestand. Erik erinnerte sich nur allzu gut an seine letzten Worte zu diesem Thema: »Niemand wird entkommen. Diese Invasion ist nur der erste Teil der Vernichtung. Schwarze Magie, wie ihr sie euch nicht vorstellen könnt, wird am Ende zum Einsatz kommen, und wo auch immer ihr euch verstecken mögt, ob in der tiefsten Höhle, in den entlegensten Bergen der Nordlande oder auf einer Insel in einem fernen Meer, ihr werdet sterben. Wenn wir dieses Heer nicht aufhalten, werden wir alle sterben.« Dann hatte er von Mann zu Mann geblickt. »Es gibt nur eins: gewinnen oder sterben.«

Jetzt verstand Erik auch, warum Robert de Loungville »zu allem bereite, verzweifelte Männer« gebraucht hatte, denn im Grunde würden sie ihre Köpfe in eine neue Schlinge stecken. Erik griff abwesend nach der, die noch immer um seinen Hals hing.

»Gnade!« sagte Roo und riß Erik aus seinen Gedanken.

»Was ist?«

»Wenn man vom Dämon spricht, taucht er auf! Ist das da drüben auf dem Vordeck der *Freihafenwächter* nicht Owen Greylocks silberner Kopf?«

»Ich frage mich, warum wir ihn nicht am Strand gesehen haben?«

Erik hatte inzwischen die Leine befestigt. »Vielleicht ist er nicht mit an Land gekommen. Vielleicht wußte er schon, was vor ihm lag.«

Roo nickte. »In dieser Sache gibt es noch allerlei, das ich nicht verstehe. Wer zum Beispiel war diese Miranda? Jeder Mann, dem ich von ihr erzähle, hat sie auch kennengelernt, manchmal unter einem anderen Namen. Und Greylock war vielleicht einstmals dein Freund, aber wenn er das auf dem anderen Schiff wirklich ist, hat er dann womöglich etwas mit unserer Gefangennahme zu tun?«

Erik zuckte mit den Schultern. »Falls das Greylock ist, werden wir es erfahren, sobald wir unser Ziel erreicht haben. Und was den Rest angeht, was soll's? Wir sind hier, und wir haben eine Aufgabe, die erledigt werden muß. Ob wir nun darüber nachdenken, warum oder warum nicht, ändert nichts daran.«

Roo blickte ihn verärgert an. »Du bist einfach zu gutmütig, mein Freund. Wenn das alles hinter uns liegt und falls wir es überhaupt überleben, will ich ein reicher Mann werden. In Krondor gibt es einen Händler, der eine nicht besonders hübsche Tochter hat, die er unter die Haube bringen muß. Und ich bin genau der richtige Ehemann für sie.«

Erik lachte. »Dein Ehrgeiz reicht für uns beide, Roo.«

Sie arbeiteten weiter, und als Erik noch einmal zur *Freihafenwächter* hinübersah, war die Gestalt, die Owen Greylock hätte sein können, verschwunden

Die Wochen verstrichen. Sie durchsegelten die Straße der Finsternis ohne Zwischenfälle, obwohl das Wetter rauher wurde. Zum ersten Mal lernte Erik die Gefahren an Bord eines Schiffes kennen, zum Beispiel, wenn ihn der Wind in der Takelage richtig durchschüttelte. Die alten Seebären scherzten und meinten, für diese Jahreszeit wäre es richtig ruhig, und sie erzählten Seemannsgarn von heftigen Stürmen und Wellen, die so hoch wie die Mauern einer Burg waren.

Sie brauchten drei Tage, und als sie die Meerenge hinter sich hatten, wäre Erik fast in seiner Koje zusammengebrochen. Seinen Gefährten ging es nicht anders. Die erfahrenen Seeleute konnten trotz des Sturms während ihrer Freiwachen schlafen, was den ehemaligen Gefangenen nicht so leicht fiel.

Während sich das Leben an Bord von Tag zu Tag besser einspielte, vertieften sich auch die Beziehungen zwischen den Männern. Sie redeten tagelang über den schrecklichen Zweck ihrer Reise, und dann verstrichen wieder Tage ohne jede Bemerkung darüber. Aus Mutmaßungen wurde Streit, und dem folgte wiederum die stillschweigende Erkenntnis, daß jeder Mann auf seine eigene Weise Angst hatte.

Von den früheren Soldaten, die von der *Freihafenwächter* herüberkamen, um die Gefangenen zu schulen, berichteten manche in langen Erzählungen über die Abenteuer ihrer letzten Unternehmung im Süden, andere hingegen schwiegen sich über dieses Thema aus. Es hing ganz vom jeweiligen Mann ab.

Für Erik stand zumindest eine Tatsache fest: Calis war kein Mensch. Jedenfalls nicht, wenn er den älteren Soldaten glauben durfte. Viel überzeugender als Jadows und Jeromes Geschichten über die unglaubliche Kraft ihres Anführers war das, was ihm ein alter Soldat erzählte, der früher als Korporal in Carse gedient hatte. Als junger Rekrut war er Calis zum ersten Mal vor vierundzwanzig Jahren begegnet, und seitdem war Calis nicht einen Tag älter geworden.

Roo lernte langsam, sein Temperament zu zügeln, auch wenn er es noch nicht ganz unter Kontrolle hatte. Er hatte sich immer wieder in Streitereien verwickeln lassen, doch nur einmal war es zur Schlägerei gekommen, und die hatte Jerome beendet, indem er sich Roo geschnappt, auf Deck geschleppt und ihm gedroht hatte, er würde ihn über die Reling werfen. Die Mannschaft war in schallendes Gelächter ausgebrochen, als Roo über dem Wasser gezappelt hatte, während Jerome ihn an den Fußknöcheln festhielt.

Roo war nach diesem Vorfall eher verlegen als wütend gewesen, und als Erik ihn hinterher danach gefragt hatte, hatte Roo nur mit den Schultern gezuckt. Dann hatte er etwas gesagt, das Erik nicht mehr aus dem Kopf ging. »Was auch passiert, Erik, ich weiß, was Angst ist. Ich habe wie ein Kleinkind geschrien und mir in die Hose gemacht, als sie uns zum Galgen gebracht haben. Was soll einen danach noch erschüttern?«

Erik liebte das Meer, aber für ein Leben als Seemann fühlte er sich nicht geschaffen. Er sehnte sich nach seiner Schmiede. Wie gern hätte er sich wieder einmal um ein Pferd gekümmert. Er wußte, was er tun würde, wenn er die vor ihm liegenden Schlachten heil überstand: Er würde eine Schmiede aufbauen, und eines Tages, ja, vielleicht würde er dann heiraten und Kinder haben.

Er dachte an Rosalyn und an seine Mutter, an Milo und an Ravensburg. Er fragte sich, wie es ihnen wohl gehen mochte, und ob sie wüßten, daß er noch am Leben war. Manfred hatte vielleicht einer Wache gegenüber seine bevorstehende Hinrichtung erwähnt, und die hatte es unter Umständen jemandem in der Stadt erzählt. Aber sicherlich gab es in Krondor niemanden, der sich die Mühe gemacht hätte, seiner Mutter die Nachricht von der Hinrichtung zu überbringen. Seine Gedanken an Rosalyn fand er auf seltsame Weise sachlich. Er liebte sie, aber wenn er an Kinder und Heirat dachte, sah er nicht Rosalyn vor sich. Aber eigentlich sah er gar keine bestimmte Frau vor sich.

Roo hatte seine Zukunft für die Zeit nach seiner Rückkehr schon genau geplant. Er würde in Krondor Helmut Grindles

Tochter heiraten. Jedes Mal, wenn er das erzählte, mußte Erik lachen.

Während die Tage verstrichen, wurden die Männer immer geschickter, was ihre Fertigkeiten betraf. Die Geschichten der Überlebenden des letzten Einsatzes, ihr Vorbild und ihre grimmige Entschlossenheit, sich diesmal selbst zu übertreffen, spornte die früheren Gefangenen an, genauso gut zu werden. So gut es an Bord ging, übten sie sich an ihren Waffen, und an ruhigeren Tagen erklärte Calis ihnen die Kunst des Bogenschießens. Dazu benutzten sie jene kleinen Bogen, die das Reitervolk in den Steppen der Ostlande, die Jeshandi, gebrauchten. Calis besaß einen Langbogen, den er in seiner Kajüte aufbewahrte, aber er konnte mit der kleineren Waffe ebenfalls sehr gut umgehen. Und die Hälfte der Männer stellte sich als gute bis exzellente Schützen heraus. Roo war besser als Erik, aber keiner von beiden gehörte zu den dreißig besten. Nur diese dreißig würden schließlich Bogenschützen werden, doch jeder Mann sollte zumindest mit der Waffe vertraut sein.

Und das schien für alle Waffen gleichermaßen zu gelten. De Loungville und Foster unterrichteten die Männer an allen Waffen, die sie vielleicht benutzen werden müßten, von langen Spießen bis hin zu Dolchen. Die Stärken und Schwächen eines jeden Mannes wurden in einer Liste aufgezeichnet, aber niemandem wurden die Übungsstunden erspart, selbst an jenen Waffen nicht, bei denen er überhaupt keine Eignung zeigte. Was in dem Lager bei Krondor begonnen hatte, wurde hier auf See fortgeführt. Jeden Tag verbrachte Erik eine halbe Wache mit Fechtübungen, Speeren, Bogen, Messern oder einfach nur mit Faustkämpfen, aber stets erwartete man eine Verbesserung von ihm.

Die Stunden mit Sho Pi und Nakor wurden für Erik zum Höhepunkt eines jeden Tages, und die anderen Männer schienen diese Übungen ebenfalls zu genießen. Die Meditationen schienen am Anfang recht seltsam, doch mittlerweile hatten sie eine erholsame Wirkung auf Erik. Und danach konnte er besser einschlafen.

Im dritten Monat war Erik recht geschickt beim Faustkampf geworden. Zuerst hatte er die eigenartige Tänzelei des Isalani, wie Sho Pi sie ihnen beigebracht hatte, sehr seltsam gefunden. Doch das hatte nachgelassen, und in Eriks Kopf hatte sich eine ganze Reihe von Angriffs- und Verteidigungstaktiken festgesetzt. Ohne nachzudenken, konnte Erik nun auf jeden Schritt seines Gegners reagieren. Einmal, als sie mit Messern übten, hätte er Luis fast verletzt. Der Mann, mit dem er einst zusammen in der Todeszelle gesessen hatte, hatte ihn daraufhin nur angesehen und etwas auf Rodesisch gesagt. Dann hatte er gelacht. »Dein ›Tanz des Kranichs‹ hat sich wohl in die ›Klaue des Tigers‹ verwandelt, wie es scheint.« Beides waren Schlagfolgen, die Sho Pi ihnen beigebracht hatte, und keiner der beiden Männer hatte die Technik bewußt angewandt.

Erich fragte sich, was für ein Mensch wohl aus ihm werden würde.

»Land in Sicht!« rief der Ausguck.

Während der letzten zwei Tage war die Spannung an Bord gestiegen. Die Seeleute hatten ihnen gesagt, das Schiff befände sich nahe der Stelle, wo sie an Land gehen würden, und jetzt wurde plötzlich allen bewußt, wie lange sie hier an Bord eingesperrt gewesen waren. Diese großen Kriegsdreimaster waren für die vier Monate lange Reise gut ausgerüstet gewesen, aber das Essen war jetzt schon lange nicht mehr frisch und schmackhaft, wenn man von Nakors Orangen einmal absah.

Erik kletterte in die Takelage, um ein Segel zu reffen, während der Kapitän das Schiff durch eine Reihe heimtückischer Riffs steuerte. Als sie durch klares Wasser fuhren, entdeckte Erik etwas, das in drei Metern Tiefe auf dem Grund lag und wie ein Teil eines Schiffes aussah.

Ein älterer Seemann mit Namen Marstin gesellte sich zu ihm und meinte: »Das ist die *Raubvogel*, Junge. Das Schiff vom alten Käpt'n Trenchard, das einst die *Königlicher Adler* hieß, aus Krondor. Für eine Zeitlang haben wir Matrosen des Königreichs Piraten gespielt.« Er deutete auf die Felsenküste. »Ein Haufen von uns ist vor vierundzwanzig Jahren dort angespült worden, und mit von der Partie waren der damals noch junge Calis, der Prinz von Krondor – Nicholas, nicht sein Vater – und Herzog Marcus von Crydee.«

»Und du warst mit dabei?«

»Ein paar von uns leben noch. Das war meine erste Fahrt. Ich war ganz frisch in die Marine des Königs eingetreten, aber ich habe auf dem besten Schiff und unter dem feinsten Kapitän gedient, von dem man je gehört hat.«

Roo und Erik kannten schon die eine oder andere Version der Geschichte von Calis' erster Reise zum südlichen Kontinent. »Wo fahrt ihr hin, wenn ihr uns hier abgesetzt habt?«

Marstin antwortete: »Zur Stadt am Schlangenfluß. Dort wird die *Rache* auf euch warten, während die *Freihafenwächter* wieder auf Vordermann gebracht wird und mit den neuesten Nachrichten in die Heimat zurückkehrt. So hab ich's jedenfalls gehört.«

Ein ähnliches Gerücht hatten sie ebenfalls vernommen. Jede weitere Unterhaltung wurde jedoch von dem Befehl, die Segel zu reffen, unterbrochen, und Erik und Roo gingen an die Arbeit.

Nachdem sie eine Weile in der Takelage herumgeklettert waren und ihre Aufgaben erledigt hatten, fanden sie Zeit, ihren Blick auf die Küste zu richten. Vor gut dreißig Meter hohen, steilen Klippen zog sich ein leerer Streifen Sandstrand hin. Die Gischt der Wellen zeigte an, daß das Meer zwischen Schiff und Strand mit großen Felsen durchsetzt war, und Erik war beeindruckt, wie genau der Kapitän diesen ziemlich sicheren Ankerplatz angesteuert hatte.

»Alle Mann an Deck antreten!« wurde befohlen, und Erik und Roo kletterten hinunter und stellten sich mit den anderen auf. De Loungville wartete, bis die gesamte Truppe vor ihm versammelt war. Schließlich brüllte er: »Hier ist die Reise zu Ende, meine Damen und Herren. Ihr habt zehn Minuten, um eure Sachen zu packen, dann will ich euch hier wieder stehen sehen. Die Boote werden danach sofort zu Wasser gelassen. Keine Bummelei. Niemand wird hierbleiben, darauf achte ich schon, also versteckt euch gar nicht erst in den Seilkästen.«

Erik glaubte, diese Warnung wäre gar nicht notwendig gewesen. Eine Flucht von der Truppe war so gut wie unmöglich. Keiner der Männer hielt das für durchführbar, das hatte Erik aus den Unterhaltungen immer wieder herausgehört. Manche glaubten vielleicht nicht alles, was Calis ihnen erzählt hatte, doch Nakors Worte hatten sich alle gemerkt, und wie die Wahrheit auch immer aussehen mochte, sie waren eine Truppe von verzweifelten, zu allem bereiten Männern, und sie würden sich der Herausforderung stellen.

Oben auf den Klippen warteten Reiter. Der Aufstieg war verhältnismäßig einfach gewesen, da von oben eine Strickleiter mit Holzsprossen herunterhing. Jemandem, der krank oder schwach war, hätte der lange Aufstieg vielleicht Schwierigkeiten bereitet, aber nach vier Monaten harter Seemannsarbeit und der Ertüchtigung im Lager zuvor fiel es Erik leicht, mit dem Rucksack und den Waffen auf dem Rücken hochzuklettern.

Oben auf der Steilküste befand sich eine Oase, die sich bis an den Rand der Klippen erstreckte. Um einen großen Teich herum wuchsen Palmen und andere Pflanzen. Dann entdeckte Erik die Wüste. »Götter!« rief er, und Roo kam zu ihm gelaufen.

»Was ist los?« fragte der kleinere junge Mann. Biggo und die anderen vier der sechs aus der Todeszelle gesellten sich ebenfalls zu ihnen und blickten in die Richtung, in die Erik zeigte.

»Ich bin schon mal in der Jal-Pur-Wüste gewesen«, staunte Billy Goodwin, »aber verglichen damit ist das nur ein Sandhaufen.«

Wohin der Blick auch fiel, überall waren Fels und Sand. Abgesehen vom Blau des Meeres gab es nur eine Farbe: dunkel gesprenkeltes Schiefergrau. Selbst in der Sonne des späten Nachmittags flimmerte die Luft über dem heißen Boden der Wüste noch heftig. Erik fühlte sich mit einem Mal durstig.

Biggo meinte: »Gute Güte, das möchte man ja nicht mal einem Höllenhund wünschen.«

In diesem Moment zog Foster ihre Aufmerksamkeit auf sich. Der Korporal brüllte: »Also gut, meine Damen und Herren, ihr könnt euch die hübsche Landschaft später noch anschauen. Kommt mit!«

Sie wurden zu der Stelle geführt, an der de Loungville wartete. Der zeigte auf eine Gruppe von sechs Männern, zu der auch Jerome und Jadow Shati zählten. Erik kannte ihre Namen und hatte während der langen Schiffsreise gelegentlich mit ihnen gesprochen. »Das ist meine älteste Sechsergruppe. Sie stehen schon seit drei Jahren unter meinem Befehl.« Dann wies er auf Erik und seine Gruppe. »Und das ist die neueste. Die konnten wir nur ein paar Wochen drillen, bevor wir aufbrechen mußten.« Er wandte sich an Eriks Gruppe. »Paßt genau auf, was sie machen, und tut es ihnen nach. Wenn ihr Schwierigkeiten habt, werden sie euch helfen. Falls ihr fliehen wollt, werden sie euch umbringen.« Ohne noch etwas hinzuzufügen, drehte er sich um, rief nach Foster und brüllte weitere Befehle, die Männer sollten sich marschbereit machen.

Die Reiter besprachen sich mit Calis, dann ritten sie davon. In einiger Entfernung lagen große Bündel, die mit Segeltuch abgedeckt waren, das man mit Seilen und Pflöcken am Boden befestigt hatte. Foster befahl einem Dutzend Männer, die Bündel abzudecken, und als sie fertig waren, konnte Erik einen Vorrat an Waffen und Rüstungen erkennen.

Calis hob die Hand. »Ab jetzt seid ihr Söldner, und aus diesem Grund werden sich einige von euch wie Lumpensammler und andere wie Prinzen kleiden. Ich will keinen Streit darüber, wer welche Kleidungsstücke nimmt. Die Waffen sind sowieso viel wichtiger als eine modische Erscheinung. Laßt die Waffen, die wir aus dem Königreich mitgebracht haben, hier, und nehmt euch welche von jenen ...«

Roo flüsterte: »Warum hat er uns nicht gesagt, daß wir diese Ausrüstung nicht brauchen, bevor wir damit die Klippen hochgeklettert sind?«

Calis fuhr fort: »Denkt immer daran, das ist nur zur Tarnung. Auf unserer Mission sind wir nicht auf Beute aus.«

Die Männer drängten sich näher an Calis heran, denn Calis sprach nur selten zu ihnen, und er hatte sie immer noch nicht eingeweiht, wie es denn jetzt weitergehen sollte. »Ihr wißt, was man euch gesagt hat«, sagte er. »Jetzt werdet ihr den Rest erfahren. In uralten Zeiten wurde das Volk der Schlangenmenschen von Pantathia geschaffen.« Anstelle des sonst üblichen Gemurmels herrschte aufmerksame Stille, denn die Männer wußten, daß ihr Leben davon abhängen konnte, wieviel sie über diese ihre Mission wußten. »Dieses Volk besitzt Wissen, welches noch aus den Tagen der Chaoskriege stammt. Sie glauben, ihr Schicksal habe sie zu den Herrschern der Welt bestimmt und sie müßten alle anderen vernichten, die hier leben.« Er blickte in die Runde, als wollte er sich ihre Gesichter einprägen. Dann fuhr der jung aussehende Mann vom Volk der Elben fort: »Sie haben die Mittel dazu, glaube ich. Zumindest ist es unsere Aufgabe, herauszufinden, ob sie die Mittel besitzen.

Vor zwölf Jahren kamen einige von uns hierher.« Er nickte einigen Soldaten zu, die damals dabei gewesen waren. »Zu jener Zeit dachten wir noch, die Sache wäre einfacher: Wir würden uns in die Schlacht werfen und die Eroberer zurückdrängen. Heute wissen wir es besser.« Die Überlebenden des ersten Feldzugs gegen die Pantathianer nickten zustimmend. »Was auch immer diese Kreaturen planen, es handelt sich um mehr als einfache Eroberungen und Beutezüge. Vor zwanzig Jahren sind sie vor der kleinen Stadt Irabek auf der anderen Seite des Kontinents aufmarschiert, und seitdem lassen sie eine Spur von Tod und Verwüstung hinter sich. Aus den Orten, die sie erobert haben, erreichen uns keine Nachrichten mehr. Diejenigen von uns, die ihnen auf den Mauern von Hamsa ins Auge geblickt haben, kennen sie. Söldnerkompanien – und eine solche geben auch wir vor zu sein – führen die Woge der Zerstörung an, doch hinter ihnen folgen fanatische Soldaten. Unter ihnen gibt es menschliche Offiziere und Truppen gut ausgebildeter Kämpfer, aber: Es gibt auch Schlangen, die Pferde reiten, welche fünfundzwanzig Handbreit hoch sind.«

Erik blinzelte überrascht. Das größte Schlachtroß, das er je gesehen hatte, war neunzehn Handbreit hoch gewesen. Er hatte auch von Pferden in der Lanzenreiterei von Krondor gehört, die zwanzig Handbreit groß sein sollten, aber fünfundzwanzig? Selbst der größte Ackergaul, dem er in seinem Leben begegnet war, hatte nicht annähernd diese Größe erreicht.

»Wir haben diese Kreaturen nicht mit eigenen Augen gesehen«, setzte Calis seinen Bericht fort, »aber wir haben Angaben aus verläßlicher Quelle. Und hinter diesen Kreaturen folgen die Priester.

Einige Männer, wurde uns erzählt, werden belohnt, indem sie einen hohen Rang in der Truppe der Krieger bekommen. Aber alle von ihnen sind willige Diener derer, die dieses Land unterjochen wollen.

Unsere Mission ist also folgende: Wir müssen so nah wie möglich an diese Armee der Eroberer herankommen und so viel über sie erfahren wie eben möglich. Dann müssen wir zur Stadt am Schlangenfluß fliehen und von dort aus nach Hause fahren, damit sich Prinz Nicholas auf den bevorstehenden Überfall vorbereiten kann.«

Einen Augenblick lang herrschte Stille; schließlich fragte Biggo: »Also, das ist alles, und danach können wir nach Hause?«

Plötzlich erhob sich Gelächter. Auch Erik konnte sich nicht mehr zusammenreißen. Roo sah ihn an, und er schien damit zu kämpfen, nicht herauszuplatzen, aber es gelang ihm nicht.

Calis ließ den Männern einen Moment lang ihre Heiterkeit und hob dann die Hand, damit wieder Ruhe einkehrte. »Viele von euch werden nicht zurückkehren. Aber jene, die es schaffen, haben sich den Dank des Königs und damit die Freiheit verdient. Und falls wir diese mörderischen Schlangen zurückschlagen können, werdet ihr ein Leben führen können, wie es euch beliebt. Nun macht euch jedoch bereit. Wir haben einen langen Marsch durch eine lebensfeindliche Wüste vor uns, bevor wir unsere Freunde treffen.«

Die Männer machten sich über die Waffen und Kleidungsstücke her wie Kinder über die Geschenke am Mittwinterstag.

Erik fand für sich ein ausgeblichenes, aber brauchbares blaues Hemd, über welches er sich einen Brustpanzer ungewöhnlicher Machart schnallte, in den ein inzwischen abgewetzter Löwenkopf eingeprägt war. Zudem nahm er sich einen einfachen Rundschild, einen langen Dolch und ein gutgeschmiedetes Langschwert. Während die Männer die verschiedenen Gegenstände ausprobierten und wieder zurücklegten, rollte ihm ein spitzer Helm mit einem Nasenschutz vor die Füße. Er bückte sich, um ihn aufzuheben, und ein Nackenschutz aus Eisenringen fiel heraus. Er probierte ihn an. Er paßte, und also behielt er ihn.

Derweil sich die Männer fertigmachten, wurde die Stimmung düster. Calis hob die Hände. »Ab jetzt seid ihr Calis' Blutrote Adler. Falls irgend jemand diesen Namen erkennt, seid ihr von den Inseln des Sonnenuntergangs. Jene von euch, die schon länger dienen, können den anderen alles darüber erzählen, was sie wissen müssen, falls sie gefragt werden. Wir sind die wüstesten Kämpfer des Königreichs, und wir fürchten weder Mensch noch Dämon. Als wir vor zwölf Jahren hier waren, haben wir einen Tritt in den Hintern bekommen, aber ich glaube, von tausend Männern wird es wohl kaum mehr als einen geben, der noch lebt und sich daran erinnert. Also, tretet in Reihen an – wir sind zwar Söldner, aber kein Pöbel – und überprüft eure Rationen. Jeder Mann soll drei Wasserschläuche tragen. Wir marschieren des Nachts und schlafen während des Tages. Haltet euch an die Anweisungen, und ihr werdet die nächste Wasserstelle lebend erreichen.«

Die Sonne ging unter, und Foster und de Loungville teilten die Männer in kleine Gruppen ein. Calis blickte nach Westen, der bedrohlichen Sonne entgegen, und führte sie in die Hitze.

Erik hatte noch nie eine solche Hitze erlebt, und in seinem ganzen Leben war er noch nicht so müde und durstig gewesen. Sein Nacken juckte ihn, aber er konnte nicht die Kraft aufbringen, sich zu kratzen.

Die erste Nacht war noch verhältnismäßig erträglich gewesen. Die Luft war innerhalb weniger Stunden abgekühlt, und gegen Sonnenaufgang war es richtiggehend kalt geworden. Doch selbst die kalte Luft war sehr trocken gewesen, und bald hatte der Durst angefangen. Sie tranken jedoch nur, wenn Foster oder de Loungville es ihnen erlaubten, einen Mundvoll jede Stunde.

Noch in der Morgendämmerung war der Befehl zum Lagern erfolgt, und schnell hatten sie die kleinen Zelte aufgeschlagen, von denen jedes gerade groß genug war, um sechs Männern Schatten zu gewähren. Danach waren sie rasch eingeschlafen.

Stunden später war Erik zusammengezuckt und aufgewacht. Die Luft, die seine Lungen atmeten, schien kaum genug Sauerstoff zu enthalten, um ihn am Leben zu halten. Er schnappte nach Luft und wurde mit einem stechenden Schmerz in der Brust belohnt. Er öffnete die Augen und sah die heiße Luft in großen Wellen über dem Ortstein flimmern. Einige Männer streckten sich und versuchten, in der Hitze eine bequeme Haltung zu finden. Zwei waren aus den Zelten gekrochen, weil sie vielleicht glaubten, die Hitze draußen besser ertragen zu können als innerhalb der Zeltleinwände, doch sie kehrten rasch unter den winzigen Sonnenschutz zurück. Foster hatte offensichtlich ihre Gedanken gelesen. Laut drohte er, jeden auspeitschen zu lassen, den er beim Trinken erwischte.

Die zweite Nacht war anstrengend gewesen, und der zweite Tag einfach schrecklich. Die Männer fanden in der Hitze keine Ruhe, sie verbrauchten lediglich weniger Kraft als beim Marschieren. Die Nacht bot auch keine Erleichterung, denn die kalte trockene Luft sog die Feuchtigkeit offensichtlich genausosehr aus den Männern wie die Hitze des Tages.

Sie marschierten weiter.

Foster und de Loungville achteten streng darauf, keine der Kompanien aus den Augen zu verlieren, und auch darauf, daß niemand zurückblieb. Erik wußte, daß sie gleichzeitig sicherstellten, daß niemand aus Erschöpfung irgendein wichtiges Stück der Ausrüstung liegenließ.

Jetzt marschierten sie schon den dritten Tag, und Erik hatte alle Hoffnung aufgegeben, jemals wieder Wasser und Schatten zu sehen. Zudem stieg das Gelände vor ihnen stetig an, was sich als die größte Strapaze erwies. Als sie endlich den Gipfel der langsam ansteigenden Erhebung erreicht hatten, konnte Erik jedoch dahinter eine große Steppe sehen, die sich sanft nach unten schwang und in grüne Hügel überging, auf denen Wäldchen mit großblättrigen Bäumen vor der Sonne Schutz zu bieten versprachen. In der Ferne zog sich ein gewundener Saum von Bäumen durch das Land. Calis zeigte darauf. »Der Schlangenfluß. Ihr könnt euch jetzt satt trinken.«

Erik holte seinen letzten Wasserschlauch hervor und trank ihn leer. Viel war allerdings nicht mehr übriggeblieben. Er war überrascht; denn er hatte geglaubt, er hätte doch mehr enthalten müssen, wo sie doch nur so wenig hatten trinken dürfen. Jedenfalls nicht genug, um alle drei Schläuche zu leeren.

Calis sah de Loungville an und meinte: »Das war ja recht einfach.«

Erik warf Roo einen Blick zu, und sein Freund schüttelte nur den Kopf. Der Befehl zum Weitermarsch wurde gegeben, und sie machten sich zu dem Fluß in der Ferne auf.

Pferde drängten sich in großen Pferchen, und Calis besprach sich mit zwei Pferdehändlern. Er war bereits früher schon an diesem Ort gewesen, einem gut ausgestatteten Handelsposten namens Shingazis Anlegestelle. Einer der alten Soldaten erzählte, dieser Ort sei vor vierundzwanzig Jahren, als Calis zum ersten Mal hiergewesen war, bis auf die Grundmauern niedergebrannt, danach aber wieder aufgebaut worden. Shingazi war in dem Feuer umgekommen, doch der neue Besitzer hatte den Namen beibehalten. Und so genossen die Männer die Gastfreundschaft der Herberge von Brek.

Das Essen bei Brek war einfach, bot aber nach den Rationen der vergangenen drei Tage eine willkommene Abwechslung, und zudem gab es genug Bier und Wein. Die Männer, die auf sie gewartet hatten, waren nicht die Reiter, die sie auf der Klippe getroffen hatten. Jene hatten zu den Jeshandi gehört, während diese hier aus der Stadt am Schlangenfluß kamen.

Zu ihnen gehörte ein Wachtrupp, dessen Hauptmann Calis kannte. Die beiden waren nach drinnen gegangen und unterhielten sich, während die Söldnertruppe draußen sich selbst überlassen blieb. Jeder Mann hatte ein Bad im Fluß genommen und dabei so viel getrunken, wie er nur konnte. Jetzt warteten sie auf den Befehl zum Aufsitzen.

Erik betrachtete die Pferde eingehend. Jedes Tier war mit Trense gezäumt, trug einen Kavalleriesattel und Satteltaschen, und hinter dem Zwiesel war genug Platz für das aufgerollte Schlafzeug oder Zelt.

Foster kam gerade vorbei, als Erik etwas auffiel. »Korporal«, sprach er ihn an.

Foster blieb stehen. »Was gibt es?«

»Das Tier da ist nicht gesund.«

»Was?«

Erik duckte sich zwischen den Stangen des Pferches hindurch und scheuchte die grasenden Pferde auseinander. Einer der Helfer der Pferdehändler schrie Erik an; Erik hatte auf dem Schiff ein wenig von der hiesigen Sprache gelernt, und er verstand, daß der Mann ihm befahl, er solle von den Pferden fernbleiben. Doch für eine Antwort reichten seine Kenntnisse nicht aus. Er winkte dem Mann zu, als wolle er einen Gruß erwidern.

Er ging zu dem Tier, fuhr mit der Hand über dessen linke vordere Fessel und hob sie an. »Die Stute hat einen kranken Huf.«

Foster fluchte: »Diese Gierschlunde sollen zur Hölle fahren.«

Der Pferdejunge kam zu ihnen und brüllte sie an, sie sollten die Tiere in Ruhe lassen. »Ihr habt noch nicht bezahlt. Es sind noch nicht eure Tiere.«

Foster ließ seinem legendären Zorn freien Lauf. Mit seinen fleischigen Händen packte er den Jungen am Hemd, zog ihn auf die Zehenspitzen und schrie ihm ins Gesicht: »Ich reiß dir die Leber raus und verspeise sie zum Frühstück! Hol deinen Meister und sag ihm, er solle gefälligst hier aufkreuzen, ehe ich meine gute Laune verliere. Sonst bring ich ihn um und mit ihm alle betrügerischen Hurensöhne, die mir hier im Umkreis von fünf Meilen in die Finger kommen!« Er ließ den Burschen los und stieß ihn von sich, und der Pferdejunge stolperte gegen eins der Pferde, das protestierend schnaubte und davontrabte. Der Junge drehte sich um und machte sich auf die Suche nach seinem Brotgeber.

Die Wachen der Pferdehändler hatten die Auseinandersetzung beobachtet, und plötzlich standen bewaffnete Männer um die beiden herum. Erik fragte: »Ob das so schlau war, Korporal?«

Foster grinste nur.

Ein paar Augenblicke später kam der Pferdehändler angerannt und wollte wissen, warum sie seinen Diener bedroht hätten. Foster entgegnete: »Bedroht! Man sollte eure Köpfe auf Lanzen spießen. Sieh dir dieses Tier an!«

Der Mann sah sich das Pferd an und fragte: »Was ist damit?«

Foster blickte Erik an. »Was ist damit?«

Erik stand plötzlich im Mittelpunkt der Aufmerksamkeit. Er sah sich um. Calis kam gerade mit dem Anführer der Wächter aus dem Wirtshaus. Offensichtlich hatte ihm jemand von dem Ärger draußen erzählt.

Erik erklärte: »Das Tier hat einen kranken Huf. Er ist vereitert, wurde aber überstrichen, damit er gesund aussieht.«

Der Mann wollte lauthals protestieren, aber Calis unterbrach ihn: »Stimmt das?«

Erik nickte. »Das ist ein alter Trick.« Er ging zum Kopf des Tieres und sah dem Pferd in die Augen, danach untersuchte er das Maul. »Sie haben ihm ein Mittel gegeben. Ich weiß nicht was, aber der Schmerz ist dadurch betäubt, und deshalb lahmt das Tier nicht. Doch die Wirkung läßt allmählich nach. Das Pferd fängt dann an zu humpeln.«

Calis baute sich vor dem Pferdehändler auf. »Du hast diesen

Auftrag von unserem Freund Regin vom Löwenclan bekommen, nicht wahr?«

Der Mann nickte und versuchte, sich herauszureden. »Ja, das stimmt. Mein Wort wird respektiert, von der Stadt am Schlangenfluß bis in die Westlande. Ich werde herausfinden, wer von meinen Männern dafür verantwortlich ist, und ihn auspeitschen lassen. Scheinbar wollte mir da jemand etwas Gutes tun, aber gute Freunde darf man doch nicht betrügen!«

Calis schüttelte den Kopf. »Gut. Wir werden jedes Tier einzeln untersuchen, und für jedes kranke werden wir den Preis für ein gesundes abziehen. Das war jetzt eins, also bekommen wir schon mal ein gesundes Tier umsonst.«

Der Hauptmann der Wachen lächelte: »Hört sich gerecht an, Mugaar.«

Der Händler legte die Hand aufs Herz. »So soll es geschehen.«

Während der Händler davonstapfte, sagte Calis: »Hatonis, das ist Erik von Finstermoor. Er wird die Tiere untersuchen. Würdet Ihr Euch darum kümmern, daß er nicht gestört wird? Dann würde ich in Eurer Schuld stehen.«

Erik streckte die Hand aus. Der Mann packte fest zu und schüttelte sie. Er war ein Soldat mittleren Alters, aber sein Haar zeigte erst wenig Grau. Er war stark und schien ein erfahrener Kämpfer zu sein.

»Mein Vater würde aus dem Grab steigen und jedem als Geist heimleuchten, der Schande über unseren Clan bringt«, meinte der Hauptmann der Wachen.

Calis wandte sich an Erik. »Schaffst du es, bis morgen bei Tagesanbruch über hundert Pferde auszusuchen?«

Erik sah sich um und zuckte mit den Schultern. »Wenn ich muß.«

»Du mußt«, befahl Calis und ging davon.

Foster blickte ihm nach, um sich dann Erik zuzuwenden. »Gut, steh nicht rum. Mach dich an die Arbeit.«

Erik seufzte niedergeschlagen und winkte ein paar Männer aus seiner Truppe heran, die ihm zur Hand gehen sollten. Zwar konnte er keinen anderen Pferdeexperten herbeizaubern, doch er brauchte Männer, die die Tiere hin und her führten, laufen ließen und die ausgewählten zur Seite brachten.

Er holte tief Luft und fing mit dem Pferd an, das neben ihm stand.

# Zwei

## Suche

Der Wirt sah auf.

Das Gasthaus war überfüllt, und eigentlich achtete er nicht weiter darauf, wer hereinkam. Doch die Gestalt, die jetzt eintrat, war kein normaler Gast, genauso wie der Wirt kein normaler Wirt war.

Es handelte sich um eine hochgewachsene Frau, der man die Wachsamkeit an ihrer Körperhaltung ansehen konnte. Sie trug eine alles verhüllende Robe, deren Stoff gut genug war, um sie von den einfachen Mädchen der Straße zu unterscheiden, der jedoch die Eleganz der Kleidung von Adligen fehlte. Einen Augenblick lang erwartete der Wirt, sie habe jemanden zum Schutz vor dem rauhen Volk der Straße bei sich. Als ihr jedoch niemand folgte, wußte er, daß diese Frau tatsächlich außergewöhnlich war. Sie sah sich suchend im Schankraum um; dann traf sich ihr Blick mit dem des Wirts.

Sie schlug die Kapuze ihres Mantels zurück und enthüllte ein jugendliches Gesicht – der Wirt wußte allerdings, wie trügerisch die äußere Erscheinung sein konnte. Sie hatte dunkles Haar und grüne Augen. Ihr Gesicht war nicht unbedingt außergewöhnlich schön, aber dennoch anziehend, was an den vollen Lippen und den wohlgeformten Wangenknochen liegen mochte. In ihren Augen blitzte es gefährlich. Die meisten Männer hätten sie trotz alledem eine Schönheit genannt, ohne jedoch zu erkennen, wie gefährlich sie war.

Ein junger Kerl trat ihr in den Weg. Er befand sich auf der Höhe seiner Jugend, und vielleicht hatten ihm sein heißes Blut und das Bier ein wenig zu heftig zugesetzt. Seine Erscheinung konnte man fast majestätisch nennen. Er war nahezu zwei Meter groß, und seine breiten Schultern waren mit Eisenplatten gepanzert. Der Mann war auf keinen Fall ein bloßer Angeber, wie seine zahlreichen Narben bewiesen.

»Hallo, meine Liebe«, begann er und lachte trunken. Er schob seinen Helm zurück, damit er besser sehen konnte. »Wie hält es denn ein so hübsches Mädchen ohne meine Gesellschaft aus?«

Diese Bemerkung brachte seine beiden Gefährten zum Lachen, während die Hure, die sich für heute nacht schon ein gutes Geschäft mit den drei Soldaten ausgerechnet hatte, dem Kerl einen mißbilligenden Blick zuwarf. Die Frau blieb stehen, als der junge Krieger vor sie trat, und musterte ihn langsam von oben bis unten. »Entschuldige«, sagte sie leise.

Der junge Mann grinste und wollte etwas erwidern, doch sein Lächeln erstarb, und er sah die Frau verwirrt an. »Es tut mir leid«, flüsterte er und ging zur Seite.

Seine Freunde blickten ihn erstaunt an, und einer der beiden erhob sich und wollte etwas sagen. Der Wirt holte eine leichte Armbrust hervor und legte sie auf den Tresen. Die Spitze des Bolzen zeigte auf den Mann, der sich gerade beschweren wollte. »Warum setzt du dich nicht wieder und trinkst aus?«

»Hör mal, Tabert. Wir geben hier jede Menge Gold aus! Also bedroh uns nicht!«

»Roco, du besäufst dich unten auf dem Markt mit billigem Wein, dann torkelst du hier rauf und begrapschst eins meiner Mädchen, bis wir zumachen, und du hast nicht mal genug Geld, um sie zu bezahlen.«

Das Mädchen, welches bei den dreien gesessen hatte, erhob sich und fügte hinzu: »Und den Rest der Nacht sind eure Schwerter so weich, als wären sie aus Blei gemacht, weil ihr soviel billigen Wein getrunken habt. Aber selbst, wenn ihr nüchtern seid, machen die ja nicht viel her.«

Alle im Laden brachen in lautes Gelächter aus. Der dritte Krieger, der die Hure im Arm gehalten hatte, meinte: »Arlet! Ich habe gedacht, du magst uns?«

»Zeig mir ein bißchen Gold, dann liebe ich dich sogar, Schätzchen«, erwiderte sie und lächelte kalt.

Tabert schlug vor: »Warum geht ihr drei nicht runter zu Kinjiki und belästigt seine Mädchen ein bißchen. Der hat Tsuraniblut in den Adern und regt sich nicht so schnell auf.«

Die beiden Gefährten wirkten, als würden sie gerne einen Streit vom Zaun brechen, doch derjenige, der versucht hatte, die Frau aufzuhalten, nickte zögernd und zog sich den Helm wieder ins Gesicht. Er griff unter den Tisch und holte Schwert und Schild hervor. »Kommt schon. Vergnügen wir uns woanders.« Seine beiden Freunde wollten etwas einwenden, doch er brüllte: »Ich hab gesagt: Kommt schon!« Der plötzliche Zorn erschreckte die anderen, ließ sie zögern, bis sie ihm schließlich zustimmten und ihm nach draußen folgten.

Die Frau stellte sich an den Tresen. Der Wirt wußte, welche Frage sie stellen würde. »Ich habe ihn nicht gesehen.«

Die Frau zog fragend eine Augenbraue hoch.

»Wen auch immer Ihr sucht, ich habe ihn nicht gesehen.«

»Wen glaubt Ihr, suche ich?«

Der Wirt, ein stämmiger Kerl mit Halbglatze und einem Backenbart wie ein Hammel, erwiderte: »Es gibt nur eine Art von Mann, die eine Frau wie Euch dazu bringen würde, nach ihm zu suchen, und einen solchen Mann habe ich hier in der letzten Zeit nicht gesehen.«

»Und was glaubt Ihr, was für eine Art Frau ich bin?«

»Eine, die Dinge sieht, die anderen entgehen.«

»Für einen Wirt bist du recht aufmerksam«, konterte sie.

»Das sind die meisten Wirte, obwohl sie es nicht gern zeigen. Ich meinerseits bin nicht so wie die meisten Wirte.«

»Und Ihr heißt?«

»Tabert.«

Sie senkte die Stimme. »Ich bin in jedem schäbigen Wirtshaus und jedem verlausten Schankraum in LaMut gewesen und habe dort etwas gesucht, was ich in dieser Stadt einer zuverlässigen Quelle nach finden sollte. Bis jetzt habe ich nur dumme Blicke und wirres Gestottere geerntet.« Noch leiser fügte sie hinzu: »Ich mußte den Gang finden.«

Lächelnd erwiderte er: »Im Hinterzimmer.«

Er führte sie durch das kleine Hinterzimmer und danach eine Treppe hinab. »Dieser Lagerraum ist mit anderen unter der Stadt verbunden«, erklärte er. Unten an der Treppe öffnete er eine Tür und führte sie durch einen schmalen Gang. Der endete nicht an einer Tür, sondern vor einer Nische, die von einem Stück Stoff, das von einer Metallstange herabhing, verborgen wurde. Als die Frau die Tür erreichte, sagte Tabert: »Wenn Ihr in diesem Raum seid, kann ich Euch nicht helfen, wie Ihr sicher verstehen werdet. Ich kann Euch nur die Tür zeigen.«

Miranda nickte, obwohl sie die Bedeutung seiner Worte nicht ganz verstanden hatte. Sie trat in den kleinen Raum ein. Während sie über die Schwelle schritt und unter der Stange durchging, spürte sie die Energie, die von ihr ausging. Kurz sah sie einen winzigen Lagerraum, der mit leeren Bier- und Weinfässern bis unter die Decke vollgestopft war. Und im gleichen Augenblick begriff sie, was der Wirt gemeint hatte. Sie zwang sich zu einem Einklang mit den Energien, die von der Metallstange ausgingen, und dann stand sie an einem anderen Ort.

Der Gang war endlos. Oder zumindest hatte noch kein Wesen, welches zu sprechen fähig war, das Ende entdeckt. Miranda sah in regelmäßigen Abständen die Tore, Rechtecke aus Licht, die aus dem Gang herausführten. Zwischen diesen Eingängen lauerte graues Nichts. Geheimnisvollerweise konnte sie deutlich sehen, obwohl keine Lichtquelle zu entdecken war. Miranda wechselte zu ihrem natürlichen Wahrnehmungsvermögen und bedauerte es augenblicklich. Die Dunkelheit, die sie umgab, war so undurchdringlich, daß sie Verzweiflung in Miranda hervorrief. Miranda benutzte erneut ihre magische Sehfähigkeit und konnte wieder alles erkennen. Sie dachte über die Worte des Wirtes nach. »Wenn Ihr in diesem Raum seid, kann ich Euch nicht helfen, wie Ihr sicher verstehen werdet. Ich kann Euch nur die Tür zeigen.« Er kannte zwar das magische Tor in den Gang, konnte jedoch niemanden ermächtigen, einzutreten. Nur jene wie Miranda und einige wenige andere auf Midkemia, die solche besonderen Begabungen besaßen, konnten in den Gang eindringen und überleben.

Sie drehte sich um und betrachtete die Tür, durch die sie gerade gekommen war, um zu sehen, ob sie sie wiederfinden konnte, für den Fall, daß sie auf diesem Weg zurückkehren mußte. Auf den ersten Blick war nichts Außergewöhnliches zu entdecken; schließlich bemerkte sie jedoch einige Runen, die über der Tür zu schweben schienen und nur schwer zu erkennen waren. Sie richtete ihre ganze Aufmerksamkeit darauf und prägte sich ihre Form und die Anordnung ein, wobei sie die Zeichen als »Midkemia« übersetzte. Gegenüber der Tür lockte eintöniges graues Nichts. Die Türen auf beiden Seiten waren versetzt angeordnet, keine stand einer anderen genau gegenüber. Miranda schritt weiter. Die Zeichen über der Tür auf der anderen Seite waren nicht die gleichen. Sie merkte sich auch diese. Falls sie durcheinander käme oder den Überblick darüber verlöre, wo sie sich befand, würden ihr diese Zeichen als Markstreine dienen.

Nachdem sie sich ein halbes Dutzend Türen in ihrer unmittelbaren Nähe eingeprägt hatte, setzte sie ihren Weg fort – wobei sie nicht wußte, ob die Richtung eine Rolle spielte, doch davon ging sie aus.

Die Gestalt in der Ferne sah entfernt nach einem Menschen aus, doch sie hätte auch genausogut zu einer der vielen anderen Arten gehören können. Miranda blieb stehen und betrachtete sie. Sie war durchaus in der Lage, sich zu verteidigen, aber sie hielt es für besser, Ärger aus dem Weg zu gehen, wann immer es möglich war. Eine Tür zur Rechten bot ihr die Möglichkeit zur Flucht, doch sie hatte keine Ahnung, was sich auf der anderen Seite befinden mochte.

Als hätte sie ihre Gedanken gelesen, rief die Gestalt etwas und streckte die behandschuhten Hände aus, um zu zeigen, daß sie keine Waffe trug. Die Geste war keinesfalls vertrauenerweckend, denn ansonsten war diese Kreatur haarsträubend, weil sie mehr Waffen besaß, als Miranda es je für möglich gehalten hätte. Das Gesicht war von einem Visier verdeckt, während der Körper in etwas steckte, das so hart wie Stahl aussah, aber dennoch beweglich war. Es hatte die Farbe stumpfen Silbers, fast weiß, doch nicht so glänzend wie eine polierte Rüstung. Die Kreatur trug einen runden Schild auf dem Rücken, was ihr das Aussehen einer Schildkröte verlieh. Der Knauf eines Langschwerts ragte über eine der Schultern, während an der anderen der Schaft einer Armbrust zu sehen war. Von der rechten Hüfte hing ein Kurzschwert, und um die Taille war eine Sammlung Messer, einige davon Wurfmesser, befestigt. Eine zusammengerollte Peitsche hing links aus dem Gürtel der Gestalt. Und über eine Schulter hatte sie sich einen Sack geworfen.

Miranda rief in der Sprache des Königreichs: »Ich sehe, Ihr tragt nichts in den Händen ... zumindest jetzt nicht.«

Die Gestalt bewegte sich vorsichtig auf sie zu und sagte etwas in einer Sprache, die sich von der, die sie zuerst benutzt hatte, unterschied. Miranda antwortete in Keshianisch, und das wandelnde Waffenlager benutzte daraufhin wieder eine andere Sprache.

Zuletzt verfiel Miranda in den Dialekt des Königreichs Roldem, und die Gestalt erklärte: »Aha, Ihr seid von Midkemia! Ich dachte eben schon, ich hätte Delkianisch herausgehört, aber ich bin ein bißchen aus der Übung.« Er – seine Stimme klang jedenfalls wie die eines männlichen Wesens – fuhr fort: »Ich wollte Euch nur warnen. Wenn Ihr durch die Tür dahinten gegangen wäret, solltet Ihr besser Methan atmen können.«

»Ich habe Mittel, mit denen ich mich gegen tödliche Gase wehren kann«, erwiderte Miranda.

Der Mann griff langsam nach oben an seinen Helm und nahm ihn ab. Er enthüllte ein sommersprossiges, fast jungenhaftes Gesicht mit grünen Augen, das von einer dichten Matte roten Haars umrahmt wurde. Auf diesem Gesicht machte sich jetzt ein freundliches Lächeln breit. »Das können fast alle, die sich hier im Gang herumtreiben, aber es ist ganz schön anstrengend. Auf Thedissio – so nennen die Einwohner ihre Welt – wiegt man nämlich auch noch ungefähr zweihundertmal mehr als sonst, und dabei werden die Bewegungen ganz schön langsam.«

»Danke«, antwortete Miranda schließlich.

»Zum ersten Mal im Gang?« fragte der Mann.

»Wieso fragt Ihr?«

»Nun, wenn Ihr nicht entschieden mächtiger seid, als Ihr ausseht – und ich bin der erste, der zugibt, wie sehr die äußere Erscheinung einen manchmal zu täuschen vermag –, würde ich Euch für einen Neuling halten, weil Ihr ohne Begleitung unterwegs seid. Die meisten, die wir allein treffen, sind zum ersten Mal im Gang.«

»Wir?«

»Die von uns, die hier leben.«

»Ihr lebt im Gang?«

»Ihr seid ohne Zweifel zum ersten Mal hier.« Er setzte seinen Sack ab. »Ich bin Boldar Blut.«

»Interessanter Name«, meinte Miranda, offensichtlich belustigt.

»Nun, es ist nicht der, den mir meine Eltern gegeben haben, klar, aber ich bin Söldner, und da muß man sich schon etwas ausdenken, was die Leute ein bißchen einschüchtert. Kaum zu glauben, ich weiß, aber die Tatsachen sprechen für sich. Außerdem« – er zeigte auf sein Gesicht – »kann man mit diesem Aussehen Schrecken verbreiten?«

Miranda schüttelte den Kopf und lächelte. »Nein, ich glaube nicht. Ich heiße Miranda. Und ich bin tatsächlich zum ersten Mal im Gang.«

»Könnt Ihr zurück nach Midkemia?«

»Wenn ich umkehre und so um die zweihundertzwanzig Tore zurückgehe, finde ich bestimmt das richtige.«

Boldar schüttelte den Kopf. »Das ist zu weit. Ganz in der Nähe gibt es eine Tür, die endet in der Stadt Ytli, auf der Welt von Il-Jabon. Wenn Ihr dann zwei Blocks weitergeht und Euch nicht von den Einheimischen ansprechen laßt, findet Ihr eine Tür, die in den Gang zurückführt, und zwar gleich neben der Tür, die nach – hab vergessen, welches die Tür nach Midkemia ist, aber eine von ihnen ist es.« Er wühlte in seinem Sack herum und holte zwei metallene Becher hervor. »Trinkt Ihr einen Becher Wein mir mir?«

»Danke«, sagte Miranda, »ich bin wirklich ein bißchen durstig.«

Boldar meinte: »Als ich zum ersten Mal in den Gang gestolpert bin – muß so vor anderthalb Jahrhunderten gewesen sein –, bin ich hier herumgelaufen und fast verhungert. Ein sehr netter Dieb hat mir damals das Leben gerettet, und seitdem erinnert er mich ständig daran, und meist bittet er mich dabei gleich um irgendeinen Gefallen, den ich ihm tun soll. Aber damals hat er mir einen

Haufen Schwierigkeiten erspart. Ist wirklich sehr nützlich, wenn man weiß, wie man im Gang seinen Weg findet. Und es würde mich entzücken, wenn ich dieses Wissen mit Euch teilen dürfte.«

»Damit Ihr mich ständig daran erinnern könnt ...«

»Ihr begreift aber rasch«, erwiderte Boldar grinsend. »Im Gang gibt es nichts umsonst. Manchmal kann man auch etwas verdienen und andere in seine Schuld bringen, aber man bekommt nichts, ohne etwas dafür zu geben.

Es gibt drei Arten Leute, die man im Gang trifft: die, die einem aus dem Weg gehen und auf die Gesellschaft anderer verzichten, die, die versuchen, mit einem zu handeln, und die, die versuchen, einen zu übervorteilen. Dabei müssen die zweite und die dritte Gruppe nicht notwendigerweise die gleiche sein.«

»Ich werde schon auf mich aufpassen«, sagte Miranda, und in ihrer Stimme lag eine leichte Herausforderung.

»Wie ich vorhin schon erwähnt habe, kommt man hier ja gar nicht erst rein, wenn man nicht eine gewisse Macht besitzt. Aber denkt dran: Das gilt für alle, die man im Gang zwischen den Welten trifft. O ja, gelegentlich verirrt sich mal so eine Figur ohne jede Macht hierher. Versteht eigentlich niemand so recht, wie. Aber die laufen dann sehr schnell durch die falsche Tür, irgendwohin, wo sie leicht irgend jemandes Beute werden. Oder sie fallen einfach ins Nichts.«

»Was passiert, wenn man ins Nichts fällt?«

»Falls man die richtige Stelle kennt, landet man im Schankraum eines großen Wirtshauses, das viele Namen hat und welches einem Mann gehört, der John heißt. Manchmal John der Hüter des Eides; manchmal John ohne Falschheit; manchmal John der Gewissenhafte oder John der seine Pflichten kennt; es gibt noch ein halbes Dutzend weiterer solcher Ehrennamen, aber meistens nennt man das Gasthaus einfach ›Zum ehrlichen John‹. Bei der letzten Zählung ist man auf eintausendeinhundertundsiebzehn

Eingänge gekommen. Nun ja, falls man die richtige Stelle nicht kennt, also ... das weiß niemand, weil noch nie jemand zurückgekehrt ist, um zu erzählen, was im Nichts existiert. Es ist eben einfach das Nichts.«

Miranda entspannte sich. Trotz seiner freundlichen Art würde der Söldner versuchen, sie zu übervorteilen. »Würdet Ihr mir einen dieser Eingänge zeigen?«

»Sicherlich, aber das hat seinen Preis.«

»Und zwar?«

»Im Gang gibt es viele Dinge von Wert. Ganz normale wie Gold oder andere Edelmetalle, Edelsteine und Juwelen, Lehensurkunden, Sklaven; einzigartige Dinge oder persönliche Dienste, Veränderungen der Wirklichkeit, Seelen von jenen, die niemals geboren werden, solche Sachen eben.«

Miranda nickte. »Was möchtet Ihr?«

»Was habt Ihr?«

Und damit begann das Feilschen.

Der Tag war noch nicht vorüber, und Boldar Blut hatte schon zweimal bewiesen, wie nützlich er war. Miranda schätzte sich glücklich, ihn als ersten getroffen zu haben. Es hätten ja auch die Sklavenhändler sein können, die zwischen den Welten auf Beute aus waren. Miranda hatte für Sklaverei nichts übrig, eine Haltung, die jetzt bestärkt wurde, als man versuchte, sie und Boldar zu jemandes Eigentum zu machen.

Boldar hatte sich vor dem Sklavenhändler und seinen vier Leibwächtern aufgebaut, nachdem alle Versuche, in Frieden an ihnen vorbeizukommen, gescheitert waren. Miranda glaubte, sie wäre auch allein mit ihnen fertiggeworden, aber sie war beeindruckt, wie schnell Boldar erfaßt hatte, an welchem Punkt die Verhandlungen gescheitert waren, um sich dann auf zwei der Leibwächter zu stürzen, ehe sie noch an Verteidigung dachten.

Als sie sich schließlich in eine schützende Aura eingehüllt hatte, war der Kampf bereits vorbei gewesen.

Die Sklaven waren befreit worden, was von Miranda große Überredungskünste erfordert hatte, und jetzt mußte sie darüber nachdenken, wie sie den Gewinn, den Boldar aus dem Verkauf der Sklaven hätte ziehen können, ersetzen konnte. Doch sie erklärte ihm einfach, daß er gegenwärtig in ihren Diensten stände, und sie somit entscheiden dürfte, ob sie die Sklaven freiließe oder nicht. Er war mit diesem Vorschlag nicht so recht einverstanden, aber nachdem er sich überlegt hatte, welchen Aufwand es erfordert hätte, die Sklaven mit Essen zu versorgen, hielt er eine Sonderentlohnung von Miranda doch für die bessere Lösung.

Dann waren sie einem Trupp Söldner begegnet, der ihnen glücklicherweise aus dem Weg ging, was die Kerle jedoch kaum getan hätten, wenn Miranda allein gewesen wäre.

Während sie weitergingen, lernte sie.

»Wenn man also weiß, was hinter den Türen liegt, kann man die Reise durch den Gang abkürzen?«

»Sicherlich«, erwiderte Blut. »Hängt von der Welt ab, wie viele Türen es dort gibt und wo sie im Verhältnis zum Gang liegen. Thandero, zum Beispiel« – er deutete auf die Tür, an der sie gerade vorbeigingen – »hat nur diese eine Tür, die zu allem Unglück im Tempel eines halbmenschlichen Kannibalenkults herauskommt, wobei sie, was ihre Nahrung betrifft, nicht unbedingt auf Menschenfleisch bestehen, sondern alles nehmen, was versehentlich hineinstolpert. Diese Welt wird nur selten besucht.

Merleen auf der anderen Seite« – er deutete auf eine Tür vor ihnen – »ist eine Welt des Handels, wo es sechs Türen gibt, was diese Welt natürlich zur Drehscheibe des Handels mit anderen Welten macht.

Die Welt, aus der Ihr kommt, Midkemia, hat mindestens drei Türen, die ich kenne. Welche habt Ihr benutzt?«

»Die unter einem Wirtshaus in LaMut.«

»Ach ja, unter Taberts Gasthaus. Gutes Essen, annehmbares Bier und verkommene Mädchen. Da gefällt es mir.« Hinter dem Helm schien er zu grinsen. Woher Miranda das wußte, hätte sie nicht sagen können. Vielleicht war es eine kleine Geste oder ein leichter Unterton in seiner Stimme.

»Und wie kann man diese Tür finden? Gibt es eine Karte?«

»Ja, es gibt tatsächlich eine«, antwortete Boldar, »beim ehrlichen John. Sie hängt an einer der Wände des Schankraums. Dort könnt Ihr auch die Grenzen des Gangs sehen. Als ich das letzte Mal draufgesehen habe, waren es ungefähr sechsunddreißigtausend und ein paar zerquetschte bekannte und aufgelistete Türen.

Manchmal schicken diejenigen, die neue Türen erkundet haben, Nachrichten. Es gibt sogar einen Irren, dessen Namen ich allerdings vergessen habe, der die entferntesten Ecken des Gangs auskundschaftet und Berichte schickt, von denen manche Jahrzehnte brauchen, bis sie bei John ankommen. Der ist so weit vom Gasthaus weg, daß er zu einer regelrechten Legende geworden ist.«

Miranda dachte laut nach. »Wie lange geht das alles schon so?«

Boldar zuckte mit den Schultern. »Ich denke, der Gang existiert seit Anbeginn der Zeit. Menschen und andere Wesen leben hier schon seit Urzeiten. Man muß schon einigermaßen begabt sein, wenn man längere Zeit im Gang überleben will, und er hat eine große Anziehungskraft für diejenigen, die nach einer höheren Form des Daseins streben.«

»Was ist mit dir?« fragte Miranda. »Von dem, was du von mir verlangst, könntest du auf den meisten Welten gut leben.»

Der Söldner zuckte mit den Achseln. »Ich mache das weniger um des Geldes als vielmehr um der Aufregung willen. Ich muß gestehen, gelegentlich ist es ziemlich langweilig. Es gibt Welten, in denen ich König sein könnte, aber das reizt mich wenig. Am wohlsten fühle ich mich, wenn ich ganz gesunde Männer in den Wahnsinn treiben kann. Krieg, Mord, Meucheleien und Intrigen sind mein Handwerkszeug, und es gibt nur wenige Leute, die mich übertreffen. Ich will jetzt damit nicht angeben, denn deinen Auftrag habe ich ja schon in der Tasche, aber um es mal so zu sagen, wenn man sich erst an das Leben im Gang gewöhnt hat, will man es schließlich nicht mehr missen.«

Miranda nickte. Die Möglichkeiten dieses Ortes konnten einen schwindeln machen. Er war die Summe aller bekannten Welten und einiger unbekannter noch dazu.

Boldar fuhr fort: »So sehr ich auch Eure Gesellschaft genieße, Miranda, und so sehr ich mich auf den Reichtum freue, den Ihr mir versprochen habt, so werde ich doch langsam müde. Obwohl die Zeit hier keine Bedeutung hat, sind Erschöpfung und Hunger doch ganz wirklich in allen Dimensionen – zumindest in denjenigen, die ich schon kennengelernt habe. Und Ihr habt mir immer noch nicht mitgeteilt, wohin die Reise geht.«

Miranda erwiderte: »Das liegt daran, daß ich es selbst noch nicht weiß. Ich suche jemanden.«

»Darf ich vielleicht fragen, wen?«

»Einen Zauberwirker, dessen Name Pug von Stardock ist.«

»Noch nie von ihm gehört. Aber falls es einen Ort gibt, an dem wir unsere sämtlichen Bedürfnisse befriedigen können, dann ist es das Wirtshaus.«

Miranda war sich dessen nicht sicher, und sie fragte sich, worauf ihr Widerwille gegen das Naheliegende beruhte. Falls Pug irgendwo durchgekommen war, würde sie es vermutlich im Gasthaus erfahren. Doch sie fürchtete, andere könnten gleichfalls daran interessiert sein, etwas über ihn und seine Ziele zu erfahren, und das wollte sie vermeiden. Trotzdem, ein Besuch im Gasthaus war immer noch besser, als ziellos herumzuwandern.

»Sind wir weit vom Gasthaus entfernt?«

»Nein, eigentlich nicht«, antwortete Boldar. »Wir sind schon an zwei Eingängen vorbeigekommen, seit wir uns begegnet sind, und bald kommt ein dritter.«

Er bedeutete ihr, ihm zu folgen, und nachdem sie an zwei weiteren Türen vorbeigegangen waren, zeigte er auf das Nichts. »Beim ersten Mal ist es sehr schwierig.« Er deutete auf die dem Nichts gegenüberliegende Tür. »Habt Ihr Euch die Zeichen gemerkt?«

Sie nickte.

»Es ist Halliali, ein schöner Ort, wenn man Berge mag. Und gegenüber liegt einer der Eingänge zu Johns Gasthaus. Also, Ihr geht einfach los und müßt eine Stufe finden, die ungefähr einen Fuß von der Kante des Gangs entfernt ist.« Indem er das sagte, trat er in das Grau und verschwand.

Miranda holte tief Luft, und als sie ihm folgen wollte, schoß es ihr durch den Kopf: »Eine Stufe nach oben oder nach unten?«

Miranda stolperte vorwärts: Die Stufe hatte nach unten geführt, und sie hatte eine nach oben erwartet. Kräftige Hände packten sie, und sie riß die Augen weit auf, als sie das weiße Fell auf ihnen bemerkte.

Sie versuchte, ruhig zu bleiben, während sie sich von ihrem Helfer losmachte, einer neun Fuß großen Kreatur, die von Kopf bis Fuß mit weißem Fell bedeckt war. Das Schneeweiß war mit einigen schwarzen Punkten gefleckt, und zwei riesige blaue Augen und ein Mund waren die einzigen sichtbaren Teile des zottelbedeckten Gesichts. Ein trauriges Grunzen war zu hören. »Wenn Ihr doch irgendwelche Waffen habt, solltet Ihr sie jetzt besser abgeben.«

Sie sah, daß Boldar bereits sein Arsenal ablegte, darunter auch einige harmlos aussehende Gegenstände, die er versteckt bei sich getragen hatte. Miranda hatte nur zwei Dolche dabei, einen im Gürtel und einen zweiten, den sie an der rechten Wade befestigt hatte. Rasch legte sie beide ab.

Boldar sagte: »Der Inhaber hat das schon vor etlichen Zeitaltern begriffen. Solange sein Lokal als neutrales Gebiet gilt, wird er gut verdienen. Kwad kümmert sich darum, daß niemand im Schankraum Ärger anfängt, falls es einer doch tut, wird er rausgeworfen.«

»Kwad?«

»Unser großer, behaarter Freund hier«, antwortete Boldar. Während sie weitergingen, fuhr er fort: »Kwad ist ein Corpabaner; die sind stärker als alle anderen bekannten Wesen, und zudem so gut wie unempfindlich gegen jegliche Magie; selbst ein tödliches Gift braucht ungefähr eine Woche, bis es bei ihnen wirkt. Sie sind unglaublich gute Leibwächter, wenn man sie dazu bringt, ihre Heimatwelt zu verlassen.«

Miranda blieb stehen und starrte den Schankraum mit offenem Mund an. Er war riesig, bestimmt zweihundert Meter breit und zweimal so lang. Fast an der gesamten rechten Wand entlang erstreckte sich ein Tresen, hinter dem sich ein Dutzend Schankkellner bemühte, den Wünschen der Gäste nachzukommen. An den drei anderen Wänden waren zwei übereinanderliegende Balkone angebracht, auf denen sich Tische und Stühle aneinanderdrängten. Hier konnte man essen und trinken und gleichzeitig den Schankraum im Blick behalten.

Unten in der Mitte wurde jedes Glücksspiel gespielt, das man sich vorstellen konnte, von einfachsten Würfelspielen bis hin zu Messerkämpfen in einer kleinen Sandgrube. Geschöpfe in allen nur denkbaren Formen drängten sich durch die Menge und grüßten einander, sofern sie sich zufällig kannten.

Einige Kreaturen trugen Tabletts, auf denen die verschiedensten Töpfe, Teller, Becher, Eimer und Schüsseln standen. Manche wurden vor Wesen abgestellt, die Miranda gar nicht gefielen. Zumindest ein Dutzend der hier anwesenden Kreaturen waren Reptilien, und schon alleine deshalb fühlte sie sich sehr unbehaglich. Die Mehrheit der Gäste war menschenähnlich, obwohl sich auch gelegentlich an Insekten erinnernde Geschöpfe oder etwas, das wie ein aufrecht gehender Hund aussah, dazwischen finden ließ.

»Willkommen beim ehrlichen John«, sagte Boldar.

»Wo ist John?« fragte sie.

»Er ist da drüben.« Boldar deutete zu dem langen Tresen hinüber, wo ein Mann stand, der einen seltsamen Anzug aus glänzendem Stoff trug. Er bestand aus einer Hose, deren Beine ohne Aufschläge in zwei Stiefeln endeten, welche schwarz glänzten und seltsam spitz waren. Die Jacke war vorn offen und gab den Blick auf das weiße Rüschenhemd mit Perlknöpfen und spitzem Kragen frei. Eine hellgelbe Krawatte baumelte vor seinem Bauch. Auf dem Kopf trug der Mann einen breitkrempigen Hut mit einem rotglänzenden Hutband aus Seide. John unterhielt sich mit einem Wesen, das aussah wie ein Mann, der ein zusätzliches Paar Augen inmitten der Stirn besitzt.

Boldar winkte John zu, während er sich dem Tresen näherte, und John sagte etwas zu dem vieräugigen Mann, welcher nickte und sich dann davonmachte.

John lächelte breit. »Boldar! Wie lange ist es her? Ein Jahr?«

»Nicht ganz, John, aber nah dran.«

»Wie mißt man denn die Zeit hier im Gang?« fragte Miranda.

John sah Boldar an, und der erklärte: »Meine neue Arbeitgeberin, Miranda.«

John zog mit großem Gehabe den Hut, verbeugte sich und streckte schließlich die Hand aus, ergriff Mirandas und deutete einen Handkuß an, wobei seine Lippen ihre Haut nicht berührten.

Rasch zog sie die Hand zurück, weil sie sich bei der Berührung unbehaglich fühlte. John meinte: »Willkommen in meinem bescheidenen Haus.«

Plötzlich riß Miranda die Augen auf. »Welche Sprache sprecht Ihr? Sind wir ...«

John erwiderte: »Euer erster Besuch, wie ich sehe. Ich habe es doch gleich für unwahrscheinlich gehalten, daß ein so liebreizender Gast wie Ihr meinen Augen jemals entgangen sein könnte.« Er winkte sie zu einem Tisch, der in der Nähe des Tresens stand, und zog einen Stuhl zurück. Sie blinzelte ihn einen Moment lang verwirrt an, ehe sie bemerkte, daß sie sich setzen sollte. An solch seltsames Benehmen war sie nicht gewöhnt, aber die Bandbreite menschlichen Verhaltens war groß, und sie beschloß, den Mann nicht zu beleidigen, und setzte sich.

»Eine der wenigen Zaubereien, die hier erlaubt sind«, sagte er, womit er auf ihre letzte Frage abhob. »Sie ist nicht nur nützlich, sondern sogar notwendig. Obwohl sie keinesfalls immer klappt, fürchte ich, denn gelegentlich haben wir ausgesprochen seltsame Gäste hier, mit denen trotz des Zaubers nur eine sehr, sehr primitive Verständigung möglich ist, falls überhaupt.«

Boldar kicherte. »Ja, falls überhaupt.«

John winkte ab. »Nun, was Eure erste Frage betrifft, so ist das Messen der Zeit einfach. Außerhalb des Ganges vergeht die Zeit so, wie sie überall im Universum vergeht, jedenfalls so weit ich weiß. Um Eure Frage zu beantworten: Wir messen die Zeit hier so wie auf meiner Heimatwelt. Es klingt vielleicht ein wenig eitel, aber da ich der Inhaber bin, kann ich auch die Regeln bestimmen. Von welcher Welt seid Ihr denn hier hereingeschneit, falls Ihr mir das verraten wollt?«

»Midkemia.«

»Ach, dann gibt es kaum Unterschiede zwischen unserer Zeitmessung und der bei Euch. Vielleicht ein paar Stunden Unterschied im Jahr, aber das stört höchstens Schriftgelehrte und Philosophen. Was uns normale Menschen anbetrifft, so wird sich im Laufe eines Lebens vielleicht ein Unterschied von einigen Tagen ergeben.«

Miranda sagte: »Als ich das erste Mal vom Gang hörte, dachte ich, er sei ein eher magisches Tor, durch das man in andere Welten eintreten kann. Ich hatte keine Ahnung ...«

John nickte. »Haben die wenigsten. Aber die Menschen – und für einen Mensch halte ich Euch – sind wie die meisten anderen intelligenten Wesen: Sie passen sich an. Und sie entdecken Dinge, die nützlich sind, und dann gewöhnen sie sich daran. Und genauso passen wir, die wir hier im Gang herumstreifen dürfen, uns an. Es gibt viele gute Gründe, im Gang zu bleiben, viele Vorteile, und wenn man erst einmal hier ist, mag man sie nicht mehr missen. Aus diesem Grund werden die meisten von uns Bürger des Ganges und brechen mit ihren alten Bindungen, oder sie vernachlässigen sie zumindest.«

»Vorteile?«

John und Boldar wechselten einen Blick. »Ich möchte Euch nicht langweilen, meine Liebe, also warum erzählt Ihr mir nicht einfach, was Ihr schon über den Gang wißt?« schlug John vor.

Miranda antwortete: »Auf meinen Reisen habe ich verschiedentlich etwas über den Gang zwischen den Welten gehört. Ich mußte ziemlich lange suchen, bis ich den Eingang fand. Aber ich weiß, daß man durch ihn durch den Raum reisen kann, um weit entfernte Welten zu erreichen.«

»Und ebenso durch die Zeit«, ergänzte Boldar.

Miranda fragte: »Durch die Zeit?«

»Um ferne Welten mit gewöhnlichen Mitteln zu erreichen, braucht man manchmal ein ganzes Leben, der Gang jedoch verkürzt die Reise auf Tage, gelegentlich Stunden.«

John fuhr fort: »Kommen wir zum Kern der Sache: Der Gang existiert vollkommen unabhängig von jeder objektiven Wirklichkeit, wie wir sie so gerne festlegen, wenn wir auf der Oberfläche unserer Heimatwelten stehen. Der Gang verbindet Welten, die in ganz verschiedenen Universen liegen können, oder besser gesagt, verschiedenen Raumzeiten. Wir wissen nichts Genaues darüber. Daher kann es sehr gut sein, daß der Gang die Welten verschiedener Zeiten verbindet. Meine Heimatwelt, eine nicht sehr bedeutende Kugel, die um eine wenig wichtige Sonne kreist, ist vielleicht schon vor ewigen Zeiten gestorben, bevor Eure Welt überhaupt erst zum Leben erwacht ist, Miranda. Woher sollen wir das wissen? Wenn es einen objektiven Raum gibt, warum keine objektive Zeit?

Und aus diesem Grund haben wir hier im Gang alles. Oder jedenfalls zumindest so gut wie alles, was sich ein Sterblicher nur wünschen kann. Wir handeln mit Wundern, ganz nüchtern betrachtet: Im Gang kann man jede Ware und jede Spezies, jeden Dienst und jede Art von Verpflichtungen finden. Wie Ihr Euch denken könnt, wird man das, was man hier nicht bekommt, auch sonst nirgendwo bekommen. Nun ja, zumindest findet man jemanden, der einen dorthin bringt, wo man das finden kann, wonach man sucht.«

»Und weiter? Was gibt es noch für Vorteile?«

»Also, zum Beispiel altert man im Gang nicht.«

»Unsterblichkeit.«

»Oder etwas, das dem so ähnlich ist, daß es kaum noch einen Unterschied macht«, ergänzte John. »Vielleicht besitzen wir, die wir den Eingang hierher gefunden haben, diese Gabe schon, oder vielleicht kann man, wenn man im Gang wohnt, dem Tod ein Schnippchen schlagen, und der Zeitgewinn ist mit Sicherheit nicht unbeträchtlich und nur wenige geben ihn freiwillig auf.« Er deutete mit der Hand hoch zu den Balkonen. »Diejenigen, die hier in meinen Zimmern wohnen, fürchten sich, den Gang jemals wieder zu verlassen, und deshalb führen sie ihre Geschäfte ausschließlich von den Zimmern aus, die ich ihnen vermiete. Andere sind hierher gekommen, weil sie nur hier vor allen möglichen Gefahren sicher sind, während wieder andere einen Teil ihrer Tage im Gang und einen anderen Teil auf verschiedenen Welten verbringen. Aber kein Bewohner des Gangs kann seinen Verlockungen widerstehen, wenn er erst einmal die Vorteile kennengelernt hat.«

»Was ist mit Macros dem Schwarzen?«

Bei der Erwähnung dieses Namens wurde sowohl John als auch Boldar unbehaglich zumute. »Er ist ein besonderer Fall«, antwortete John nach einer Weile. »Er ist vielleicht der Vertreter einer höheren Macht, oder er ist womöglich sogar selbst eine; zumindest gehört er nicht zu jenen, die wir hier im Gang als sterblich bezeichnen würden. Wieviel von dem, was man über ihn erzählt, tatsächlich wahr ist und wieviel Legende, das vermag ich nicht zu beurteilen. Was wißt Ihr denn über ihn?«

»Nur das, was man mir auf Midkemia erzählt hat.«

»Dort wurde er nicht geboren«, sagte John. »Wenigstens dessen bin ich mir fast sicher. Aber wieso erwähnt Ihr seinen Namen?«

»Nur, weil er eben ein besonderer Fall ist, wie Ihr selbst gesagt habt. Also könnte es noch mehr solcher besonderer Fälle geben.«

»Das könnte es.«

»So wie Pug von Stardock?«

Erneut schien John unbehaglich zumute zu sein, doch Boldar hatte kaum mit den Wimpern gezuckt. »Falls Ihr Pug sucht, kann ich Euch wohl kaum Hoffnung machen.«

»Wieso das?«

»Er ist vor einigen Monaten hier vorbeigekommen, angeblich auf dem Weg zu einer seltsamen Welt, die er erforschen wollte. Ich kann mich nicht mehr an den Namen erinnern, aber das war sowieso eine Finte.«

»Wie kommt Ihr darauf?«

»Weil er ein paar von Boldars Freunden angeheuert hat, damit sie jeden, der nach ihm fragt, davon abhalten, ihm zu folgen.«

»Wen hat er angeheuert?« fragte Boldar und sah sich im Schankraum um.

»William den Greifer, Jeremiah den Roten und Eland Scarlet, den Grauen Meuchler.«

Boldar schüttelte den Kopf. »Die drei können ziemlichen Ärger machen.« Er beugte sich zu Miranda. »Ich könnte vielleicht mit Jeremiah fertig werden; sein Ruf beruht hauptsächlich auf Gerüchten. Aber William der Greifer und Eland besitzen beide die Macht der tödlichen Berührung, und das macht es sehr gefährlich, sich mit ihnen einzulassen.«

Miranda fragte: »Aber ich sehe doch nicht aus wie ein Pantathianer?«

John erwiderte: »Meine Liebe, wenn Ihr so lange Zeit wie ich im Gang gelebt hättet, würdet Ihr Euch nicht darauf verlassen, welches Aussehen jemand gerade angenommen hat. Ihr könntet Euch zum Beispiel trotz Eures umwerfenden Charmes plötzlich als mein Großvater herausstellen, und das würde mich nicht einmal besonders überraschen – obwohl ich stark hoffe, daß der alte Knabe wirklich tot ist, denn wir haben ihn beerdigt, als ich vierzehn war.« Er erhob sich und fügte hinzu: »Pug von Stardock ist, wie ich behaupten möchte, auch einer dieser besonderen Fälle, wie Macros, der nicht im Gang lebt, ihn jedoch gelegentlich benutzt. Immerhin, seinem Wort kann man trauen, und sein Gold ist gut. Er hat für den Schutz bezahlt, also wird er ihn auch bekommen. Ich kann Euch nur den Rat geben, niemanden in diesem Raum wissen zu lassen, wonach Ihr sucht. Ihr müßt andere Mittel finden, wie Ihr seinen Aufenthaltsort aufspürt, oder Ihr werdet vermutlich Bekanntschaft mit zwei der übelbeleumundetsten Söldner und einem der meistgefürchtetsten Meuchelmörder machen, sobald Ihr diesen Ort verlassen habt.«

Er verneigte sich. »Wenn ich Euch jetzt zu einer kleinen Erfrischung einladen dürfte?« Er machte einem kleinen Mann ein Zeichen. »Falls Ihr ein Quartier braucht, werde ich Euch etwas Günstiges anbieten können. Falls nicht, wünsche ich Euch viel Spaß, solange Ihr hier seid, und laßt Euch mal wieder sehen.« Er verneigte sich, tippte sich an die Hutkrempe und ging zurück hinter den Tresen, wo er sein Gespräch mit dem vieräugigen Mann wiederaufnahm, der gerade von seinem Botengang – wo auch immer der ihn hingeführt haben mochte – zurückgekehrt war.

Blut seufzte inbrünstig. »Was wollt Ihr jetzt machen?« fragte er.

»Ich werde natürlich weitersuchen. Schließlich will ich doch Pug nichts antun.«

»Würde er das von Euch denken?«

»Wir sind uns nie begegnet. Ich kenne ihn nur dem Namen nach. Aber er würde mich bestimmt nicht für gefährlich halten.«

»Ich bin ihm auch noch nie begegnet, doch John hat auf seinen Namen seltsam reagiert. Offensichtlich wird er immer bekannter, und damit so etwas hier im Gang vorkommt, muß einer schon ziemlich begabt sein. Und wenn er sich dann trotzdem Sorgen macht, ihm könnte jemand folgen ...« Er zuckte mit den Schultern.

Miranda neigte dazu, Boldar nach seinem Äußeren zu beurteilen, und nichts, was er bisher gesagt oder getan hatte, hatte ihr Mißtrauen geweckt; und dennoch, es stand zuviel auf dem Spiel, um es darauf ankommen zu lassen. Sie fragte: »Wenn er nicht verfolgt werden will und solche Vorsichtsmaßnahmen trifft, wie könnte dann jemand seine Spur finden?«

Boldar blähte die Wangen auf und ließ die Luft aus ihnen entströmen. »Es gibt da verschiedene Orakel ...«

»Ich habe bereits das Orakel von Aal aufgesucht.«

»Falls das Orakel von Aal keine Antwort weiß, wird es auch

kein anderes wissen«, überlegte er. »Aber dann gibt es noch den Spielzeugmacher.«

»Wer ist das?«

»Er stellt magische Gegenstände her, von denen manche dazu benutzt werden können, Leute aufzuspüren, die nicht entdeckt werden wollen. Aber er ist irgendwie verrückt und nicht besonders zuverlässig.«

»Wen gibt es noch?«

Der Kellner erschien mit den Getränken und stellte einen eiskalten Krug Bier für Boldar sowie einen großen Kristallglaskelch vor Miranda ab. Danach machte er viel Aufhebens darum, Servietten zu plazieren. Er sagte: »Mit den besten Empfehlungen meines Meisters«, und zog von dannen.

Der Wein war köstlich, und Miranda trank einen großen Schluck. Plötzlich fiel ihr auf, wie durstig – und hungrig – sie war.

»Nun ja, da wäre noch Querl Dagat«, meinte Boldar. »Er handelt mit Wissen; je schwieriger es zu bekommen ist, desto lieber ist es ihm ... so lange es der Wahrheit entspricht. Aus diesem Grunde steht er eine Stufe über den sonstigen Gerüchteköchen hier.«

Miranda nahm ihre Serviette und tupfte sich die Lippen ab. Dabei fiel ein zusammengefalteter Zettel zu Boden. Sie blickte darauf, dann sah sie Boldar ins Gesicht, der sich schließlich bückte, um ihn aufzuheben. Ungeöffnet reichte er ihn ihr.

Sie nahm ihn und faltete ihn auf. Nur ein einziges Wort stand darauf. »Wer ist Mustafa?« fragte sie.

Boldar schlug mit der Hand auf den Tisch. »Genau der Kerl, den wir aufsuchen müssen.«

Er sah sich um, sagte: »Dort oben«, und zeigte auf den Balkon.

Er erhob sich, und Miranda tat es ihm gleich; sie schlängelten sich zwischen Tischen und fremdartigen Wesen hindurch. An der Treppe angekommen, stiegen sie zum ersten der beiden übereinanderhängenden Balkone hinauf. Miranda war überrascht. Der Balkon war Teil eines langen Gangs, von dem breite Flure abzweigten. »Gehört das alles noch mit zum Gasthaus?«

Boldar antwortete: »Natürlich.«

»Wie groß ist es denn eigentlich?«

»Das wird nur der ehrliche John genau wissen.« Er führte sie an verschiedenen Nischen vorbei, in denen die verschiedensten Dienste und Waren angeboten wurden, manche davon anzüglich, manche – zumindest dort, wo Miranda bisher gewesen war – ganz bestimmt verboten, und wiederum andere, die völlig unverständlich für sie waren. »Also, den Gerüchten zufolge war John auf seiner Heimatwelt auch schon Besitzer eines Gasthauses, wurde jedoch wegen irgendeines Streits aus der Stadt vertrieben. Eine Bande von Einheimischen hat ihn gejagt, und er ist ganz zufällig durch eine Tür in den Gang gestolpert. Und wie es nun einmal kommen mußte, ist er dann geradewegs in einen Kampf geraten. Jedenfalls hatte er keine andere Wahl, als einfach ins Nichts zu springen, und damit hatte er dann den Eingang zu diesem Ort gefunden, der nun sein Gasthaus beherbergt.«

Boldar bog in einen der Nebenflure ab. »Er ist in dieser seltsamen Dunkelheit herumgetappt und hat irgendwie wieder den Weg nach draußen in den Gang gefunden. Dann ist er auf seine Heimatwelt zurückgekehrt, wo man inzwischen nicht mehr hinter ihm her war. Während der nächsten Jahre ist er immer wieder in den Gang zurückgekommen, hat ihn erkundet und Handel getrieben. Bis er schließlich begriff, wie die Dinge hier im Gang gehandhabt werden, und dann hat er sich ausgerechnet, daß er mit einem Gasthaus das große Geld machen könnte. Er hat ein paar Arbeiter angestellt und ein kleines Gasthaus gebaut. Das ist im Lauf der Jahre immer größer geworden, und mittlerweile ist es beinahe ein kleines Dorf. Jedes Mal, wenn er wieder anbaute, stellte er fest, daß es keine Grenzen gibt, zumindest hat er sie bis jetzt noch nicht erreicht.«

»Und hat er?«

»Hat er was?«

»Das große Geld gemacht?«

Boldar lachte, und wieder fiel Miranda das jungenhafte Gesicht des Söldners auf. »Ich vermute, John ist der reichste Mann, den es je gegeben hat. Er könnte Welten kaufen, wenn er wollte. Aber wie die meisten von uns hat auch er festgestellt, daß Reichtum nur ein Mittel ist, sich ein schönes Leben zu machen. Oder daß Reichtum anzeigt, wie gut man die verschiedenen Spielchen, die hier im Gang gespielt werden, beherrscht.«

Sie erreichten eine Tür, vor der ein Vorhang hing, und Boldar rief: »Mustafa, bist du da?«

»Wer will das wissen?«

Das brachte Boldar zum Lachen. Er schob den Vorhang zur Seite und machte Miranda ein Zeichen, sie möge eintreten. Sie tat wie geheißen und stand in einem kleinen Zimmer, in dem es nur einen Tisch gab, auf dem eine Kerze brannte. Ansonsten fanden sich keine weiteren Einrichtungsgegenstände. Nur in der Wand gegenüber war eine zweite Tür. Hinter dem Tisch stand ein Mann, dessen Gesicht so schwarz wie gutgefettetes altes Leder glänzte. Ein weißer Bart schmückte Kinn und Wangen, die Oberlippe jedoch war glattrasiert. Sein Kopf war mit einem grünen Turban bedeckt. Er verneigte sich. »Friede sei mit Euch«, sagte er in der Sprache der Wüstenmenschen der Jal-Pur.

»Und mit Euch«, antwortete Miranda.

»Ihr sucht Pug von Stardock?« fragte er.

Miranda nickte. Sie zog eine Augenbraue hoch und blickte Boldar fragend an.

Boldar erklärte »Mustafa ist Wahrsager.«

Mustafa kicherte: »Zuerst müßt Ihr meine Hände mit Gold bedecken.« Er streckte die Hand aus. Miranda langte an ihren Gürtel und holte eine Münze hervor, die sie ihm überreichte. Er steckte das Geld in seinen eigenen Geldbeutel, ohne es eines Blickes zu würdigen. »Wonach sucht Ihr?«

»Das habt Ihr doch gerade selbst gesagt.«

Mustafa erwiderte: »Ihr müßt es laut sagen!«

Sie unterdrückte ihre Gereiztheit, denn dieses ganze Getue erschien ihr wie eine Vorstellung, mit der leichtgläubige Kunden beeindruckt werden sollten. »Ich muß Pug von Stardock finden.«

»Warum?«

Miranda antwortete: »Das geht niemanden etwas an, aber es ist dringend.«

»Viele suchen nach diesem Mann. Er hat Vorkehrungen getroffen, damit ihm jene nicht folgen können, denen er nicht begegnen möchte. Wie soll ich wissen, ob Ihr nicht zu denen gehört?«

Miranda sagte: »Es gibt jemanden, der sich für mich verbürgen könnte, aber er ist auf der Welt Midkemia: Tomas, ein Freund von Pug.«

»Der Drachenreiter.« Mustafa nickte. »Das ist ein Name, den nur die wenigsten von denen kennen, die Böses gegen Pug im Schilde führen.«

»Wo könnte ich ihn finden?«

»Er sucht Verbündete und spricht deshalb bei den Göttern vor. Suche ihn in der Himmlischen Stadt in der Halle der Wartenden Götter im Land Novindus. In den großen Bergen, den Säulen der Sterne, müßt Ihr die Totenstadt finden, das Heim der Toten Götter. Dort, auf den Gipfeln der Berge, liegt die Halle, in der jene Götter auf ihre Wiedergeburt warten. Geht dorthin.«

Miranda wartete nicht länger, sondern drehte sich um und ging hinaus. Boldar blieb mit Mustafa allein zurück und fragte: »Stimmt das wirklich? Oder war das nur wieder einer deiner Jahrmarkttricks?«

Mustafa zuckte mit den Schultern. »Ich weiß nicht, ob es

stimmt. Ich habe einfach nur Geld bekommen, um genau das zu sagen.«

»Wer hat dir Geld gegeben?«

»Pug von Stardock.« Der alte Mann nahm seinen Turban ab und enthüllte ein fast kahles Haupt. Er kratzte sich am Kopf und meinte: »Der Hinweis ist mit Sicherheit falsch. Ich habe das bestimmte Gefühl, daß Pug ein Mann ist, der auf keinen Fall gefunden werden will.«

Boldar meinte: »Langsam wird die Sache spannend. Ich glaube, ich werde bei dieser Dame bleiben und sehen, ob sie nicht Hilfe braucht.«

Mustafa schüttelte den Kopf. »Egal, ob sie ihn findet oder nicht, ich glaube, sie wird noch eine ganze Menge Hilfe brauchen, bis sie diese Geschichte durchgestanden hat. Irgendein Dussel hat ein Tor zum Dämonenreich aufgestoßen, und das könnte einen ziemlichen Aufruhr hervorrufen.« Er gähnte.

Boldar wollte noch fragen, was er damit meinte, aber andererseits wollte er Miranda keinen zu großen Vorsprung lassen, und deshalb verließ er wortlos das Zimmer.

Einen Augenblick, nachdem Boldar gegangen war, öffnete sich die andere Tür und ein Mann trat ein. Er war zwar klein, aber trotzdem auffallend. Er hatte dunkles Haar und dunkle Augen, sein Bart war kurzgestutzt, und er trug eine einfache schwarze Robe. Er nahm einen Beutel vom Gürtel und holte einige Goldmünzen heraus, die er Mustafa gab. »Danke. Das habt Ihr gut gemacht.«

»Ich stehe Euch jederzeit wieder zur Verfügung. Wohin geht Ihr nun?«

»Ich glaube, ich werde eine kleine Prüfung vorbereiten.«

Mustafe erwiderte: »Nun, dann wünsche ich Euch viel Vergnügen. Und laßt mich wissen, wie diese Sache mit den Dämonen ausgeht; die Lage hier könnte ziemlich brenzlig werden, wenn sie freikommen.«

»Ich werde Bescheid sagen. Auf Wiedersehen, Mustafa«, entgegnete der Mann und begann, seine Hände zu bewegen.

»Auf Wiedersehen, Pug«, antwortete Mustafa, kaum daß er den Gruß beendet hatte, war Pug von Stardock bereits verschwunden.

# Drei

## Reise

Erik stieg ab.

Roo übernahm die Zügel von Eriks und Billys Pferden und führte sie fort. Erik und Billy liefen vor, die Waffen bereit. Das Manöver wurde auf ganzer Front wiederholt.

Seit sie von Breks Gasthaus bei Shingazis Landestelle aufgebrochen waren, hatte Calis die Männer fortwährend gedrillt. Jetzt wurden sie als berittene Fußtruppe ausgebildet. Beim ersten Anzeichen eines Angriffs mußte einer von jeweils drei Männern die Pferde nach hinten in Sicherheit bringen und dort anpflocken, während die anderen beiden eine Verteidigungsposition einnehmen sollten. Die Männer hatten sich darüber beschwert, daß sie zu Fuß kämpfen sollten, wo sie doch so gute Pferde hatten, aber ihre Einwände waren auf taube Ohren gestoßen.

Nakor hatte nur gelacht und gesagt: »Mann und Pferd geben ein besseres Ziel ab als ein Mann zu Fuß, der sich hinter einen Felsen duckt.«

Erik und die anderen hatten sich inzwischen längst an den Drill gewöhnt und warteten ab, was als nächstes kommen würde. Manchmal passierte nichts, manchmal griff Hatonis' Truppe von Clansmännern aus der Stadt am Schlangenfluß an, und die Folgen eines solchen Angriffs konnten schmerzhaft sein. Denn bei diesen Scheingefechten wurden schwere Holzschwerter eingesetzt, die mit Blei beschwert waren und das doppelte Gewicht eines Kurzschwerts besaßen. Erik hätte schwören können, daß sein eigentliches Schwert nach all den Wochen der Übung im Vergleich zu den Holzschwertern federleicht in seiner Hand lag, doch diese Übungswaffen konnten große Beulen und sogar Knochenbrüche verursachen. Wahrscheinlich steckte irgendeine Absicht dahinter, und die Clansmänner aus der Stadt am Schlangenfluß fanden großes Vergnügen daran, die Truppe von Calis unter Druck zu setzen.

Erik verstand die politischen Verhältnisse in diesem seltsamen Land nicht. Er wußte, Calis und Hatonis waren alte Freunde oder zumindest freundschaftliche Bekannte, doch die anderen Männer aus der fernen Stadt benahmen sich Calis' Leuten gegenüber entweder mißtrauisch oder überheblich. Auf die Frage, warum, als Erik einen alten Soldaten fragte, einen Veteranen von Calis' erster Reise zu diesem Kontinent, erhielt er zur Antwort, daß die Krieger der Clans für Söldner nicht viel übrig hatten. Daraus schloß Erik, daß nur wenige Anführer wie Hatonis darüber Bescheid wußten, worin der eigentliche Zweck ihres Aufenthalts in diesem fremden Land bestand.

Hinter sich hörte Erik ein Klappern; Roo war zurück und legte einige dieser seltsamen kurzen Speere ab, die sie bei Breks Gasthaus bekommen hatten. Sie waren aus weichem Eisen gemacht und sollten auf die Angreifer geworfen werden, um sie entweder zu verletzen oder zumindest ihre Schilde unbrauchbar zu machen. Wenn sie einmal etwas getroffen hatten, waren sie nicht noch einmal zu verwenden, weil sie sich sofort verbogen, und aus diesem Grunde waren sie dann auch für den Angreifer nutzlos. Von einer nahen Erhebung her gellte ein Ruf herüber, und plötzlich hagelte es Pfeile. Erik hob den Schild, duckte sich darunter und hörte, wie zwei Schäfte darauf trafen und zerbrachen. Neben ihm fluchte jemand: Luis hatte nicht soviel Glück gehabt und war von einem Übungspfeil getroffen worden. Diese Pfeile waren nicht gefährlich, aber sie konnten ordentlich schmerzen und gelegentlich auch eine ernsthafte Verletzung zur Folge haben.

Dann kündigte ein weiterer Ruf den Angriff an. Erik sprang auf und schnappte sich einen der schweren Eisenspeere. »Macht euch bereit«, brüllte de Loungville. Als die angreifenden Clansmänner näher rückten, spannten sich Eriks Muskeln. De Loungville schien seine Gedanken zu lesen. »Wartet noch!«

Während die Clansmänner den Hügel hinunterstürmten, warteten die Männer von Calis' Truppe ab, bis de Loungville brüllte: »Werft!«, und Erik und die anderen taten so, als würden sie den Pilum, wie diese weichen Speere in der Sprache von Queg hießen, werfen. Da sie jedoch darin nicht geübt waren, konnten sie diese Waffen nicht werfen, und ließen sie fallen, um die schweren Übungsschwerter zu ziehen, wobei einige der Männer herzhaft stöhnten.

Erik erkannte den Mann, der auf ihn losstürmte, einen großen, ernsten Kerl namens Pataki. Erik riß sich zusammen und überließ dem Mann den ersten Schlag, den er mit Leichtigkeit mit dem Schild abwehrte. Er machte einen knappen Schritt zur Seite und holte dann zu einem Hieb aus, der über Patakis Schild hinwegging und den Mann am Hinterkopf traf. Erik zuckte zusammen, denn obwohl Pataki einen Helm trug, mußte dieser Schlag ziemlich weh getan haben.

Er sah sich um. Seine Gefährten konnten die Angreifer mit Leichtigkeit abwehren, und schon nach einer Minute warfen die Clansmänner ihre Schwerter zu Boden und nahmen die Helme ab, das Zeichen für Aufgabe. Einige von Calis' Leuten bejubelten den Sieg, doch die meisten standen einfach nur zufrieden da. Den ganzen Tag über ritten sie, und dazwischen kamen immer wieder diese Gefechte – wenn auch nur Scheinkämpfe –, und das verlangte seinen Tribut; die meisten Männer nutzten jede Minute, um sich auszuruhen.

»Gut«, brüllte Foster. »Verstaut die Waffen!«

Erik klemmte sein Übungsschwert unter den Arm und wollte gerade sein Pilum aufheben, da hörte er Billy sagen: »Der hier bewegt sich nicht mehr!«

Es war Pataki, der immer noch mit dem Gesicht nach unten im Staub lag. Roo war als erster bei ihm und drehte den stämmigen Mann auf den Rücken. Er beugte sich über ihn und meldete schließlich: »Er atmet noch, aber er ist bewußtlos.«

De Loungville kam herbeigeeilt. »Was ist los?«

Erik hob sein Pilum auf. »Ich hab ihn am Hinterkopf erwischt. Scheinbar härter, als ich wollte.«

»Scheinbar«, sagte de Loungville und kniff die Augen zusammen. Doch der Tadel blieb aus, und plötzlich grinste er und meinte: »Du bist mir vielleicht einer!« Zu Roo gewandt fuhr er fort: »Schütte ihm etwas Wasser über den Kopf, und dann sucht ihr eure Sachen zusammen.«

Roo verdrehte die Augen und lief dorthin, wo sie die Pferde festgemacht hatten. Er holte einen Schlauch mit Wasser und leerte ihn über dem reglosen Mann. Pataki wachte auf, spuckte Wasser und kam wieder auf die Beine. Schnell zog er sich zu seiner Truppe zurück.

Erik trug sein Pilum, sein Übungsschwert und seinen Schild zu den Pferden. Er lud seine Ausrüstung auf und wartete dann auf Roo. Der sagte, als er wieder zurückkehrte: »Du hast ihn ja wirklich hart am Kopf getroffen.«

»Hast du es gesehen?«

»Ich war einen Augenblick lang nicht beschäftigt. Den Kerl, der es zunächst auf mich abgesehen hatte, hat Billy von hinten angegriffen, und daher hatte ich nichts zu tun.«

»Du hättest mir ja vielleicht auch helfen können«, meinte Erik.

»Als ob du Hilfe nötig hättest«, erwiderte Roo. »Du wirst noch zu einer rechten Landplage mit deinem Übungsschwert. Vielleicht solltest du es auch dann benutzen, wenn die richtigen Kämpfe losgehen. Du kannst damit besser zuschlagen als manch anderer mit scharfer Klinge.«

Erik brachte ein halbes Lächeln zustande und schüttelte den

Kopf. »Vielleicht finde ich ja noch einen dieser großen Kriegshämmer, wie sie die Zwerge benutzen, und dann kann ich Felsen zertrümmern.«

»Aufsteigen!« befahl Foster. Die Männer stöhnten, taten aber, wie von ihnen verlangt wurde.

Erik und Roo gesellten sich zu Sho Pi, Biggo, Luis und Billy und nahmen ihren Platz im Glied ein. Die Truppe wartete. Dann kam der Befehl zum Aufbruch. Sie würden zumindest noch die letzte Stunde Tageslicht ausnutzen, bevor der Befehl zum Aufschlagen des Lagers ergehen würde, und das wiederum würde abermals zwei Stunden in Anspruch nehmen. Erik blickte zur Sonne auf, einer bedrohlich roten Kugel im Westen, und meinte: »Für diese Jahreszeit ist es einfach verflucht noch mal zu heiß.«

Hinter ihm antwortete Calis: »Die Jahreszeiten sind hier genau verkehrt herum, Erik. Im Königreich ist jetzt Winter, hier jedoch früher Sommer. Die Tage werden länger und wärmer.«

»Wie schön«, erwiderte Erik, während er sich fragte, wie der Hauptmann so plötzlich neben ihm aufgetaucht war.

»Wenn wir mit den Clansmännern üben«, fuhr Calis mit einem schwachen Lächeln fort, »dann beherrsch dich doch ein wenig. Pataki ist ein Neffe von Regin, dem Oberhaupt des Löwenclans. Hättest du ihm den Schädel gespalten, wären unsere Beziehungen zu den Clans dadurch ein wenig angespannt geworden.«

»Ich werde versuchen, daran zu denken, Hauptmann«, bemerkte Erik trocken.

Calis gab seinem Pferd die Sporen und lenkte es zur Spitze der Truppe.

Roo fragte: »Hat er das jetzt im Spaß gemeint?«

»Und wenn schon?« meinte Billy Goodwin. »Es ist einfach zu heiß, und ich bin zu müde, um mir darüber Gedanken zu machen.«

Biggo, der neben Billy ritt, bemerkte: »Das ist schon seltsam.«

»Was?« fragte Roo.

»Die Sonne ist so rot, aber es dauert noch wenigstens ein oder zwei Stunden, bis sie untergeht.«

Alle blickten gen Westen und nickten. »Woran könnte das liegen?« fragte Luis, der hinter Biggo ritt.

»Rauch«, antwortete ein Clansmann, der an ihnen vorbeiritt. »Letzte Nacht haben wir die Nachricht erhalten, daß Khaipur gefallen ist. Das muß das Feuer sein.«

Roo erwiderte: »Aber die Stadt ist noch Hunderte von Meilen entfernt. Zumindest hat das der Hauptmann gesagt.«

Sho Pi sprach sehr leise, als er sagte: »Ein sehr großes Feuer.«

Die Ausbildung ging weiter, und Erik und die anderen brauchten sich keine Gedanken darüber zu machen, was sie zu tun hätten; sie taten es einfach. Sie gewöhnten sich sogar daran, jede Nacht ihr Lager zu befestigen; Eriks Erstaunen darüber, wieviel Arbeit fünfundsiebzig Männer bewältigen konnten, ließ immer mehr nach.

Doch sobald sich der Tagesablauf ein wenig eingespielt hatte, taten Calis und de Loungville alles, um ihn zu unterbrechen und die Männer in ständiger Alarmbereitschaft zu halten. Während die Tage vergingen, sah Erik die Notwendigkeit dafür immer weniger ein.

Reiter kamen an und ritten wieder los. Die verschiedenen Spione, die Calis über die Jahre hinweg hier eingesetzt hatte, brachten Nachrichten. Das Heer der Smaragdkönigin zog auf die Stadt Lanada zu, anstatt die Herrschaft über das Land um sie herum zu sichern, was Jahre gedauert hätte.

Während Erik in der zweiten Gruppe an der Spitze der Kolonne geritten war, hatte er gehört, wie Hatonis mit Calis und einem Reiter gesprochen hatte, der gerade Neuigkeiten überbracht hatte. »Zwischen dem Fall von Sulth und dem Angriff auf Hamsa sind sieben Jahre vergangen.«

Hatonis erwiderte: »Aber die Invasoren mußten sich durch den Wald von Irabek kämpfen.«

»Drei Jahre zwischen der Eroberung von Hamsa und der von Kilba, und nur noch ein Jahr zwischen Kilba und Khaipur.«

Calis nickte. »Sie beherrschen immer weitere Teile des Kontinents, und offensichtlich wollen sie ihr Vordringen noch beschleunigen.«

De Loungville vermutete: »Die Armee wird vielleicht langsam zu groß, und die Generäle müssen sie mit Eroberungen beschäftigen, um sie unter Kontrolle zu halten.«

Calis zuckte mit den Schultern. »Wir müssen unsere Marschrichtung ändern.« Er wandte sich an den Reiter. »Ihr werdet heute bei uns übernachten, und morgen kehrt Ihr in den Norden zurück. Bringt den Jeshandi die Nachricht, daß wir nicht zu ihnen kommen. Wir werden dem Schlangenfluß nicht weiterfolgen und direkt nach Westen ziehen. Und sagt allen, die uns erreichen wollen, daß wir versuchen werden, zwischen Khaipur und Lanada zu den Invasoren zu stoßen. Sie sollen uns beim Treffpunkt der Söldner suchen.«

Erik und die anderen wandten sich um und warfen einen Blick auf den Schlangenfluß. Bis in die Ferne erstreckte sich das breite Tal mit Wald und Wiesen, und dahinter erhob sich eine kleine Gebirgskette. Sie würden über den Fluß setzen, das Tal und die Berge durchqueren müssen, um die Flußlande der Vedra zu erreichen.

De Loungville fragte: »Sollen wir umkehren und den Fluß bei Breks Gasthaus überqueren?«

Calis erwiderte: »Nein, das würde zuviel Zeit in Anspruch nehmen. Wir werden Kundschafter aussenden, um eine geeignete Stelle zu finden.«

De Loungville schickte ein paar Reiter voraus, und zwei Tage später erhielten sie Nachricht über eine breite Stelle mit ruhigem

Wasser, wo man mit Flößen übersetzen konnte. Als Calis die Stelle begutachtet hatte, stimmte er zu. Hier konnte man es versuchen. Er befahl den Männern, aus dem spärlichen Uferbewuchs ein kleines Floß zu bauen. Ein Dutzend Männer, unter ihnen Erik und Biggo, setzten als erste über den tückischen Fluß, wobei sie Seile quer über das Wasser spannten, die es den nachfolgenden Männern erleichtern sollten, die gegenüberliegende Seite zu erreichen. Drüben fällte das Dutzend Männer Bäume, die zu vier Flößen zusammengebunden wurden. Auf jedem Floß hatten vier Pferde Platz. Die Pferde spielten zum größten Teil mit. Allerdings brach ein Floß bei der vorletzten Überfahrt auseinander. Pferde und Männer sprangen ins Wasser, doch während alle Männer gerettet werden konnten, schaffte es nur ein Pferd ans andere Ufer.

Es waren genug Pferde vorhanden, deshalb war der Verlust von drei Tieren nicht besonders schlimm, doch Erik machte der Tod der Tiere zu schaffen. Das Schreckgespenst einer Schlacht, in der Männer starben, bereitete ihm keine Kopfschmerzen, doch der Gedanke an die armen Pferde, die nach dem Unfall den Fluß hinuntertrieben, machte ihn sehr traurig.

Das Tal erstreckte sich von der Gabelung des Flusses nach Westen. Die Wiesen stiegen immer weiter an, so daß die Männer schließlich durchs Gebirge würden ziehen müssen. Am zehnten Tag ihres Marsches kam einer der Kundschafter zu Calis zurück und berichtete, er sei auf eine Gruppe Jäger gestoßen.

Erik, Roo und vier weitere Männer wurden zusammen mit Foster nach vorn geschickt, um mit den Jägern zu verhandeln. Erik war für alles dankbar, was in der Eintönigkeit des Marsches eine Abwechslung versprach. Bis jetzt war jeder Tag mit schwerer Arbeit ausgefüllt gewesen. Und obwohl Erik gern mit Pferden umging, war er nie ein großer Reiter gewesen. Zwölf Stunden im Sattel, unterbrochen nur von den Stunden, in denen sie neben den Pferden hergingen, um sie zu schonen, und dem Aufschlagen und

Abbrechen des Lagers, waren eine schlimmere Plackerei als selbst die Arbeit in der Schmiede.

Das Land stieg jetzt immer weiter an, und bald hatten sie das Gebirge erreicht. Die höchsten Berge hier waren zwar nicht so hoch wie die, die Erik von zu Hause her kannte, aber dafür war ihre Anzahl ungleich größer. Die drei höchsten Berge in Finstermoor waren von vielen Hügeln umgeben, doch sonst gab es kaum richtige Berge. Meist waren es eher plateauähnliche Erhebungen oder sanft ansteigende Hänge. Hier waren die Berge zwar nicht so hoch wie die zu Hause, dafür aber zahlreich und steil, und es gab hohe Felsen und Vorsprünge. Sturzbäche und Flüsse hatten tiefe Schluchten in den Granit gefressen, welche manchmal im Nichts endeten. Hinzu kam, daß die ganze Gegend mit Wald bewachsen war. Die Berge erhoben sich an keiner Stelle über die Baumgrenze, weshalb die Männer nirgends einen Punkt fanden, an dem sie sich in dem dichten Wald hätten orientieren können. Eriks Befürchtungen nach würde die Überquerung dieser Berge nicht nur unangenehm, sondern auch gefährlich werden.

Die Jäger warteten an dem mit dem Kundschafter vereinbarten Treffpunkt. Erik zügelte sein Pferd, während Foster abstieg, seinen Schwertgürtel ablegte und mit erhobenen Händen auf die Männer zuging. Erik sah sich die Jäger eingehend an.

Sie waren Bergbewohner, die Fellwesten und lange Wollhosen trugen. Erik hielt sie für Schaf- oder Ziegenhirten, deren Herden auf irgendwelchen Weiden versteckt grasten. Jeder Mann trug einen Bogen, der nicht so beeindruckend aussah wie der Langbogen des Königreichs, mit dem man aber sowohl Menschen als auch Bären und Wild töten konnte.

Der Anführer, ein graubärtiger Mann, trat vor und unterhielt sich mit Foster, während die anderen bewegungslos dastanden. Erik sah sich um und konnte keine Pferde entdecken; diese Männer jagten offensichtlich zu Fuß. Bei diesem Gelände hielt Erik das auch für angebrachter, als ein Pferd dazu zu bringen, sich wie ein Esel oder eine Ziege zu benehmen. Falls sich das Dorf der Jäger hier oben in den Bergen befand, waren Pferde nicht nur hinderlich, sie stellten sogar eine Gefahr dar.

Zwei der anderen Männer glichen ihrem Anführer, während der dritte lediglich die gleiche Kleidung trug. Erik meinte, sie könnten aus einer Familie sein. Dann war der eine, der sich von den anderen unterschied, vielleicht der Schwiegersohn des Alten.

Foster nickte, griff in seinen Jagdrock und zog einen schweren Geldbeutel hervor. Er zählte einige Goldstücke ab, reichte sie dem Mann und kam dann dorthin zurück, wo Roo sein Pferd bereithielt. »Ihr wartet hier, Männer.« Er deutete mit dem Kopf auf die Männer, und allen war klar, daß sie die Jäger davon abhalten sollten, mit dem Gold, das er ihnen gerade gegeben hatte, zu verschwinden. »Ich hole den Rest der Truppe. Diese Kerle kennen einen Paß über die Berge, der auch für die Pferde sicher ist.«

Erik warf einen Blick auf die steil vor ihm aufragenden Felsen und nickte. »Ich hoffe doch.«

Während sie warteten, sprachen die Jäger miteinander. Derjenige, der den anderen dreien nicht ähnelte, hörte zu, während der Anführer sprach. Dann drehte er sich ohne ein weiteres Wort um und trottete auf die Waldgrenze zu.

Einer der Soldaten, ein Mann namens Greely, rief: »Wo willst du hin?« Der Jäger blieb stehen. Greely beherrschte die hiesige Sprache, die sie alle auf dem Schiff gelernt hatten, besser als Erik, doch sein Akzent kam den Bergmenschen doch sehr seltsam vor. Sie blickten Greely verwirrt an.

Der Anführer fragte: »Haltet Ihr uns für Verräter?«

Die Jäger standen da, bereit, den Bogen von der Schulter zu nehmen und zu schießen, falls die falsche Antwort kam. Erik blickte Roo an; und der meinte plötzlich: »Er schickt seinen Schwiegersohn zurück nach Hause, damit er seiner Frau und seiner Tochter mitteilen kann, daß der Vater und seine Söhne heute nicht pünktlich zum Essen erscheinen werden. Habe ich recht?«

Der Anführer der Jäger nickte einmal und wartete. Greely sagte: »Also ... ich denke, das wird wohl in Ordnung gehen.«

Der Anführer nickte nun dem vierten Jäger zu, der sich abermals aufmachte. Dann fügte er hinzu: »Und morgen auch nicht. Es werden zwei harte Tagesmärsche über die Berge, und der Abstieg ist ebenfalls kein Zuckerschlecken, aber wenn Ihr dann erst einmal auf dem richtigen Weg seid, werdet Ihr ohne meine Hilfe zurechtkommen.«

Während der nächsten Viertelstunde schwiegen alle, und dann verkündete nahender Hufschlag die Ankunft von Calis und seiner Truppe. Calis ritt an der Spitze, und als er zu ihnen stieß, besprach er sich rasch mit dem Anführer der Jäger. Sie redeten sehr schnell, und Erik konnte nicht alles verstehen.

Doch am Ende schien Calis zufrieden zu sein und wandte sich den anderen zu, die hinter ihm immer noch im Sattel saßen. »Das hier sind Kirzon und seine Söhne. Sie kennen einen Weg über die Berge hinunter zum Tal der Vedra. Doch der ist schmal und schwierig.«

Zwei Stunden lang folgten sie den Jägern auf einem schmalen Pfad, der sich in die Berge hochwand. Der Weg war gefährlich, und daher ließen sie die Pferde langsam gehen, denn jeder Fehltritt konnte Pferd und Reiter gefährden. Nachdem sie eine kleine Wiese erreicht hatten, wandte sich der Jäger an Calis und beriet sich mit ihm. Calis nickte und sagte dann: »Wir lagern hier und brechen beim ersten Tageslicht wieder auf.«

Plötzlich brüllten de Loungville und Foster Befehle, und Erik und Roo parierten, ohne nachzudenken. Sie sattelten die Pferde ab und pflockten sie an mehreren Stellen verteilt an, damit auch jedes genügend Gras zum Weiden finden konnte. Das Anpflocken dauerte allerdings länger, als die Pferde einfach in einer Reihe aufzustellen und das Futter selbst herbeizuschaffen.

Als Erik und die anderen mit den Pferden fertig waren, hatte der Rest der Truppe bereits den größten Teil des Grabens ausgehoben und an den vier Seiten des Lagers einen Wall aufgeworfen. Erik griff sich eine Schaufel und gesellte sich zu den anderen. Schnell hatten sie die Verteidigungsanlage fertiggestellt. Das Tor wurde aufgerichtet, ein großes, aus mehreren Bohlen zusammengesetztes Brett, das von einem Lastpferd getragen wurde. Jetzt diente es auch als Brücke über den Graben. Schließlich kletterte Erik mit den anderen über den Wall und stampfte die dem Lager zugewandte Seite fest. Roo schleppte eisenbeschlagene, spitze Pfähle herbei, die in kurzen Abständen in den Wall eingelassen wurden. Schließlich gesellten sie sich zum Rest ihrer Sechsergruppe, die gerade das Zelt aufbaute, das aus mehreren Stücken zusammengesetzt wurde, von denen jeder Mann eins auf seinem Pferd transportierte. Sie rollten ihre Schlafsäcke aus und gingen schließlich hinüber zum Küchenfeuer, auf dem eine heiße Suppe vor sich hin brodelte.

Während des Marschs gab es immer nur Zwieback und Trockenfrüchte, dazu eine Gemüsesuppe, jedenfalls wenn es möglich war. Zuerst hatten Erik und einige der anderen Männer über das Fehlen von Fleisch im Speiseplan gemurrt, doch jetzt stimmte er den älteren Soldaten zu, die meinten, schweres Essen sei belastend. Während ihm der Gedanke an einen Braten, ein Stück Hammelkeule oder an die Fleischpasteten seiner Mutter das Wasser im Mund zusammenlaufen ließ, wußte Erik, daß er sich in seinem ganzen Leben noch nicht so stark wie jetzt gefühlt hatte.

Holzschüsseln wurden ausgeteilt, und jeder Mann bekam eine Portion Gemüseeintopf, in dem sich gerade soviel Rinderfett und Gewürze befanden, um ihm Geschmack zu geben. Roo und Erik ließen sich in der Nähe des Feuers nieder, und dann meinte Roo: »Was würde ich jetzt für ein Stück warmes Brot geben, um es in die Suppe tunken zu können.«

Foster, der gerade vorbeiging, erwiderte: »Die Menschen in den Tiefen Höllen würden alles für ein Glas kaltes Wasser geben, mein Freund. Genieße, was du hast. Morgen gibt es wieder nur die Marschration.«

Die Männer stöhnten. Die getrockneten Früchte und der Zwieback waren zwar nahrhaft, aber so gut wie geschmacklos, und man konnte stundenlang darauf herumkauen, um dann immer noch das Gefühl zu haben, das Ganze wäre zu zäh zum Schlucken. Was Erik am meisten fehlte, war der Wein. Da er in Finstermoor aufgewachsen war, war er daran gewöhnt, stets Wein zum Essen zu trinken. Die Güte des Weins, der in der Gegend angebaut wurde, war schon fast legendär, und selbst der billigste Tafelwein war überdurchschnittlich gut. Bis er nach Krondor gekommen war, hatte Erik keine Ahnung gehabt, daß selbst der Wein, der zu billig war, um den weiten Transport zu rechtfertigen, in den Wirtshäusern und Küchen der Stadt des Prinzen einen guten Preis erzielt hätte.

Er erzählte es Roo, der darauf antwortete: »Das ist ja geradezu eine Einladung für einen Kerl, der wie ich sein Glück als Händler machen will.« Er grinste, und Erik mußte lachen.

Biggo, der auf der anderen Seite des Feuers saß, meinte: »Was, du willst Flaschen mit diesem Zeug nach Krondor schaffen und dabei dein Geld verlieren?«

Roo kniff die Augen zusammen. »Wenn mein zukünftiger Schwiegervater Helmut Grindle mich mit genügend Geld ausstattet, werde ich dafür sorgen, daß auf jeden Tisch des Westlichen Reiches guter Wein kommt.«

Erik lachte erneut. »Du hast das Mädchen doch noch nicht einmal kennengelernt! Sie könnte längst verheiratet sein und einen Haufen Kinder haben, wenn du zurückkommst.«

Jerome Handy schnaubte. »Falls du zurückkommst.«

Schweigen machte sich breit.

Pferde sind wirklich widerspenstige Geschöpfe, dachte Erik, während er die Augen mehrmals zusammenkniff, um den Staub loszuwerden. Ihm war die Aufgabe übertragen worden, die Reservepferde über die Berge zu treiben, und er hatte sich dazu ein halbes Dutzend der besseren Reiter ausgesucht, die ihm dabei helfen sollten. Zu seiner Überraschung hatte sich Nakor freiwillig gemeldet. Die meisten Männer fanden es langweilig, hinter der Herde herzureiten, und noch dazu lästig, weil man den aufgewirbelten Staub schlucken mußte. Doch der allzeit neugierige Isalani war von der Treiberei begeistert. Wie sich zu Eriks Erleichterung herausstellte, war der Mann zudem ein ausreichend guter Reiter.

Zweimal hatten die Pferde schon einen Weg einschlagen wollen, an dessen Ende die Tiere entweder wieder zurücklaufen – eine Sache, die Pferden überhaupt nicht gefiel – oder das Fliegen hätten lernen müssen, was Erik ebenfalls für ziemlich unwahrscheinlich hielt. »Hüh!« rief er einem der Tiere zu, welches besonders eigensinnig war und den Berg hinabsteigen wollte. Er warf einen Stein nach der Stute, welcher an ihrer rechten Schulter abprallte und sie in die Richtung lenkte, die sie einschlagen sollte. »Du dummes Ding!« schrie Erik. »Du willst doch nicht Futter für die Krähen werden.«

Nakor ritt näher an der Kante des Weges, als es jeder andere Mann gewagt hätte, und schien bereit, das Tier irgendwie dazu zu zwingen, in die Luft zu fliegen, falls es notwendig wäre, eines der anderen Tiere auf dem Weg zu halten. Als Erik ihm vorschlug, doch ein wenig weiter vom Rand wegzukommen, grinste der kleine Mann nur und meinte, es wäre schon in Ordnung. »Sie ist paarungswillig. Stuten sind immer ein bißchen dumm, wenn sie heiß sind.«

»Sie ist schon nicht besonders helle, wenn sie nicht heiß ist. Wenigstens haben wir keine Hengste dabei. Dann würde das Ganze erst richtig interessant.«

»Ich hatte mal einen Hengst«, sagte Nakor. »Ein großes schwarzes Pferd, das mir die Kaiserin von Groß-Kesh geschenkt hat.«

Erik sah den Mann an. »Das ist ... sehr interessant.« Er kannte Nakor zu gut, um ihn einen Lügner zu nennen. Aber vieles von dem, was er erzählte, war kaum nachzuprüfen. Allerdings behauptete er auch nie etwas, das er nicht einhalten konnte, und daher nahmen die Männer mittlerweile das meiste für bare Münze.

»Das Pferd ist gestorben«, fuhr Nakor fort. »War ein gutes Pferd. Tat mir leid, als es starb. Hat schlechtes Gras gefressen und Koliken bekommen.«

Ein Ruf von vorn warnte Erik. Die Pferde schienen ausbrechen zu wollen. Erik schickte Billy Goodwin nach vorn, damit er sie in den Engpaß trieb, der sich durch den Bergkamm schnitt. Wenn sie da durch wären, würde es nach unten in das Tal der Vedra gehen.

Erik rief Billy zu, er solle zurück nach hinten kommen und die Tiere treiben, während er sich selbst an die Spitze der dreißig Pferde drängte, die die Reserve der Truppe bildeten. Ein widerspenstiger Wallach versuchte umzukehren, und Erik drängte das Tier mit seinem eigenen in die Schlucht, woraufhin die anderen mehr oder weniger willig folgten. Erik zügelte sein Pferd und wartete, bis alle an ihm vorbei waren. Danach gesellte er sich wieder zu Billy und Nakor.

»Von hier aus geht es nur noch bergab«, sagte Billy.

Plötzlich biß Nakors Stute nach Billys Pferd, und dieses bäumte sich auf. Nakor rief: »Paß auf!«

Billy verlor den Halt, fiel rückwärts aus dem Sattel und landete hart auf dem Boden. Erik sprang sofort ab und lief zu Billy, während dessen Pferd hinter der Herde herrannte.

Er bückte sich und sah, daß Billy blicklos in den Himmel starrte. Sein Kopf lag auf einem großen Stein, und darunter breitete sich eine rote Lache aus.

Nakor schrie: »Was ist mit ihm?«

Erik antwortete: »Er ist tot.«

Einen Augenblick lang herrschte Schweigen, dann sagte Nakor: »Ich folge den Pferden. Du nimmst ihn mit. Irgendwo werden wir ihn begraben.«

Erik erhob sich. Als er sich erneut bückte, um Billy aufzuheben, fiel ihm plötzlich wieder ein, wie er Tyndals Leiche aufgehoben hatte. »Oh, verdammt«, fluchte er, und die Tränen drängten sich ihm in die Augen.

Er zitterte, als ihm bewußt wurde, daß Billy als erster von denen, die an jenem Tag mit ihm gehängt werden sollten, gestorben war. »Oh, verdammt«, wiederholte er, während er dastand und die Fäuste ballte. »Warum bloß?« haderte er mit dem Schicksal.

Im einem Moment war Billy noch neben ihm geritten, im nächsten war er tot. Erik fühlte, wie sein Körper bebte, und er erkannte das Gefühl: Angst. Er holte tief Luft, schloß die Augen, beugte sich über Billy und hob ihn auf. Der Körper war erstaunlich leicht. Er wandte sich um und ging zu seinem Pferd, das scheute, als er sich näherte. »Hüh!« befahl er fast schreiend, und das Tier gehorchte.

Er legte Billy quer über den Hals des Tieres vor den Sattel und schwang sich hoch. Als er im Sattel saß, zog er sich Billy so weit wie möglich auf die Oberschenkel, damit das Gewicht für das Tier besser verteilt war. Langsam ritt er hinter der Herde her, die schon ein ganzes Stück voraus war.

»Verdammt«, flüsterte er abermals und zwang sich, die Angst und den Ärger zu unterdrücken.

Ein Mann namens Natombi, der mit hartem keshianischem Akzent sprach, wurde den fünfen zugeteilt und nahm Billys Platz im Zelt ein. Die anderen von Billys Gruppe waren freundlich, hielten sich jedoch zurück. Obwohl er ein Außenseiter war, fügte sich Natombi rasch ein. Er wußte bestens, welche Aufgaben er zu übernehmen hatte, ohne daß man es ihm hätte sagen müssen.

Zwei Tage, nachdem sie die Berge überquert hatten, zeigte Kirzon in die Ferne und nach unten. Calis bezahlte sie mit Gold und verabschiedete sich von ihnen. Der Jäger scharte seine Söhne um sich und kehrte mit ihnen zur Jagd zurück.

Nach dieser kurzen Unterbrechung kehrte der Alltag des Marsches rasch wieder ein, und der schwierige Abstieg auf der Westseite der Berge ließ wenig Zeit zum Nachdenken. Erik verdrängte seine Gefühle, soweit sie Billys Tod betrafen, und erledigte seine Aufgaben wie bisher.

Fünf Tage, nachdem sie den Paß erreicht hatten, standen sie vor einem schwierigen Aufstieg. Erik ging mit Calis vor, um einen Weg zu finden, den die ganze Truppe einschlagen konnte. Wenn eine Kompanie mit fünfundsiebzig Reitern und dreißig Reservetieren wenden mußte, war das schon unter normalen Bedingungen nicht leicht. In diesem Gelände war es fast unmöglich.

Sie erreichten den Gipfel eines Berges, und Erik rief: »Bei den Tränen der Götter!«

Im Norden, in weiter Ferne, erhob sich jene Rauchwolke in den Himmel, die die Sonne schon vor einigen Tagen rotgefärbt hatte. »Wie weit ist es bis dahin?«

»Immer noch mehr als hundert Meilen«, antwortete Calis. »Sie müssen jedes Dorf und jeden Hof im Umkreis von mehreren Tagesritten um Khaipur herum niedergebrannt haben. Der Wind bläst den Rauch nach Osten, sonst würden wir den Qualm nicht nur sehen, sondern auch riechen.«

Eriks Augen brannten ein bißchen. »Ich kann ihn schon spüren.«

Calis verzog den Mund zu seinem seltsamen halben Lächeln. »Wenn wir näher dran wären, wäre es noch schlimmer.«

Sie ritten zurück, wobei sie einen Weg entdeckten, der besser als der erste war, und als sie die Truppe fast erreicht hatten, traute sich Erik, eine Frage zu stellen: »Hauptmann, wie stehen eigentlich unsere Chancen, wieder nach Hause zurückzukommen?«

Calis lachte, und Erik blickte ihn an. »Du bist der erste, der den Mumm hat, mich offen danach zu fragen. Ich habe schon gerätselt, wer derjenige sein würde.«

Erik antwortete nichts.

Calis fuhr fort: »Ich denke, unsere Chancen sind so gut, wie wir sie uns selbst zugestehen. Nur die Götter wissen, wie verrückt unser Plan ist.«

»Warum konntet Ihr nicht einfach einen einzelnen Mann einschleusen, damit der den Feind ausspioniert?«

»Gute Frage«, erwiderte Calis. »Haben wir versucht. Mehrmals.« Er sah sich forschend um, während sie dahinritten, als wäre das Kundschaften eine Gewohnheit für ihn. »Dieses Land ist ein Land mit wenigen stehenden Heeren, wie wir sie aus dem Königreich und aus Groß-Kesh kennen. Hier kämpft man entweder für seine Familie oder für seinen Clan. Oder man gehört zur Leibwache des Herrschers irgendeiner Stadt. Und außerdem kann man noch Söldner sein. Und Söldnerheere sind die Regel.«

»Aber wenn es auf beiden Seiten fast nur Söldner gibt, müßte es doch leicht sein, einen Mann einzuschleusen.«

Calis' Gesichtsausdruck verriet, daß der Hauptmann diese Bemerkung für durchaus berechtigt hielt. »Das sollte man eigentlich annehmen. Aber ein einzelner Mann erregt schneller Aufmerksamkeit, besonders einer, der die einfachsten Sitten und Gebräuche nicht kennt. Eine Kompanie Freibeuter aus einem fernen Land hingegen ist hier nicht so ungewöhnlich. Und vor allem der Ruf zählt. Also, ich bin Calis, und wir sind die Blutroten Adler, und niemand wundert sich weiter darüber, daß ein Elb unter Menschen lebt. Natürlich führt ein ›Langlebender‹ selten eine solche Truppe an, aber das gehört zu den Dingen, die ab und zu vorkommen. Wenn du allein hierherkämst, würde man dich mit Hilfe von Magie oder Verrat aufspüren, Erik. Aber als Mitglied meiner Truppe wird sich niemand um dich scheren.« Eine Weile lang sagte er nichts, sondern ließ seinen Blick über die gewellte Hügellandschaft gleiten, die sich bis zum Fluß hinunterzog. Schließlich meinte er: »Das ist ein wunderschönes Land, nicht wahr?«

Erik antwortete: »Ja, scheint mir auch so.«

Calis schwieg noch einmal kurz und fuhr dann fort: »Vor vierundzwanzig Jahren bin ich zum ersten Mal in dieses Land gekommen, Erik. Zweimal war ich seitdem wieder hier, einmal sogar mit einer eigenen Armee. Ich habe eine solche Menge Gräber hinterlassen, wie du sie dir kaum vorstellen kannst.«

»Als wir auf dem Eiland der Zauberers waren, habe ich zufällig ein Gespräch zwischen de Loungville und Nakor mit angehört«, gestand Erik ein und zügelte sein Pferd ein wenig, damit es auf dem Weg besser laufen konnte. »Das, was sie miteinander besprochen haben, hat sich schrecklich angehört.«

»Es war schrecklich. Auf jenem Marsch sind viele der besten Soldaten des Königreichs gestorben. Auserwählte Männer. Foster, de Loungville und einige andere konnten mit mir zusammen entkommen, und das nur, weil wir eine günstige Gelegenheit beim Schopf gepackt haben und dorthin gegangen sind, wo uns der Feind nicht vermutet hat.« Calis unterbrach sich für einen Moment. »Deshalb habe ich Bobbys Plan zugestimmt und Arutha überredet. Nur ein Haufen von Männern, die zu allem bereit sind, um ihr Leben zu retten, können diese Aufgabe mit Erfolg bewältigen. Soldaten sind zu sehr auf den Tod für die Fahne gefaßt, und wir brauchen Männer, die alles tun würden, um ihre Haut zu retten – alles, außer uns zu verraten.«

Erik nickte. »Und Soldaten geben außerdem keinen besonders überzeugenden Söldner ab.«

»Das kommt noch dazu. Du wirst noch jede Menge Männer kennenlernen, die deine Ansichten darüber, wozu Menschen fähig sind, grundlegend ändern werden. Und besser wäre es, du würdest sie nicht kennenlernen.« Er sah Erik eingehend an. »Du gehörst zu einem seltsamen Haufen. Wir haben bei allen Männern, die wir ausgesucht haben, auf bestimmte Dinge geachtet – sie mußten zur Gewalt fähig sein, sie durften keine Idealisten sein, und sie mußten unter so rauhen Umständen aufgewachsen sein wie die, denen wir noch begegnen werden. Aber sie durften auch gleichzeitig nicht zum Abschaum der Menschheit gehören. Wir brauchten Männer, die, wenn es drauf ankommt, dem Ruf in die Schlacht folgen und nicht davonrennen.« Er lächelte, als würde er sich über etwas amüsieren. »Zumindest müssen sie in die richtige Richtung rennen, und dabei ihre fünf Sinne beieinander behalten.« Ein Gedanke schien ihm durch den Kopf zu schießen. »Ich denke, ich behalte dich und den Rest deiner Gruppe besser in meiner Nähe. Die meisten unserer Männer sind ausgemachte Halsabschneider, die ihre eigene Großmutter wegen eines Goldstücks umbringen würden, aber in deiner Gruppe finden sich einige außergewöhnliche Kerle. Falls dein Freund Biggo wieder über die Göttin des Todes spricht, die in diesem Land eine sehr gefürchtete Gestalt ist und den Namen Khali-shi trägt und zudem nur heimlich verehrt wird – oder falls Sho Pi mit einem dieser Bluttrinker, denen wir begegnen werden, zu philosophieren beginnt, werden wir das teuer bezahlen müssen. Heute abend, wenn wir das Lager aufschlagen, werde ich de Loungville sagen, daß ihr euer Zelt gleich neben meinem aufbauen sollt.«

Erik sagte nichts dazu. Er war überrascht, weil Calis so gut über sie Bescheid wußte, über Biggos Mutmaßungen, was die Göttin des Todes betraf, und Sho Pis seltsame Sicht der Welt. Gleichzeitig war ihm nicht klar, ob es ein Trost oder eine zusätzliche Plage war, so nah beim Hauptmann, bei de Loungville und bei Foster schlafen zu müssen.

Nach Tagen vorsichtigen Marschierens durch die Berge erreichten sie eine weite Ebene, die sich in sanften Wellen vor ihnen ausbreitete. Am fünften Tag, nachdem sie die Berge hinter sich gelassen hatten, näherten sie sich einem Ort, der an der Hauptstraße lag, die Lanada im Süden mit Khaipur im Norden verband. Die Häuser waren verlassen, denn das Erscheinen einer bewaffneten Truppe drohte in diesem Land normalerweise einen Überfall an. Calis wartete eine Stunde auf dem kleinen Marktplatz des Ortes, während die Männer ihre Pferde mit Wasser aus dem Brunnen versorgten und ansonsten alles unberührt ließen.

Ein junger Mann, knapp über zwanzig, tauchte schließlich aus seinem Versteck auf, einem dichten Wäldchen in der Nähe. »Was für eine Kompanie seid Ihr?« rief er, bereit, sich jederzeit ins schützende Dickicht zurückzuziehen, sobald er nur das kleinste Zeichen von Feindseligkeit bemerkte.

»Calis' Blutrote Adler. Welcher Ort ist dies?«

»Weanat.«

»Wessen Untertanen seid ihr?«

Der Mann, der Calis mißtrauisch beäugte, erwiderte: »Habt Ihr Euch verpflichtet?«

»Wir sind eine freie Truppe.«

Die Antwort schien dem Mann aus dem Dorf zu gefallen. Leise sprach er mit anderen Bewohnern des Dorfes, die sich hinter ihm versteckt hielten. Schließlich sagte er: »Wir zollen dem Priesterkönig von Lanada Tribut.«

»Wo liegt Lanada von hier aus?«

»Einen Tagesritt nach Süden, wenn man die Straße benutzt«, kam die Antwort.

Calis wandte sich an de Loungville. »Wir sind weiter im Süden, als wir wollten. Aber wir werden die Armee früher oder später schon treffen.«

»Oder sie wird sich über uns hinwegwälzen«, antwortete de Loungville.

»Schlagt das Lager für heute nacht auf der Wiese dort drüben im Osten auf«, befahl Calis. Er wandte sich wieder an den immer noch halb in seinem Versteck hockenden Dörfler und sagte: »Wir wollen etwas einkaufen. Wir brauchen Essen, Getreide für Brot und Hühner, falls ihr welche habt, dazu Obst, Gemüse und Wein.«

»Wir sind arm. Wir können nur wenig abgeben«, sagte der Mann und drückte sich wieder tiefer in den Schatten der Bäume.

Eriks Gruppe war gleich hinter Calis geritten, und Biggo, der den Wortwechsel gehört hatte, flüsterte Erik zu: »Und ich bin ein Mönch der Dala. Dieses Land ist so reich, und diese armen Leute haben alles, was sie besitzen, irgendwo dort im Wald versteckt.«

Luis beugte sich im Sattel vor und sagte: »Und wir werden wahrscheinlich gerade von einem halben Dutzend Pfeilspitzen anvisiert.«

Calis rief: »Wir bezahlen mit Gold.« Er griff in seinen Jagdrock, zog einen kleinen Geldbeutel hervor, öffnete ihn und ließ ein Dutzend Goldstücke zu Boden fallen.

Wie auf Befehl traten nun einige Männer vor, die jeder eine Waffe bereithielten. Erik sah sie sich genau an und verglich sie mit jenen Menschen, zwischen denen er aufgewachsen war. Sie waren Bauern, aber trotzdem hielten sie ihre Waffen wie selbstverständlich in der Hand. Diese Männer mußten das, was sie besaßen, ständig und immer wieder im Kampf verteidigen, und Erik war froh, daß Calis zu jener Art Anführer gehörte, die das, was sie brauchten, bezahlten und nicht einfach nahmen.

Ein älterer Mann, der humpelte und ein Schwert an einem Riemen über der Schulter trug, kniete sich hin und sammelte das Gold auf. »Und Ihr versprecht uns Frieden?« fragte er Calis.

»Abgemacht!« antwortete Calis, stieg ab und warf Foster die Zügel seines Pferdes zu. Er streckte dem Dorfbewohner den Arm hin, der ihn am Handgelenk ergriff. Calis packte den Anführer des Dorfes ebenfalls am Handgelenk, und sie schüttelten die Hände zweimal und ließen dann los.

Und plötzlich löste sich aus dem Schatten des Walds eine Gruppe von Männern, denen kurz darauf die Frauen und Kinder folgten. Vor Eriks Augen wurde in Windeseile ein Markt errichtet, wie man ihn aus den kleinen Ortschaften des Königreichs kannte.

Roo meinte: »Ich weiß nicht, wo sie das alles versteckt haben«, während er auf die Honigtöpfe, Weinfäßchen und Obstkörbe deutete, die wie aus dem Nichts vor ihnen auftauchten.

»Die werden bestimmt oft genug überfallen, und dann lernt man ganz schnell, wie man seine Sachen so rasch wie möglich verstecken kann, mein Junge«, erklärte ihm Biggo. »Es gibt sicherlich jede Menge von Kellern mit versteckten Falltüren und falschen Wänden in diesen Häusern.«

Sho Pi, der den anderen ein Zeichen machte, sie sollten ihm zu dem Platz folgen, wo das Lager errichtet wurde, fügte hinzu: »Sie sehen aus, als wären sie an Kämpfe gewöhnt, diese Bauern.«

Erik stimmte zu. »Ich glaube, wie befinden uns in einem wunderschönen, aber gleichzeitig sehr rauhen Land.«

Sie pflockten ihre Pferde an der Stelle an, die ihnen Korporal Foster zugewiesen hatte, und dann schlugen sie wie gewohnt ihr Lager auf.

Sie ruhten sich aus, während Calis wartete. Worauf er wartete, war Erik und den anderen nicht ganz klar, und Calis seinerseits weihte auch niemanden ein. Die Dorfbewohner wurden beim Handel mit den Söldnern überwacht; freundlich, aber nicht gerade warmherzig. Es gab kein Gasthaus, aber einer der Einwohner hatte einen Pavillon aufgebaut und schenkte Bier und Wein von mäßiger Güte aus. Foster warnte davor, sich in der Öffentlichkeit zu betrinken und versprach, jeden Mann auszupeitschen, der am nächsten Morgen wegen eines dicken Schädels nicht aus den Federn käme.

Jeden Tag wurde die Truppe gedrillt. Drei Tage lang übten sie, ihre Schilde über den Köpfen zu tragen, während sie gleichzeitig schwere Gegenstände schleppten. Foster und de Loungville standen derweil auf einem kleinen Hügel und warfen Steine in die Luft, die geradewegs auf die Männer fielen, damit sie nicht vergäßen, ihre Schilde oben zu halten.

Eine Woche verging. Dann kam eine der Wachen, die am Nordende des Dorfes aufgestellt worden waren, angelaufen und rief: »Reiter!«

Foster bellte den Männern Befehle zu, sie sollten sich bereit machen. Die hölzernen Übungsschwerter wurden durch solche aus Stahl ersetzt. Die Männer, die als Bogenschützen ausgesucht worden waren, liefen zu einer Stelle, von der aus man die Ortschaft überblicken konnte, während de Loungville und Calis den Rest der Truppe am Nordende in Verteidigungsstellung brachten.

Calis kam zu Erik und seinen Gefährten und sagte: »Sie kommen schnell näher.«

Erik kniff die Augen zusammen und erkannte ein halbes Dutzend Männer, die die Straße entlanggaloppierten, die in das Dorf führte. Als sie nicht mehr weit entfernt waren, zügelten sie die Tiere. Vielleicht hatten sie ein Stück Metall aufblitzen sehen oder eine Bewegung bemerkt.

Biggo sagte: »So eilig haben sie es auch wieder nicht, daß sie hier hereinkommen, ohne uns zu bemerken.«

Erik nickte. Roo sagte: »Seht mal da rüber.«

Erik wandte sich um und blickte in die gezeigte Richtung. Das Dorf lag erneut wie verlassen da, stellte er fest. »Sie wissen schon, wie sie sich am schnellsten aus dem Staub machen können, nicht?«

Die Reiter ließen ihre Pferde auf das Dorf zutrotten, und als sie nah genug waren, um sie zu erkennen, rief Calis: »Praji!«

Der Anführer winkte und trieb sein Pferd zum Handgalopp an. Seine Begleiter folgten ihm. Es waren Söldner, oder zumindest waren sie so gekleidet, und der Mann an der Spitze war mit Abstand der häßlichste Mann, den Erik je gesehen hatte. Seine Haut schien aus Leder zu sein, und sein Gesicht wurde von einer riesigen Nase und einem weit vorstehenden Brauenwulst beherrscht. Sein langes, fast vollständig graues Haar war zu einem Zopf gebunden. Er ritt schlecht, arbeitete viel zu sehr mit den Händen, was das Pferd nur reizte.

Der Mann stieg ab und ging auf die Verteidigungsstellung zu. »Calis?«

Calis trat vor, und die beiden Männer umarmten sich und klopften sich auf die Schultern. Der Mann schob Calis schließlich von sich und sagte: »Du siehst keinen verdammten Tag älter aus; verflucht seien die langlebenden Schweinehunde – stehlen einem erst die hübschesten Frauen und kommen dann zurück, um sich auch noch deren Töchter zu holen.«

Calis sagte: »Ich hatte dich erst am Treffpunkt erwartet.«

»Es wird keinen geben«, erwiderte der Mann, den Calis Praji genannt hatte; »zumindest nicht dort, wo du ihn erwartet hättest. Khaipur ist gefallen.«

»Davon habe ich gehört.«

»Deshalb seid ihr ja wohl auch hier und zieht nicht am Schlangenfluß nach Norden«, sagte Praji.

Foster machte Erik und fünf weiteren Männern ein Zeichen, sie sollten sich um die Pferde der Ankömmlinge kümmern. Während sie die Pferde übernahmen, betrachtete Erik die anderen fünf Reiter. Trotz ihres rauhen Aussehens sahen alle abgekämpft und müde aus. Praji fuhr fort: »Wir haben uns die Schwänze versengt, so viel ist sicher. Ich bin nur mit einer kleinen Anzahl Männer entkommen; wir haben uns so nah wie möglich an die belagerte Stadt herangewagt, aber diese Grünhäute hatten Vorposten, und die haben uns gehetzt. Ich habe noch nicht einmal verkünden können, daß wir Arbeit suchen. Kein Waffenstillstand. Entweder gehört man zu ihnen, oder man wird angegriffen.« Er deutete mit dem Daumen auf seine Begleiter. »Nachdem wir ihnen entkommen waren, haben wir uns aufgeteilt. Die Hälfte der Leute ist mit Vaja zu den Jeshandi aufgebrochen. Haben gedacht, du könntest dort vorbeikommen, aber für den Fall, daß du in Maharta angelegt hast, bin ich hierher gezogen. Dachte, du würdest mir durch unseren Kundschafter eine Nachricht zukommen lassen, falls ich mich geirrt hätte. Mann, jetzt brauche ich erst einmal was zu trinken; ich habe mindestens die Hälfte des Staubes zwischen hier und Khaipur geschluckt.«

Calis sagte: »Komm, wir gehen etwas trinken, und dann kannst du weitererzählen.«

Er nahm den Mann mit zum Pavillon, und während sie dorthin unterwegs waren, tauchten wie aus dem Nichts die Bewohner des Dorfes wieder auf. Erik und die anderen Männer, die sich um die Pferde kümmern sollten, nahmen die Reiter mit zur Weide. Erik untersuchte die Pferde. Sie waren alle hart geritten worden; ihr Fell war voller Schaum, und sie atmeten schwer. Er sattelte das Tier, das er führte, ab und sagte den anderen Männern, sie sollten die Pferde ein wenig herumführen. Sie mußten sich mindestens eine Stunde lang abkühlen, bevor man ihnen Wasser oder Futter geben konnte, sonst würden sie Koliken bekommen.

Nachdem die Pferde sich abgekühlt hatten, pflockte Erik sie an und rieb sie ab, wobei er genau untersuchte, ob eins von ihnen verletzt war oder lahmte. Als er sich zu seiner Zufriedenheit um die Tiere gekümmert hatte, schlenderte er zum Zelt zurück.

Seit der Ankunft der Reiter ging es etwas lockerer zu, und er fand seine fünf Schlafgenossen in ihren Feldbetten. Er wußte, jeden Moment könnten sie wieder antreten müssen, daher genoß er es vom ersten Augenblick an, als er auf seinem Schlafsack lag.

Natombi sagte: »Legionäre nutzen jede Minute aus, um sich ein bißchen aufs Ohr zu hauen.«

»Wer?« fragte Luis.

»Ihr nennt sie Hundesoldaten«, sagte der Mann aus Kesh. »In alten Zeiten hielt man sie von den Städten fern und pferchte sie wie Hunde ein, um sie dann auf die Feinde des Kaiserreichs loszulassen.« Wie Jadow rasierte Natombi sich den Kopf, und das Weiß seiner Augen und Zähne bildete einen scharfen Kontrast zu seiner schwarzen Haut. Hinter den fast schwarzen Iriden mußten verborgene Geheimnisse stecken, dachte Erik.

»Du bist also ein Hund, oder wie?« fragte Biggo mit gespielter Unschuld.

Die anderen lachten. Natombi schnaubte: »Nein, du Dummkopf. Ich war ein Legionär.« Er setzte sich auf, und sein Kopf berührte fast den Stoff des Zeltdaches. Er legte die Faust auf die Brust. »Ich habe in der Neunten Legion gedient, am Overnsee.«

»Von denen habe ich gehört«, sagte Luis abschätzig und wedelte mit der offenen Hand auf und ab, als würde ihn das nicht besonders beeindrucken.

Sho Pi wälzte sich herum und stützte sich auf die Ellbogen. »Kesh ist das Zentrum des Kaiserreiches. Ich gehöre zwar zum Volk der Isalani, aber wir werden von Keshianern beherrscht. Die Legion, von der er spricht, ist eine der wichtigsten der ganzen Armee. Wie hat es dich denn als Mitglied der Legion ausgerechnet ins Königreich verschlagen?«

Natombi zuckte mit den Schultern. »Schlechte Gesellschaft.«

Biggo lachte. »Na, hier hast du dich aber auch nicht verbessert, würde ich sagen.«

89

»Ich habe in einer Patrouille gedient, die einen Mann eskortieren mußte, einen sehr wichtigen Mann von reinem Blute. Wir reisten nach Durbin, und dort bin ich in Ungnade gefallen.«

»Frauen, Spielen oder was?« fragte Biggo, der sich jetzt mehr für die Geschichte interessierte. Natombi war für die anderen noch immer ein unbeschriebenes Blatt, obwohl sie schon seit mehr als einer Woche das Zelt mit ihm teilten.

»Ich konnte es nicht verhindern, daß der Mann durch die Hände eines Meuchelmörders gestorben ist. Ich bin in Ungnade gefallen und geflohen.«

»Du hast ihn sterben lassen?« fragte Roo. »Und du hattest die Verantwortung?«

»Ich war Hauptmann in der Legion.«

»Und ich war Königin auf dem Mittsommerfest«, meinte Biggo lachend.

»Es ist wahr. Aber jetzt bin ich wie du, ein Verbrecher, der von geliehener Zeit lebt. Mein Leben ist vorbei, und ich lebe das Leben eines anderen Mannes.«

»Das macht uns noch nicht besonders ähnlich«, wandte Biggo ein.

Roo fragte: »Wie war das Leben in der Legion?«

Natombi lachte. »Das weißt du doch. Du lebst doch wie ein Legionär.«

»Wie meinst du das?« Roo wirkte verwirrt.

»Hier ist es genauso wie in einem Lager der Legion«, sagte Natombi.

»Das ist wahr«, stimmte Sho Pi zu. »Die Rangordnung, die Weise, wie wir marschieren, der Drill, das ist alles wie in der Legion.«

Natombi fuhr fort: »Dieser Calis, unser Hauptmann, der ist ein sehr kluger Mann, denke ich.« Er tippte sich an den Kopf. »Dieser Hauptmann, er bringt uns bei, wie wir überleben können, Mann für Mann, und es gibt keine Armee, die sich der Legion vom Overnsee entgegenstellen kann und überlebt. Und in diesem Land hat noch keine Armee den Legionen von Kesh gegenübergestanden, und wenn man gegen jemanden kämpft, ist es immer praktisch, wenn man Taktiken hat, die der andere noch nicht kennt. Dann hat man eine größere Chance zu überleben.«

Luis säuberte seine Fingernägel mit seinem Dolch. Dann balancierte er ihn auf der Spitze, packte die Klinge mit zwei Fingern und warf den Dolch auf die Erde. Er sah zu, wie die Waffe zitternd mit der Spitze im Boden steckenblieb und sagte: »Und darum geht es schließlich, meine Freunde. Ums Überleben.«

# Vier

## Dorf

Der Wachposten rief: »Reiter!«

Erik und die anderen ließen alle anderen Dinge stehen und liegen und griffen zu den Waffen. Seit seiner Ankunft in der vergangenen Woche hatte Praji Calis' Männer immer wieder warnend darauf hingewiesen, daß die fliehenden Truppen von Khaipur nach Süden ziehen würden. Zweimal waren bereits Truppen vorbeigezogen, hatten das Dorf jedoch gemieden, als sie die Befestigungen gesehen hatten, die Calis hatte anlegen lassen, nachdem er sich mit den Dorfbewohnern abgesprochen hatte.

Erik war sich nicht sicher, ob der Hauptmann dieses Dorf wirklich verteidigen würde oder ob es sich dabei nur um einen weiteren Teil ihrer Ausbildung im Kriegshandwerk handelte. Wo zuvor nur irgendein Dorf gestanden hatte, erhob sich jetzt eine ansehnliche Befestigungsanlage mitten auf der Straße. Um den ganzen Ort war ein Graben ausgehoben worden, und der Erdaushub hatte als Fundament für die Palisaden gedient. Zwei mit Eisen beschlagene Tore waren am Nord- und Südende des Dorfes eingebaut worden, und jedes besaß ein Torhäuschen, welches aus Eichenstämmen zusammengefügt worden war, die die Männer auf der anderen Seite des Flusses geschlagen hatten. Erik hatte die Aufsicht über das Schmieden von Angeln, Nägeln und Brandeisen übernommen.

Die Dorfschmiede war schon jahrelang verlassen, seit der letzte Schmied gestorben war, aber sie stand noch. Da Erik nicht alle Werkzeuge zur Verfügung hatte, die er gebraucht hätte, hatte er auch jene benutzen müssen, die zum Beschlagen der Pferde mitgeführt worden waren. Da er genug Zeit hatte, konnte er jene Werkzeuge anfertigen, die in der Schmiede fehlten. Jedes Mal, wenn Erik zu einem der Tore hinübersah, schwoll seine Brust vor Stolz. Es würde schon eines ordentlichen Rammbocks bedürfen, um sie aus den Angeln zu heben. Wahrscheinlich würde man eher die Palisaden umstoßen oder niederbrennen können, als eines der Tore zu stürmen, während man von der Mauer aus beschossen wurde.

Er blickte über die Schulter, während er seine Rüstung anlegte, und sah, wie Calis vom Turm her, den sie in der Mitte des Dorfes errichtet hatten, angelaufen kam, dicht gefolgt von Foster und de Loungville. Dieser Turm, den man auf einem großen Erdhaufen errichtet hatte, würde einen meilenweiten Blick ins Land gewähren, wenn er erst einmal fertiggestellt war. So würde sich keine größere Truppe mehr ungesehen nähern können.

Erik und Roo eilten zum Appellplatz, und unterwegs überprüften beide, ob ihre Waffen und Ausrüstungsgegenstände vollständig waren. Roo trug ein halbes Dutzend dieser schweren Eisenspeere, und Erik war erstaunt darüber, wie drahtig und kräftig sein Freund geworden war, seit sie von Ravensburg geflohen waren.

Bei der Erinnerung an seine Mutter und Rosalyn verspürte er einen Stich, doch er verscheuchte den Gedanken, als man die Reiter genauer erkennen konnte.

Es war eine Truppe von mindestens dreißig Mann, dem Aussehen nach alle erfahrene Krieger. An der Spitze ritt ein untersetzter Kerl mittleren Alters, dessen grauer Bart bis auf den Bauch hing. Er machte zweien seiner Leute ein Zeichen, sie sollten das Fort umreiten. Während die Truppe näher kam, verminderte sie das Tempo. Als sie in Rufweite waren, brüllte der Anführer herüber: »Hallo, ihr da im Fort!«

Calis rief von der Mauer zurück: »Wer seid Ihr?«

»Bilbaris Söldner, frisch zurück vom Fall von Khaipur.« Und während er sich umblickte, fügte er hinzu: »Oder das, was von uns übrig ist.«

Die Kundschafter kehrten zurück, und Erik vermutete, daß sie ihrem Anführer berichteten, daß es sich um ein geschlossenes Fort handelte und nicht nur eine einfache Barrikade. Calis schrie hinüber: »Wer hat den Befehl bei Euch? Ich kenne Bilbari, und Ihr seid es nicht!«

Der Anführer blickte sich abermals um. »Ich denke, ich habe den Befehl. Bilbari ist auf der Mauer von Khaipur gefallen« – er spuckte aus und machte ein Zeichen – »und wir haben die Gnade des einen Tags Vorsprung nach dem Fall der Stadt benutzt. Ich heiße Zila.«

Praji stellte sich neben Calis, und Erik konnte hören, wie er sagte: »Ich kenne sie. Sie sind gut für jede Schlachterei zu gebrauchen, aber mein Zelt möchte ich nicht mit ihnen teilen. Immerhin achten sie den Lagerfrieden mehr oder weniger.«

»Ich kann Euch den Lagerfrieden anbieten«, sagte Calis.

»Für wie lange?«

»Zwei Tage«, antwortete Calis.

»Das hört sich anständig an.« Dann lachte Zila. »Sogar mehr als anständig. Wer hat bei Euch den Befehl?«

»Ich. Calis.«

»Calis' Blutrote Adler?« fragte Zila, derweil er vom Pferd abstieg.

»Genau die.«

»Ich habe gehört, Ihr wärt bei Hamsa gefallen«, meinte Zila, während Calis das Zeichen gab, das Tor zu öffnen.

Foster gesellte sich zu Erik und den anderen. »Ihr könnt wieder abtreten, aber bleibt wachsam. Die wären nicht die ersten, die den Lagerfrieden versprechen und ihre Meinung ändern, sobald sie erst einmal drin sind.«

Doch jeder Gedanke an einen solchen Verrat löste sich in Luft auf, als die Truppe das Dorf betreten hatte. Es waren geschlagene Männer. Erik bemerkte mehrere Pferde, die verletzt waren oder lahmten. Selbst in zwei Tagen würden sich diese Tiere nicht wieder erholen.

Erik hörte Zila die Nase hochziehen, sich räuspern und ausspucken. »Verdammter Staub«, fluchte er. »Aber der Rauch war noch viel schlimmer. Die Feuer flammten rund um den Horizont.« Er sah sich die Männer von Calis' Truppe an. »Ihr habt Euch da schön herausgehalten, was.« Mit einem Nicken deutete er auf sein Pferd und fragte: »Habt Ihr einen Schmied in Eurer Truppe?«

Calis zeigte auf Erik, der sein Schwert und seinen Schild Roo übergab. »Kannst du das für mich wegbringen, ja?«

Roo war nicht begeistert, nahm die Sachen jedoch und machte sich damit zu ihrem Zelt auf. Erik ging zu Zila. Der Anführer der fremden Söldner sagte: »Hat irgendwo unterwegs ein Hufeisen verloren. Sie lahmt zwar nicht, aber das kommt bestimmt noch.«

Erik brauchte nur einen Blick auf das Tier zu werfen, um zu wissen, daß Zila recht hatte. Er hob das Bein des Tieres an und sah sofort, daß der Huf innen blutig war. »Ich werde ihn säubern und neu beschlagen. Mit einem neuen Hufeisen sollte sie wieder einigermaßen in Ordnung kommen, aber Ihr dürft sie nicht zu sehr antreiben.«

»Ha!« meinte Zila. An Calis gewandt sagte er: »Da kommt eine Armee von dreißigtausend Mann oder mehr dieses Wegs. Die haben uns die Seele aus dem Leib geprügelt. Wenn nicht jemand weiter nördlich einen Treffpunkt abmacht, sind wir nur die erste von vielleicht hundert Truppen, die hier entlangkommen, und die meisten von diesen Kerlen sehen ganz fürchterlich aus, nachdem sie von den Eidechsen in die Mangel genommen worden sind.«

Calis fragte: »Eidechsen?«

Zila nickte. »Wenn Ihr mir was zu trinken anbietet, erzähl ich Euch die ganze Geschichte.«

Calis gab Erik die Anweisung, er solle sich um die Pferde der Neuankömmlinge kümmern, und Erik bedeutete den umstehenden Männern, sie sollten die Pferde der anderen in Empfang nehmen. Anschließend zog er Zilas Tier hinter sich her. Das Pferd hinkte bereits ein wenig. In ein, spätestens in zwei Tagen wäre das Tier hinübergewesen, dessen war er sich sicher, als er den Pferch für die Reservepferde erreichte.

Die eine Hälfte der Neuankömmlinge war es zufrieden, daß sich Calis' Männer um die Pferde kümmerten, die andere bestand darauf, ihnen zu folgen, um sich zu vergewissern, daß die Pferde auch ordentlich behandelt wurden. Diese zweite Gruppe hatte die besseren Pferde, was Erik keinesfalls überraschte. Trotz der Entbehrungen waren diese Tiere gesund, und sie würden sich nach etwas Ruhe wieder erholen. Die anderen waren in einem armseligen Zustand, und Erik vermutete, daß bald nicht nur Zilas Pferd einen Reiter nicht mehr hätte tragen können.

Erik untersuchte jedes Pferd und merkte sich, welches es wert war, gesund gepflegt zu werden und welches am besten heute noch getötet würde. Als er sich mit einigen der erfahrenen Reiter aus Calis' Truppe darüber unterhielt, widersprach ihm niemand.

Er wollte gerade ins Lager gehen, da sprach ihn einer der Neuankömmlinge an. »He, du. Wie heißt du?«

»Erik.« Er zögerte und wartete, ob der Mann noch mehr sagen würde.

Der senkte die Stimme und meinte: »Ich heiße Rian. Du kennst dich mit Pferden aber gut aus.« Der Mann war sehr groß und hatte ein flaches, von der Sonne rotgebranntes und mit Staub bedecktes Gesicht. Seine Augen waren dunkel, sein Haar hingegen rötlich braun, und in seinem Bart fanden sich graue Strähnen. Er stand da und stützte sich geistesabwesend mit einer Hand auf sein Langschwert.

Erik nickte, sagte jedoch nichts.

»Ich könnte ein neues Pferd gebrauchen. Meins wird wieder gesund, wenn ich es nur eine Woche lang nicht reite. Glaubst du, euer Hauptmann würde mir eins verkaufen?«

»Ich werd ihn fragen«, antwortete Erik und wollte weitergehen.

Rian legte ihm die Hand auf den Arm und hielt ihn zurück. »Zila ist ein guter Kämpfer, wenn's darum geht«, flüsterte er, »aber er ist kein guter Hauptmann. Wir sind nach Maharta unterwegs, um dort dem Radsch zu dienen. Ich schätze, diese Bande hinter uns wird noch fast das ganze nächste Jahr brauchen, bis sie an Lanada vorbei ist.«

Um festzustellen, ob jemand anders zuhörte, blickte er sich um. »Euer Hauptmann scheint zu wissen, wie man ein Lager befestigt, und bei euch sieht's eher aus wie in einer Kaserne, nicht wie bei einem Söldnerhaufen.«

Alle in Calis' Truppe waren immer wieder eindringlich vor Spionen gewarnt worden, und daher brauchte Erik nicht lange nachzudenken, bevor er antwortete. »Ich folge nur meinen Befehlen. Hauptmann Calis hat alle von uns bislang am Leben gehalten, also mache ich mir auch keine Gedanken.«

»Meinst du nicht, er könnte noch einen Mann mit Schwert gebrauchen?«

»Ich werde ihn fragen. Aber ich dachte, ihr wärt nach Maharta unterwegs?«

»Nach der Niederlage, die wir in Khaipur einstecken mußten, denkt man natürlich, es wäre schön, sich ein oder zwei Jahre auszuruhen, bevor es wieder losgeht, aber ehrlich gesagt, wir machen keine Beute, und zum anderen wird es langsam langweilig.«

»Ich werd ihm das ebenfalls sagen«, erwiderte Erik und ließ den Mann bei den Pferden stehen.

Er ging durchs Dorf, und einige der Bewohner nickten ihm zum Gruß zu. Die Angst vor Calis' Männern war geschwunden, allerdings teilten sich die Bewohner in zwei Gruppen auf: jene, die glücklich waren, die Schwerter zu ihrem Schutze um sich zu haben und vor allem auch vom Gold der Söldnertruppe zu profitieren, und jene, die befürchteten, die Befestigungsanlage würde nur unerwünschte Aufmerksamkeit wecken. Das Dorf war im Laufe der Jahre immer wieder überfallen worden, und die Bewohner waren inzwischen darin geübt, eilig in die nahen Hügel zu fliehen. Solange sie rechtzeitig gewarnt wurden, starben nur wenige. Aber dieses Fort auf der Straße war gleichermaßen ein Schutz und eine Falle.

Jemand rief Eriks Namen. Er drehte sich um und entdeckte Embrisa, ein Mädchen von vierzehn Jahren, das Gefallen an ihm gefunden hatte. Sie war eigentlich recht hübsch, hatte blaßblaue Augen und ein nettes Gesicht, doch Erik wußte, sie würde alt sein, ehe sie die Dreißig erreicht hatte. Dann würde sie vermutlich drei oder vier Kinder haben und einen Ehemann, der sie von früh bis spät arbeiten ließ. Erik war in der Stadt aufgewachsen, und bis zu dem Tag, an dem er hier angekommen war, hatte er keine Ahnung gehabt, wie hart das Leben auf dem Lande sein konnte.

Er grüßte sie nur kurz, dann entschuldigte er sich und ging auf den Pavillon zu, der als Gasthaus diente. Einer der geschäftstüchtigeren Bauern namens Shabo hatte rasch grobe Bänke und Tische zusammengezimmert. Der Mann hatte den Gewinn aus dem schlechten Wein und Bier, das er Calis' Leuten verkaufte, benutzt, um ein hölzernes Spalier um seine Hütte zu bauen. Wenn sie noch lange genug blieben, überlegte Erik, würde Shabo noch ein guter Wirt werden, da er jetzt schon die Gewinne wieder ins Geschäft steckte. Seine letzte Verbesserung bestand darin, daß er eine zweite Tür ins Innere der Hütte durchgebrochen hatte, und dadurch konnte er nun über einen neugebauten Tresen, der sich vor dem ganzen Haus entlangzog, seine Gäste bedienen. Im Winter würde es vermutlich ziemlich kalt in der Hütte werden, dachte Erik, obwohl er keine Ahnung hatte, wie kalt es überhaupt in dieser Gegend werden konnte.

Calis, Zila und einige andere saßen an einem der Tische, während an den anderen Zilas Männer tranken. Tatsächlich sahen sie aus wie geschlagene Männer. Praji hatte sich zu Calis gesellt und nickte zustimmend, als Zila sagte: »Ich habe ja schon einiges gesehen, seit ich Söldner bin, aber so etwas wie diesen Krieg noch nie.« Er trank seinen Krug leer und wischte sich den Mund mit dem Handrücken ab.

Calis zog die Augenbrauen hoch und blickte Erik an. Der meinte: »Die Hälfte der Tiere muß entweder einen Monat lang grasen, ohne zu arbeiten, oder man muß sie töten. Den Rest könnte man in einer Woche wieder reiten.«

Calis nickte. Zila sagte: »Wir haben nicht viel – wenn man auf der Verliererseite steht, lohnt sich das nicht –, aber wir würden Euch gern ein paar Tiere abkaufen, falls Ihr damit einverstanden seid.«

»Was habt Ihr für Pläne?« fragte Calis.

»Wir wollen nach Maharta. Der Radsch wird seine Fürstlichen Unsterblichen losschicken, damit sie dem Priesterkönig von Lanada helfen, sich gegen die Grünhäute und ihre Armee zu verteidigen. Das bedeutet, seine Kriegselefanten und die drogensüchtigen Verrückten des Priesterkönigs stehen zur Abwechslung mal auf der gleichen Seite.«

Praji meinte: »Die Sache muß ziemlich übel stehen, wenn sich schon diese beiden alten Todfeinde miteinander verbünden.«

Zila winkte dem Wirt, er solle einen neuen Krug bringen, und

Shabo eilte herbei und ersetzte den leeren durch einen vollen. »Ja, aber es bedeutet außerdem, daß der Radsch noch mehr Leute braucht, um den Frieden um seine Stadt herum zu wahren, und daher wird es dort Arbeit für uns geben. Hätte nichts dagegen, zwei Jahre lang Bauern in Schach zu halten, nach dem, was ich gerade durchgemacht habe.« Er blickte Praji und Calis an. »Ihr sagt, Ihr wärt in Hamsa dabeigewesen?«

»Ja«, antworteten beide.

»Das war ja noch zehn Mal schlimmer als Khaipur. Bevor dieser Krieg begonnen hat, waren wir genauso ein Haufen von Söldnern wie Ihr und sind zwischen Khaipur und dem Markt hin und her gependelt.« Erik wußte, er sprach vom Frühjahrsmarkt der Jeshandi und anderer Stämme, die sich einmal im Jahr am Rande der Steppe trafen, um mit den Nomaden des Ostens zu handeln. »Oder wir haben weiter oben an der Vedra Arbeit gefunden. Einmal haben wir eine Karawane über die Ebene von Djams nach Palamds am Fluß Saptura begleitet.« Zila schüttelte den Kopf. »Aber dieser Krieg, so etwas hat noch keiner von uns gesehen. Wir haben uns nach der Eroberung von Kilbur verdingt. Ich hatte von denen, die das überlebt hatten, einiges gehört und wußte, wie übel die Sache war, aber auf das, was in Khaipur passiert ist, war keiner von uns vorbereitet.« Er machte eine Pause und schien über das nachzudenken, was er als nächstes sagen wollte. »Bilbari hat uns als Vorposten und Kuriere verdingt. Der Radsch von Khaipur hatte eine dieser kleinen Armeen, die bei Aufmärschen so hübsch anzusehen sind, aber er wußte, er brauchte ein paar erfahrene Soldaten, die die Eindringlinge aufhalten konnten, derweil er einige der übelsten Kerle beschäftigte, die seine Soldaten ausbilden und richtige Kämpfer aus ihnen machen sollten. Meine Kameraden und ich sind keine Jeshandi, aber wir können gut genug reiten, um unsere Arbeit zu erledigen.

Einen Monat, nachdem wir in seine Dienste getreten waren, haben wir die Invasoren zum ersten Mal gesehen. Eine Truppe wie Eure, vielleicht sechzig erfahrene Männer, griff uns auf unserem Vorposten an und zog sich bald wieder zurück, ohne größeren Schaden angerichtet zu haben. Wir haben einen Bericht darüber an den Radsch geschickt und auf den nächsten Angriff gewartet.

Dann sind wir eines Tages aufgewacht, und der Himmel im Nordwesten war braun vor Staub. Und eine Woche später tauchten zehntausend Reiter vor uns auf.«

Zila lachte verbittert. »Der alte Bilbari hat sich in die Hose gemacht, und ich sag Euch, der war an diesem Tag nicht der einzige mit braunen Spuren in der Hose. Wir waren vielleicht zweihundert Leute, in einem Fort, das nicht halb so gut befestigt war wie dieses, und wir brauchten nicht lange nachzudenken, um zu wissen, daß wir schleunigst abhauen mußten.

Als wir die Mauern der Stadt erreichten, waren bereits alle anderen Truppen aus dem Westen und Norden dorthin unterwegs. Und dann kamen sie über uns.«

Er blickte jedem Mann im Pavillon ins Gesicht, und alle Augen waren auf ihn gerichtet. »Einige der Jungs haben ihr Bestes gegeben, und nach dem dritten Monat der Belagerung waren die hübschen Kerle der Leibwache vom Radsch genauso harte Kämpfer wie wir. Und für sie ging es um ihre Heimat, weshalb sie noch verbissener kämpften als wir.«

Er verstummte. Calis sagte eine ganze Weile lang nichts, bis er schließlich fragte: »Wann haben sie die Kapitulation angeboten?«

Zila rutschte unbehaglich hin und her. »Das war das, was die ganze Armee auseinander getrieben hat.«

Erik hatte bereits gehört, daß das Verhalten von Söldnern von traditionellen Regeln bestimmt war. Zilas Benehmen ließ vermuten, es habe sich etwas abgespielt, das aus dem Rahmen fiel.

Endlich fragte Calis: »Was war das?«

»Sie haben die Kapitulation nicht angeboten. Sie sind einfach bis knapp außer Schußweite unserer Pfeile herangekommen und haben zu buddeln angefangen, haben ihre Belagerungsgräben gebaut und ihre Kriegsmaschinen aufgestellt. Eine Woche lang gab es keine richtigen Kämpfe mehr, da flogen nur ein paar Pfeile hin und her. Der Radsch hat in seinem ganzen Leben keine andere Waffe als ein Zeremonienschwert in den Händen gehalten, und dafür war er ein ganz tapferer Mann, der sich an die Spitze seiner Truppe stellte ...« Zila schloß die Augen. Er bedeckte sie mit der Hand, und einen Moment lang dachte Erik, der Söldner finge an zu weinen. Als er die Hand wieder wegnahm, entdeckte Erik keine Tränen, sondern angestaute Wut.

»Dieser dumme Schweinehund stand da, trug seine dreimal verdammte Krone und hielt einen Fächer aus Pfauenfedern, der sein Amt symbolisierte, in den Händen, während diese Eidechsen um die Mauern herumritten. Er befahl ihnen, fortzugehen.«

Calis fragte: »Und dann?«

»Er hat es einfach nicht verstanden. Das war kein Krieg, in dem es um die Kontrolle über die Ebene oder irgendeinen Handelsweg oder einen Streit mit dem Priesterkönig von Lanada ging. Er hat es selbst dann noch nicht begriffen, als sie in seinen Palast strömten und vor seinen Augen begannen, seinen eigenen Frauen und Kindern die Kehlen durchzuschneiden ...« Zila schloß die Augen, dann flüsterte er: »Ich glaube, er hat es immer noch nicht verstanden, als sie ihn vor dem Palast hochgezogen und gepfählt haben.«

»Gepfählt?« platzte Erik heraus.

Calis sah ihn kurz an und fragte Zila: »Was verschweigst du uns?«

»Ach, das war eine üble Geschichte«, sagte Zila. »Und die Toten soll man ruhen lassen. Und ich selbst möchte auch nicht mehr dran denken, um die Wahrheit zu sagen.«

»Wieso?« fragte Praji, und sein häßliches Gesicht wurde noch abstoßender, als ein fürchterlicher Verdacht in ihm aufstieg. »Oder habt Ihr Euer Mäntelchen nach dem Wind gehängt?«

Zila nickte. »Mein Hauptmann, und die anderen ...« Er schien sich in seinen Gedanken zu verlieren, bis er schließlich sagte: »Ihr wißt doch, selbst während einer Belagerung gibt es immer Wege, wie man in eine Stadt hinein- oder herauskommt, jedenfalls für einen listigen Mann, der genug Geld hat. Die Eidechsen warteten nicht, bis wir kapitulierten. Sie griffen uns einfach immer und immer wieder an. Die Männer, die an ihrer Seite kämpften, waren die schlimmsten, denen ich je begegnet bin, und ich kenne einige, deren Herzen die reinsten Mördergruben sind. Aber die Eidechsen ...« Er nahm einen großen Schluck aus seinem Krug. »Sie sind um die drei Meter groß, und sie sind in den Schultern so breit wie zwei Männer. Ein Schwerthieb von ihnen kann einem den Arm lähmen oder ein Schild spalten. Und sie kennen keine Angst. Solange die Mauer keine Bresche hatte, griffen sie nicht an.« Er schüttelte den Kopf. »Bis wir ihnen die Mauer überlassen mußten.

Sie schickten einen Unterhändler, der meinen Hauptmann und einige andere fand und uns die Botschaft übermittelte, es würde kein Waffenstillstandsangebot geben. Und nach der Eroberung würden alle getötet. Aber alle, die die Mauern kampflos verlassen würden, sollten danach bei der Plünderung mitmachen dürfen.«

Praji sah aus, als wolle er über den Mann herfallen. Langsam erhob er sich. Er starrte Zila einen Augenblick lang finster an, dann spuckte er auf die Erde und ging davon. Calis schien sich jedoch mehr für weitere Einzelheiten zu interessieren. »Und dann?«

»Der Hauptmann hat uns das Angebot überbracht. Wir wußten, wir waren geschlagen. Jeden Tag kamen neue Männer über den Fluß, um sie zu stärken. Wir hingegen wurden schwächer und schwächer. Jemand hatte das Getreidelager angezündet,« –

Erik zuckte bei dem Gedanken zusammen; er wußte, daß Getreidestaub vom kleinsten Funken entzündet werden konnte, aus diesem Grunde war Feuer in der Nähe von Mühlen und Getreidespeichern immer strengstens verboten – »und die Explosion hat die Hälfte der Vorräte vernichtet und einen ganzen Häuserblock zerstört. Zudem hatte jemand eine große Menge des Weines, der in der Nähe des Palastes lagerte, vergiftet, und wenigstens zwanzig Männer sind jämmerlich zu Grunde gegangen.« Er schloß die Augen, und dieses Mal rann tatsächlich eine Träne über seine Wangen, eine Träne der Wut, der Niedergeschlagenheit und des Bedauerns. »Und dazu diese verdammten Zauberer. Der Radsch hatte selbst welche in seinen Diensten, und einige von denen waren ganz gut. Ein paar Priester kümmerten sich um die Verwundeten und Kranken. Aber die Zauberer der Eidechsen waren mächtiger. Während des Kampfes erfüllten plötzlich seltsame Geräusche die Luft, und das Entsetzen packte einen, egal wie gut die Sache gerade lief. Die Ratten strömten am hellichten Tage aus den Abwasserkanälen, bissen einem in die Knöchel und kletterten einem am Bein hoch. Schwärme von Mücken und Fliegen schwirrten durch die Luft, und man atmete sie zwangsläufig ein oder verschluckte sie, wenn man nur den Mund aufmachte.

Frisches Brot verschimmelte, kaum daß es aus dem Ofen geholt worden war, und Milch wurde noch im Eimer unter der Kuh sauer. Und jeden Tag arbeiteten die Eidechsen an ihren Gräben und beschossen uns mit ihren Belagerungsmaschinen.«

Zila blickte in die Gesichter um ihn herum. »Ich weiß nicht, ob Ihr Euch an meiner Stelle anders verhalten hättet, aber ich bezweifle es.« Seine Stimme klang aufsässig. »Mein Hauptmann ist zu uns gekommen und hat uns erzählt, was passieren würde, und wir wußten, daß er uns nicht anlog. Wir wußten, der Mann war kein Feigling.« Vorwurfsvoll fragte er Calis: »Ihr habt gesagt, Ihr kennt ihn?«

Calis nickte. »Er war kein Feigling.«

»Es waren die Eidechsen, die den Pakt gebrochen haben. Sie haben die Regeln des Krieges geändert. Sie haben uns keine Wahl gelassen.«

»Wie seid Ihr entkommen?« fragte eine Stimme aus dem Hintergrund, und Erik drehte sich um und entdeckte de Loungville, der irgendwann im Laufe der Erzählung hinzugekommen war.

»Etwas, was der Unterhändler der Eidechsen gesagt hat, hat meinen Hauptmann beunruhigt. Allerdings weiß ich nicht genau, was. Ich weiß nur, als sie den Radsch vor seinen eigenen Leuten pfählten, haben sie jedem, der noch am Leben war, gesagt, er könne entweder neben seinem früheren Herrn aufgespießt werden oder ihnen dienen.«

»Und Ihr habt nicht die Gnade des einen Tags Vorsprung bekommen, um die belagerte Stadt zu verlassen?« fragte Foster, der hinter de Loungville stand, und Erik trat zur Seite, damit der Korporal Zila besser sehen konnte.

»Wir bekamen nicht einmal genug Zeit, um unsere Ausrüstung zusammenzupacken. Aber Bilbari ahnte, daß sie etwas vorhatten. Deshalb ließ er uns am kleinsten Tor antreten. Wir kämpften uns durch, und sie hatten zuviel zu tun, um jemanden hinter uns herzuschicken. Dabei ist unser Hauptmann gefallen – während er uns aus der Stadt führte, die wir verraten hatten.«

Calis sagte: »Es war die Entscheidung Eures Hauptmanns.«

Zila erwiderte: »Ich wäre ein Lügner, wenn ich das behaupten würde. Wir waren Söldner, und jeder Mann hatte einen Vertrag mit Bilbari. Wir haben abgestimmt, wie es unter Söldnern üblich ist.«

»Und wie habt Ihr gestimmt?« wollte de Loungville wissen.

»Spielt das eine Rolle?«

»Es spielt eine verdammte Rolle«, antwortete de Loungville. Auf seinem Gesicht spiegelte sich Wut. »Die Seite zu wechseln ist die mieseste Sache, die ein Mann tun kann.«

Zila entgegnete: »Jeder einzelne Mann hat dafür gestimmt.«

Calis sagte: »Der Lagerfrieden gilt bis übermorgen bei Tagesanbruch. Bis dahin müßt Ihr verschwunden sein.«

Er erhob sich und verließ den Pavillon. Erik eilte ihm nach. »Hauptmann!«

Calis blieb stehen, und Erik erschrak beim Anblick der Wut, die sich auf dem Gesicht des Halbelben zeigte. »Was gibt es?«

»Einige der Pferde müssen sich erholen. Falls sie das nicht können, sind sie bald hinüber.«

»Das ist die Angelegenheit von Zila und seinen Kumpanen.«

»Hauptmann, Zila interessiert mich nicht das Schwarze unterm Fingernagel. Aber die Pferde!«

Calis blickte Erik in die Augen. »Kümmer dich um die Pferde, so gut es eben geht, aber sie werden nicht besonders behandelt. Heu und Wasser, das ist alles, was diese Männer von uns bekommen. Was sie von den Dorfbewohnern kaufen, ist ihre Sache.«

»Da ist ein Mann namens Rian, der wissen will, ob er bei uns bleiben kann. Er sagt, er wolle nicht bei Maharta herumliegen.«

Calis schwieg einen Moment lang. Schließlich sagte er: »Falls sich einer dieser Abtrünnigen noch im Lager befindet, wenn übermorgen früh die Sonne aufgeht, dann wird er getötet.«

Erik nickte und ging zu den Pferden zurück. Dort fand er Rian vor und sagte: »Mein Hauptmann sagt, er hätte keinen Platz für dich.«

Der Mann verzog die Miene, und einen Augenblick lang glaubte Erik, er wolle etwas einwenden, doch schließlich sagte er nur: »Nun gut. Werdet ihr uns dann Pferde verkaufen?«

Erik antwortete: »Ich glaube, mein Hauptmann würde sich nicht gerade bei mir bedanken, wenn ich dich hierbehalten würde.« Er senkte die Stimme. »Behalte dein Gold. Nimm den Falbenwallach dort drüben.« Er zeigte auf das Pferd. »Der ist gerade erst wieder gesund geworden, vorher hat er ein bißchen gelahmt, und er hat ein Gehirn wie Stein. In zwei Tagen, wenn ihr aufbrecht, wird er wieder ganz in Ordnung sein.«

Der Mann namens Rian sagte: »Ich denke, so lange werde ich nicht mehr warten. Mein Hauptmann ist tot, und damit gibt es auch Bilbaris Söldner nicht mehr. Ich werde mich nach Süden aufmachen und mich dort umsehen, ehe die Nachricht von unserem Verrat dort unten angekommen ist. Einem Mann, der einmal abtrünnig geworden ist, wird niemand mehr trauen.«

Erik nickte. »Zila hat gesagt, ihr hättet keine andere Wahl gehabt.«

Rian spuckte aus. »Ein Mann hat immer eine Wahl. Manchmal kann man nur zwischen einem ehrenhaften Tod und einem ehrlosen Leben wählen, aber man hat immer die Wahl. Dieser hübsche Radsch hat sich wie ein Mann benommen. Er hat vielleicht nie zuvor in seinem Leben selbst gekämpft, aber als die Zeit der Kapitulation nahte, hat er nur über die Mauer gespuckt. Er hat wie ein Kleinkind geheult, als sie ihn gepfählt haben, doch noch während er da hing, während seine eigene Scheiße und sein eigenes Blut am Pfahl herunterliefen, bat er nicht um Gnade, und falls Khali-shi« – so wurde die Göttin des Todes, die ihr Urteil über das Leben der Menschen fällt, auf Novindus genannt – »irgendwelche Güte kennt, wird sie ihm im Rad des Lebens noch eine Chance geben.«

Erik sagte: »Zila hat behauptet, die Kapitulation wäre euch nie angeboten worden.«

»Zila ist ein lügnerischer Sack voller Schweineblasen. Er war unser Korporal, und als der Hauptmann und der Feldwebel tot waren, schwang er sich als unser Hauptmann auf. Wir haben ihn bisher nur deshalb nicht umgebracht, weil wir alle so müde sind.«

»Komm mit mir«, sagte Erik.

Er führte Rian zu der Hütte, die Calis als Amtsstube diente, und bat darum, den Hauptmann sprechen zu dürfen. Als Calis erschien, blickte er zunächst Rian und dann Erik an.

»Was gibt's?«

»Ich glaube, Ihr solltet Euch diesen Mann anhören«, meinte Erik. Er wandte sich an Rian und fragte. »Wie war das mit der Kapitulation?«

Rian zuckte mit den Schultern. »Der Radsch hat den Eidechsen gesagt, er würde lieber in der Hölle schmoren als ihnen die Tore der Stadt aufzumachen. Aber er stellte es jedem Hauptmann frei, aus der Stadt abzuziehen – ohne Sold allerdings.« Rian seufzte. »Wenn Ihr Bilbari gekannt hättet, hättet Ihr gewußt, was für ein gieriger Sohn eines Maultiers er ist. Er bekam eine Belohnung, weil er nicht abzog, dann ließ er sich auf einen Handel mit den Eidechsen ein. Und weil er die Stadt verraten hatte, durfte er an den Plünderungen teilnehmen.« Er schüttelte den Kopf. »Aber das war ja gerade der Witz. Das Ganze war der schlimmste Verrat, den man sich vorstellen kann: Sobald die Feuer brannten, begannen sie, eine Söldnertruppe nach der anderen zu jagen. Diejenigen, die sich ihnen entgegenstellten, starben, die anderen wurden vor die Wahl gestellt: entweder Dienst bei den Eidechsen oder der Pfahl. Keine Gnade des einen Tags Vorsprung, kein Waffenstillstand zum Abzug, nichts. Dienen oder sterben. Ein paar von uns haben es geschafft, freizukommen.«

Calis schüttelte den Kopf. »Wir konntest du dein Gelöbnis verraten?«

»Das habe ich nicht«, sagte Rian, und zum ersten Mal zeigte er so etwas wie ein Gefühl. Er starrte Calis in die Augen und wiederholte: »Das habe ich nicht. Wir sind eine Söldnertruppe, und zwar fürs ganze Leben, und wir hatten uns einen brüderlichen Eid geschworen. Wir stimmten ab, und diejenigen, die bleiben und kämpfen wollten, verloren die Abstimmung. Aber wir hatten einander einen Eid geschworen, lange bevor wir das Gold des Radsch genommen hatten, und ich soll verdammt sein, wenn ich einen Bruder im Stich lasse, weil er das Falsche tut.«

»Weshalb willst du dann in meine Dienste?«

»Weil Bilbari tot ist und weil unsere Bruderschaft auseinandergebrochen ist.« Er sah ausgesprochen traurig aus. »Wenn du Bilbari gekannt hättest, hättest du auch gewußt, daß er seine eigene Art hatte, auf seine Leute aufzupassen. Einige von uns waren schon zehn, fünfzehn Jahre bei ihm, Hauptmann. Er war zwar niemandes Vater, aber er war der älteste Bruder. Und er hätte jeden Mann getötet, der einem aus seiner Truppe etwas Böses wollte. Seit ich fünfzehn bin, habe ich mich als Söldner verkauft, und diese Truppe war die einzige Familie, die ich je gehabt habe. Aber diese Familie gibt es jetzt nicht mehr. Nach der Sache in Khaipur wird uns niemand mehr in seine Dienste nehmen, und das bedeutet, wir müssen uns als Banditen durchschlagen oder verhungern.«

»Was willst du jetzt machen?« fragte Calis.

»Ich würde gern heute nacht aufbrechen und nach Süden gehen. Vielleicht kann ich, falls ich in Maharta keine Arbeit finde, ein Boot nehmen und in die Stadt am Schlangenfluß oder nach Chatisthan fahren, irgendwohin, wo mich niemand kennt. Ich werde schon eine Truppe finden, die mich nimmt, oder einen Händler, der einen Leibwächter braucht.« Mit nachdenklichem Gesicht blickte er einen Moment lang in Richtung Norden. »Aber bei dem, was da im Norden vor sich geht, frage ich mich, ob irgendeiner von uns jemals wieder ein friedliches Leben führen kann. So einen Krieg habe ich noch nie erlebt. Ihr habt doch den Rauch gesehen, Hauptmann?«

Calis nickte.

»Sie haben die Stadt angezündet, als sie mit ihr fertig waren. Ich meine nicht, ein Feuer hier und da, ich meine, die gesamte Stadt. Wir haben es von einem Hügel aus gesehen, während wir um unser Leben liefen.« Er senkte die Stimme, als fürchte er, jemand könnte mithören. »Das Feuer brannte von einem Ende der Stadt bis zum anderen, und der Rauch stieg auf und verteilte sich unter den Wolken wie ein riesiges Zelt. Tagelang regnete es Ruß. Zwanzig-, dreißigtausend Soldaten haben vor den Toren gestanden, geschrien und gelacht und Lieder gesungen, während sie diejenigen töteten, die ihnen nicht dienen wollten. Und ich habe *sie* erblickt.«

»Wen?« fragte Calis mit plötzlichem Interesse.

»Die Smaragdkönigin, wie manche sie nennen. Aus der Ferne. Konnte ihr Gesicht nicht erkennen, aber ich sah eine Kompanie Eidechsen auf diesen riesigen Pferden, und einen großen Wagen, größer als jeder, den ich jemals vorher gesehen habe, und auf dem Wagen stand ein großer goldener Thron, und diese Frau saß darauf, in einer langen Robe. Man konnte das grüne Funkeln der Smaragde an ihrem Hals und ihren Handgelenken erkennen, und sie trug eine Krone, ebenfalls mit Smaragden. Und die Eidechsen spielten verrückt, zischten und sangen, und selbst einige der Menschen, die schon lange bei ihnen waren, verneigten sich, als sie vorbeikam.«

»Du hast dich als hilfreich erwiesen«, sagte Calis. »Nimm ein frisches Pferd und soviel Essen, wie du brauchst, und beim Wachwechsel zu Sonnenuntergang schleichst du dich hinaus.« Rian salutierte und ging.

Erik wollte ebenfalls hinausgehen, doch Calis sagte: »Was immer du gerade gehört hast, du mußt es für dich behalten.«

Erik nickte. Dann fragte er: »Hauptmann, was ist mit den Pferden?«

Calis schüttelte den Kopf. »Nun gut. Tu, was du nicht lassen kannst, aber vernachlässige unsere eigenen Tiere nicht. Und gib den fremden Tieren keine Medizin, die wir nicht ersetzen können ... leicht ersetzen.«

Erik wollte sich gerade bedanken, als Calis sich umdrehte, wieder in die Hütte ging und ihn einfach stehenließ. Einen Augenblick später kehrte Erik zu den Pferden zurück, es gab jede Menge Arbeit, und manche von Zilas Kumpanen würden zu Fuß weitermarschieren müssen, falls er nicht Wunder bewirken würde.

»Erik!«

Erik sah auf und entdeckte Embrisa, die vor dem Pferch stand, in dem er das Bein eines Pferdes untersuchte. »Hallo!«

Schüchtern fragte sie: »Kommst du heute abend zum Essen?«

Erik lächelte. Das Mädchen hatte ihn schon zweimal gefragt, ob er nicht zu ihr kommen wollte, um Vater und Mutter kennenzulernen – obwohl er sie auf dem Markt schon gesehen hatte, wollte sie ihn formell vorstellen. Offensichtlich hatte sie beschlossen, daß Erik ihr gefälligst den Hof zu machen hatte, und er fühlte sich durch ihre Aufmerksamkeit gleichermaßen geschmeichelt wie beunruhigt.

In Ravensburg wäre sie in ungefähr zwei Jahren im heiratsfähigen Alter gewesen, doch das war eben Ravensburg. Die Leute hier waren viel ärmer, und Kinder bedeuteten zusätzliche Hände, die bei der Arbeit zupacken konnten. Draußen auf dem Feld konnten sie mit drei Jahren die Ähren auflesen, die bei der Ernte von den Halmen gebrochen waren, und mit sechs oder sieben halfen sie bei den schwereren Arbeiten. Ein Junge war mit zwölf ein Mann, und mit fünfzehn meist schon Vater.

Erik ging zum Gatterzaun, kletterte hinüber und stellte sich zu ihr. »Komm mal her«, sagte er leise. Sie trat zu ihm heran, und er sah zu Boden und legte ihr die Hand auf die Schulter. »Ich mag dich sehr gern. Du bist ein nettes Mädchen, aber wir werden bald aufbrechen.«

»Du könntest doch hierbleiben«, sagte sie eilig. »Du bist doch nur ein Söldner, und du kannst die Truppe verlassen. Ein Schmied wäre hier im Dorf ein wichtiger Mann, und später könntest du der Anführer im Dorf werden.«

Erik war überrascht; das Mädchen war nicht nur hübsch, sondern auch noch gerissen. Sie hatte sich mit großer Zielstrebigkeit den Mann aus der Truppe herausgesucht, der vermutlich – zumindest nach den Maßstäben des Dorfes – einmal reich werden würde, sofern er hierbleiben und ein Geschäft aufmachen würde.

»Gibt es denn hier keinen Jungen –« begann er.

»Nein«, sagte sie, halb verärgert, halb verlegen. »Die meisten sind bereits verheiratet oder noch zu jung. Und wegen des Krieges gibt es viel mehr Mädchen als Jungen.«

Erik nickte. Auch in seiner eigenen Truppe fand sich mehr als ein ehemaliger Bauernsohn, der seine Heimat verlassen hatte, um sein Glück als Soldat oder Bandit zu machen.

Plötzlich stand Roo neben ihnen, und Erik wußte, daß er das ganze Gespräch mit angehört hatte. Roo ließ sich jedoch nichts anmerken. »Ach, Embrisa! Hab dich gar nicht gesehen. Wie geht's dir?«

»Gut«, antwortete sie und senkte den Blick; der verdrießliche Unterton in ihrer Stimme verkündete jedoch das Gegenteil.

Als wäre nichts geschehen, fuhr Roo fort: »Hast du heute schon mit Henrik gesprochen?«

Erik wußte, wen Roo meinte, einen jungen Mann aus einem Dorf, das nicht weit von Ravensburg entfernt war. Der Mann gehörte zu einer anderen Gruppe, und sie hatten mit ihm während der ganzen Reise kaum mehr als ein Dutzend Worte gewechselt. Henrik war ein begriffsstutziger Kerl, der nie viel zu sagen hatte.

»Nein, heute noch nicht«, antwortete Erik und fragte sich, worauf Roo hinauswollte.

Roo senkte die Stimme und sagte: »Er meint, er wolle hierher zurückkommen, wenn das alles vorbei ist. Er mag das Dorf, und vielleicht will er sich sogar hier niederlassen,« – er warf Embrisa einen Blick zu – »sich eine Frau suchen und eine Mühle aufbauen.«

Embrisa riß die Augen auf. »Ist er Müller?«

»Sein Vater war einer, zumindest hat er so was erzählt.«

Embrisa sagte: »Oh, ich muß gehen. Schade, daß du heute nicht zum Essen kommen kannst, Erik.«

Nachdem das Mädchen gegangen war, sagte Erik: »Danke.«

»Ich war dort drüben und hab alles mit angehört«, erwiderte Roo grinsend. »Ich schätze, ein Müller ist der einzige, der in einem Dorf wie diesem noch mehr Geld verdient als ein Schmied, und ich dachte, ich könnte deiner kleinen Freundin ein neues Opfer präsentieren.«

Erik fragte: »Will Henrik wirklich hierbleiben, oder sorgst du nur mal wieder für neuen Ärger?«

»Also, ich weiß nicht, wieviel Ärger das geben kann, wo sie doch so ein freches Mädchen mit anständigem Busen und festem Hintern ist. Wenn sie unseren Freund, den Müllerssohn, umgarnen kann, wieso nicht? Könnte wahre Liebe draus werden, und dann würde er es sich vielleicht tatsächlich überlegen.«

Erik schüttelte den Kopf. »Oder sich vor ihrem Vater verstecken.«

»Nun ja, aber da ihr Vater mit seiner Frau und den Söhnen flußabwärts gefahren ist und Embrisa hier alleingelassen hat, glaube ich, daß sie dir die Schlinge um den Hals legen wollte.« Er sah dem Mädchen hinterher. »Obwohl ich vermute, eine Nacht mit ihr würde sich ganz bestimmt lohnen.«

»Aber das Mädchen ist noch keine fünfzehn, Roo«, wandte Erik ein.

»In dieser Gegend ist man mit fünfzehn alt genug, um Mutter zu werden«, erwiderte Roo. »Jedenfalls wird es der Göre wenig nützen, dich oder einen anderen in ihr Bett zu holen, denn der Hauptmann wird keinen von uns ziehen lassen.«

»Allerdings«, stimmte Erik zu.

»Und außerdem brechen wir in zwei Tagen auf.«

»Was?«

»Vor zehn Minuten sind von Süden her Reiter eingetroffen, die Nachrichten gebracht haben. In zwei Tagen stoßen weitere Soldaten zu uns, und dann reiten wir nordwärts.«

»Nun, da sollte ich mich lieber an die Arbeit machen«, überlegte Erik. »Ich muß mich noch um die Pferde von Zilas Männern kümmern. Ich glaube, wir müssen wenigstens ein Dutzend Pferde zurücklassen.«

»Das wird den Dorfbewohnern nicht schlecht gefallen«, erwiderte Roo und grinste erneut. »Diejenigen, die sie nicht vor den Pflug spannen können, werden sie einfach schlachten.«

Erik nickte. Er wußte, das sagte Roo nicht nur zum Scherz. »Na los, hilf mir ein bißchen.«

Roo murrte, aber er folgte Erik in den Pferch, um die lahmen Tiere auszusondern.

Erik blickte erwartungsvoll zum Südtor. Zila und seine Abtrünnigen waren in der vergangenen Nacht abgezogen, und jetzt tauchte die neue Kompanie, die zu ihnen stoßen sollte, früher als erwartet im Süden auf. De Loungville hatte folgenden Befehl erlassen: Falls die Männer vor Mittag eintrafen, sollte die ganze Truppe aufbrechen, sobald sie marschbereit war. Nur ein Dutzend Männer würde zurückgelassen werden, für den Fall, daß man das Fort bei einem Rückzug nach Süden noch einmal brauchen sollte. Jetzt erkannte Erik auf einmal den Sinn der ganzen Arbeit. Denn ein Dutzend gut ausgerüsteter Soldaten konnte das Dorf gegen eine bis zu dreimal größere Anzahl von Banditen halten, und falls sich die Dorfbewohner an der Verteidigung beteiligten, würde man fast mit einer Armee fertigwerden können.

Ohne daß es noch eines besonderen Befehls bedurft hätte, machten sich die Männer rasch marschbereit. Dann entdeckte

Erik eine bekannte Gestalt unter den Leuten, die zum Tor hereingeritten kamen. »Greylock!«

Owen Greylock wandte sich um. Er packte Erik am Arm, zog ihn an die Brust und klopfte ihm auf den Rücken. Schließlich ließ er den jungen Mann wieder los und sagte: »Gut siehst du aus.«

»Wir dachten, wir hätten Euer graues Banner während der Überfahrt auf dem Deck der *Freihafenwächter* gesehen, aber als wir an Land gegangen sind, konnten wir Euch nirgends entdecken.«

Der frühere Schwertmeister von Finstermoor löste das Halstuch, welches er zum Schutz vor Staub vors Gesicht gebunden hatte. »Aus gutem Grund. Denn ich bin nicht an Land gegangen. Ich bin mit einigen anderen zur Stadt am Schlangenfluß gesegelt, wo wir Verhandlungen geführt haben, und dann waren wir in Maharta, wo wir uns um die eine oder andere Angelegenheit kümmern mußten. Nachdem die *Freihafenwächter* wieder nach Krondor aufgebrochen war, sind wir eine Woche lang wie die Teufel nach Lanada geritten, und auf dem Weg hierher habe ich mir noch weitere Schwielen an Stellen geholt, die ich lieber nicht erwähnen möchte.«

Soldaten in unterschiedlichster und buntscheckigster Kleidung ritten durch das Südtor herein. »Wer sind die?« fragte Erik mißtrauisch.

»Laß dich von ihrer seltsamen Kleidung nicht täuschen. Das sind einige der besten Soldaten, die man in dieser Gegend finden kann, handverlesen von unserem Freund Praji, und das über die ganzen letzten Jahre hinweg.« Er senkte die Stimme. »Wir müssen uns ein bißchen mit ihnen vermischen.«

»Aber wie kommt Ihr eigentlich hierher?« fragte Erik. »Ich habe Euch zum letzten Mal gesehen, bevor ich verhaftet wurde.«

»Eine lange Geschichte. Ich muß erst einmal Calis Bericht erstatten, und wenn wir die Pferde getränkt haben, können wir uns zu einem Gläschen Wein zusammensetzen, und ich erzähle dir alles.«

»Das werden wir wohl erst wieder heute nacht im Lager machen können«, antwortete Erik. »Wir brechen in einer Stunde auf. Ihr werdet wohl nur die Pferde wechseln und einen Happen essen können, bevor es weitergeht.«

Greylock stöhnte. »Dieser Schweinehund läßt einem aber auch gar keine Hoffnung, daß sich das Rückgrat eines alten Mannes ein bißchen wieder erholen könnte, was?«

»Ich fürchte auch. Kommt, ich habe ein paar gute Pferde, und ich suche Euch eins mit einem besonders weichen Rücken aus.«

Greylock lachte und sagte: »Na, dann mal los.«

# Fünf

## Treffpunkt

Calis gab das Zeichen zum Anhalten.

Erik und seine Gefährten, die die erste Gruppe hinter Calis und de Loungville bildeten, zügelten die Tiere und gaben den Befehl nach hinten weiter. Owen Greylock ritt ebenfalls mit Calis. Bis jetzt hatte Erik noch keine Gelegenheit gefunden, mit ihm zu sprechen.

Zwei Kundschafter, die beim ersten Tageslicht vorausgeritten waren, galoppierten nun die Straße entlang auf sie zu. Einer von ihnen, ein Clansmann, dessen Name Erik nicht kannte, sagte: »Eine Stunde vor uns wurde eine Handelskarawane überfallen. Sie haben versucht, sich zu verteidigen, doch die sechs Wagen wurden nur von sechs Söldnern beschützt.«

De Loungville meinte: »Der Händler war aber sehr leichtsinnig.«

Der andere Kundschafter, ein Mann namens Durany, erwiderte daraufhin: »Sie hatten noch nicht einmal Zeit, die Wagen anzuhalten. Sieht aus, als hätten die Banditen mit Pfeilen angegriffen und wären von Bäumen aus auf sie heruntergesprungen, ehe die Leute wußten, wie ihnen geschah. Die Mörder haben alle bis auf die nackte Haut ausgezogen, und sie haben die Rüstungen, die Waffen und alles, was sie finden konnten, mitgenommen.«

Calis fragte: »Wie viele waren es?«

Der Clansmann antwortete: »Zwanzig, fünfundzwanzig, vielleicht mehr.«

Erik fragte: »Wo sind die Banditen jetzt?«

Calis achtete nicht darauf, wer die Frage gestellt hatte, sondern nickte, und Durany fuhr fort: »Sie sind wieder im Wald verschwunden. Wir haben ihre Spuren eine Stunde lang zwischen den Bäumen verfolgt, bis sie sich nach Süden wandten. Seitdem halten sie sich von der Straße fern.« Er sah sich um. »Wir haben sie nicht eingeholt. Vielleicht haben sie einen Bogen geschlagen und sind jetzt schon hinter uns.«

»Was ist mit dem Dorf?« fragte de Loungville.

Calis sagte: »Unsere zwölf können die Stellung halten, wenn sie früh genug gewarnt werden. Aber diese Banditen benehmen sich mehr wie randalierende Söldner. Falls sie das Dorf unentdeckt erreichen ...« Er wandte sich an de Loungville. »Bobby, nimm sechs Männer und reite zurück zum Dorf, um sie zu warnen. Das ist alles, was wir tun können. Dann kehrst du so schnell wie möglich zurück.«

De Loungville nickte. »Ihr kommt mit«, sagte er zu Erik und zeigte auf ihn und seine fünf Gefährten. Sie ritten aus dem Glied, und bald waren die sieben wieder auf dem Weg zurück nach Weanat.

Der Rauch verriet ihnen, daß sie zu spät kamen, schon lange, bevor sie das Fort sehen konnten. Als sie über einen Berg hinwegkamen, sahen sie die verkohlten Reste der Mauer und des immer noch unvollendeten Turmes, an dem die Flammen emporloderten wie ein Banner.

Ohne auf einen Befehl zu warten, gab Erik seinem Pferd die Sporen und ließ es so nahe an das Feuer herangaloppieren, wie es ging. Er rief die Namen der Dorfbewohner, die er kannte, und nach einer Weile trat ein Mann aus dem Wald.

»Tarmil!« schrie Erik. »Was ist passiert?«

Der Dörfler war rußbedeckt und sah müde, doch ansonsten

unverletzt aus. »Diese Männer, die gestern fortziehen sollten, sind heute nacht zurückgekehrt. Sie hatten noch andere Männer dabei und fragten, ob sie Vorräte kaufen könnten. Eure Soldaten sagten nein, und dann hat es Streit gegeben.« Er zeigte die Straße hinauf. »Während sie sich am Südtor angeschrien haben, kletterte die andere Gruppe hinten über die Mauer und machte das Nordtor auf.

Eure Männer wollten sich verteidigen, aber sie wurden von zwei Seiten angegriffen. Die meisten von uns konnten zum Südtor hinausschlüpfen, oder sie sind einfach über die Palisade geklettert; dann hat jemand das Feuer gelegt. Die Banditen haben uns danach so ziemlich in Ruhe gelassen; sie waren zu sehr damit beschäftigt, alles zu stehlen, was nicht niet- und nagelfest war, bevor sie das Dorf niedergebrannt haben.«

»Ist jemand von unseren Leuten entkommen?«

Tarmil schüttelte den Kopf. »Nein, ich glaube nicht. Einige der Männer, ich weiß nicht, zu welcher Bande sie gehörten, haben sich jedoch in die Berge zurückgezogen, mit zwei von unseren Frauen. Drafs Frau, Finia, und dann noch Embrisa. Vielleicht haben sie auch noch andere mitgenommen.«

De Loungville kam angeritten und herrschte Erik an: »Das wirst du nicht noch einmal tun, einfach so ohne Erlaubnis davonzupreschen.«

»Sie haben einige der Frauen in die Berge verschleppt.«

De Loungville fluchte. »Ich habe Calis gesagt –« Er unterbrach sich selbst und sah Tarmil an. »Wie lange ist das her, und wie viele Männer waren es?«

»Es ist noch keine Stunde vergangen, und es waren fünf oder sechs.«

»Schwärmt aus«, befahl de Loungville. »Seht zu, ob ihr irgendwelche Spuren finden könnt.«

Natombi fand die Spur eines größeren Trupps Reiter, der nach

Süden gezogen war, während Sho Pi eine kleinere fand. Dort war eine Gruppe in Richtung Berge gegangen. De Loungville machte dem ehemaligen Mönch und dem früheren keshianischen Legionär ein Zeichen, sie sollten die Führung übernehmen, und folgte ihnen.

Sie brauchten nicht lange zu suchen, bis ihnen die Schreie von Frauen verrieten, wo sich die Banditen aufhielten. De Loungville bedeutete allen, abzusteigen und auszuschwärmen. Leise schlichen sie auf die Geräusche zu.

Erik hielt Schild und Schwert bereit, nachdem er sein Pferd angebunden hatte. Er warf einen Blick auf Roo zu seiner Rechten und Luis zu seiner Linken. Langsam krochen sie durch das Unterholz, bis sie etwas entdeckten, was Erik die Haare zu Berge stehen ließ.

Zwei Männer lagen über zwei Frauen, von denen sich die eine wehrte, während die andere sich nicht rührte. Drei andere Männer saßen daneben und tranken etwas aus einem Tonkrug, während sie die Vergewaltigung beobachteten. Schließlich erhob sich einer der Männer, der fertig war, und zog sich die Hose hoch. Einer von denjenigen, die getrunken hatten, stellte seinen Krug zur Seite und wollte gerade die Hose herunterlassen, um den Platz des anderen einzunehmen.

Er zögerte jedoch und blickte auf die starre Gestalt, die vor ihm am Boden lag. »Bei den Göttern und Dämonen, Culli, du hast sie umgebracht, du Dummkopf.«

»Sie hat mich gebissen, also hab ich ihr den Mund zugehalten.«

»Du hast sie erstickt, du Idiot.«

»Mann, sie ist doch noch keine zwei Minuten tot, Sajer. Mach schon, sie ist immer noch warm.«

Erik sah die Leiche und spürte, wie sein Herz heftig zu klopfen begann. In seinem Kopf tauchte ein Bild auf, und einen Moment lang sah er Rosalyn in der gleichen Haltung daliegen. Ohne zu überlegen erhob er sich und lief auf die Männer zu, die ihm am nächsten waren. Einer von ihnen hatte sich dem Streit zugewandt, und der andere wollte gerade aufstehen. Er hatte sich schon halb von dem Baumstamm erhoben, auf dem er hockte, als er starb. Mit einem einzigen Hieb trennte Erik ihm den Kopf vollständig von den Schultern.

Eriks Gefährten griffen ebenfalls an und schrien laut, und die verbliebenen vier Männer sprangen auf die Beine, um sich zu verteidigen. Erik rannte zu dem Mann namens Sajer, während der mit Namen Culli dorthin sprang, wo sein Schild und sein Schwert lagen. Sajer zog seine einzige Waffe, einen Dolch, aus dem Gürtel, und Erik sprang auf ihn zu wie der Tod, der menschliche Gestalt angenommen hatte.

Angst machte sich auf dem Gesicht des Mannes breit, während Erik über ihn herfiel. Der Kerl versuchte eine Finte und stach mit dem Dolch zu, doch Erik ließ sich nicht aufhalten und schlug mit dem Schild zu, wodurch er den Mann zu Fall brachte. Er schwang das Schwert über dem Kopf und brachte es mit einem ungeheuren Schlag herunter, wobei er Sajers zum Schutz hochgehaltenen Arm durchtrennte und den Mann von der Schulter bis zum Bauch aufschlitzte.

Erik setzte dem Mann den Fuß auf die Brust, um sein Schwert aus der Leiche herauszuziehen, als er aus den Augenwinkeln heraus bemerkte, daß die anderen drei Männer ihre Helme und Waffen auf den Boden geworfen hatten, unter Söldnern das Zeichen der Kapitulation. Erik riß die Augen auf und fixierte den Mann namens Culli mit wildem Blick. Mit Mordgedanken im Herzen ging er auf ihn zu.

De Loungville versperrte Erik den Weg und mußte seine ganze Kraft aufwenden, um den jungen Mann zurückzuhalten. Es war, als wollte er einen Baum von der Stelle rücken, doch zumindest konnte er Erik aufhalten. »Reiß dich zusammen, von Finstermoor!« befahl er.

Beim Klang seines Namens zögerte Erik. Er blickte zu den beiden Frauen, die auf dem Boden lagen. Finia waren alle Kleider vom Leib gerissen worden, und sie bewegte sich nicht. Das schwache Heben und Senken ihrer kleinen Brüste war das einzige Lebenszeichen. Embrisa lag nicht weit von ihr entfernt, sie war ebenfalls nackt, doch vom Bauch bis zu den Knien blutverschmiert. Erik wandte sich um und starrte auf den Mann mit Namen Culli. »Er muß sterben. Sofort. Und langsam!«

De Loungville fragte: »Hast du sie gekannt?«

»Ja«, antwortete Erik, wobei er sich seltsamerweise darüber wunderte, daß de Loungville sie nicht gekannt hatte. »Sie war vierzehn.«

Einer der Banditen sagte: »Aber es waren nur Dorfbewohner! Wir haben doch nicht gewußt, daß sie zu irgendwem gehören.«

Erik wollte auf ihn los, und diesmal mußte sich de Loungville mit der Schulter gegen ihn stemmen, um ihn einen Schritt zurückzuschieben. »Du stehst still, wenn ich es dir befehle!« brüllte er Erik an.

Er drehte sich zu den drei Männern um und fragte: »Zu welcher Truppe gehört ihr?«

Culli antwortete: »Nun, Hauptmann, in letzter Zeit sind wir eigentlich eher für uns gewesen.«

»Habt ihr die Karawane einen halben Tagesritt nördlich von hier überfallen?«

Das Grinsen des Mannes enthüllte schwarze Zahnstümpfe. »Nun, ich würde lügen, wenn ich das auf mich nähme. Aber sechs oder sieben von unseren Jungs waren dabei. Die haben sich allerdings den Männern angeschlossen, die die Idee hatten, dieses Fort zu überfallen. Sie sind mit einem fetten Mann, der ein stichelhaariges Pferd ritt, weitergezogen.«

»Zila«, sagte de Loungville. »Mit dem werde ich eines Tages noch abrechnen.«

Culli fuhr fort: »Wir haben das Ganze aus dem Wald heraus beobachtet, und nachdem sie aufgebrochen sind, haben wir uns geschnappt, was noch zu kriegen war. Als diese beiden Frauen aus einem der brennenden Häuser kamen, haben wir sie mitgenommen, um ein bißchen Spaß zu haben.« Mit einer Kopfbewegung deutete er auf die noch lebende, aber bewußtlose Finia und die tote Embrisa. »Wir wollten nicht so grob sein, aber diese beiden waren die einzigen, die wir gefunden haben, und wir sind immerhin fünf. Wenn sie Euch gehört haben, geben wir Euch Gold, Hauptmann, damit Ihr keinen Schaden habt, ja? Wir wollen dann auch kein Wort über die beiden Jungs verlieren, die schon dabei draufgegangen sind. Wir haben schließlich nur die eine getötet. Zwei für eine scheint mir ein anständiger Handel. Gebt der anderen ein paar Stunden Ruhe, dann kann sie Euch alle sechs bedienen und uns drei noch dazu.«

»Auf die Knie«, befahl de Loungville. Biggo, Natombi und Luis zwangen die drei Männer auf die Knie und hielten sie fest.

»Ich will den einen«, sagte Erik und zeigte auf Culli. »Ich werd ihn mit dem Kopf voran in einen Ameisenhaufen stecken und zusehen, wie er schreit.«

De Loungville drehte sich um und schlug Erik, so hart er konnte, ins Gesicht. Erik taumelte, ging auf die Knie und hatte Mühe, das Bewußtsein zu behalten.

Als sein Kopf wieder klar wurde, sah er, wie sich de Loungville hinter den ersten Mann stellte. Mit einer knappen Bewegung zog er seinen Dolch, griff dem Mann ins Haar, zog seinen Kopf zurück und schnitt ihm die Kehle durch.

Die anderen beiden versuchten, sich auf die Beine zu kämpfen, doch Biggo und Luis drückten sie wieder nach unten. Noch ehe Erik auf die Beine kam, waren auch sie hingerichtet. Erik machte taumelnd einen Schritt auf de Loungville zu und schüttelte den Kopf, um ihn endgültig klar zu bekommen. Er stellte sich vor die

Leiche von Culli und sah de Loungville ins Gesicht. Der befahl: »Kümmer dich um die Frau.« Als Erik zögerte, brüllte er. »Sofort!«

Erik und Roo gingen zu Finia hinüber, deren Augen leer in den Himmel starrten. Als sie sich neben ihr hinknieten, schien sie zum ersten Mal wieder etwas wahrzunehmen. Sie erkannte Erik und Roo. »Ist es vorbei?« fragte sie flüsternd.

Erik nickte, und Roo zog seinen Mantel aus und bedeckte sie damit. Erik half der Frau auf die Beine. Sie zitterte, als sie aufstand. Roo legte den Arm stützend um sie, während sie Embrisa betrachtete. »Ich hab ihr gesagt, sie solle tun, was die Kerle verlangen. Aber sie hat gekratzt und gebissen und geschrien und geweint. Dabei wurde ihre Nase wohl verstopft, und als sie ihr den Mund zugehalten haben, konnte sie nicht mehr atmen.«

Erik und Roo trugen sie hinüber zu den Pferden. Dann zog Erik ebenfalls seinen Mantel aus und deckte Embrisas Leichnam zu. Er hob sie hoch und trug sie so vorsichtig, wie er eine Schlafende getragen hätte. Leise sagte er: »Jetzt wirst du doch keinen reichen Ehemann bekommen.«

Erik war der letzte, der zu den Pferden zurückkam. De Loungville hielt seine Zügel. Er übergab dem Hauptmann die Leiche des Mädchens, stieg auf und nahm die Leiche dann wieder, als de Loungville sie ihm reichte. Nachdem der Hauptmann seinerseits aufgestiegen war, meinte Erik: »Ihr habt sie zu gut wegkommen lassen.«

De Loungville erwiderte: »Ich weiß.«

»Man hätte sie über kleiner Flamme rösten sollen.«

»Sie hatten es verdient zu leiden, aber das werde ich bei keinem Mann zulassen.«

»Warum? Was schert es Euch, wie es solchem Abschaum ergeht?«

De Loungville trieb sein Pferd neben Eriks und beugte sich zu dem jungen Mann aus Ravensburg. »Ich schere mich nicht darum, wie es solchem Abschaum ergeht. Du könntest sie über eine Woche hinweg langsam zerfleischen, indem du ihr Fleisch Stück für Stück von den Knochen schneidest, und es würde mir gar nichts ausmachen. Aber was dabei mit dir passiert, würde mir schon etwas ausmachen, Erik.«

Ohne eine Antwort abzuwarten, gab er seinem Pferd die Sporen und rief: »Zurück zum Dorf. Wir haben noch einen teuflischen Ritt vor uns, bis wir die anderen wieder eingeholt haben.«

Erik ritt hinter ihm. Er war sich nicht sicher, was de Loungville gemeint hatte, aber dennoch beunruhigte ihn das, was er gesagt hatte, zutiefst.

Eine Stunde nach Einbruch der Dunkelheit erreichten sie Calis' Lager. Wie zuvor hatte Calis auch dieses Mal das Lager befestigen lassen, und während sich de Loungville und die anderen näherten, rief eine Wache sie an.

»Alles in Ordnung«, sagte der erschöpfte de Loungville. »Und jetzt laß uns rein, sonst reiß ich dir die Ohren vom Kopf.«

Niemand in Calis' Truppe hätte diese Stimme verwechseln können, also wurde die Brücke ohne Zögern über den Graben heruntergelassen. Die Hufe der Pferde klapperten über Holz und Eisen, als die Reiter sie überquerten, und als sie den Mittelpunkt des Lagers erreichten, erwartete Calis sie schon.

»Zila und die Banditen haben sich zusammengetan und das Dorf niedergebrannt. Die meisten konnten entkommen.« Er warf Erik einen Blick zu. »Sie haben ein Mädchen getötet, aber wir haben die fünf Kerle, die es auf dem Gewissen haben, umgebracht.«

Calis nickte und machte de Loungville ein Zeichen, er möge ihm in sein Zelt folgen. Erik nahm die Zügel von de Loungvilles Pferd und führte es zusammen mit seinem eigenen zu den anderen Tieren. Es dauerte eine Stunde, bis er die Pferde abgekühlt, die Hufe gesäubert und sie mit frischem Futter versorgt hatte. Als er fertig war, taten ihm die Knochen weh, und er wußte, daß es nicht nur die Erschöpfung vom Ritt und vom Kampf war. Es war so sinnlos gewesen, die Männer zu töten.

Während er zu seinen Gefährten hinüberging, die gerade ihr Zelt aufbauten, ließ er sich noch einmal durch den Kopf gehen, was er getan hatte. Der erste Mann, den er erschlagen hatte, war ihm ein Hindernis gewesen, mehr nicht. Er hatte ihn nicht enthaupten, sondern nur zur Seite fegen wollen. Luis hatte später gesagt, es wäre ein fürchterlicher Hieb gewesen, genauso wie der zweite, mit dem Erik den nächsten Mann aufgeschlitzt hatte, aber irgendwie hatte er nur eine undeutliche Erinnerung daran, als hätte jemand anderes an seiner Stelle gekämpft. Er wußte noch, wie es gerochen hatte: Der Rauch des brennenden Dorfes, die Ausdünstungen von Schweiß und Kot, die sich mit dem metallischen Blutgeruch und dem Gestank von Angst gemischt hatten. Plötzlich schockierte ihn die Wucht seiner Schläge selbst, und das Blut hinter seiner Stirn begann zu pochen. Dennoch blieb alles fern und stumm, und er konnte kaum richtig verstehen, was eigentlich passiert war.

Er wußte, er hätte Embrisas Mörder gern leiden lassen. Er wollte, daß dieser Mann den Schmerz tausendfach erleiden sollte, obwohl er jetzt, da der Mann tot war, keine Befriedigung fühlte. Falls man Biggo glauben konnte, würde dieser Kerl von der Göttin des Todes verurteilt werden, doch wie die Wahrheit auch aussehen mochte, die Schmerzen, die man in diesem Leben erleiden konnte, waren ihm erspart geblieben.

Vielleicht hatte de Loungville recht. Denn jetzt war es Erik selbst, der litt, und das machte ihn gleichzeitig wütend und traurig. Er erreichte das Zelt, wo Roo Eriks Sachen bereits ausgepackt hatte.

Erik blickte seinen Jugendfreund an. »Danke.«

Roo sagte: »Na ja, du hast dich ja auch um mein Pferd gekümmert.«

»Und um meins«, sagte Biggo.

»Und um die von uns allen«, fügte Luis hinzu. »Vielleicht sollten wir dem Jungen dafür etwas bezahlen.«

Erik blickte Luis an, der nur selten Sinn für Humor zeigte. Der heißblütige Rodesier sah ihn freundlich an, was ebenfalls eine Seltenheit war.

Biggo sagte: »Nun, vielleicht. Aber wir könnten ihm dafür auch einen Teil seiner Arbeit beim Zeltauf- und abbauen abnehmen, so wie heute abend.«

»Das bekomme ich schon selbst hin«, antwortete Erik. »Das braucht niemand für mich zu tun.« Er wunderte sich über die Gereiztheit, die in seiner Stimme lag. Plötzlich merkte er, wie verärgert er war.

Biggo streckte seine Hand quer über den schmalen Gang, der zwischen den jeweils drei Schlafplätzen auf jeder Seite war, und sagte: »Wissen wir, Junge. Du tust mehr, als du müßtest, ganz bestimmt. Niemand hat irgendwas gesagt, aber du bist eben zum Pferdemeister unserer kleinen Gruppe von Gurgelschneidern geworden.«

Bei dem Wort »Gurgelschneider« mußte Erik unwillkürlich an die drei Männer denken, die de Loungville umgebracht hatte. Plötzlich wurde ihm schlecht, und sein Körper begann zu glühen, als hätte er Fieber. Er schloß die Augen einen Moment lang und sagte: »Danke. Ich weiß, ihr meint es nur gut ...« Er zögerte, dann richtete er sich so weit auf, wie es in dem kleinen Zelt möglich war, und ging hinaus. »Ich komme gleich wieder. Ich glaube, ich brauche ein bißchen frische Luft.«

»Du hast in zwei Stunden Wache«, rief Roo ihm hinterher.

Während Erik durch das Lager ging, versuchte er sich zu beruhigen. Sein Magen zog sich zusammen. Erik fühlte sich krank. Er mußte laufen, um den Abtritt zu erreichen, ohne sich in die Hose zu machen.

Nachdem er minutenlang dort gehockt und sich trommelfeuerartig entleert hatte, mußte er würgen, und auf einmal übergab er sich in die Grube. Als er schließlich fertig war, fühlte er sich schwach. Er ging zum Ufer des nahegelegenen Bachs und wusch sich, dann kehrte er zum Kochfeuer zurück, wo er Owen Greylock entdeckte, der sich gerade mit Eintopf und Brot versorgte.

Obwohl er sich gerade erst übergeben hatte, verspürte Erik beim Geruch des Eintopfes einen unwiderstehlichen Heißhunger. Während Owen ihn begrüßte, schnappte er sich eine Holzschüssel und füllte sie, wobei er sich die Suppe über die Hand schüttete.

»Paß auf!« warnte Owen. »Götter, sonst verbrennst du dich.«

Erik hob die Schüssel an die Lippen und trank von der Suppe, dann antwortete er: »Hitze macht mir nichts aus. Ich schätze, weil ich jahrelang in der Schmiede gearbeitet habe. Nein, aber Kälte, die tut mir richtig weh.«

Owen lachte. »Hungrig?«

Erik riß ein großes Stück Brot von einem der Laibe auf dem Anrichtetisch und fragte: »Kann ich mal eine Minute mit Euch reden?«

Owen bedeutete Erik, er möge sich neben ihm auf dem Baumstamm niederlassen, den man gefällt hatte und als Bank benutzte. Außer zwei Männern, die die Kochecke nachher saubermachen und das Frühstück vorbereiten würden, war niemand in der Nähe.

Owen fragte: »Wo drückt denn der Schuh?«

Erik antwortete: »Ich wollte eigentlich wissen, wie Ihr hier gelandet seid, aber kann ich Euch zunächst eine andere Frage stellen?«

»Schieß los.«

Erik fragte: »Wenn Ihr einen Mann tötet, wie fühlt Ihr Euch dann?«

Owen schwieg einen Moment lang. Er blies die Wangen auf und ließ die Luft dann langsam entweichen. »Nun, die Frage ist nicht so leicht zu beantworten.« Er schwieg noch einmal, dann fuhr er schließlich fort. »Ich habe in meinem Leben Männer auf zwei Arten umgebracht, Erik. Als Schwertmeister meines Herrn war ich auch Richter und habe mehr als einen Mann an den Galgen gebracht. Das ist jedes Mal schwierig, glaub mir. Und außerdem ist es entscheidend, weshalb jemand gehängt werden soll. Mörder, Vergewaltiger, Schläger … nun, das macht mir nicht so viel aus, obwohl ich erleichtert bin, wenn es vorbei ist. Aber so etwas wie deine Hinrichtung zum Beispiel, das ist eine üble Sache. Danach möchte ich am liebsten ein langes, langes heißes Bad nehmen, allerdings komme ich meistens nicht dazu.

Was den Kampf anbetrifft, da passieren die Dinge so schnell, und normalerweise denkt man viel zu sehr ans eigene Überleben, um übers Töten zu grübeln. Reicht dir das als Antwort?«

Erik nickte, während er zerkochtes Gemüse verschlang. »In gewisser Weise, ja. Aber habt Ihr jemals den Wunsch verspürt, jemanden richtig leiden zu sehen?«

Owen kratzte sich bei dieser Frage hinter den Ohren. »Kann ich schwerlich sagen. Ein paar Männer hätte ich schon gern tot gesehen, aber leiden? Eigentlich nicht.«

»Ich wollte heute, daß ein Mann richtigen Schmerz verspürt.« Erik erklärte die Sache mit Embrisa und wie er ihrem Mörder einen langen, langsamen und fürchterlichen Tod gewünscht hatte. Danach fügte er noch hinzu: »Und dann, heute abend, hatte ich plötzlich schrecklichen Durchfall und mußte mich übergeben. Und jetzt sitze ich hier und stopfe mich voll, als wäre nichts geschehen.«

»Mit der Wut ist das manchmal eine seltsame Sache«, sagte Owen. »Du wirst das nicht gern hören, aber ich glaube, die einzigen beiden Männer, die ich kannte und die genauso fühlten wie du, waren dein Vater und ... Stefan.«

Erik schüttelte den Kopf und lächelte reumütig. »Ihr habt recht. Das höre ich wirklich nicht gern.«

»Dein Vater war dir ganz ähnlich. Wenn er wütend war, sah er seinen Gegner lieber verletzt und leidend als tot.« Er senkte die Stimme. »Stefan war jedoch noch schlimmer. Er hat es regelrecht genossen, die Menschen leiden zu sehen. Es ... erregte ihn. Dein Vater mußte mehr als einen anderen Vater bestechen, weil dessen Tochter ... Schaden genommen hatte.«

»Und was ist mit Manfred?«

Owen zuckte mit den Schultern. »Wenn man bedenkt, was für Eltern er hat, ist er eher zurückhaltend. Du würdest ihn mögen, obwohl das nebensächlich ist.« Owen betrachtete Erik eingehend und sagte dann: »Ich kenne dich schon, seitdem du noch ein Kind warst, und während du einige Züge deines Vaters hast, fließt in deinen Adern dennoch nicht nur sein Blut. Deine Mutter mag eine harte Frau sein, aber sie war niemals gemein. Sie würde nie jemandem aus reinem Vergnügen weh tun. Aber Stefan, der war die übelste Mischung aus seiner Mutter und seinem Vater.

Ich glaube, ich kann verstehen, warum du so wütend auf den Mann warst, der das Mädchen getötet hat. Du hast sie gerngehabt, oder?«

»Irgendwie schon.« Erik lächelte. »Sie wollte mich in ihr Bett locken, um die Frau des Dorfschmieds werden zu können.« Er schüttelte bedauernd den Kopf. »Sie war so durchschaubar, und es steckte auch keine List dahinter, aber ...«

»Du hast dich gut dabei gefühlt?«

»Ja.«

Owen nickte. »Jeder von uns ist eitel, und die Aufmerksamkeit eines jungen Mädchens verschmäht ein Mann selten.«

»Aber das erklärt noch nicht, warum ich diesen Mann unbedingt quälen wollte. Und ich würde es am liebsten immer noch tun, Owen. Wie gern würde ich ihn aus dem Reich der Toten zurückholen und ihn foltern, bis er vor Schmerzen nur so schreien würde. Wenn ich es könnte, würde ich es wirklich tun.«

»Vielleicht der Gerechtigkeit wegen. Das Mädchen ist unter großen Schmerzen gestorben, und er hatte im Vergleich dazu einen leichten Tod.«

Eine Stimme erklang aus der Dunkelheit. »Manchmal verbirgt sich unter dem Deckmäntelchen der Gerechtigkeit die bloße Sucht nach Rache.«

Sowohl Owen wie Erik wandten sich um und erblickten Nakor, der aus der Dunkelheit trat. »Ich bin ein bißchen spazierengegangen und habe euch reden hören. Scheint ein interessantes Gespräch zu sein.« Ohne um Erlaubnis zu bitten, setzte er sich einfach zu ihnen.

Erik sagte: »Ich habe Owen erzählt, was heute passiert ist. Habt Ihr schon davon gehört?«

Nakor nickte. »Sho Pi hat es mir berichtet. Du warst schrecklich zornig. Und du wolltest diesem Mann alle Schmerzen der Welt zufügen. Bobby hat verhindert, daß du dich in seinem Schmerz suhlen konntest.«

Erik nickte.

Nakor sagte: »Manche Männer benutzen den Schmerz von anderen so, wie andere Drogen oder Schnaps benutzen. Es wäre besser für dich, dieses Verlangen indes früh genug zu erkennen und zu lernen, damit umzugehen.«

»Ich weiß nicht recht, was ich wollte«, gab Erik zu. »Ich weiß auch nicht, ob er meiner Ansicht nach nicht genug gelitten hat oder ob ich nur etwas ganz Bestimmtes in seinen Augen sehen wollte.«

Owen sagte: »Die meisten Soldaten trifft der Tod anderer hart. Daß dir schlecht geworden ist –«

Nakor unterbrach ihn. »Dir ist schlecht geworden?«

»Als hätte ich unreife Äpfel gegessen«, gestand Erik ein.

Nakor grinste. »Dann bist du wenigstens kein Mann, der Gift nimmt und dem es auch noch gefällt. Wenn dir nicht schlecht geworden wäre, hätte sich das Gift in deinen Gedärmen eingenistet.« Er streckte die Hand aus und stieß Erik in die Seite. »Du hast Haß gegessen, aber dein Körper hat ihn nicht bei sich behalten, genausowenig wie unreife Äpfel.« Er lächelte, offensichtlich zufrieden mit seiner Erklärung. »Mach jede Nacht Reiki, damit dein Verstand Ruhe findet, und dann wirst du mit den schrecklichen Dingen fertig, die du heute erlebt hast.«

Owen und Erik wechselten einen Blick, doch keiner der beiden Männer wußte, wovon Nakor sprach. Erik fragte: »Erzählt Ihr mir jetzt, wie es Euch hierher verschlagen hat, Owen?«

Owen sagte: »Das habe ich dir zu verdanken.«

»Mir?«

Owen erklärte: »Als du gefaßt wurdest, eilten meine Herrin Mathilda und dein Halbbruder sofort nach Krondor, um sicherzustellen, daß du auch ganz bestimmt gehängt werden würdest.

Nach unserer Ankunft dort bat ich einen Freund am Hofe des Prinzen um eine Audienz bei Nicholas, und dort versuchte ich, ihm eine Ahnung von dem zu vermitteln, was man mit dir als Kind angestellt hat.« Er zuckte mit den Schultern. »Das hat offensichtlich nichts Gutes bewirkt, denn du bist schließlich doch gehängt worden, aber die Baroneßwitwe erfuhr, daß ich zu deinen Gunsten Fürbitte geleistet hatte.« Er blickte Erik an und lächelte. »Also schlug man mir vor, ich solle meinen Rücktritt einreichen. Manfred sagte, er würde es sehr bedauern, aber sie wäre immerhin seine Mutter.«

»Ich habe sie nie kennengelernt, aber sie scheint eine sehr überzeugende Frau zu sein, nach allem, was man so hört«, meinte Nakor.

»So kann man es ausdrücken«, erwiderte Owen. »Nun, es gibt keine große Nachfrage nach ausgedienten Schwertmeistern, also bat ich um eine Stelle in der Leibwache des Prinzen. Ich hatte mich schon darauf vorbereitet, wieder als einfacher Soldat zu dienen oder irgendwo an die Grenze geschickt zu werden. Falls nicht einmal das klappen sollte, wollte ich mich dem Söldnergewerbe zuwenden und Handelskarawanen ins Tal der Träume und nach Kesh begleiten.

Aber dieser finstere Kerl, dieser Bobby de Loungville, trieb mich in einer Spelunke auf, machte mich betrunken, und am nächsten Tag wachte ich auf und stellte fest, daß ich für Prinz Nicholas und Calis wie ein Irrer Botengänge zwischen Questors Sicht und Endland unternahm.«

Owen fuhr fort: »Unser Hauptmann ist schon ein seltsamer Vogel. Wußtest du, daß er am Hofe den Rang eines Herzogs besitzt?«

Erik sagte: »Ich kenne ihn nur als –«

»Adler von Krondor«, beendete Owen den Satz. »Ich weiß. Er ist wichtig, das ist alles, was ich weiß. Aber als sich der Staub gelegt hatte, befand ich mich an Bord der *Freihafenwächter*, mit einer Liste von Aufträgen, die eigentlich drei Monate Zeit in Anspruch nehmen würden, die ich aber in nur einem Monat erledigen sollte, sobald wir Maharta erreichten.«

Erik war mit dem Essen fertig und erklärte: »Tut mir leid, wenn Ihr wegen mir in dieses Schlamassel hineingeraten seid.«

Owen lachte. »Daran sind wohl die Karten schuld, wie die Spieler es ausdrücken. Und um die Wahrheit zu sagen, wurde es mir auch langsam langweilig in Finstermoor. Der Wein ist bestimmt der beste in der ganzen Welt, und die Frauen sind so hübsch wie überall anders auch, aber sonst gibt es dort wenig, was einen Mann halten könnte. Ich war es leid, dauernd Banditen aufhängen zu müssen oder als Eskorte von einer sicheren Stadt zur nächsten zu reiten. Ich glaube, es ist an der Zeit, etwas Großes zu tun.«

Nakor schüttelte den Kopf. »Etwas Großes liegt wohl kaum vor uns.« Er stand auf und gähnte. »Ich werde schlafen gehen. Wir haben drei lange Tage vor uns.«

»Wieso?« fragte Erik.

»Während du diese Männer umgebracht hast, haben wir eine Nachricht vom Treffpunkt bekommen.«

»Was ist das eigentlich, der Treffpunkt?« fragte Erik. »Ich habe das Wort schon mal gehört.«

»Das ist ein großes Lager«, erklärte Nakor. Und grinsend fügte er hinzu: »Dort machen die beiden kriegführenden Seiten solchen Kompanien wie der unseren ihre Angebote. Dort werden wir auf die Armee dieser Smaragdkönigin stoßen, und dann wird Freund Greylocks Abenteuer richtig anfangen.« Er ging hinaus in die Dunkelheit.

Owen meinte: »Der Kerl ist bestimmt der seltsamste Mann, dem ich je begegnet bin. Ich habe seit gestern nur ein paar Mal mit ihm gesprochen, aber er hat sehr eigentümliche Vorstellungen. Dennoch, mit einer Sache hat er recht: Morgen wird ein langer Tag, und wir beide werden unseren Schlaf brauchen.«

Erik nickte und nahm Owens Schüssel. »Ich werde sie abwaschen. Ich muß meine sowieso spülen.«

»Danke.«

»Ich danke Euch«, erwiderte Erik.

»Wofür?«

»Für das Gespräch.«

Owen legte Erik die Hand auf die Schulter. »Du kannst jederzeit zu mir kommen, Erik. Gute Nacht.« Er ging in die gleiche Richtung davon wie Nakor.

Erik machte sich zu dem Eimer auf, in dem die Holzschüsseln abgewaschen wurden, spülte sie, scheuerte sie mit sauberem Sand aus, spülte sie nochmals aus und stellte sie dorthin, wo die Männer, die morgen das Frühstück machten, sie finden würden. Danach kehrte er zu seinem Zelt zurück.

Die anderen schliefen, außer Roo. »Geht es dir gut?«

Erik seufzte und antwortete: »Ich weiß nicht. Aber immerhin besser.«

Roo schien eine Bemerkung machen zu wollen, sparte sie sich schließlich doch und drehte sich zum Schlafen auf die andere Seite. Erik schlief kurz nach Roo ebenfalls ein, obwohl er eigentlich die Selbstheilungskräfte einsetzen wollte, so wie Nakor es ihm beigebracht hatte. Doch bald würde er wieder aufstehen müssen, um seine Wache zu übernehmen.

Das Lager war riesig. Wenigstens zehntausend bewaffnete Männer drängten sich in dem flachen Tal zwischen den Bergen im Osten und dem Fluß im Westen. Durch die Talmitte hatte sich ein kleinerer Zufluß der Vedra einen Weg gebahnt, und an diesem Fluß waren die einzelnen Lager aufgeschlagen worden.

Die Vermittler, welche die Verträge aushandelten, saßen unter einem riesigen ockerfarbenen Baldachin, der an zentraler Stelle errichtet worden war. Erik ritt mit seinen Gefährten an der gewohnten Position an der Spitze der Kolonne, wo er die Gespräche, die Calis mit den Männer um ihn herum führte, mit anhören konnte.

Praji zeigte auf etwas. »Einige dieser Banner sind verflucht seltsam. Ich hab geglaubt, ich würde jede Kompanie kennen, über die es sich auf diesem von den Göttern verlassenen Kontinent ein

Wort zu verlieren lohnt.« Er sah sich um. »Einige von denen haben scheinbar einen sehr weiten Weg hinter sich.«

»Und wie sieht es aus?« fragte de Loungville.

»Es ist noch früh. Khaipur ist vor gerade einem Monat gefallen. Wenn die Abgesandten der Smaragdkönigin schon im Laufe der nächsten Woche hier auftauchen, wäre ich überrascht. Aber ich wette, daß der Priesterkönig von Lanada hier mehr Geld ausgeben wird als ein Seemann im Hafen.« Er sah sich erneut um und fügte hinzu: »Wir ziehen besser das Tal hinauf und sehen, ob wir einen guten Platz in der Nähe des Flusses finden.« Er schnüffelte. »Bei so vielen Narren, die in den Fluß pissen, wenn sie betrunken sind, möchte ich weiter unten nicht gern lagern.«

De Loungville lachte. »Scheint mir, als wären die besten Plätze bereits besetzt.«

»Nun, wenn du den Gestank nach der Pisse anderer Männer in deinem Wasser magst«, erwiderte Praji. »Und diese hier sind erst der Anfang. Seit fünf Jahren ist es im ganzen Land weit und breit bekannt. Es gibt einen großen Krieg, der alle weiteren Kriege beenden wird, und jeder Mann mit einem Schwert, der jetzt nicht mitmacht, wird an den Plünderungen nicht teilnehmen können.« Er schüttelte den Kopf. »Ergibt keinen großen Sinn, oder? Man sollte meinen, jeder Mann mit Augen im Kopf sollte –«

Calis hob die Hand und schnitt ihm so das Wort ab. »Nicht hier. Zu viele Ohren können mithören.«

Praji nickte. »Wir müssen nach dem Banner mit dem roten Adler Ausschau halten, das genauso aussieht wie eures. Das müßte Vaja sein, wenn er sich denn bis hierher durchgeschlagen hat.«

Calis nickte.

Sie ritten ins Lager, und Erik spürte, wie sich sein Puls beschleunigte. Niemals zuvor hatte er so viele Augenpaare gesehen, die ihn mißtrauisch beobachteten. Der Treffpunkt war neutrales Gebiet, auf dem beide Parteien des bevorstehenden Konflikts

Söldnerkompanien rekrutieren konnten, wobei sie sich offen gegenseitig überbieten würden, und die Tradition verpflichtete jeden Mann, der sich auf Sichtweite einem Zelt näherte, das Schwert in der Scheide zu lassen. Aber die Tradition und das durchsetzbare Gesetz waren zwei verschiedene Paar Schuhe, und mehr als einmal war es bei einem solchen Treffen zu Gefechten gekommen. Für die Männer in diesem Lager galten nur die Angehörigen der eigenen Kompanie als Verbündete. Alle anderen könnten zu denjenigen gehören, denen man Tage oder Wochen später auf dem Schlachtfeld erneut gegenüberstand – um dann gegen sie kämpfen zu müssen.

Während sie flußaufwärts von der Mitte des riesigen Lagers fortzogen, kamen sie näher an das gelbliche Zelt auf der anderen Seite des Wassers heran. Dann entdeckte Calis eine kleine Erhebung mit flachem Gipfel, von wo aus man einen beeindruckenden Blick auf das Tal unter ihnen haben müßte, und machte de Loungville ein Zeichen. Dort würden sie ihre Zelte aufschlagen. »Keine Befestigungen, das verstößt gegen den Pakt, aber doppelte Wachen. Wenn die Huren kommen, sollen die Männer sich bedienen, aber ich will keinen Schnaps und keine Drogen sehen – jagt die Händler fort. Soll doch nicht irgendein Dummkopf einen Krieg anfangen, nur weil er den Geist eines Feindes im Rausch sieht und sein Schwert zieht.«

De Loungville nickte und gab die entsprechenden Befehle. Da sie keinen Graben und keine Palisaden anlegen mußten, hatten die Männer das Lager schnell errichtet. Als Eriks Gruppe mit ihrem Zelt fertig war, kam Foster zu ihnen und teilte ihnen den Wachplan mit. Erik stöhnte, weil er zur zweiten Wache eingeteilt war, die von Mitternacht bis zwei Stunden vor Tagesanbruch dauerte. Seiner Ansicht nach war eine solche Unterbrechung des Schlafes genauso, als hätte man gar nicht geschlafen.

Trotzdem, nach drei Tagen im Sattel begrüßte er es, ein wenig herumzuliegen. Und falls er heute die Mitternachtswache hatte, würde er morgen in der Dämmerung an der Reihe sein, und am Tag danach hätte er gar keine Wache. Das tröstete ihn ein bißchen, und er war froh, etwas zu haben, über das er sich freuen konnte.

Ein Trompetenstoß weckte Erik abrupt. Sie waren seit fünf Tagen im Lager, und abermals zerriß ihm die Wache die Nacht. Er krabbelte aus seinem Zelt und bemerkte, daß alle hinunter ins Tal blickten.

Roo gesellte sich zu ihm und lachte. »Sieht aus wie ein Ameisenhügel mit einem Stock drin.«

Erik lachte ebenfalls, denn Roo hatte recht. Überall war Bewegung. Dann rannte Foster durchs Lager und rief: »Alle Mann auf die Pferde. Angetreten zur Inspektion!«

Erik und Roo wandten sich um und gingen zurück in ihr niedriges Zelt, wo sie sich ihre Schwerter und Schilde griffen. Sie eilten zu den anderen, die bereits ihre Pferde sattelten, und machten ihre eigenen fertig. Als der Befehl zum Antreten in Reihen kam, schwangen sie sich in den Sattel und trieben die Pferde zu ihrem Platz in der Kolonne. Foster ritt an ihnen vorbei und meinte: »Ruht euch ein bißchen aus, Jungs. Jetzt geht der Handel los, und ihr werdet heute wenig zu tun haben. Wenn die Vermittler vorbeikommen, gebt euer Bestes, damit ihr so furchterregend wie nur möglich aussieht.«

Diese Bemerkung rief allgemeines Gelächter hervor, und Jadow Shatis Baßstimme ertönte aus dem Hintergrund: »Stellt doch Jerome nach vorn, Mann. Dann bekommen sie es richtig mit der Angst zu tun!«

Daraufhin brüllten alle vor Lachen, und dann durchschnitt de Loungvilles Stimme den Lärm: »Der nächste Mann, der etwas sagt, sollte mich besser ebenfalls zum Lachen bringen, oder er wird sich wünschen, seine Mutter hätte vor seiner Geburt das Zölibat gelobt.«

Die Kompanie verstummte.

Eine Stunde später war Hufschlag zu hören. Ein Dutzend Reiter hielt auf sie zu. An ihrer Spitze ritt ein großer grauhaariger Mann, der ansonsten jedoch jung aussah. Er trug geckenhafte Insignien, und man konnte sehen, daß er sich offensichtlich viele Gedanken um seine äußere Erscheinung gemacht hatte, obwohl er dick mit Straßenstaub bedeckt war. An seiner Seite ritt ein Mann, der ein blutrotes Banner mit einem Adler trug.

»Vaja!« rief Praji, als die Reiter ihre Pferde zügelten. »Du alter Pfau! Ich dachte, dir hätte inzwischen jemand den Gnadenstoß versetzt. Wo hast du so lange gesteckt?«

Der andere Mann, der trotz seines Alters eine stattliche Erscheinung bot, lachte und sagte: »Du hast sie gefunden. Wenn ich nichts vom Treffpunkt gehört hätte, wäre ich immer noch zur Stadt am Schlangenfluß unterwegs und würde nach unserem Hauptmann und seiner Schar bemitleidenswerter Narren suchen.«

Calis ritt herüber, während Vaja und seine Männer abstiegen. »Ihr kommt gerade rechtzeitig. Heute beginnt die Musterung.«

Vaja sah sich um. »Wir haben noch genug Zeit. Das dauert noch wenigstens drei oder vier Tage. Sind schon beide Seiten hier?«

»Von den Vermittlern der Smaragdkönigin habe ich noch nichts gehört. Nur vom Priesterkönig«, antwortete Calis.

Vaja sagte: »Gut. Dann hab ich genug Zeit zum Baden und Essen. Ihr werdet doch in den nächsten Tagen noch keine Angebote annehmen.«

Calis erwiderte: »Du weißt das, und ich weiß das, aber wenn wir die Vermittler überzeugen wollen, müssen wir so tun, als würden wir jedes Angebot erwägen.«

»Verstehe«, meinte Vaja. »Aber trotzdem habe ich genug Zeit

zum Baden. Ich bin in einer Stunde zurück.« Er drehte sich um und führte seine Gefährten davon.

Praji sagte: »Seit neunundzwanzig Jahren kämpfen wir Seite an Seite, und ich schwöre, auf dieser Welt gibt es keinen eitleren Geck als ihn. Der würde sich selbst für seine eigene Hinrichtung schönmachen.«

Calis grinste. Es war eine der seltenen Gelegenheiten, bei denen Erik seinen Hauptmann lächeln sehen konnte.

Tagelang traten sie immer wieder zum Appell an, wenn die Vermittler auf der Suche nach Söldnern zu ihnen kamen. Mit Vajas und Hatonis' Männern waren sie jetzt weit über hundert Schwerter: eine Anzahl, groß genug, um ernstgenommen zu werden, aber dennoch nicht so groß, um besonders genau untersucht zu werden.

Nach dem dritten Tag gingen die ersten Angebote ein, und Calis hörte höflich zu. Aber er blieb unverbindlich.

Eine Woche später bemerkte Erik, daß einige der Kompanien abzogen. Beim Essen fragte er Praji danach, und der alte Söldner antwortete: »Sie haben ihren Vertrag beim Priesterkönig unterschrieben. Wahrscheinlich arme Hauptmänner, die nicht mehr genug Geld haben, um ihre Männer zu bezahlen. Sie müssen schnell Arbeit finden, oder sie verlieren ihre Kämpfer an reichere Kompanien. Die meisten warten jedoch ab, was die Gegenseite anzubieten hat.«

Weitere Tage vergingen, doch von der anderen Seite war weiterhin kein Zeichen zu sehen.

Zwei Wochen nach ihrer Ankunft bat Erik um die Erlaubnis, die Pferde weiter flußaufwärts zu führen, da die Tiere ihre Weide abgegrast hatten und das Futter, welches die Vermittler anboten, unangemessen teuer war. Calis erteilte sie ihm, wies Erik jedoch an, die Tiere zu jeder Zeit gut bewachen zu lassen.

Eine weitere Woche verging.

Fast einen Monat, nachdem sie am Treffpunkt angekommen waren, kam Erik von den Pferden zurück, die er sich dreimal am Tag ansah. Auf dem Rückweg hörte er nun laute Trompetenstöße aus dem Lager. Es war heiß, die heißeste Zeit des Sommers, und die Clansmänner hatten ihm erzählt, es würde bald vorbei sein. Es war ein seltsames Gefühl, einen Winter übersprungen zu haben – sie waren im Herbst aufgebrochen und im Frühling hier angekommen. Erik war überzeugt, Nakor könnte ihm diese verdrehten Jahreszeiten erklären, aber er war sich nicht sicher, ob er sich die Erläuterungen des kleinen Mannes auch besonders gerne anhören wollte.

Die Trompetenstöße nahmen kein Ende, und Erik eilte los, um zu sehen, was es gab. Als er sich ihrem Lager näherte, rannte Foster auf ihn zu und schrie: »Bring die Pferde herunter! Man ruft zu den Waffen! Es wird zum Kampf kommen!«

Erik sauste den Berg hoch und dann ins nächste Tal hinunter, wo er den Wachen zuwinkte. »Bringt so viele ihr könnt ins Lager!« rief er. Er selbst rannte zu den entferntesten Tieren und schaffte es, vier Stück auf einmal zu führen. Andere eilten ihm nach, und noch bevor er das Lager erreicht hatte, waren alle Pferde unterwegs.

Die Männer brachen das Lager schneller ab, als es Erik je gesehen hatte. Calis gab Befehl, zur Verteidigung einen halbkreisförmigen Graben auszuheben, und eine Gruppe begann sofort zu schaufeln. Bogenschützen überwachten den Bereich unterhalb ihres Lagers gegen jeden möglichen Eindringling.

Doch trotz der Trompetenstöße, die zu den Waffen riefen, drang kein Kampflärm zu ihnen herauf. Statt dessen hörten sie nur ein seltsames Brummen, und Erik brauchte eine ganze Weile, bis er in diesem Brummen das Stimmengewirr von Männern erkannte. Böse Schreie und Beleidigungen hallten zu ihnen hinauf, und doch blieb Kampflärm aus.

Schließlich sagte Calis: »Bobby, nimm ein paar Männer, geh runter und sieh nach, was los ist.«

De Loungville sagte: »Biggo, von Finstermoor, Jadow und Jerome, ihr kommt mit mir.«

Roo lachte: »Er nimmt die vier größten Männer der Truppe mit, dann kann er sich hinter ihnen verstecken.«

De Loungville fuhr herum, starrte Roo an und meinte: »Und du, kleiner Mann.« Und mit bösartigem Entzücken in den Augen grinste er und fügte hinzu: »Du darfst auf meiner Schildseite stehen. Falls es Ärger gibt, brauch ich dich nur zu schnappen und dich dem ersten Mann, der sich auf mich stürzt, entgegenzuwerfen!«

Roo verdrehte die Augen gen Himmel und gesellte sich zu Erik. »Das nächste Mal halte ich aber bestimmt mein dummes Maul.«

Erik erwiderte: »Wer's glaubt, wird selig.«

Sie stiegen hinunter ins große Lager und versuchten, keine Aufmerksamkeit auf sich zu ziehen. Als sie in Hörweite kamen, konnten sie die wütende Auseinandersetzung der Männer verstehen.

»Ist mir egal, aber das ist eine Beleidigung: Ich sage, laßt uns nach Süden reiten und das Angebot des Priesterkönigs annehmen.«

Eine andere Stimme erwiderte: »Du willst dir deinen Weg nach draußen freikämpfen, damit du dich umdrehen kannst und erneut kämpfen?«

Erik versuchte, aus diesen Bemerkungen schlau zu werden, als de Loungville befahl: »Folgt mir.«

Er suchte sich seinen Weg durch die Lager verschiedener Kompanien, und mehr als eine war deutlich im Aufbruch begriffen. Ein Mann sagte: »Wenn ihr im Osten durchbrecht, immer hier am Fluß entlang, und dann durch die Berge zieht, kommt ihr vielleicht frei.«

Der Mann neben ihm antwortete: »Was? Bist du jetzt ein Orakel?«

De Loungville führte sie in die Nähe der Vermittlerzelte. Die Vermittler selbst standen völlig verängstigt davor. Er schob sich durch sie hindurch und betrat das Zelt.

An einem Holztisch, der eigentlich den Vermittlern zustand, saß ein Mann in einer schönen Rüstung, die gut gepflegt aussah, obwohl sie scheinbar schon oft getragen worden war. Seine Füße ruhten auf der polierten Tischfläche, und über den auf dem Tisch verteilten Dokumenten lag Straßendreck. Der Mann unterschied sich kaum von den anderen Soldaten hier im Lager, abgesehen davon, daß er älter war, vielleicht sogar älter als Praji und Vaja, die ältesten Männer in Calis' Truppe. Doch er strahlte weniger Alter als eine umfassende Erfahrung aus. Ruhig betrachtete er de Loungville und seine Gefährten, als sie eintraten, und nickte einem Soldaten zu, der hinter ihm stand. Beide trugen eine smaragdgrüne Armbinde am linken Oberarm, ansonsten stimmten ihre Uniformen in nichts überein.

De Loungville blieb stehen und fragte: »Nun denn, welcher Narr hat zu den Waffen gerufen?«

»Ich habe keine Ahnung«, sagte der alte Soldat. »Ich wollte jedenfalls nicht so einen Aufruhr herbeiführen.«

»Seid Ihr der Vermittler der Smaragdkönigin?«

Der Mann antwortete: »Ich bin General Gapi. Ich bin kein Vermittler. Ich bin hier, um Euch Eure Wahlmöglichkeiten mitzuteilen.«

Erik spürte bei diesem Mann etwas, was er erst bei sehr wenigen Männern bemerkt hatte – beim Prinzen von Krondor, bei Herzog James und manchmal auch bei Calis. Es war das Selbstbewußtsein des Herrschers, die eindeutige Gewißheit, daß Befehle ohne Widerspruch befolgt wurden, und Erik wußte, dieser Mann hatte seinen Titel nicht aus der Eitelkeit eines Söldners heraus angenommen. Dieser Mann besaß tatsächlich den Befehl über eine ganze Armee.

De Loungville stemmte die Hände in die Hüften und fragte: »Und, welche Wahl haben wir?«

»Ihr könnt der Smaragdkönigin dienen, oder Ihr könnt sterben.«

Mit einer leichten Neigung des Kopfes wies de Loungville die Männer an, sich zu verteilen. Erik trat nach rechts, bis er dem einzigen Soldaten im Zelt, jenem hinter Gapi, gegenüberstand. De Loungville sagte: »Gewöhnlich werde ich fürs Kämpfen bezahlt. Aber bei Eurem Tonfall könnte ich im Moment auch ausnahmsweise mal darauf verzichten.«

Gapi seufzte. »Wenn Ihr wollt, so brecht den Frieden des Lagers, aber auf Euer eigenes Risiko, Hauptmann.«

»Ich bin kein Hauptmann«, sagte de Loungville. »Ich bin Feldwebel. Mein Hauptmann hat mich geschickt, um nachzusehen, was der ganze Wirbel soll.«

»Der Wirbel, wie Ihr das nennt«, antwortete Gapi, »ist die Empörung von Männern, die nicht einsehen wollen, daß sie keine Wahl haben. Und damit Ihr nicht irgendeine verdrehte Fassung dessen erfahrt, was hier vor einer Stunde verkündet wurde, will ich es für Euch wiederholen, damit Ihr es Eurem Hauptmann berichten könnt.

Alle Söldnerkompanien in diesem Tal müssen der Smaragdkönigin die Treue schwören. Wir ziehen in einem Monat flußabwärts gegen Lanada.

Falls Ihr versucht, abzumarschieren und bei den Feinden unserer Herrin in Dienst zu treten, werdet Ihr gejagt und getötet.«

»Und wer wird uns jagen und töten?« fragte de Loungville.

Mit einem niederträchtigen Lächeln antwortete Gapi: »Die dreißigtausend Soldaten, die im Augenblick dieses wunderschöne kleine Tal umzingeln.«

De Loungville blickte sich um und sah durch die Tür nach draußen. Er suchte die Kämme der das Tal umgebenden Berge ab und entdeckte Bewegungen – das Blitzen von Metall oder das Flackern eines Schattens, jedenfalls genug, um zu wissen, daß eine größere Armee das Tal umzingelte. Verärgert schnaubte er und sagte: »Wir haben uns schon gefragt, wo Ihr so lange bleibt. Wie sollten wir ahnen, daß Ihr mit einem Heer kommt.«

»Bringt Eurem Hauptmann die Nachricht. Ihr habt keine Wahl.«

De Loungville blickte den General an, als wolle er etwas sagen. Dann nickte er bloß und machte den anderen ein Zeichen, sie sollten ihm folgen.

Sie schwiegen, bis sie aus dem Hauptlager heraus waren. Schließlich meinte Erik: »Ihr seht aus, als würdet Ihr Euch Sorgen machen, Feldwebel. Ich dachte, wir wollten in diese Armee eintreten?«

»Ich mag's einfach nicht, wenn jemand anders einfach die Regeln ändert«, antwortete de Loungville. »Hier bezahlt man einen Mann fürs Kämpfen. Ich fürchte, wir stecken tiefer in der Patsche, als wir geglaubt haben.

Und außerdem«, fügte er hinzu, »wenn jemand solche Spielchen mit mir spielt, werde ich lieber vorher gefragt, ob ich dabei mitmachen will. Ansonsten bin ich sehr schnell sehr verärgert.«

# Sechs

## Entdeckung

Roo zeigte auf etwas.

In der Ferne kündeten Feuer von Gefechten. Seinem Wort getreu griff General Gapi jede Truppe an, die nach Süden hin durchbrechen wollte. Ein paar Hauptmänner waren frech genug, den Versuch zu unternehmen, und sie trafen auf eine Überzahl von Soldaten, die sich zudem schon die besten Positionen ausgesucht und sich eingegraben hatten.

Das Tal mochte ein nettes Plätzchen für einen Treffpunkt gewesen sein, doch als Ausgangspunkt für einen Ausfall hatte es wenig zu bieten. Denn es war schmal und stieg in Richtung Norden und Süden steil an, und so lag der einzig mögliche Fluchtweg am Ostende, dem Weg, den entlang Vaja und seine Gefährten gekommen waren. Doch dort lauerten trügerische Bergpfade, auf denen man jeden falschen Schritt bald bedauerte. Und dennoch versuchten es einige kleinere Truppen.

Andere machten es so wie Calis' Blutrote Adler und verdingten sich entweder zum Dienst, egal, welchen Lohn sie aus bevorstehenden Plünderungen oder an Sold zu erwarten hatten, oder um sich bei der nächstbesten Gelegenheit davonzustehlen. Überall, wohin Erik blickte, sah er nur unglückliche Gesichter. De Loungville war nicht der einzige, der sich betrogen fühlte.

Jene, die sich General Gapis Befehl unterstellten, traten in Kolonnen an der untersten Stelle des Tales nahe am Fluß an, dort, wo dieser sich bald mit der größeren Vedra vereinigen sollte. Eine

Brücke, die vor langer Zeit in irgendeinem vergessenen Krieg niedergebrannt worden war, markierte den Punkt, und eine Anzahl Boote ermöglichte das Übersetzen in Nord-Süd-Richtung über die Vedra und in Ost-West-Richtung über ihren namenlosen Zufluß.

Calis' Truppe stellte sich als eine der letzten bei den Fähren ein, da ihr Lager weiter oben im Tal gelegen hatte, und aus diesem Grund konnten sie länger dasitzen und diejenigen beobachten, die vor ihnen dran waren. Männer und auch einige Frauen aus jedem Winkel von Novindus überquerten den Fluß und stießen zu jenen, die sich bereits am Südufer befanden.

Ein Mann mit grüner Armbinde ritt zu ihnen hoch und fragte: »Welche Truppe?«

De Loungville deutete auf Calis, der links neben ihm saß, und sagte: »Calis' Blutrote Adler, aus der Stadt am Schlangenfluß.«

Der Mann runzelte die Stirn und sagte: »Wart Ihr bei der Belagerung von Hamsa dabei?«

Calis nickte.

Der Mann grinste, aber in diesem Grinsen lag kein bißchen Freundlichkeit. »Ich hätte euch schon fast gehabt, ihr schlüpfrigen Bastarde. Aber ihr seid nach Osten zu den Jeshandi gezogen, und als meine Kompanie kehrtmachte, wart ihr schon in der Steppe.« Er blickte Calis scharf an. »Hätte ich gewußt, daß ihr zu den Langlebenden gehört, wäre ich gleich nach Osten gezogen. Bei den Jeshandi gibt es viele von eurer Art.«

Er zog ein Pergament und einen Kohlestift hervor, machte sich ein paar Notizen und sagte: »Aber unsere Herrin nimmt alle bei sich auf, also stehen wir jetzt auf der gleichen Seite.« Er zeigte in Richtung Süden. »Zieht eine Meile weit flußabwärts. Dort sucht ihr den Lagermeister und meldet euch bei ihm. In ein paar Tagen bekommt ihr eure Befehle. Bis dann sind die Regeln, die im Lager gelten, einfach: Wer einen Kampf anfängt, wird getötet. Wir sind jetzt alle Brüder und stehen zusammen unter dem Banner der Smaragdkönigin, und deshalb wird jeder Mann, der Schwierigkeiten macht, gepfählt. Und das möchte ich keinem empfehlen; ich habe Männer gesehen, die haben länger als eine Stunde gezuckt.«

Er fragte nicht erst, ob der Befehl verstanden worden war, sondern gab seinem Pferd die Sporen und ritt zur nächsten Kompanie.

»Das war leicht«, meinte Praji, der neben Calis saß.

Calis erwiderte: »Dann wollen wir mal diesen Lagermeister finden und uns bei ihm melden. Wir sollten uns so schnell wie möglich aufmachen.« Er nickte Praji und Vaja zu, die sich von der Truppe entfernten.

»Was machen sie?« fragte Erik leise.

Foster, der neben ihm ritt, sagte: »Halt das Maul!«

Aber Nakor lachte. »Bei diesem Durcheinander wird man schnell von seiner eigenen Kompanie getrennt. Praji und Vaja brauchen vielleicht Tage, um unseren Lagerplatz zu finden. Und dabei können sie eine Menge Informationen aufschnappen.«

Calis schüttelte den Kopf und blickte über die Schulter, als wollte er den Isalani warnen, nicht soviel auszuplaudern, doch der kleine Mann kicherte nur vor Vergnügen. Er sagte: »Ich denke, ich werde mich auch mal für eine Weile verirren.« Er warf Luis seine Zügel zu, sagte nur: »Zu Fuß komm ich besser voran«, und glitt von seinem Pferd herunter.

Und ehe Calis noch einen Einwand erheben konnte, krabbelte der Isalani schon den Berg hinunter, auf eine riesige Kompanie Reiter zu, die von der Fähre heruntenritt, während eine andere sie bestieg. Innerhalb von Minuten waren beiden Kompanien miteinander vermischt, und Nakor war in dem Gewühl verschwunden, wo er sich zwischen den Reitern duckte, die ihn mit Flüchen bedachten, weil er mit seinen schnellen Bewegungen ihre Pferde zum Scheuen brachte.

Calis sagte: »Das hat er früher auch schon gemacht.«

Foster warf Nakor einen Blick hinterher, der den kleinen Mann getötet hätte, wenn er dazu in der Lage gewesen wäre, aber Calis und de Loungville schüttelten nur den Kopf.

Stunden später fanden sie den Lagermeister. Calis blickte in ein schmales Gesicht mit dunklen, stechenden Augen, als er sich bei ihm meldete. Der Mann machte sich eine Notiz auf einem Dokument, dann zeigte er auf das Ufer. »Sucht Euch zwischen dort und zwei Meilen flußabwärts einen Platz. Entlang der Straße sind noch andere Kompanien verteilt. Ihr bleibt zwischen Straße und Fluß. Da müßte irgendwo eine Truppe liegen, die sich Gegaris Kommando nennt, genau nördlich von euch. Jenseits der Straße wird eine Kompanie unter einem gewissen Hauptmann Dalbrine lagern. Wenn Ihr weiter nach Süden zieht, werdet Ihr als Fahnenflüchtlinge behandelt und gejagt. Und diejenigen, die dabei nicht sterben, werden öffentlich hingerichtet. Und versucht ja nicht, den Fluß zu überqueren.« Er machte eine vage Geste in der Richtung des anderen Ufers, wo man in der Ferne eine Kompanie Reiter in leichtem Trab dahinreiten sah.

Irgend etwas beunruhigte Erik, und dann sah er es: Reiter und Pferde waren für die Entfernung viel zu groß. Er blinzelte verwirrt und versuchte, eine Erklärung zu finden, und endlich wurde ihm klar, was er da sah: »Eidechsenmenschen!« sagte er laut, ohne nachzudenken.

Der Lagermeister meinte: »Die Verbündeten unserer Herrin heißen Saaur. Wag es nicht, sie ›Eidechsen‹ oder ›Schlangen‹ zu nennen, sonst ziehst du dir ihren Zorn zu.« Er gab Calis einen Wink, er solle mit seiner Truppe davonmarschieren, während von hinten die nächste Kompanie herandrängte.

Erik kniff die Augen zusammen und starrte zu den Reitern hinüber, die in die Nachmittagssonne hineinritten.

»Die Pferde müssen zwanzig Handbreit hoch sein«, sagte Sho Pi.

»Eher zweiundzwanzig oder vierundzwanzig«, erwiderte Erik. »Sie sind größer als Ackergäule, aber sie bewegen sich wie Kavalleriepferde.« Während die Reiter dahintrabten, bewunderte er die Leichtigkeit, mit der die Pferde sich bewegten. Die Saaur schienen leicht im Sattel hin und her zu schaukeln, obwohl ihre Körper ihren Schwerpunkt weiter oben zu haben schienen, da ihre Harnische in fast dreieckiger Form gefertigt waren. Ihre Schulterpanzer glitzerten, während die Taille umgürtet zu sein schien. »Ich würde mir die Pferde gern mal von nahem angucken«, sagte Erik.

»Nein, würdest du nicht«, bellte de Loungville. »Zumindest nicht, solange ein Reiter darauf sitzt.«

Erik schüttelte verwundert den Kopf, derweil die Reiter im Dunst der Nachmittagssonne verschwanden.

Sie fanden den angewiesenen Lagerplatz, und Calis nahm sich einige Männer und stellte sich bei den Hauptmännern in der Nachbarschaft vor. Niemand war besonders gesprächig, weil keine der Kompanien wußte, ob die Männer nebenan aus freien Stücken der Smaragdkönigin dienten oder unter Zwang rekrutiert worden waren.

Erik war kein Militärexperte, aber er hatte das Gefühl, daß es in diesem seltsamen Land, in dem man Söldner anheuerte, um die stehenden Heere zu unterstützen, nicht ratsam war, Männer unter Waffen stehen zu haben, die einem keinen Treueid geschworen hatten. Dennoch schien sich niemand auflehnen zu wollen, und deshalb glaubte er, daß alle anderen in diesem Heer etwas wußten, was ihm nicht bekannt war. Und dabei beließ er es.

Calis befahl den Männern, sich im Freien schlafen zu legen. Außerdem wurde auf Graben und Palisaden verzichtet. Ohne Zelt konnten die Männer am schnellsten auf die Pferde kommen, falls es erforderlich war.

Nach dem zweiten Tag waren aus den Lagern in der Umgebung kleine Gemeinschaften geworden. Die Männer, die dienstfrei hatten, besuchten sich gegenseitig. Ein fröhlicher Tauschhandel blühte, es wurde gespielt, Geschichten wurden erzählt, oder man vertrieb sich einfach die Langeweile, die in Söldnerlagern zwischen den Schlachten gewöhnlich herrschte. Die Männer wanderten so weit im Lager umher, wie sie es sich ohne Ärger erlauben konnten. Man vertraute sich zunehmend mehr, wenn das auch nicht so schnell ging, weil diejenigen, die zum Dienst gezwungen worden waren, ihr Schicksal erst annehmen mußten. Viele waren zunächst von der Idee, daß sie sich ihren neuen Meister nicht selbst aussuchen durften, überhaupt nicht begeistert gewesen, doch für die meisten Hauptmänner war eine Seite so gut wie die andere, und Dienst war eben Dienst.

Einige der Kompanien waren sehr offen und begrüßten jedes neue Gesicht, welches Neuigkeiten oder Gold zum Spielen brachte oder auch nur den Alltagstrott unterbrach. Andere hingegen waren immer noch sehr wachsam, und zweimal hatte man Roo und Erik gesagt, sie sollten sich davonscheren, als sie sich einem Lager genähert hatten.

Am zweiten Abend ging Foster von Gruppe zu Gruppe und sprach mit den Männern. Schließlich kam er auch zu Erik, Roo, Sho Pi und Luis, die ums Feuer saßen und Biggo und Natombi beim Kochen zusahen. »Hier!« sagte Foster und machte den Männern ein Zeichen, sie sollten sich erheben.

Dann machte er einen Geldbeutel auf und zahlte jedem zwei Gold- und fünf Silbermünzen aus. Mit leiser Stimme sagte er:

»Söldner werden bezahlt, und wenn ihr nichts kaufen könnt und nicht ab und zu mal bei einer Hure gesehen werdet, fangen die Leute noch an, sich Gedanken über uns zu machen. Aber dem ersten Mann, der sich betrinkt und die falschen Sachen ins falsche Ohr plaudert, dem reiße ich die Leber raus und brate sie mir zum Frühstück.«

Erik umklammerte seine Münzen, die sich kalt in seiner Hand anfühlten. Seit er Finstermoor verlassen hatte, war ihm nur selten Geld zwischen die Finger gekommen, und jetzt freute er sich, weil er sich wieder etwas kaufen konnte. Er steckte das Geld in einen Beutel, der in sein Hemd eingenäht war. Dort würde es sicher sein.

Später am Abend kamen Huren vorbei und priesen sich an. Ohne Zelte konnte man sich schlecht zurückziehen, aber einigen der Männer schien das kein Kopfzerbrechen zu machen. Manche zogen die gewählte Frau einfach unter ihre Decke und achteten nicht darauf, ob jemand ein paar Schritte entfernt saß.

Zwei der Damen kamen auch dorthin, wo Erik und Roo lagerten, und eine fragte: »Wollt ihr nicht ein bißchen Gesellschaft, Jungs?«

Roo grinste, und Erik merkte, wie er selbst vor Verlegenheit rot wurde. Die Huren hatten das Lager zum letzten Mal besucht, als es noch auf der anderen Seite des Zuflusses der Vedra gestanden hatte, und da hatte sich Erik gerade mit den Pferden befaßt, und nachdem er zurückgekommen war, hatten sich die Huren schon wieder davongemacht. Erik glaubte fest, der einzige Mann im Lager zu sein, der noch nie bei einer Frau geschlafen hatte. Und er dachte: Vielleicht bekomme ich nie wieder die Gelegenheit dazu. Er sah seinen Freund an, der bis über beide Ohren grinste, und stellte fest, wie sich auf seinem eigenen Gesicht ebenfalls ein Grinsen breitmachte. »Warum nicht?« sagte er.

Eine der Frauen fragte: »Bekommen wir unser Geld vorher?«

Roo lachte: »Und Schweine fliegen.« Er deutete auf das Lager. »Wir können nirgendwo hin, aber von euch können wir das nicht sagen, oder?«

Die Hure, die gesprochen hatte, blickte ihn säuerlich an, doch sie nickte. »So jung, wie du aussiehst, bist du nun anscheinend auch wieder nicht, schätze ich, bei deiner Gerissenheit.«

Roo stand auf. »Ich bin älter, als ich je in meinem Leben gewesen bin.«

Die Hure blinzelte ihn verwirrt an, folgte Roo jedoch auf sein Zeichen hin.

Erik stand auf und war mit der anderen Frau allein. Es war schwer zu sagen, ob sie noch jung war. Bei ihrem verkniffenen Gesichtsausdruck und dem dämmrigen Licht des Lagerfeuers konnte sie sowohl fünfzehn als auch vierzig sein. Doch einige graue Strähnen in ihrem Haar überzeugten ihn, daß sie älter sein mußte als er, wobei er nicht wußte, ob er sich deswegen sicherer fühlte oder nicht.

»Hier?« fragte sie.

»Was?«

»Willst du es hier machen oder irgendwo anders?«

Plötzlich war er sehr verlegen. »Laß uns zum Fluß gehen.«

Er streckte unbeholfen die Hand aus, die sie mit festem Griff nahm. Ihre Hand war trocken. Mit einem Mal bedauerte Erik die Geste, denn seine Hand war feucht und sein Griff unsicher.

Sie lachte leise, und er fragte: »Was ist?«

»Das erste Mal, nicht?«

Er sagte: »Warum ... natürlich nicht, es ist nur ... es ist schon so lange her, wegen der Reise und so ...«

»Natürlich«, sagte sie. Erik konnte nicht unterscheiden, ob ihre Belustigung freundlich oder verächtlich war. Er führte sie hinunter zum Ufer und wäre fast über ein Pärchen gestolpert, das in leidenschaftlicher Umarmung auf dem Boden lag. Er ging dorthin, wo es ziemlich dunkel war und stand dann unsicher da.

Die Frau war schnell aus ihren Kleidern, und Erik spürte, wie sein Körper auf ihren Anblick reagierte. Sie war nichts Außergewöhnliches, ein bißchen pummelig um die Hüften und Schenkel, und ihre Brüste hingen. Dennoch konnte er sich bei dem Gedanken an das, was ihn jetzt erwartete, nicht schnell genug ausziehen. Er hatte sein Hemd schon abgelegt und zerrte an seinen Stiefeln, als sie sagte: »Du bist aber ein großes Kerlchen.«

Erik sah an sich herunter, als würde er es zum ersten Mal bemerken. Seit seiner Verhaftung war sein Körper noch härter geworden, als er schon in Ravensburg gewesen war. Er war immer stark gewesen, doch jetzt fand sich an ihm kein Gramm Fett mehr. Sein Körper schien wie von einem Bildhauer in Stein gemeißelt zu sein. Er sagte: »Ich war schon immer ziemlich groß für mein Alter.«

Er setzte sich hin und zog die Stiefel aus, während sie zu ihm herüber kam und ihm fest in den Schritt griff. Mit rauchiger Stimme sagte sie: »Wollen mal sehen, wie groß.« Sie zog ihm die Hose aus, und als sie seine offensichtliche Bereitschaft sah, lachte sie. »Jedenfalls groß genug.«

Wenn man bedachte, welchen Beruf sie ausübte, mußte man sie zärtlich nennen. Sie ließ sich Zeit und lachte nicht, während Erik tolpatschig herumfummelte. Sie beruhigte ihn, wenn es notwendig war, und obwohl alles sehr aufgeregt und wild verlief, hatte es einen Hauch von Leidenschaft. Nachdem es vorbei war, kleidete sie sich rasch wieder an, blieb jedoch noch einen Moment lang bei ihm sitzen, nachdem er sie bezahlt hatte. »Wie heißt du?«

»Erik«, sagte er und fühlte sich nicht wohl dabei, ihr seinen Namen preiszugeben.

»Du bist ein wilder Junge, Erik, im Körper eines Mannes. Wird bestimmt die richtige Frau kommen, die deine Berührung lieben wird, wenn du nur immer daran denkst, wie stark du bist und wie zart ihr Fleisch.«

Plötzlich wurde er unsicher. »Habe ich dir weh getan?«

Sie lachte. »Nicht richtig. Du warst etwas zu ... leidenschaftlich. Vielleicht hab ich die eine oder andere Beule am Hintern, weil du mich so hart auf den Boden gestoßen hast. Aber kein Vergleich mit diesen Kerlen, die Huren gern schlagen, während sie kommen.«

Erik zog sich an. »Warum tust du das?«

In der Dunkelheit konnte Erik ihr Schulterzucken sehen. »Was soll ich sonst machen? Mein Mann war Soldat, wie du. Er ist vor fünf Jahren gestorben. Ich habe keine Familie und keinen Rang. Ich kann mein Geld entweder als Diebin verdienen oder eben als Hure.« Ohne eine Spur von Bedauern oder Entschuldigung in der Stimme wiederholte sie: »Was soll ich sonst machen?«

Ehe er noch etwas sagen konnte, war sie verschwunden, auf der Suche nach ihrem nächsten Kunden. Erik fühlte sich gleichermaßen erleichtert wie leer. Es hatte etwas gefehlt, von dem Erik nicht hätte sagen können, was es war, aber er war begierig darauf, diese wundervolle Sache bald wieder zu machen.

Sechs Tage, nachdem sie ihr neues Lager aufgeschlagen hatten, sah Erik, wie Praji und Vaja angeritten kamen. Calis saß nicht weit von Erik entfernt und winkte die beiden zu sich. Mehrere Männer nickten den beiden alten Söldnern grüßend zu, als sie zu Calis hinübergingen und sich neben ihm hinkauerten.

»Was habt ihr herausbekommen?« fragte Calis.

Praji erwiderte: »Nichts, was uns fürchterlich überraschen würde.« Mit einer Handbewegung deutete er auf die Kompanien, die um sie herum lagerten. »Wir sind eingekesselt; im Osten die Berge, dort drüben der Fluß, zwanzig-, fünfundzwanzigtausend bewaffnete Männer im Norden und die Armeen von Lanada und

Maharta, die etwa fünfzig Meilen südlich von hier aufmarschiert sind.«

»Der Radsch von Maharta hat seine Armee so weit nach Norden geschickt?«

»So behaupten zumindest die Gerüchte«, antwortete Vaja, der seine Stimme dämpfte, damit ihn nur die Leute um Calis' Feuer herum hören konnten.

Praji sagte: »Dieser Kriegszug währt schon ein Dutzend Jahre, seit dem Fall von Irabek. Früher oder später hätte der Radsch das doch merken sollen. Eine nach der anderen sind die Städte am Fluß gestürmt worden, und jede hoffte, der Nachbar im Norden würde jeweils der letzte sein, den die Smaragdkönigin einnahm.«

Calis fragte: »Was noch?«

»Wir werden in einigen Tagen abmarschieren, spätestens in einer Woche, glaube ich.«

»Was habt ihr darüber erfahren?« fragte Calis, während sich Robert de Loungville und Charlie Foster hinter ihn stellten.

»Nichts, was genau gesagt hätte: ›Wir marschieren in drei Tagen‹. Wir haben nur beobachtet und die Ohren gespitzt.«

Vaja deutete nach Norden. »Sie bauen eine große Brücke, dort, wo die Fähre ist. Mindestens sechs Kompanien Pioniere und zweihundert Sklaven arbeiten Tag und Nacht daran.«

»Ohne Paß kommt von hier aus niemand nach Norden«, meinte Praji.

»Und niemand kann dieses Gebiet ohne einen unterzeichneten Befehl verlassen«, fügte Vaja hinzu.

»Auf der Nordseite des Flusses«, fuhr Praji fort, »haben sich die Veteranen versammelt, die, die von Anbeginn bei diesem Feldzug dabei sind, und die Saaur, die Eidechsenmenschen.«

Calis schwieg einen Moment lang. »Also sind wir Futter für den Mauersturm.«

»Sieht so aus«, erwiderte Praji.

Erik wandte sich den anderen Männern seiner Gruppe zu. »Futter für den Mauersturm?«

Biggo antwortete leise, damit ihn die Offiziere nicht hörten. »Diejenigen, die zuerst auf die Mauer zumarschieren, mein Junge. Du wirst vom Ansturm aufgefressen, sozusagen.«

Luis machte eine Geste, als würde er sich mit der Klinge die Kehle aufschneiden. »Die ersten Truppen, die auf die Mauer losstürmen, verlieren die meisten Männer«, fügte er leise hinzu.

Calis sagte: »Wir müssen wachsam sein. Wir müssen nahe genug an diese Smaragdkönigin und ihre Generäle herankommen, damit wir das erfahren, was wir wissen müssen. Falls das bedeutet, als erste durch das Tor oder über die Mauer zu kommen, um unseren Wert unter Beweis zu stellen, dann werden wir das tun. Wenn wir erst wissen, was wir erfahren müssen, dann werden wir überlegen, wie wir verflucht noch mal hier herauskommen.«

Erik lehnte sich auf seiner Pritsche zurück und verschränkte die Arme hinter dem Kopf. Er beobachtete die Wolken, die im Wind des späten Nachmittags eilig vorbeizogen. Er hatte Nachtwache, daher wollte er sich noch etwas ausruhen.

Doch der Gedanke daran, wie sie als erste die Mauer einer Stadt erstürmen sollten, drehte sich in seinem Kopf. Er hatte bis heute vier Menschen getötet, bei drei verschiedenen Vorfällen, aber er war noch nie in der Schlacht gewesen. Er machte sich Sorgen darüber, ob er vielleicht etwas falsch machen würde.

Als Foster vorbeikam und ihm gegen den Stiefel trat, um ihm mitzuteilen, daß es Zeit sei, die Wache anzutreten, hing er immer noch seinen Gedanken über den bevorstehenden Feldzug nach. Er war überrascht, weil es plötzlich Nacht war. Er hatte beim Grübeln jedes Zeitgefühl verloren, und die Sonne war inzwischen untergegangen, ohne daß er es bemerkt hatte. Er erhob sich, nahm sein Schwert und seinen Schild und ging zum Fluß, wo er während der nächsten Stunden Wache schieben sollte.

Es war wie eine Ironie des Schicksal. Da saß er, inmitten eines Heeres, welches sich sofort auf Calis' Blutrote Adler stürzen würde, wenn es nur eine Ahnung hätte, welche Absicht sie hatten, und hielt Wache. Doch der eigentliche Feind war kaum näher als fünfzig Meilen. Und dennoch sagte man ihm, er solle Wache stehen, und das tat er auch.

Nakor stand am Rande der Menge und beobachtete den Priester, der das tote Schaf hochhob. Die Saaurkrieger, die dem Feuer am nächsten standen, schrien beifällig, ein Laut, der zischend aus ihren Kehlen drang und durch die Nacht hallte wie ein Chor wütender Drachen. Die Menschen hinter dem Kreis der Eidechsenmänner betrachteten das Ganze fasziniert, denn diese Riten waren allen außer den Saaur unbekannt. Viele Menschen baten ihre eigenen Götter und Göttinnen mit einer Geste um Schutz.

Eine große Feier war im Gange, und Nakor wanderte frei zwischen den verschiedenen Kompanien umher. Er hatte viel gesehen und war gleichermaßen erfreut wie entsetzt: erfreut, weil er etliche Einzelheiten des Geheimnisses aufgedeckt hatte, die bei seiner Entschlüsselung helfen konnten, wodurch Calis die Entscheidung erleichtert wurde, was er als nächstes zu tun hatte; und entsetzt, weil er in seinem langen Leben niemals eine Versammlung gesehen hatte, die so groß und dabei auch noch so bösartig war.

Die Saaur bildeten den Kern dieser Armee, und dazu kam eine große Kompanie von Menschen, die sich die Garde der Auserwählten nannte. Beide Gruppen trugen smaragdgrüne Armbinden und grüne Schärpen. Ihre Bösartigkeit wurde besonders deutlich bei einem Mann, der in der Nähe von Nakor stand: Er trug ein Halsband aus menschlichen Ohren. Den Gerüchten im Lager zufolge waren sie die brutalsten, gefährlichsten und verderbtesten Soldaten dieser Armee dunkler Seelen. Um diesem Ruf gerecht zu werden, mußte man viele Feldzüge überstanden und sich durch viele böse Taten ausgezeichnet haben. Und angeblich sollte der letzte Akt ihrer Aufnahme ein kannibalistisches Ritual sein.

Nakor hegte daran keinen Zweifel. Doch nachdem er vor Jahren die Kannibalen auf den Skashakanischen Inseln besucht hatte, wußte er, daß diese Männer hier Praktiken ausübten, die selbst die meisten Kannibalen mit Abscheu erfüllt hätten. Nakor nickte und grinste einem Mann zu, der vollkommen mit Tätowierungen überzogen war und einen kleinen Jungen mit sich führte. Der Junge trug einen eisernen Halskragen, und seine Augen starrten ins Leere, als sei er von Drogen betäubt. Der Mann knurrte Nakor an, doch der grinste nur noch breiter und ging weiter.

Nakor versuchte, die größte Ansammlung von Feiernden zu umgehen, damit er eine Stelle fand, von der aus er den Pavillon der Smaragdkönigin sehen konnte. Seltsame Energien flossen durch den Nachtwind, und alte, vertraute Echos ferner Magie erklangen zwischen den Klängen von Liedern; und Nakor verstand langsam, wen und was er dort vorfinden würde.

Aber er war sich nicht sicher, und ohne ganz sicher zu sein, konnte er nicht zu Calis auf der anderen Seite des kleinen Flusses zurückkehren, um ihm zu sagen, was er als nächstes zu tun hätte. Einer Sache war er sich allerdings sicher: Jemand mußte nach Krondor zurückkehren und Nicholas warnen, denn das, was hier in diesem fernen Land aufgetaucht war, hatte sich als viel, viel schlimmer erwiesen als alles, mit dem sie gerechnet hatten. Kaum wahrnehmbar stieg hinter der alten Magie der Pantathianer der lauernde Geruch von etwas Fremdem in die Luft.

Nakor blickte gen Himmel und roch die dämonischen Essenzen in den Wolken, als wären sie bereit, wie Regen herunterzufallen. Er schüttelte den Kopf. »Ich werde langsam müde«, murmelte er vor sich hin, während er sich durch die riesigen Saaurkrieger drängte.

Einer von Nakors besten Tricks, wie er selbst seine magischen Fähigkeiten nannte, bestand darin, in Menschenmengen herumzustreichen, ohne irgendwelche Aufmerksamkeit zu erregen, aber es gelang ihm nicht immer, und gerade jetzt war es wieder einmal soweit.

Ein Saaurkrieger sah zu ihm herunter und fauchte: »Wo willst du hin, Mensch?« Seine Stimme klang tief und sein Akzent grob.

Nakor betrachtete die unter einer Kapuze glühenden Augen, deren tiefrote Iriden weiß umrandet waren. »Ich bin unwürdig, o Mächtiger. Ich kann nichts sehen. Ich habe nur eine Stelle gesucht, wo ich dieses wundersame Ritual besser beobachten kann.«

Nakor war sehr neugierig auf die Saaur gewesen, als er in die Mitte des Lagers gekommen war, aber jetzt wäre er doch lieber wieder verschwunden. Sie waren immer noch sehr geheimnisvoll für ihn. Zwar ähnelten sie den Pantathianern so sehr wie die Menschen den Elben, aber bei näherem Hinsehen waren sie nicht miteinander verwandt. Nakor war sich fast sicher, daß sie von einer anderen Welt stammten und warmblütige Wesen sein müßten, wie Menschen, Elben und Zwerge, während die Pantathianer, wie er wußte, nicht zu dieser Gattung gehörten.

Diese Überlegungen hätte er sehr gern mit einem der gebildeteren Saaur besprochen, doch bislang war er ausschließlich jungen Kriegern begegnet, die sich Menschen gegenüber in einer Weise verhielten, die man kaum anders als überheblich bezeichnen konnte. Er zweifelte nicht daran, daß die Saaur die Menschen im Lager mit Freuden einen nach dem anderen getötet hätten, wären sie nicht auch Diener der Smaragdkönigin gewesen. Sie konnten ihre Abneigung Menschen gegenüber kaum verbergen.

Der durchschnittliche Saaur war um die drei Meter groß, hatte eine muskulöse Brust und breite Schultern, jedoch einen seltsam zarten Hals. Die Beine waren gerade stark genug, um die riesigen Pferde beherrschen zu können, aber ein Volk von Läufern oder Springern waren die Saaur bestimmt nicht. Zu Fuß hätte es jede gut ausgebildete Truppe von Menschen mit ihnen aufnehmen können, dachte Nakor.

Der Eidechsenmann grunzte, und Nakor wußte nicht, ob er einwilligte oder nicht, nahm es jedoch als Erlaubnis, weiterzugehen, was er denn auch tat, und er nahm an, er würde mit den Folgen schon zurechtkommen, falls er sich doch getäuscht haben sollte.

Er hatte sich nicht getäuscht. Der Krieger wandte seine Aufmerksamkeit wieder dem Ritual zu.

Der Pavillon der Smaragdkönigin war auf einem großen Podest errichtet worden, das aus Erde oder Holz gebaut und ungefähr zwei Meter höher war als die anderen Zelte in diesem Teil des Lagers. Das Ganze war von einer Truppe Saaur umgeben, und zum ersten Mal sah Nakor pantathianische Priester. Und zudem auch noch pantathianische Krieger. Nakor grinste, weil das neu für ihn war, und es machte ihm immer Spaß, wenn er etwas Unbekanntes entdeckte.

Der Priester drehte sich jetzt um und warf das geschlachtete Schaf auf ein Opferfeuer. Dann goß er duftendes Öl darüber. Der dichte Rauch, der nun aufstieg, roch angenehm und wand sich in dunklen Spiralen nach oben. Der Priester und die Saaur sahen aufmerksam zu. Dann zeigte der Priester auf etwas und sprach in einer fremden Sprache, jedoch mit freundlichem Tonfall, und Nakor schloß daraus, daß er erklärte, die Geister seien erfreut über das Opfer oder die Zeichen stünden gut oder irgend etwas anderes von diesem priesterlichen Hokuspokus.

Nakor kniff die Augen zusammen, als eine Gestalt aus dem Dunkel des Pavillons heraustrat: ein Mann in einer grünen Rüstung, der von einem zweiten gefolgt wurde, welcher wiederum Platz für einen dritten machte, dessen Rüstung mit Gold beschlagen war. Dieser mächtig aussehende Mann war General Fadawah, der oberste Befehlshaber des Heeres. Nakor spürte das Böse um ihn herum wie Rauch um ein Feuer. Für einen Soldaten roch er ziemlich nach Magie.

Dann trat eine Frau heraus, die um Hals und Handgelenke Smaragde trug und deren grünes Kleid weit ausgeschnitten war, damit die Smaragde um ihren Hals besser zur Geltung kamen. Auf ihrem rabenschwarzen Haar trug sie eine Krone aus Smaragden.

Nakor murmelte: »Was für ein Haufen Smaragde, selbst für dich.«

Die Frau bewegte sich auf eine Weise, die Nakor beunruhigte, und als sie nach vorn trat, um den Jubel ihrer Armee in Empfang zu nehmen, begann er sich Sorgen zu machen. Da stimmte doch etwas ganz und gar nicht!

Er betrachtete sie genau und lauschte ihren Worten: »Meine Gläubigen! Ich, die ich eure Herrin bin und doch nur der Behälter von einem viel Größeren, danke euch für eure Gaben.

Die Himmlische Horde der Saaur und die Smaragdkönigin versprechen euch ein siegreiches Leben und eine unsterbliche Belohnung im nächsten. Unsere Spione sind zurückgekehrt, und sie brachten uns Kunde von den Ungläubigen, die nur drei Tagesmärsche von hier im Süden lagern. Bald werden wir aufbrechen, um sie zu zermalmen, und dann werden wir über ihre heidnischen Städte herfallen und sie zu Asche verbrennen. Jeder Sieg kommt rascher als der vorherige, und unsere Zahl wächst.«

Die Frau, die die Smaragdkönigin genannt wurde, trat bis an die vorderste Kante des Podestes vor und blickte in die Gesichter jener, die ihr am nächsten standen, sowohl in die der Saaur als auch in die der Menschen. Sie wies auf einen Mann und sagte: »Du sollst heute nacht mein Abgesandter an die Götter sein!«

Der Mann hob triumphierend die Faust und lief die ersten vier Treppenstufen zum Podest hinauf. Er warf sich auf die beiden oberen, und sein Kopf lag auf dem Boden vor seiner Herrin. Sie hob den Fuß und stellte ihn auf seinen Kopf, dann zog sie ihn zurück und schritt zurück in ihr Zelt. Der Mann erhob sich grinsend, winkte seinen jubelnden Kameraden zu, und folgte der Königin in den Pavillon.

»Oh, das ist sehr schlecht«, flüsterte Nakor. Er blickte sich um. Die Feier würde bald ihren Höhepunkt erreichen. Bald würden die Männer betrunken sein, und dann würde es zu Kämpfen kommen, soweit das erlaubt war, und bei der Disziplin, die er in diesem Teil der Armee vorgefunden hatte, erwartete Nakor viele Prügeleien und sogar Blutvergießen.

Nun, er würde sich auf den Weg durch dieses Heer von sinnlos betrunkenen, mit Drogen vollgestopften Mördern machen und versuchen, auf die andere Seite des Flusses zu kommen und Calis zu suchen – falls er die Stelle finden würde, wo sich Calis' Lager befand.

Nakor machte sich niemals Sorgen, und jetzt war sicherlich nicht der passende Moment, um damit anzufangen. Dennoch wollte er sich hier nicht mehr allzulange aufhalten, denn er wußte nun, was hinter dem Streit steckte, der jetzt schon seit zwölf Jahren andauerte. Und zudem war er der einzige Mensch auf dieser Welt, der das, was er gesehen hatte, auch vollständig begriff.

Er schüttelte den Kopf, so erstaunt war er darüber, wie kompliziert das Leben sein konnte, und dann wandte er sich vom Pavillon der Smaragdkönigin ab.

Ein Kurier kam angeritten und fragte: »Seid Ihr Hauptmann Calis?«

Calis antwortete: »Ja, der bin ich.«

»Befehle. Ihr nehmt Eure Truppe und überquert den Fluß« – er zeigte auf eine Stelle im Norden, wo Erik, der in der Nähe saß, demzufolge ein Furt vermutete – »und schlagt einen Bogen am anderen Ufer, bis etwa zehn Meilen flußabwärts. Männer vom Stamme der Gilani wurden von unseren Kundschaftern entdeckt. Die Generäle wollen das andere Ufer von dieser Plage befreien.«

Er zerrte sein Pferd herum und ritt davon. Praji fragte: »Plage?« Er sah dem davonreitenden Kurier hinterher und schüttelte ungläubig den Kopf. »Offensichtlich ist dieser Kerl noch nie einem Gilani begegnet.«

»Ich auch noch nicht«, meinte Calis. »Wer sind die?«

Praji sprach, während er das eine oder andere Gepäckstück verstaute. »Barbaren.« Er zögerte und fuhr schließlich fort: »Nein, Wilde, um es deutlich zu sagen. Stammesmenschen. Niemand weiß genau, wer sie sind und woher sie kommen. Sie sprechen eine Sprache, die nur wenige beherrschen, und sie geben kaum jemandem die Gelegenheit, sie zu erlernen. Sie sind zäh, und sie kämpfen wie Verrückte. Sie ziehen über die Ebene von Djams oder durch die Ausläufer des Ratn'gary, wo sie Jagd auf die großen Bisonherden oder Elche und anderes Wild machen.«

Vaja hob seine Decke auf und meinte: »Den meisten Ärger mit diesen Leuten auf dieser Seite des Flusses gibt es wegen der Pferde. Sie sind die verflucht noch mal besten Pferdediebe der Welt. Bei ihnen wird der Rang eines Mannes dadurch festgelegt, wie viele Feinde er getötet und wie viele Pferde er gestohlen hat. Sie reiten sie nicht, sie essen sie. Habe ich jedenfalls gehört.«

»Werden sie uns viele Schwierigkeiten machen?« fragte Calis.

»Zur Hölle, wir werden vermutlich nicht einmal einen zu Gesicht bekommen«, antwortete Praji. Er warf seinen Schlafsack

Erik zu und bat: »Halt das mal einen Moment für mich.« Er bückte sich nach einer Tasche, in der sich seine restliche persönliche Habe befand. »Sie sind zähe kleine Burschen, vielleicht anderthalb mal so groß wie ein Zwerg.« Mit einem bösartigen Grinsen deutete er auf Roo. »So groß wie der da.«

Die Männer lachten, während Praji Erik seinen Schlafsack wieder abnahm, und dann machten sie sich zu den Pferden auf. Praji sagte: »Sie verschwinden im hohen Gras der Steppe wie Gespenster. Sie leben in kleinen Hütten, die sie aus Gras zusammenweben, und du kannst drei Meter von einer entfernt sein und siehst sie trotzdem nicht. Schwer zu finden, dies Völkchen.«

»Aber sie können kämpfen«, bemerkte Vaja.

Sie sattelten ihre Pferde. Praji sagte: »Das können sie allerdings. So, Hauptmann, jetzt weißt du so viel über die Gilani wie alle Männer, die in dieser Gegend geboren worden sind.«

Calis sagte: »Nun, falls sie nicht gerade auf Ärger aus sind, sollten wir in der Lage sein, die zehn Meilen nach Süden zu reiten und gegen Abend wieder zurückzusein.« Irgend etwas schien ihm jedoch Sorgen zu bereiten, und er blickte zurück auf das riesige Lager. Dann meinte er zu de Loungville: »Laß eine Gruppe zurück, die auf unsere Sachen aufpassen soll.« Und mit gesenkter Stimme fügte er hinzu: »Und sie sollen zusehen, ob sie Nakor entdecken können.«

Foster winkte einer Gruppe zu, die gerade die Pferde sattelte und gab die entsprechenden Anweisungen. Erik sah zurück, während er seinen Sattel auf den Rücken seines Tieres wuchtete. Wo ist Nakor eigentlich? fragte er sich.

Nakor grunzte, als er das Brett hochhob und still den Dummkopf am anderen Ende verfluchte, der nicht zu begreifen schien, was »Ziehen am gleichen Strang« bedeutete. Der Mann, dessen Name Nakor unbekannt war und den er im stillen immer nur »dieser

Idiot« nannte, bestand darauf, es zu heben, zu bewegen und fallenzulassen, ohne Nakor dies durch irgendeine Geste kundzutun. Und deshalb hatte sich Nakor in den vergangenen zwei Tagen jede Menge Splitter in die Hände gerammt, wozu sich eine Menge Kratzer und Beulen gesellte.

Nakor hatte einige Schwierigkeiten gehabt, als er zu Calis' Truppe zurückkehren wollte. Die Truppenbewegungen waren zum Stillstand gekommen, als das Kernstück der Armee ihr Lager am nördlichen Ufer des kleinen Flusses aufgeschlagen hatte, während sich Calis und die anderen Söldnerkompanien am Südufer befanden. Der Übergang über den kleinen Fluß wurde nur Reitern gestattet, die Pässe besaßen, welche von Generälen ausgestellt sein mußten. Nakor hatte drei solcher Pässe in der Tasche, die er vor zwei Nächten gestohlen hatte, doch er wollte sie nicht benutzen, ohne sie vorher genau studiert zu haben, und er hatte keinen Ort gefunden, wo er sich die Dokumente in Ruhe ansehen konnte, ohne gleich die Aufmerksamkeit irgendeiner Wache auf sich zu ziehen. Neben dem Risiko, die Dokumente zu verlieren, legte Nakor keinen Wert darauf, Aufmerksamkeit auf sich zu ziehen, es sei denn, aus einem besonderen Grund.

Doch die Generäle hatten angeordnet, die Brücke über den Fluß neu aufzubauen, und eine Gruppe von Arbeitern war gerade dabei, genau dies eifrig zu tun. Nakor überlegte, daß er gut als Arbeiter durchgehen könnte, und wenn die Brücke das andere Ufer erreicht hätte, würde er einfach in der Menge drüben untertauchen.

Unglücklicherweise ging die Arbeit langsamer vonstatten, als er gehofft hatte, denn das Bauwerk wurde fast ausschließlich von Sklaven errichtet, und diese hatten keine Eile. Zudem wurde er nun auch noch ständig streng bewacht. Die Wachen hatten ihn anscheinend in dem Augenblick, in dem er sich zu den Arbeitern gesellt hatte, nicht bemerkt – falls abends ein Sklave mehr da war, mochte der Wächter annehmen, er hätte sich morgens verzählt –, aber er würde es sicherlich merken, wenn einer fehlte.

Und daher mußte Nakor den richtigen Moment abwarten, in dem er zwischen den Söldnerkompanien untertauchen konnte. Wenn er die Wachen erst einmal abgehängt hatte, würde er keine Schwierigkeiten mehr haben, seine Freiheit zu behalten, aber er wollte den besten Zeitpunkt abpassen. Eine Jagd auf ihn wäre vermutlich sehr lustig, doch Nakor mußte Calis und den anderen so schnell wie möglich mitteilen, was er erfahren hatte, damit sie Fluchtpläne aushecken und ihre Rückkehr nach Krondor vorbereiten konnten.

»Dieser Idiot« ließ sein Ende des Bretts fallen, ehe Nakor sich bewegen konnte, und wieder hatte er einen Splitter mehr in der Schulter stecken. Er war versucht, einen seiner Tricks anzuwenden, um es ihm heimzuzahlen, zum Beispiel einen Stich in den Hintern, bei dem der Mann glauben würde, daß eine Hornisse ihn gestochen hätte, als ihn unvermittelt ein Schauder überlief.

Er blickte über die Schulter, und seine Brust schnürte sich zusammen, denn ein pantathianischer Priester stand keine drei Meter von ihm entfernt und beobachtete das Bauwerk, wobei er sich leise mit einem menschlichen Offizier unterhielt. Nakor setzte das Brett ab und eilte los, um das nächste zu holen. Er hielt den Blick gesenkt. Nakor war den Pantathianern und ihren Machwerken bereits früher begegnet, als er diesen Kontinent zusammen mit dem Mann bereist hatte, der jetzt der Prinz von Krondor war, aber einem lebenden Pantathianer war er noch nie so nahe gekommen. Während er an dem Wesen vorbeiging, bemerkte er einen schwachen Geruch, und er erinnerte sich, schon einmal etwas darüber gehört zu haben: der Geruch einer Schlange, und doch irgendwie fremdartig.

Als Nakor sich bückte, um ein weiteres Brett aufzuheben, sah er, wie »dieser Idiot« über einen Stein stolperte, das Gleichgewicht verlor und einen halben Schritt auf den Pantathianer zutaumelte. Die Kreatur reagierte sofort, wandte sich um und schlug mit ihrer Klaue zu. Die Krallen fuhren über die Brust »dieses Idioten« und zerrissen sein Hemd, als wären sie Messer. Tiefe Schnitte füllten sich mit Blut, und der Mann schrie auf. Dann begannen seine Knie zu zittern, er brach zusammen und lag zuckend am Boden.

Der menschliche Offizier befahl Nakor: »Schaff ihn hier fort.« Nakor und ein anderer Sklave hoben den Mann hoch. Sie brachten ihn zum Pferch. Dort angekommen, war der Mann tot. Nakor betrachtete sein im Tode starr gewordenes Gesicht. Nach ein paar Augenblicken glaubte er sicher zu wissen, welches Gift der Pantathianer an seinen Klauen hatte. Es war kein natürliches, sondern eines, das aus verschiedenen Pflanzengiften zusammengemischt wurde, und Nakor fand diese Entdeckung faszinierend.

Der Pantathianer hatte seine todbringenden Fähigkeiten vor dem menschlichen Offizier zur Schau stellen wollen, und auch das fand Nakor faszinierend. Es hielten sich kluge Leute hier im Lager der Smaragdkönigin auf, und Nakor hätte gerne die Zeit gehabt, mehr über sie herauszufinden. Es war gut, über jeden Streit unter den Feinden Bescheid zu wissen, aber unglücklicherweise fehlte ihm die Zeit, um sich irgendwo einzuschmuggeln, wo er das alltägliche Verhalten der Mächtigen beobachten konnte.

Eine Wache sagte: »Legt ihn hier hin«, und zeigte auf einen Müllhaufen, der bei Sonnenuntergang auf einem Wagen fortgeschafft werden würde. Nakor tat, was man ihm befahl, und die Wache schickte die beiden an ihre Arbeit.

Nakor eilte zu dem Bauwerk, doch der Pantathianer und der menschliche Offizier waren verschwunden. Er bedauerte es ein wenig, weil er den Schlangenpriester nicht weiter hatte studieren können, und noch mehr, daß »dieser Idiot« getötet worden war. Der Mann hätte einen ordentlichen Stich in den Hintern verdient gehabt, aber nicht diesen schmerzhaften Tod durch Gift.

Nakor arbeitete bis zum Mittagessen. Er setzte sich auf die Brücke, an der nur noch ein paar Meter bis zum anderen Ufer fehlten, und ließ die Füße über dem Wasser baumeln, während er den faden Haferschleim und das harte Brot aß. Und während er aß, fragte er sich, was Calis und die anderen wohl machten.

Calis machte den Reitern an der rechten Flanke ein Zeichen, sie sollten eine lange Reihe bilden, wobei jeder Mann in Sichtweite des nächsten bleiben sollte. Ein Zeichen des Mannes, der ihm am nächsten stand, bestätigte, daß jeder den Befehl verstanden hatte.

Sie waren seit Mittag unterwegs und hatten immer noch keine Spuren der Gilani am Ufer gefunden. Entweder war der Bericht über diese Wilden am Fluß falsch, oder sie hatten das Gebiet bereits wieder verlassen. Die dritte Möglichkeit hatte Praji genannt: Die Gilani konnten sich regelrecht unsichtbar machen.

Erik hielt nach unerwarteten Bewegungen im Gras Ausschau. Im Nachmittagswind wogte das Gras allerdings wie Wellen auf dem Meer. Man brauchte schon wesentlich schärfere Augen als die seinen, um etwas zu entdecken.

Kurze Zeit später meinte Calis: »Wenn wir innerhalb der nächsten halben Stunde nichts finden, kehren wir zurück. Wir kommen sowieso schon im Dunkeln bei der Furt an.«

Ein Reiter am äußeren Rand der Truppe schrie auf, und alle sahen nach Westen. Erik hob die Hand vor die Augen, da ihn die tiefstehende Nachmittagssonne blendete und erkannte einen Reiter, der ihnen vom Fuß eines Hügels aus zuwinkte. Calis gab ein Zeichen, und die Kolonne hielt auf den Reiter zu.

Als sie den Fuß des Hügels erreichten, konnte Erik erkennen, daß die Erhebung mit dem gleichen Gras wie die sie umgebende Steppe bewachsen war. Sie war fast halbkugelförmig und ähnelte einer umgekippten Schüssel. Allerdings war sie ziemlich weit von den nächsten Hügeln entfernt, die eine Kette bildeten und sich bis zu den Bergen erstreckten.

»Was gibt's?« fragte Calis.

»Spuren und eine Höhle, Hauptmann«, antwortete der Reiter.

Praji und Vaja wechselten einen fragenden Blick und stiegen ab. Sie führten ihre Pferde nah an die Höhle heran und untersuchten sie. Der Eingang, durch den man nur gebückt eintreten konnte, führte ins Dunkel.

Calis sah sich um. »Das sind alte Spuren.« Dann ging er zum Eingang und fuhr mit der Hand über einen Stein. »Das ist keine natürliche Höhle.«

»Falls doch«, sagte Praji und fuhr ebenfalls mit der Hand über den Stein, »dann hat sich jemand viel Mühe gegeben, um sie zu verstärken. Unter der Erde hier ist Mauerwerk.« Er fegte die Erde herunter und legte Mauerwerk frei.

»Sarakan«, meinte Vaja.

»Vielleicht«, räumte Praji ein.

»Sarakan?« fragte Calis.

Praji stieg wieder auf und sagte: »Eine verlassene Zwergenstadt im Ratn'gary-Gebirge. Alles unter der Erde. Ein paar Menschen sind vor Jahrhunderten dort hineingegangen, ein Kult von Irren, und sie sind ausgestorben. Jetzt sind die Höhlen leer.«

»Man stolpert hier in der Nähe des Golfs immer wieder über Eingänge«, bemerkte Vaja, »und auch in den Ausläufern des Großen Walds des Südens.«

Calis sagte: »Berichtigt mich, wenn ich falschliege, aber das ist Hunderte von Meilen entfernt von hier.«

»Stimmt«, erwiderte Praji. »Aber die verdammten Gänge

führen überall hin.« Er zeigte auf den kleinen Hügel. »Der könnte mit einem irgendwo dort drüben verbunden sein« – er zeigte auf die fernen Berge – »oder er könnte einfach nur ein paar hundert Meter weit reichen und dann zu Ende sein. Hängt davon ab, wer den Gang gebaut hat, aber er sieht sehr nach einem Eingang von Sarakan aus.«

Roo mutmaßte: »Vielleicht wurde er von den gleichen Zwergen gebaut, gehörte aber zu einer anderen Stadt?«

»Vielleicht«, antwortete Praji. »Es ist viel Zeit vergangen, seit irgendwelche Zwerge irgendwo anders als in den Bergen lebten, und wir Stadtvolk treiben uns ja auch nicht auf der Ebene von Djams herum.«

Calis fragte: »Könnten wir die Höhle nicht als Versteck nutzen? Wir könnten doch einige Waffen und Vorräte hier lassen, für den Fall, daß wir auf diese Seite des Flusses müssen.«

Praji meinte: »Das hätte keinen Sinn, Hauptmann. Wenn hier Gilani in der Nähe sind, werden sie die Höhle als Lager nutzen.«

Calis schwieg einen Moment lang; dann sagte er laut, damit es die ganze Truppe außer den Vorposten hören konnte: »Merkt euch diesen Ort. Womöglich müssen wir irgendwann genau diese Stelle finden, und zwar schon bald. Wenn wir aus dem Lager fliehen wollen, aus welchem Grund auch immer, oder falls wir uns hinauskämpfen müssen, dann macht euch hierher auf, wenn ihr nicht geradewegs nach Lanada gehen könnt. Und diejenigen, die sich hier versammeln, sollen sich, so gut es geht, in den Süden durchschlagen. Die Stadt am Schlangenfluß ist euer Ziel, denn dort soll eins unserer Schiffe warten.«

Erik sah sich um, und dann blickte er auf sein Tier herunter. Er richtete das Maul der Stute in eine Linie mit zwei Bergspitzen des fernen Gebirges aus, von denen die eine wie ein abgebrochener Reißzahn und die andere wie ein Bündel Weintrauben aussah, während der Fluß genau hinter ihm lag und eine weitere Bergspitze zu seiner Linken. So würde er den Weg hierher zurückfinden.

Nachdem die Männer ihre Position festgestellt hatten, wandte sich Calis einem der Vorposten der Kette zu, der auf einem Hügel stand. Calis winkte mit beiden Armen und gab somit das Signal zur Heimkehr.

Der Mann verstand den Befehl, drehte sich um und machte den am nächsten stehenden Männern in der langen Kette ein Zeichen, während Calis Anweisung gab, zum Heer der Smaragdkönigin zurückzukehren.

# Sieben

## Flucht

Nakor winkte.

Eins hatte er schon vor vielen Jahren gelernt: Wenn man von einem kleinen Offizier nicht unnötig aufgehalten werden will, muß man so tun, als wüßte man genau, was man macht. Der Offizier stand am anderen Ende des Anlegers und erkannte Nakor nicht wieder. Und der Isalani wußte mit Sicherheit, daß er das auch nicht tun würde. Sklaven waren keine Menschen. Man nahm keine Notiz von ihnen.

Aber jetzt sah er nicht mehr aus wie ein Sklave. Er hatte sich in der Nacht aus dem Sklavenpferch herausgeschlichen, damit die Zählung am Morgen und am Abend stimmte. Er war durch das Lager gezogen, hatte die Leute angelächelt und mit ihnen geschwatzt, bis er die Stelle erreichte, wo er seine Besitztümer versteckt hatte, ehe er zum Brückenbauer geworden war.

In der Dämmerung war er dann zu den Sklavenpferchen zurückgekehrt und war einige Meter hinter der Gruppe von Arbeitern hergegangen. Er war über die neue Brücke gegangen, wo ihn ein Wachtposten angesprochen hatte. Nakor hatte ihm nur freundlich auf die Schulter geklopft, ihm einen guten Morgen gewünscht und ihn dann einfach stehenlassen, woraufhin sich der Mann unsicher am Kinn kratzte.

Jetzt rief er dem Offizier zu: »Hier, fang!« und warf ihm sein Bündel mit Schlafsack und Tasche zu. Der Offizier reagierte, ohne nachzudenken, fing das Bündel auf und setzte es dann ab, als würde es darauf von Käfern nur so wimmeln.

Doch da war Nakor schon über die anderhalb Meter breite Lücke gesprungen, die die beiden Enden der Brücke noch voneinander trennte. Er landete vor dem Offizier, erhob sich und sagte: »Ich wollte nicht riskieren, daß das Bündel im Wasser landet. Da sind wichtige Dokumente drin.«

»Wichtige …?« fragte der Offizier, während Nakor das Bündel aufnahm.

»Danke. Ich muß diese Befehle dem Hauptmann bringen.«

Der Offizier zögerte, was sein Fehler war, denn während er sich noch die nächste Frage überlegte, schlüpfte Nakor schon an ihm vorbei und verschwand zwischen einer Gruppe von Reitern, die gerade am Ufer vorbeiritten. Als die Reiter passiert hatten, war der kleine Mann nicht mehr zu sehen.

Der Offizier spähte hierhin und dorthin, doch ihm fiel nicht auf, daß an dem nur wenige Schritte entfernten erloschenen Feuer jetzt sieben Söldner schliefen und nicht mehr sechs, wie noch kurz vorher. Nakor lag bewegungslos da und lauschte auf einen möglichen Alarmruf.

Er grinste, wie immer, wenn er einen schönen Verschwindetrick benutzt hatte. War es nicht erstaunlich? Die meisten Leute bemerkten gar nicht, was sich genau vor ihrer Nase abspielte. Er holte tief Luft, schloß die Augen und döste ein.

Weniger als eine Stunde später hörte er eine Stimme und schlug die Augen auf. Einer der Soldaten neben ihm setzte sich auf und gähnte. Nakor drehte sich um und sah den Offizier, den er ganz durcheinander gebracht hatte. Der Mann stand mit dem Rücken zum Lager.

Nakor hüpfte auf die Füße, sagte: »Guten Morgen« zu den noch halb im Schlaf liegenden Soldaten und machte sich auf den Weg dorthin, wo er Calis' Lager zu finden hoffte.

Erik blickte auf. Er saß nur wenig von Calis, de Loungville und Foster entfernt und polierte sein Schwert. Sie waren nach Einbruch der Dunkelheit ins Lager zurückgekommen, und Calis war zum Offizierszelt in der Nähe der Brücke gegangen, während Erik und die anderen sich um die Pferde gekümmert hatten. Als Calis wieder zurückkam, hatte er sich nicht anmerken lassen, wie das Treffen verlaufen war, aber er zeigte ja selten irgendwelche Gefühle.

Als er sich jetzt erhob, verriet jedoch etwas seine Neugierde: Nakor kam über den schmalen Weg, den Hufe und Füße zwischen dem Lager der Adler und dem im Osten ausgetreten hatten, auf sie zu.

Der kleine Mann trottete vor sich hin und grinste wie immer. »Puh«, sagte er und ließ sich neben Foster auf den Boden fallen. »Das war vielleicht was, euch zu finden. So viele Banner mit Vögeln drauf, und dann noch so viele rote, und die meisten dieser Männer« – er machte eine ausladende Handbewegung und deutete auf die Lager in der Umgebung – »kümmern sich überhaupt nicht darum, wer ihr Nachbar ist. Was für ein dummer Haufen.«

Praji, der sich hingelegt hatte und seine Zähne mit einem langen Holzsplitter säuberte, meinte: »Sie werden auch nicht dafür bezahlt, schlau zu sein.«

»Allerdings wahr.«

»Was hast du herausgefunden?« fragte Calis.

Nakor beugte sich vor und sprach sehr leise. Erik mußte arg die Ohren spitzen, obwohl er und die anderen Männer seiner Gruppe sich den Anschein gaben, als würden sie gerade das nicht tun. »Ich glaube, es wäre keine gute Idee, hier darüber zu reden, aber soviel kann ich dir sagen: Du willst bestimmt gar nicht wissen, was ich gesehen habe.«

»Will ich sehr wohl«, entgegnete Calis.

Nakor nickte. »Ich verstehe, aber du wirst auch verstehen, was ich meine, wenn ich es dir erst erzählt habe. Laß mich nur das eine sagen: Wenn du einen Plan hast, wie wir hier herauskommen, dann wäre heute nacht der richtige Zeitpunkt, ihn auch umzusetzen. Wir brauchen nicht länger hierzubleiben.«

Calis sagte: »Also, wir wissen, wo die Furt ist, und wir könnten dort hinüberschlüpfen, oder wir versuchen, der Wache am Ufer zu erzählen, daß wir noch einmal den Süden absuchen sollen.«

Nakor machte seine Tasche, die er immer über seine Schulter geschlungen mit sich trug, auf und sagte: »Vielleicht würden uns diese Pässe dabei helfen.«

Erik mußte sich alle Mühe geben, um bei der Miene, die Foster und de Loungville nun aufsetzten, nicht laut loszulachen. Sie betrachteten die Dokumente, und de Loungville meinte: »Ich bin kein Fachmann, was solches Geschwafel angeht, aber sie sehen ausgesprochen echt aus.«

»Oh, sie sind echt«, erklärte Nakor. »Ich habe sie aus Lord Fadawahs Zelt gestohlen.«

De Loungville fragte: »Vom höchsten General der Königin?«

»Genau von dem. Er hatte zu tun, und niemand hat es gemerkt, weil ich so getan habe, als wäre ich ein Sklave. Ich dachte, einer dieser Pässe würde uns vielleicht weiterhelfen. Außerdem wollte ich mich ein bißchen umsehen. An diesem General ist etwas sehr komisch. Er ist nicht das, was er zu sein scheint, und wenn ich es nicht so eilig gehabt hätte, wäre ich noch dageblieben und hätte herausgefunden, was er wirklich ist.«

Calis sah die drei Dokumente durch. »Dies hier sollte ausreichen. Es ist ein sehr allgemein gehaltener Befehl an alle Einheiten, den Besitzer passieren zu lassen. Und es sagt nicht, ob der Besitzer eine ganze Kompanie dabei hat oder nicht. Wenn wir uns nicht gerade sehr dumm anstellen, sollte es damit klappen.«

Praji erhob sich. »Nun, dann haben wir die halbe Miete. Wir sollten uns lieber gleich auf den Weg machen. Oder wolltet ihr noch bis morgen früh warten?«

Calis blickte Nakor an, der nur den Kopf schüttelte. »Wir brechen jetzt auf«, sagte Calis.

Der Befehl wurde von Mann zu Mann weitergegeben, und bald waren alle zum Aufbruch bereit. Falls sie von den anderen Kompanien beachtet wurden, nahm Erik das jedenfalls nicht wahr. Die Nachbarn schienen sich nur um ihre eigenen Angelegenheiten zu kümmern. Das Kommen und Gehen anderer Kompanien war für niemanden von großem Interesse.

In weniger als einer Stunde hatte Foster die Männer in Reihen antreten lassen. Calis winkte Eriks Gruppe zu, sie möge sich hinter der Vorhut, die aus Nakor, Praji, Vaja, Hatonis und de Loungville bestand, aufstellen. Foster würde hinten reiten und die Nachhut befehligen, die erfahrenste Gruppe der Kompanie. Während Jadow Shati und Jerome Handy aus dem Glied zu Foster ritten, winkte Erik ihnen zu, um ihnen Glück zu wünschen, was Jadow mit breitem Grinsen erwiderte.

Sie ritten in Richtung Norden, den Pfad entlang bis zur Straße, wo sie am Fluß blieben, bis die Brücke in Sicht kam. »Die wird bald fertig sein«, meinte Praji.

»Da arbeiten viele Männer dran«, erklärte Nakor. »Ich hab selbst zwei Tage mitgearbeitet, damit ich herüberkommen konnte.«

Vaja sagte: »Hier gibt es doch genügend Furten. Warum das Ganze?«

Nakor erwiderte: »Die Königin möchte sich nicht gern die Füße naß machen.«

Calis blickte den kleinen Mann an, und Erik tat das gleiche. Nakor lächelte nicht.

Sie gelangten zum Wachposten, und ein stämmiger Feldwebel stellte sich ihnen in den Weg. »Was hat das zu bedeuten?«

Calis antwortete: „Wir sind es schon wieder, Feldwebel.«

Der Feldwebel erkannte Calis, da er am Abend zuvor bei ihm gewesen war, und fragte: »Reitet Ihr wieder raus?«

»Die Generäle waren mit meinem Bericht nicht zufrieden. Sie glauben, wir wären nicht weit genug in den Süden geritten. Wir werden bis morgen mittag draußen sein, und am Morgen des folgenden Tages sind wir wieder zurück.«

»Mir hat niemand mitgeteilt, daß Eure Kompanie den Fluß überqueren darf, Hauptmann«, meinte der Feldwebel und sah Calis mißtrauisch an. »Oder daß jemand für länger als einen Tag draußen bleibt.«

Calis hielt ihm in aller Ruhe den Paß hin. »Der General hat es sich kurzfristig überlegt. Er hat mir dies mitgegeben, weil er dachte, ein Bote würde vielleicht nach uns eintreffen.«

Der Feldwebel fluchte: »Verdammte Offiziere! Wir haben unsere Befehle, und dann kommt da irgendein Hauptmann von irgendeiner Kompanie an und denkt, er kann alles über den Haufen werfen. Welcher von diesen dummen Pfauen glaubt, er könne einfach seinen Namen unter ein Papier setzen ...« Seine Stimme versagte, und er riß die Augen auf, als er den Namen und das Siegel auf dem Paß sah.

»Falls Ihr einen Boten zu General Fadawah schicken wollt, um ihm mitzuteilen, er hätte sich nicht an die Vorschriften gehalten und Ihr würdet um Bestätigung bitten, dann werden wir eben warten«, meinte de Loungville. »Ich will auch nicht unbedingt gleich wieder nach den Gilani suchen müssen. Verdammt, ich glaube, der General wird deswegen nicht böse sein, Feldwebel.«

Der Feldwebel rollte rasch den Paß zusammen und gab ihn Calis zurück. »Ihr dürft passieren«, sagte er und winkte sie vorbei. Er wandte sich an die Soldaten am Ufer und rief: »Sie reiten zur anderen Seite.«

Die Soldaten winkten zurück und nahmen wieder ihre gelangweilte Haltung ein, während Calis sein Pferd vorsichtig und langsam an ihnen vorbei ins Wasser lenkte.

Erik spürte, daß sein Nacken juckte. Jeden Moment könnte jemand schreien, sie würden fliehen. Doch unbehelligt durchquerten sie die seichte Furt, und auch der letzte Mann der Nachhut, Korporal Foster, kam sicher am jenseitigen Ufer an. Dann ließ Calis die Truppe in schnellerem Tempo gehen, und im Trab machten sie sich auf den Weg nach Süden. Erik mußte sich gegen den starken Drang wehren, seinem Pferd die Hacken in die Flanken zu stoßen und es zum Galopp anzutreiben. Er fragte sich, ob die anderen das gleiche fühlten.

Als sie ein Stück flußabwärts geritten waren, gab Calis den Befehl zum leichten Galopp, und sie kamen eine Meile lang schnell voran, bis er wiederum das Zeichen gab, im Trab zu gehen.

Nakor rief: »Soll ich dir die Geschichte jetzt erzählen?«

Calis antwortete: »Ja, bevor du vom Pferd fällst und dir den Hals brichst.«

Nakor grinste. »Hört sich aber nicht gut an. Kannst du dich noch an unsere alte Freundin Lady Clovis erinnern?«

Calis nickte. Erik hatte keine Ahnung, wer das sein könnte, doch der düstere Ausdruck auf Calis' Gesicht verriet, daß er sie kannte. Überraschenderweise gab de Loungville nicht zu erkennen, ob er sie ebenfalls kannte. Doch Praji sagte: »Ist das nicht diese Hure, die Dehakon und den Oberherrn Valgash unten in der Stadt am Schlangenfluß für ihre Zwecke benutzt hat? Damals, als wir uns kennengelernt haben?«

»Genau die«, erwiderte Nakor.

»Und die ist die Smaragdkönigin?« fragte Calis.

Nakor schüttelte den Kopf. »Ich wünschte, daß es so wäre. Jorna, so heißt sie richtig – zumindest hieß sie so, als wir noch verheiratet waren –«

»Was?« Calis stand der Mund offen, und zum ersten Mal sah Erik, daß dieser Mann die Fassung verlor.

»Ist eine lange Geschichte. Ich werde sie dir irgendwann mal erzählen. Aber damals war sie ein eitles Mädchen, und als wir zusammen waren, suchte sie ständig nach einem Weg, wie sie ewige Jugend erlangen könnte.«

»Ich glaube, wir kommen nie ans Ende, wenn du uns jede Einzelheit erzählst«, warf de Loungville ein, der offensichtlich genauso erstaunt war wie Calis.

»Jedenfalls«, sagte Nakor und hob die Hand, um nicht wieder unterbrochen zu werden, »das Mädchen hatte ein Talent für Tricks. Gut, ihr würdet das Magie nennen. Und weil ich ihr das Geheimnis, wie man auf ewig jung bleibt, nicht verraten habe, weil ich es nämlich gar nicht kannte, hat sie mich verlassen. Sie hat einen anderen Körper benutzt, als sie Lady Clovis war.«

»Einen anderen Körper?« fragte Praji, jetzt offensichtlich vollkommen verwirrt. »Wir konntest du sie dann erkennen?«

»Wenn man jemanden sehr gut kennt, spielt der Körper überhaupt keine Rolle«, antwortete Nakor.

»Kann ich mir denken«, sagte Vaja, den das gesamte Gespräch anscheinend belustigte.

»Halt den Mund«, schnauzte Nakor ihn an. »Hier geht es um ernste Angelegenheiten. Diese Frau hat sich auf einen Handel mit den Pantathianern eingelassen, weil die ihr die ewige Jugend versprochen haben, solange sie ihnen hilft. Was sie nicht wußte, war, daß die sie nur für ihre Zwecke ausnutzten. Ich habe sie gewarnt. Ich habe ihr gesagt: ›Die wollen mehr, als du jemals geben kannst‹, und ich hatte recht. Sie haben sie genommen.«

»Wie meinst du das?« fragte Calis.

Nakor verzog grimmig das Gesicht. »Was mit deinem Vater passiert ist, mit der Rüstung aus Weiß und Gold.«

»Ja?« keuchte Calis, und sein Gesicht verlor jede Farbe.

»Es geschieht wieder. Jorna, oder Clovis, sie trägt eine Smaragdkrone, und die verändert sie. Sie wird wie dein Vater.«

Calis war verwirrt und sagte eine Weile lang gar nichts; dann wandte er sich an de Loungville: »Sag Foster, die Nachhut soll eine Viertelstunde hinter uns zurückbleiben. Ich will wissen, ob jemand versucht, uns einzuholen. Falls sie jemandem begegnen, so soll uns der schnellste Reiter benachrichtigen, während die anderen die Verfolger, wer auch immer sie sein mögen, in die Irre führen sollen. Wir warten bei der Höhle, die wir vor zwei Tagen entdeckt haben, und dann machen wir uns nach Lanada auf.«

De Loungville wandte ein: »Und falls die Verfolger nicht darauf hereinfallen?«

»Sie müssen darauf hereinfallen«, erwiderte Calis.

De Loungville nickte, zog sein Pferd herum und ritt zum Ende der Kolonne. Erik blickte zurück. Foster und sechs andere Männer wurden langsamer und blieben schließlich stehen, als de Loungville ihnen den Befehl überbracht hatte. Sie würden eine Viertelstunde warten, und dann hinter der Kompanie herreiten, in der Hoffnung, in ein oder zwei Tagen wieder zu ihnen zu stoßen.

Am Vormittag des nächsten Tages rief jemand vom Ende der Kolonne: »Ein Reiter!«

Erik blickte über die Schulter und entdeckte Jadow Shati, der sein Pferd antrieb, als ginge es um sein Leben. Das Tier war von vorn bis hinten mit schaumigem Schweiß überzogen, und so, wie die Stute die Nüstern aufgebläht hatte, bekam sie kaum noch Luft. Sie war ausgebrannt und am Ende, dessen war sich Erik sicher. Jadow kannte sich mit Pferden gut genug aus, um zu wissen, wann er eins zuschanden ritt, und von daher konnte dieser Anblick nur Ärger bedeuten. Erik löste das Band, das sein Schwert in der Scheide hielt; man brauchte ihm nicht eigens zu sagen, daß ein Kampf bevorstand.

Denn in der Ferne, weniger als eine Meile entfernt, war eine Staubwolke zu sehen. Erik sah die Gestalten am Horizont, und ehe Jadow noch nahe genug herangekommen war, um sprechen, rief Erik: »Es sind die Saaur!

De Loungville fragte: »Wie willst du das wissen?«

»Die Pferde sind im Vergleich zu Jadows viel zu groß.«

In dem Moment kam Jadow in Rufweite und schrie: »Hauptmann! Es sind die Eidechsenmenschen! Sie verfolgen uns.«

Calis wandte sich an de Loungville und sagte: »Wir bleiben im Sattel und kämpfen in zwei Reihen!«

De Loungville brüllte: »Ihr habt den Hauptmann gehört! Die ersten fünfzig Männer reiten links von mir auf!« Die ersten fünfzig Männer sollten also links von de Loungville eine dichte Reihe bilden. Erik befand sich gleich neben de Loungville, als er sein Pferd herumzog.

Jadow zügelte sein Pferd, das davonstolperte, nachdem er abgesprungen war. Calis rief: »Wo ist Foster?«

Jadow schüttelte den Kopf. »Sie sind nicht drauf reingefallen. Sobald ich davongeritten bin, haben sie die anderen links liegen lassen und sind mir gefolgt. Der Korporal hat gewendet und sie an der Flanke angegriffen, wodurch ich einen kleinen Vorsprung gewonnen habe, Hauptmann, aber ...« Er brauchte nichts weiter zu sagen.

Erik dachte an den großen Mann, Jerome Handy, der so etwas wie ein Freund für ihn geworden war, nachdem er von Sho Pi an Bord des Schiffes so peinlich auf die Knie gezwungen worden war. Er sah nach rechts, wo Sho Pi seinen Platz hatte, und nickte. Sho Pi erwiderte das Nicken, als könnte er verstehen, was Erik dachte.

Luis murmelte etwas in sich hinein, so laut, daß es die anderen gerade noch hören konnten: »Dafür werden die Eidechsen bluten.«

Erik zog das Schwert und nahm die Zügel zwischen die Zähne. Er machte sein Schild los und hielt es bereit. Er würde sein Pferd mit den Beinen führen, die Zügel jedoch zwischen den Zähnen halten, falls er sie schnell wieder packen mußte.

Die Tiere der Saaur mußten unglaublich stark sein, genauso wie ihre Reiter, dachte Erik, denn obwohl Jadows Pferd halbtot war, wirkten die der Saaur kaum erschöpft. Und die grünhäutigen Krieger zögerten nicht, als sie die Reihe von Soldaten erblickten, die sich ihnen entgegenstellte.

Calis sagte: »Auf meinen Befehl schießen die Bogenschützen; und dann wird die erste Reihe angreifen. Die zweite Reihe wartet, bis ich weitere Befehle gebe.«

Die Bogenschützen, die alle in der Mitte der zweiten Reihe standen, machten ihre Waffen bereit, und de Loungville murmelte: »Wartet noch.«

Die Saaur näherten sich unerbittlich schnell, und während sie näher kamen, konnte Erik Einzelheiten ausmachen. Einige trugen Federn an ihren Helmen, während andere seltsame Tiere und Vögel auf ihre Schilde gemalt hatten. Die Pferde waren Braune und Füchse, einige dazwischen waren fast schwarz, während andere wiederum fast weiß waren, doch gesprenkelte sah er nicht. Erik fragte sich, warum er keine Geschecken oder Falben fand. Bei diesem Gedanken mußte er einen plötzlichen Drang zu lachen unterdrücken.

Dann schrie Calis: »Schießt!«, und die vierzig Bogenschützen ließen ihre Pfeile los. Der Pfeilhagel brachte ein Dutzend Reiter zu Fall, und etliche der fremdartigen Pferde wieherten laut. Schließlich befahl Calis: »Greift an!«

Erik trieb seinem Pferd die Hacken in die Flanke, und mit einem Schrei und einem kraftvollen Schenkeldruck zwang er das

Tier zum Galopp. Er vergewisserte sich nicht, was die anderen rechts und links von ihm machten, sondern richtete seine ganze Aufmerksamkeit auf einen Saaur, der einen Helm trug, von dessen Kamm ein Pferdeschweif herunterfiel. Das Pferdehaar war gebleicht und dann in einem hellem Blutrot gefärbt worden, wodurch der Mann für Erik ein leichtes Ziel abgab.

Erik fühlte mehr, als daß er es sah, wie sein Pferd auf das größere Tier prallte. Er war zu sehr damit beschäftigt, dem Schlag auszuweichen, der auf seinen Nacken zielte. Der Saaurkrieger benutzte eine riesige Axt mit einer Klinge, konnte also beim Zurückziehen der Waffe nur schlagen, schneiden jedoch nur beim ersten Hieb. Erik wäre fast in die Lücke zwischen den beiden Tieren gefallen, als sein Pferd nach dem Aufprall zurücktaumelte. Er duckte sich unter einem Hieb hinweg, kam jedoch rechtzeitig wieder hoch, um den Saaur mit einem Schlag am Schenkel zu erwischen.

Er sah nicht, wie die Kreatur aus dem Sattel fiel, denn sofort war er mit einem anderen Krieger beschäftigt, der einen von Hatonis' Clansleuten gerade aus dem Sattel geworfen hatte. Erik griff ihn an und stach mit der Schwertspitze unter dem Schild der Kreatur durch, ehe diese sich ihm zuwenden konnte, und der Saaur stürzte rücklings vom Pferd.

Erik fluchte und zog sein Tier ein wenig von dem reiterlosen, fremdartigen Pferd fort, welches mit einem Vorderlauf ausschlug. »Paßt auf die Tiere auf!« rief er. »Sie sind auch zum Angriff ausgebildet.«

Erik ritt hinüber zu Roo, der zusammen mit Luis einen Saaur in Schach hielt. Er näherte sich dem Eidechsenmann aus dem toten Winkel und setzte einen tödlichen Hieb auf die Rückseite des Helms der Kreatur. Der Saaur kippte nach vorn, der Helm fiel zu Boden und enthüllte ein fremdartiges, grün geschupptes Gesicht, welches mit scharlachrotem Blut bedeckt war.

»Nun, immerhin ist ihr Blut nicht grün«, rief Biggo und ritt heran. »Und sterben tun sie auch.«

»Genauso wie wir«, sagte Roo und zeigte auf das Schlachtfeld. Biggo und Erik wandten sich um. Fast alle Saaur waren von den Pferden geworfen worden, doch für jeden Toten hatte auch einer von ihnen selbst dran glauben müssen.

Biggo schob den Helm in den Nacken und meinte: »Wir sind ihnen drei zu eins überlegen, und trotzdem haben wir die gleichen Verluste wie sie.«

»Schießt«, brüllte Calis, und die zehn Bogenschützen, die bei ihm zurückgeblieben waren, schossen auf die verbliebenen fünf Saaur.

Jadow sagte: »Seht!« und zeigte in die Ferne.

»Deshalb kannten sie keine Furcht«, rief de Loungville. »Sie sind nur die Vorhut.«

In der Ferne erhob sich eine Staubsäule in den Himmel, und sogar das Donnern von Hufen war schon zu hören. Erik wartete nicht länger, sondern trieb sein Pferd auf die letzten Saaur zu, die versuchten, die Menschen so lange wie möglich zu beschäftigen, damit ihre Kameraden sie einholen konnten.

Biggo jauchzte und setzte ihm hinterher. Sie gingen den gleichen Saaur an und schlugen von zwei Seiten auf ihn ein. Erik traf ihn am Schwertarm, zermalmte Knochen und schnitt tief ins Fleisch, während Biggo unerbittlich auf den Schild einhieb.

Plötzlich war es still.

Calis befahl: »Reitet zur Höhle! Wir treffen uns dort!«

Erik sog sich die Lungen voll Luft und zwang sein erschöpftes Pferd zum Laufen. Sie hatten keine Wahl. Die fremdartigen Pferde waren kräftiger und ausdauernder. Sie konnten ihnen nicht entkommen, soviel war klar, und Mann gegen Mann konnten sie die Saaur niemals besiegen.

Erik hoffte, daß die Höhle irgendwohin führte, wie Praji behauptet hatte. Denn falls es nur einfach eine Höhle in einem Berg war, wäre es ein einsamer Ort zum Sterben.

Ohne jede Ordnung trieben Calis' Blutrote Adler ihre Pferde an und galoppierten erschöpft und schweißnaß von dem kurzen, doch heftigen Gefecht auf den Hügel zu.

Nakor war unter den ersten, die ihn erreichten, und ohne jede Grazie fiel er geradezu vom Pferd. Er schnappte sich einen Wasserschlauch und eine Tasche mit Proviant, dann gab er seiner Stute einen Klaps und schrie laut, damit sie davonlief. Danach duckte sich Nakor und betrat die Höhle.

Während Erik und die anderen abstiegen, schrie er: »Da ist eine Tür! Kommt schnell!«

»Macht Licht!« befahl Calis, und de Loungville holte ein besonderes Öl hervor und winkte jemandem, er solle ihm eine Fackel geben. Ein Bündel Fackeln wurde zusammen mit einigen anderen Gegenständen vom Gepäck geholt, doch nahezu die gesamte Ausrüstung, der größte Teil des Proviants und alle Pferde mußten zurückgelassen werden.

De Loungville schüttete ein wenig Öl auf eine der Fackeln, dann schlug er mit Feuerstein und Stahl einen Funken. Das Öl entzündete sich, und die Fackel brannte. Dann trat er in die Höhle.

Erik folgte ihm, und er mußte geduckt gehen, um nicht an die niedrige Decke zu stoßen. Nach etwa zehn Metern wurde die Decke höher und der Gang breiter.

Erik sah sich nach der Tür um und entdeckte einen riesigen runden Stein. Dieser wurde von schwerem Eisen und einem Holzrahmen so gehalten, daß man ihn nach rechts rollen und so den Durchgang versperren konnte. Ein paar starke Männer mit Holzstangen konnten ihn vom Inneren aus leicht vor die Tür wälzen, während man von draußen keinen festen Griff an dem glatten Fels anlegen konnte und auch kaum genug Platz hatte, ihn zu bewegen.

Als der letzte Mann in der Höhle war, schnappten sich Erik, Biggo und Jadow die Holzstangen und kämpften mit dem Fels. Andere drückten sich an die Wand, damit sie mitschieben konnten, sobald der Stein sich erst einmal bewegt hatte.

Langsam und wie unter Protest rührte sich der Fels, und dann schob er sich stückweise und mit donnerndem Knirschen vor den Eingang der Höhle, während draußen bereits die fremdartigen Schreie der Saaurreiter zu hören waren. Plötzlich fühlte Erik einen Widerstand. Die Saaur auf der anderen Seite schienen sich gegen den Stein zu stemmen, um zu verhindern, daß der Eingang verschlossen wurde. »Schiebt!« schrie er, und zwei weitere Hände legten sich unter seinen auf den Fels. Als er nach unten blickte, sah er Roo, der sich mit ganzer Kraft seiner Aufgabe widmete.

Nakor befahl: »Schließt die Augen!«

Erik war zu langsam und wurde kurz geblendet, als Nakor etwas an de Loungvilles Fackel entzündete und durch den kleinen Spalt zwischen der sich langsam bewegenden Felstür und der Wand nach draußen warf.

Ein Schrei und wütende Rufe kamen als Antwort, doch der Gegendruck ließ nach, und sofort schloß sich die Tür endgültig. Erik spürte die Erschütterung in seinen Schultern, als sie gegen die andere Wand donnerte.

Mit einem Mal wurden seine Knie weich, und er setzte sich auf den kalten Höhlenboden. Er hörte Biggo lachen. »Mann, das war knapper, als ich es mag.«

Erik merkte, wie er selbst zu lachen begann, und er blickte hinüber zu Jadow. »Foster und Jerome?«

Jadow schüttelte den Kopf. »Sie sind wie richtige Soldaten gestorben.«

Calis sagte: »Bobby, mach noch eine Fackel an, damit wir sehen können, wo es hingeht.«

»Haben wir denn noch eine Fackel?« fragte der Feldwebel.

Calis befahl: »Biggo, während wir uns vorn umsehen, nehmen du und von Finstermoor unsere Bestände auf. Wir haben das meiste draußen lassen müssen, aber ich möchte wissen, was wir noch haben.« Er sah sich um. »Obwohl, wenn es keinen anderen Ausgang gibt, spielt das sowieso keine Rolle, nicht wahr?«

Ohne eine Antwort abzuwarten, ging er in die Dunkelheit, derweil de Loungville eine zweite Fackel anzündete, sie Luis reichte und dann dem Hauptmann folgte.

Nakor eilte zu einem Haufen kleinerer Steine und klemmte einige zwischen die Felstür und den Boden. »Dadurch wird der Stein auch dann nicht zurückrollen, wenn man mit aller Kraft von außen schiebt«, erklärte er grinsend.

Biggo wandte sich um und sagte: »Also gut, meine Lieben. Ihr habt gehört, was der Hauptmann gesagt hat. Dann zeigt mal, was ihr diebischen Halunken gerettet habt, als ihr um euer Leben gelaufen seid.«

Erik kicherte, aber, wie er wußte, nur aus Erleichterung darüber, daß er noch am Leben war. Er hatte keine Ahnung, wer es sonst noch mitbekommen hatte, doch als sie vom Ort des Gefechts geflohen waren, hatte er einen Blick über die Schulter geworfen: Dreißig von hundert Männern, mit denen sie gestern nacht aufgebrochen waren, hatten tot auf dem Boden gelegen. Die Kompanie hatte das erste Gefecht überstanden, doch vor ihnen lag ein langer und harter Weg, und fast ein Drittel von ihnen war bereits tot.

Er verdrängte den Gedanken und kümmerte sich um die Vorräte, die ihnen noch geblieben waren.

Stunden vergingen, und von der anderen Seite der Felstür waren schwache Geräusche zu hören. Die Saaur suchten nach einem Weg, die Barriere zu beseitigen und ihnen zu folgen. Einmal fragte Roo laut, was sie wohl machen sollten, wenn ein Magier der Saaur käme und die Tür mit Zauberkräften öffnete, aber die Wut, die ihm bei dieser Bemerkung entgegenschlug, ließ ihn augenblicklich verstummen. Erik konnte sich nicht daran erinnern, daß Roo je so rasch den Mund gehalten hatte.

Als Calis schließlich zurückkam, meinte Biggo: »Wir haben Proviant für vier oder fünf Tage, Hauptmann. Außerdem noch einige Waffen, aber im wesentlichen nur das, was jeder bei sich trägt. Dafür besitzen wir jede Menge Gold und Edelsteine, weil sich der Feldwebel die Geldbeutel geschnappt hat. Und dazu kommt noch ein ansehnlicher Vorrat an Verbandszeug und Heilkräutern.

Unsere Zelte und unser Kochgeschirr sowie alles andere, was für ein Lager notwendig ist, haben wir jedoch verloren, und wir werden bald sehr durstig werden, wenn wir nicht bald Wasser finden.«

Calis sagte: »Der Gang scheint weiter nach unten zu führen, auf die Ausläufer des Gebirges zu. Ich habe Spuren gefunden, denen zufolge er vor nicht allzulanger Zeit benutzt worden ist, vielleicht vor einem Monat, aber länger ist es nicht her.«

»Die Wilden?«

»Würde das etwas ändern?« fragte Praji und erhob sich. »Falls du nicht darauf brennst, dich mit diesem Pack wütender Eidechsen hinter der Tür da anzulegen, gehen wir in die Richtung.« Er zeigte in die Dunkelheit.

Calis fragte: »Sind alle bereit?«

Niemand verneinte die Frage, und Calis wandte sich an de Loungville. »Bring sie in eine anständige Ordnung, und dann wollen wir mal sehen, wo dieser Gang hinführt.«

De Loungville nickte knapp und gab seine Befehle. Nachdem die Männer erst einmal ihre gewohnte Marschposition eingenommen hatten, fühlte sich Erik wieder vertrauter mit ihrer

Lage, und die folgenden Befehle schienen die Enge und die Dunkelheit des Ganges etwas erträglicher zu machen.

Dann gab Calis den Befehl zum Aufbruch, und sie marschierten in die Dunkelheit hinein.

# Acht

## Entdeckung

Ein Gong wurde geschlagen.

Der Ton hallte von den hohen Decken aus behauenem und bemaltem Stein zurück und dröhnte durch die große Halle. Der Wächter drehte sich um. Miranda sah, wie er sie mit unbewegter Miene beobachtete. Aber er machte keine bedrohliche Geste, als sie sich ihm näherte.

Sie war den Anweisungen, die ihr der Wahrsager im Gasthaus gegeben hatte, gefolgt und nach Midkemia zurückgekehrt, von wo aus sie nach Novindus aufgebrochen war und von dort aus zur Nekropolis. Sie war über die Berge geflogen, nachdem sie die riesige Stadt verlassen hatte, die unter dem Namen Nekropolis, Stadt der toten Götter, bekannt war. Dann war sie, von ihren Fähigkeiten geleitet, trotz ihrer Erschöpfung weitergeflogen und hatte diesen magischen Ort auf den Gipfeln des Gebirges, den Pavillon der Götter, gesucht.

Endlich, nachdem sie ihre Kräfte, mit deren Hilfe sie sich mit Luft zum Atmen versorgen konnte, eingesetzt hatte, hatte sie den Ort erreicht, den sie gesucht hatte, eine prachtvolle Reihe von Hallen und Galerien auf einer Wolke, die aus Eis gemacht zu sein schien und in deren Mitte es eine einzige Öffnung gab.

Sie schwebte durch die Wolken, welche die Himmlische Stadt umgaben, und gelangte ohne Anstrengung durch die Tür. Es kribbelte, als sie den Zauber durchquerte, der die frostige Kälte draußen hielt und die Luft drinnen.

Der Mann, den sie in der großen Halle erspäht hatte, schwebte über den weiten Boden auf sie zu. Sie nahm sich einen Augenblick Zeit, um die Umgebung zu betrachten. Die hohe Decke wölbte sich über annähernd siebzig Treppenfluchten und wurde von zwölf mächtigen Steinsäulen getragen, von denen jede von auserlesener Schönheit war. Rasch suchte sie sich die aus, die sie am schönsten fand, eine aus Malachit. Die grünen Adern in dem polierten Stein konnten das Auge für Stunden fesseln. Der rosenfarbene Quarz war ebenfalls wunderschön, doch dieser grüne Stein sprach sie besonders an.

Der Boden der Halle wurde von schwachen Energielinien in Felder unterteilt. Miranda benutzte jeden Wahrnehmungstrick, den sie kannte, und entschied, daß die Felder keine Schranken oder Fallen waren, sondern eher der Unterscheidung dienten, als hätte jedes einen bestimmten Nutzen oder eine besondere Eigenart, die jedoch nur von jenen erkannt werden konnte, die eine besondere Wahrnehmungsfähigkeit für diese Energieschranken hatten. Und in jedem Feld bewegten sich Wesen, die von außen betrachtet wie Menschen aussahen, doch trugen sie allesamt die seltsamste Kleidung, die Miranda je gesehen hatte.

Das große Fenster hatte Scheiben aus Kristallglas, so klar, daß die Luft gefroren zu sein schien und die von den Schneefeldern draußen reflektierte Abendsonne die große Halle in rosafarbenes und goldenes Licht tauchte. Jene Wesen, die auf dem weiten Boden der Halle umherwandelten, warfen lange Schatten, während juwelenbesetzte, in Facetten geschliffene Kugeln ein weiches, weißes Licht verbreiteten, dessen Quelle sicherlich keine natürliche war.

Der Mann, der sich ihr näherte, glitt in majestätischer Haltung durch die Luft, als würde er von einer Vielzahl unsichtbarer Träger auf einer schweren Plattform getragen. Als Miranda vorsichtig den Fuß auf den Marmorboden der Halle setzte, folgte er ihrem Beispiel.

Einige andere in der Nähe wandten sich um, als wollten sie die Begegnung der beiden mitansehen, blieben jedoch stumm. Miranda warf die Kapuze ihres Mantels zurück und schüttelte den Kopf, wobei ihr dunkles Haar nach hinten fiel. Sie blickte sich erneut in der Halle um.

»Wer betritt die Himmlische Stadt?«

Belustigt antwortete sie: »Ihr seid mir ja ein schöner Haufen Götter, wenn Ihr nicht einmal wißt, wer Euch in Eurem eigenen Palast besuchen kommt. Ich heiße Miranda.«

Der Wächter erwiderte: »Niemand soll ohne Einladung in die Stätte der Götter eindringen.«

Miranda lächelte: »Komisch. Ich bin trotzdem da, nicht wahr?«

»Niemand soll hier ohne Erlaubnis eindringen und lebendig wieder gehen«, verbesserte sich der Wächter.

»Nun, Ihr solltet mich besser als uneingeladenen Besucher und nicht als Eindringling betrachten.«

»Welcher Anlaß bringt Euch in die Halle der Götter?«

Miranda betrachtete die Gestalt vor sich eingehend. Wie die anderen, die die Halle bevölkerten, trug sie eine seltsame Robe, die um die Schultern sehr eng saß und sich nach unten weit aufbauschte. Am unteren Saum bildete sie einen perfekten Kreis mit einem Durchmesser von vielleicht zwei Metern. Miranda nahm an, in den Saum müsse ein stabiles Eisenband oder eine schwere Kordel eingenäht sein. Die Ärmel der Robe waren lang und ebenfalls sehr weit geschnitten, derweil der Kragen steif und hoch war und vom Nacken bis zu den Ohren reichte. Ein wenig hatte Miranda den Eindruck, sie würde mit einer mannshohen Puppe sprechen, die aus miteinander verbundenen Papierkegeln zusammengesetzt war, und der man einen bemalten Totenkopf auf die Spitze geklebt hatte. Was für ein außergewöhnlich aussehender Mann, dachte sie.

Sein Teint war olivfarben, vermutlich, weil die Haut jahrelang der hellen Sonne ausgesetzt gewesen war, und sein Bart war so weiß wie der Schnee draußen. Seine hellblauen Augen blickten sie unter weißen Brauen an.

Abermals sah sie sich in der Halle um und wünschte sich mehr Zeit, den Ort genau zu betrachten. Seine Pracht war atemberaubend, anders konnte man das nicht sagen, obwohl er irgendwie fremdartig und so kalt wie der Wind vor der großen Tür war. Kein Sterblicher würde ohne die Macht der Großen Magie den Weg zum Wohnsitz der Götter finden, denn ein Aufstieg war unmöglich. Etwa hundert Meter unterhalb des Plateaus wurde die Luft zu dünn zum Atmen, und die Temperaturen lagen ständig unter dem Gefrierpunkt.

Die meisten Leute hier hatten sich ihr zugewandt, und sie bemerkte, daß jede Gruppe auf ihrem jeweiligen, durch die Energieschranken begrenzten Feld isoliert war, als würde jede Gruppe genau in dieses Feld des Bodens gehören. Nach einem Augenblick war sie sich dessen sicher; niemand konnte eines der Felder verlassen und ein anderes betreten.

»Die Götter werden eingesperrt?« fragte Miranda.

»Sie sperren sich selbst ein, wie sie es schon immer getan haben«, kam als Antwort. »Doch abermals muß ich Euch fragen: Was führt Euch hierher?«

»Ich bin wegen dieser schrecklichen Mächte hier, die sich sammeln und diese Welt bedrohen. Ich habe das Orakel von Aal aufgesucht, und die Zeit seiner Wiedergeburt steht bevor, so daß uns seine Fähigkeit, in die Zukunft zu sehen, nicht zur Verfügung stehen wird. Und diese Mächte sind aufgebrochen, um allem, was wir kennen, ein Ende zu bereiten, eingeschlossen dem hier.« Sie machte eine Geste, die die Halle umfaßte.

Der Wächter schloß einen Moment lang die Augen, und Miranda wußte, er unterhielt sich mit jemandem; dann sagte er: »Sprecht weiter.«

»Worüber?«

»Über das, was Ihr hier zu finden hofft.«

»Ich hatte aus gutem Grund gehofft, die Götter von Midkemia wären bereit, sich gegen die Bedrohung ihrer eigenen Existenz zu stellen!« Sie konnte ihre Wut kaum verhüllen, und in ihrer Stimme schwang eisige Verachtung mit.

»Solches ist allein Sache der Götter«, antwortete der Wächter. »Jene Männer und Frauen leben nur, um den Göttern zu dienen, auch wenn sich das dem sterblichen Verständnis entzieht. Sie leben ihr Leben als die sterblichen Aspekte der Götter, indem sie ihnen mit ihren Ohren und Augen die sterbliche Seite der Welt übermitteln.«

Miranda nickte. »Dann würde ich doch gern mit einem dieser göttlichen Aspekte sprechen, wenn Ihr nichts dagegen habt.«

»Über solches liegt die Entscheidung nicht bei mir«, kam als Antwort. »Ich bin nur der Wächter der Himmlischen Stadt. Meine Aufgabe ist es, alle Unannehmlichkeiten von jenen, die hier wohnen, fernzuhalten.« Abermals schloß er die Augen. »Aber Ihr mögt denjenigen sprechen, der Euch womöglich antworten wird.«

Sie ging an dem Wächter vorbei und schritt auf das Feld zu, welches dem Eingang am nächsten lag. Darin stand eine Gruppe Männer und Frauen um eine Gestalt herum, die die anderen um Haupteslänge überragte. Alle trugen weiß, ohne jede Spur von Farbe, und die Frau in der Mitte der Gruppe hatte bleiches Haar. Ihre Haut zeigte ebenfalls keine Farbe, doch keineswegs wirkte sie wie ein Albino, sondern eher, als gehöre sie einem fremdartigen Volk an, dessen Haut einfach weiß war. Jene, die sie umgaben, wichen zur Seite und erlaubten Miranda den Zutritt. In respektvoller Entfernung neigte sie den Kopf und sagte: »Sung, ich flehe um Hilfe.«

Die lebende Wiedergeburt der Göttin starrte auf die junge Frau hinab. In ihren Augen spiegelten sich Geheimnisse, von deren

Tiefe Miranda allenfalls den Hauch einer Ahnung hatte, doch das Gesicht der Göttin war freundlich. Dennoch gab sie keine Antwort. Miranda versuchte es noch einmal. »Ein großer Schrecken erhebt sich hier, einer, der, wenn man ihn nicht bekämpft, Mächte freisetzen wird, die selbst die Euren übertreffen könnten. Ich brauche Hilfe!«

Einen Moment lang betrachtete die Göttin Miranda noch; dann winkte sie die Frau mit einer knappen Geste weiter. Sie sollte in einem anderen Feld Hilfe suchen. »Sucht einen, der noch nicht unter uns ist.«

Miranda eilte zu einem anderen Feld in der Halle, das zwar schon abgegrenzt, aber noch nicht belegt war. Sie suchte mit allen Sinnen und Fähigkeiten nach jenem Zeichen, welches sie dort finden sollte.

Eine Hieroglyphe schimmerte in einem Spektrum von Farben, die die meisten Menschen nicht hätten sehen können, Miranda allerdings hatte keine Schwierigkeiten, die Hieroglyphe zu erkennen. Sie wandte sich um und entdeckte den Wächter, der ihr gefolgt war und einen Fuß über dem Steinboden schwebte.

»Wer hat dieses Zeichen hier gesetzt?«

»Einer, der uns jüngst besucht hat, wie Ihr.«

»Was bedeutet das Symbol?«

»Es ist das Zeichen von Wodan-Hospur, einem der verlorenen Götter, den wir erwarten.«

»Ihr erwartet die Rückkehr der Götter, die während der Chaoskriege verlorengingen?«

»In der Halle der Götter ist alles möglich.«

»Und wie war der Name des Mannes?«

»Das darf ich nicht sagen.«

»Ich suche Pug von Stardock«, sagte Miranda. »Im Gasthaus im Gang zwischen den Welten hat man mir gesagt, ich solle hierhergehen.«

Der Wächter zuckte mit den Schultern. »Solche Dinge gehen mich nichts an.«

»War er hier?«

»Das darf ich nicht sagen.«

Miranda dachte nach und fragte schließlich: »Wenn Ihr mir sonst nichts mehr sagen dürft, wohin könnte ich gehen, um diesen Mann zu finden?«

Der Wächter zögerte. »Vielleicht müßt Ihr an jenen Ort gehen, an dem Ihr in die Irre geführt worden seid.«

Miranda antwortete: »So etwas habe ich mir auch schon gedacht.« Und mit einer Handbewegung war sie verschwunden. Ein leises Knistern war das einzige, was daran erinnerte, daß sie je dagewesen war.

Einer der Leute, die einem Gott in der Nähe aufwarteten, drehte sich um und warf seine Kapuze zurück. Er war von kleiner Gestalt, und seine Augen besaßen die Farbe von dunklem, altem Walnußholz. Sein Bart war so schwarz, als wäre der Mann erst zwanzig. Weder seine Haltung noch seine geringe Größe konnten die Aura der Macht verschleiern, die ihn umhüllte.

Er trat zum Wächter hinüber und sagte: »Ihr habt Euren Zweck wohl erfüllt.« Mit einem Winken seiner Hand verschwanden die Gestalten in der Halle, und zurück blieb nur die leere Ödnis von Fels und Eis. Kalte Luft drang durch die nun ungeschützte Öffnung ein, und der Mann zog den Mantel enger um sich zusammen.

Er sah sich um, ob auch keine Spur der Illusion zurückgeblieben war und hob die Hände, um sich durch seinen schieren Willen zu einem anderen Ort zu bringen. In diesem Augenblick sagte eine Stimme: »Götter, ist es kalt hier ohne diese Illusion.«

Der Mann wandte sich um, und kaum einen Meter hinter ihm stand die Frau. »Pug von Stardock?«

Der Mann nickte. »Nicht schlecht, meine Dame. Nur wenige hätten diese List durchschaut.«

Sie lächelte, und etwas Vertrautes schien kurz auf ihrem Gesicht auf und war dann wieder verschwunden. »Ich habe sie nicht durchschaut. Aber irgend etwas kam mir nicht ganz richtig vor, und da dachte ich, wenn ich nur so tue, als würde ich verschwinden, könnte ich vielleicht doch noch etwas erfahren.«

Der Mann lächelte. »Ihr habt Euch einfach unsichtbar gemacht und dazu das richtige Geräusch von Euch gegeben.«

Der Frau nickte. »Ihr seid Pug?«

Der Mann erwiderte: »Ja, ich bin Pug von Stardock.«

Die Frau legte ihre Stirn in sorgenvolle Falten, und wieder war da etwas Vertrautes in ihrem Gesicht. »Gut. Wir müssen gehen. Es gibt viel zu tun.«

»Wovon sprecht Ihr?« fragte Pug.

»Khaipur ist gefallen, und bald wird Lanada durch Verrat ebenfalls erobert werden.«

Pug nickte. »Ich weiß das. Aber für mich ist es noch zu früh zum Handeln –«

»Und die Pantathianer werden Eurer Magie mit ihrer eigenen begegnen. Ich weiß. Aber es gibt mehr zu tun, als sich wie Rammböcke Zaubersprüche an den Kopf zu werfen.« Ihr Atem hing wie eine kleine Wolke in der eiskalten Luft, während sie wartete.

Pug sagte: »Ehe ich mir erlaube, Euch zu sagen, daß Mächte im Spiel sind, die sich jenseits Eures Wissens befinden, sollte ich vielleicht erst einmal herausfinden, was Ihr bereits wißt.«

Er verschwand.

»Verdammt«, fluchte Miranda. »Ich hasse es, wenn Männer so was mit mir machen.«


Pug schüttete gerade Wein in zwei Kelche, als es knisterte und Miranda erneut erschien. »Warum habt Ihr das getan?«

»Wenn Ihr mir nicht hättet folgen können, dann wäre es sinnlos gewesen, Euch irgend etwas zu erzählen.« Pug reichte ihr einen Kelch. »Ihr kommt mir auf eigentümliche Weise bekannt vor«, bemerkte er.

Miranda nahm den Wein und setzte sich auf einen Diwan, der gegenüber einem Schreibtisch stand; Pug zog einen Hocker unter dem Schreibtisch hervor und setzte sich ebenfalls.

»Wo sind wir? In Stardock?« Sie sah sich um. Das Zimmer war klein, und jeder Schmuck fehlte. Offensichtlich handelte es sich um eine Bibliothek. Bücher säumten die Wände, abgesehen von einer Stelle, an der sich ein Fenster befand. Außer dem Diwan, dem Schreibtisch und dem Hocker gab es keine Möbel. Zwei Lampen brannten, auf jeder Seite des Zimmers eine.

Pug nickte. »Mein Quartier. Niemand außer mir selbst kann hier hinein, und niemand erwartet meinen Besuch, da man mich seit fünfundzwanzig Jahren nicht mehr hier gesehen hat.«

Miranda fragte: »Warum laßt Ihr das Zimmer dann unverändert?«

»Ich wollte es eigentlich aufgeben, nachdem meine Frau gestorben war.« Er sprach sachlich von ihrem Tod, doch Miranda entging das leichte Zucken in den Augenwinkeln nicht. »Wenn jemand nach mir suchen sollte, dann auf dem Eiland des Zauberers. Ich habe dort genug Leute zurückgelassen, die ihre Magie wirken lassen, und jeder Zauber, der Magie entdecken will, löst einen Alarm aus, der so schrillt wie eine Essensglocke.«

»Und da hier jeden Tag Magie ausgeübt wird, bemerkt es keiner, wenn Ihr hier arbeitet.« Sie nippte an ihrem Wein. »Sehr nett. Und der Wein ist sehr gut.«

»Ja?« fragte Pug. Er nippte ebenfalls. »Stimmt, er ist wirklich ausgezeichnet. Ich frage mich ...« Er hielt die Flasche hoch. »Wenn ich zum Eiland des Zauberers zurückkehre, muß ich Gathis fragen, ob wir davon noch mehr im Keller haben.«

»Weshalb die ganze Irreführung?«

»Weshalb sucht Ihr mich?«

»Ich habe zuerst gefragt.«

Pug nickte. »Stimmt. Die Pantathianer sind sich meiner Person und meiner Fähigkeiten bewußt. Sie haben verschiedene Möglichkeiten entwickelt, mich zu neutralisieren, und deshalb habe ich sicherstellen müssen, daß sie oder ihre Spione mich nicht finden können.«

»Euch neutralisieren?« Sie kniff die Augen zusammen. »Ich bin der Magie der Schlangen schon mehrfach begegnet, und rauchende Leichen säumen meinen Weg. Wenn Ihr so mächtig seid, wie man immer hört –«

Pug sagte: »Es gibt mehr Wege, einen Angriff abzuwehren als einfach nur noch mehr Kraft aufzuwenden. Was wäre, wenn ich ein Kind nähme, das Ihr liebt, und ihm einen Dolch an die Kehle setzte?«

Miranda erwiderte: »Wenn sie jedoch nicht wissen, wo Ihr Euch befindet, können sie auch niemanden bedrohen, um den Ihr Euch Sorgen macht.«

»Ja. Und nun, warum sucht Ihr nach mir?«

Miranda sagte: »Das Orakel von Aal tritt in seinen Geburtszyklus ein, und wir verlieren seine Hilfe. Ich wurde gebeten –«

»Von wem?« unterbrach Pug.

»Von einigen Leuten, die das Ende dieser Welt noch nicht so bald kommen sehen mögen«, fuhr sie ihn an. »Ich wurde gebeten, den Stein des Lebens –«

Pug erhob sich. »Woher wißt Ihr vom Stein des Lebens?«

Miranda antwortete: »Ich stamme aus Kesh. Erinnert Ihr Euch an einen Mann, der kam, um die Armee des Königs in der Schlacht um Sethanon zu unterstützen?«

»Lord Abdur Rachmad Memo Hazara-Khan.«

Miranda nickte. »Ich habe Jahre gebraucht, um die falschen

Spuren und Illusionen zu ergründen, doch nach einer Weile wurde es offensichtlich, als nämlich die wenigen, die zum Orakel vordrangen, mit seiner Weisheit zurückkehrten, und zwar von der Statue an Malacs Kreuz aus. Und die Entdeckung der Wahrheit hat Jahrzehnte gedauert.«

»Also arbeitet Ihr für den Kaiser?«

»Arbeitet Ihr für den König?« konterte Miranda.

»Borric und ich sind so etwas wie Cousins«, sagte Pug und nippte abermals an seinem Wein.

»Ihr weicht der Frage aus.«

»Ja.« Er setzte seinen Kelch ab. »Sagen wir mal, ich bin in meiner Treue nicht mehr so festgelegt wie früher einmal. Was alles nichts mit dem Thema zu tun hat. Falls Ihr etwas über den Stein des Lebens wißt, dann wird es Euch nicht entgangen sein, daß die Interessen einzelner Völker in diesem Zusammenhang kaum von Belang sind. Sollten die Valheru wieder zum Leben erwachen, werden wir alle umkommen.«

»Dann müßt Ihr mir helfen«, sagte Miranda. »Falls diese närrischen Menschen, die ich für den Prinzen mit rekrutiert habe, überleben, werden wir erfahren, wem wir gegenüberstehen.«

Pug seufzte: »Ihr seid aus Kesh und wählt Leute für den Prinzen aus?«

»Es schien mit das Klügste zu sein, was ich für meinen wirklichen Meister tun konnte.«

Pug zog eine Augenbraue hoch. »Und welche närrischen Menschen sind es?«

»Calis führt sie an.«

»Tomas' Sohn«, sagte Pug. »Ich habe ihn nicht mehr gesehen, seit er noch sehr jung war. Das muß jetzt zwanzig Jahre oder länger her sein.«

»Er ist immer noch jung. Und wütend und verwirrt.«

»Er ist einzigartig. Es gibt kein Wesen wie ihn in diesem Universum. Er ist die Frucht einer Verbindung, die keine hätte tragen sollen, und er wird eines Tages auf einzigartige Weise sterben.«

»Und allein.«

Pug nickte. »Wer noch?«

»Ein Haufen Männer, die zum Tode verurteilt waren, von denen Ihr wohl keinen kennt. Und Nakor, der Isalani.«

Pug lächelte. »Ich vermisse seine unendliche Schlauheit. Und seinen Sinn für Späße.«

Miranda meinte: »Nach Späßen wird ihm dieser Tage vermutlich kaum der Sinn stehen, fürchte ich. Nach Aruthas Tod ist Nicholas die Hoffnung des Westlichen Reichs, des Königreichs und der ganzen Welt. Er hat den Plan seines Vaters nur widerwillig angenommen, und er zeigt nur wenig Begeisterung dafür.«

»Was für einen Plan?«

Sie erzählte ihm von den vorangegangenen Reisen nach Novindus und von der Zerstörung, die Calis und seine Männer beim letzten Mal hatten ansehen und erleben müssen. Sie erzählte ihm von dem Plan, Männer hinunterzuschicken, die sich in die Eroberungsarmee einschmuggeln und mit der Wahrheit über das, was sich ihnen entgegenstellte, zurückkehren sollten.

»Glaubt Ihr«, fragte Pug, nachdem sie geendet hatte, »daß alle bewaffneten Kräfte von Novindus zusammengeführt werden sollten, damit man einen Angriff über das Meer hinweg wagen kann, um den Stein des Lebens in die Hände zu bekommen?«

»Den Pantathianern fehlt es an Feinfühligkeit«, antwortete Miranda, »aber sie könnten auch unter dem Einfluß von jemand anderem stehen, der auch die Moredhel während der Großen Erhebung angetrieben hat.«

Pug stimmte dem zu. »Aber dennoch deutet alles darauf hin, daß sie Novindus unter ihre Herrschaft bringen wollen, damit sie die größte je gesehene Armee besitzen, und dann ist es nur noch ein kleiner Schritt für sie, diese Armee gegen das Königreich aufzubieten, vielleicht geradewegs nach Krondor zu segeln und nach Sethanon durchzumarschieren.« Pug schwieg einen Moment lang und fuhr schließlich fort: »Ich denke, niemand benutzt sie in dem Sinne, wie Ihr es gerade vermutet habt. Die Pantathianer sind zu fremdartig nach den Maßstäben anderer Wesen, und ich denke, ich kann das beurteilen nach dem, was ich in meinem Leben schon zu sehen bekommen habe.

Ihre Sicht der Welt ist vollkommen verbogen und entbehrt jeder Logik, aber sie ist so in ihrem Wesen verwurzelt, daß selbst zweitausend Jahre Beobachtung der wirklichen Mechanismen des Universums sie nicht von ihrer fanatischen Hingabe an eben diese einzigartige Sicht abbringen konnten.«

Miranda hob eine Augenbraue. »Das ist mir ein wenig zu philosophisch, Pug. Ich habe auch andere Fanatiker kennengelernt, und die Wirklichkeit scheint sie alle wenig zu beeindrucken.« Sie winkte ab und unterließ die Bemerkung, die sie gerade machen wollte. »Aber ich verstehe, was Ihr meint. Falls sie nur wegen ihrer eigenen dunklen Ziele in solcher Zahl aufgebrochen sind, dann setzen sie bei dieser riesigen Unternehmung alles auf eine Karte.«

Pug schüttelte verneinend den Kopf und seufzte. »Nicht ganz. Das schlimmste an der Sache ist, wir können sie abermals besiegen und vielleicht jeden Mann und jede Kreatur, die sie zu uns herüberschicken, vernichten, aber was gewinnen wir dadurch, wenn wir einmal von der Zerstörung unserer Küste absehen?«

»Wir wissen dann immer noch nicht, wo sie leben«, sagte Miranda.

Pug nickte zustimmend. »Wir kennen nur vage Gerüchte. Oben im Norden, an den Quellgewässern des Schlangenflusses, am Schlangensee, unten im Großen Wald des Südens, irgendwo tief im Herzen des Waldes von Irabek. Niemand weiß es.«

»Habt Ihr nach ihnen gesucht?«

Pug nickte. »Ich habe jeden Zauberspruch benutzt, den ich gefunden oder mir ausgedacht habe, und ich habe einen großen Teil dieses Kontinents zu Fuß durchlaufen. Traurigerweise sind sie unglaublich begabt, wenn es darum geht, ihre Bleibe zu verstecken, ob nun magisch oder weltlich, oder sie tun etwas so Offensichtliches, daß ich es nicht bemerke.«

Miranda nippte an ihrem Wein. Nach einer Weile meinte sie: »Bleibt uns immer noch die Armee, die wir bekämpfen müssen.«

»Wesentlich mehr, fürchte ich.«

»Was noch?«

Pug sagte: »Ich glaube, Calis wird etwas wesentlich Mächtigeres hinter diesem Feldzug entdecken, und ich kann Euch sagen, warum.« Er ging hinüber zu einem der Bücherregale. »Es gibt mehrere dicke Wälzer, die von Türen, Wegen und Verbindungen zwischen den verschiedenen Ebenen der Wirklichkeit handeln.«

»Wie im Gang zwischen den Welten?«

Pug schüttelte den Kopf. »Dieser Ort existiert in einem tatsächlichen Universum, obwohl er in gewisser Weise ein Artefakt der Schöpfung ist, und er erlaubt jenen, die ihn benutzen, lediglich das Dasein jenseits bestimmter Grenzen der objektiven Wirklichkeit. Erinnert Ihr Euch daran, wie wirklich die Halle der Götter wirkte?«

»Ja. Eine vollkommene Illusion.«

»Es war mehr als eine Illusion. Ich bin auf eine höhere Ebene der Wirklichkeit gestoßen, auf einen höheren Energiestatus. Mir fehlen die Worte, um es besser zu beschreiben. Vor langer Zeit habe ich die Stadt der Toten Götter besucht, und ich trat durch eine ... Spalte in die Halle der Göttin des Todes ein. Ich habe mit Lims-Kragma gesprochen.«

»Interessant«, meinte Miranda.

Pug blickte sie an. In ihrer Äußerung lag jedoch kein Spott.

»War es wirklich die Göttin des Todes, mit der Ihr gesprochen habt?«

»Das war es, was ich zu erklären versuchte. Es gibt keine Göttin des Todes, und dennoch existiert sie. Es gibt eine natürliche Kraft der Schöpfung und eine äquivalente natürliche Kraft der Zerstörung. Was den Tod des einstmals lebenden Wesens bedeutet, bringt dem anderen Nahrung für ein neues Leben. Wir verstehen noch so wenig von diesen Dingen«, sagte er, und über sein Gesicht huschte ein Anflug von Niedergeschlagenheit. »Aber diese Personifizierungen, diese Götter und Göttinnen, sie sind vielleicht ein Weg, wie wir, die wir in einem Stadium der Wirklichkeit leben, uns mit anderen Kräften, Wesen, Energien aus anderen Wirklichkeiten in Verbindung setzen können.«

»Interessante Theorie«, antwortete Miranda.

»Tatsächlich stammt das meiste von Nakor.«

»Aber was hat das alles mit den Schlachten zu tun, die uns bevorstehen?«

»Wesen aus diesen anderen Stadien existieren. Ich bin schon einmal einem Schreckenslord begegnet.«

»Wirklich?« fragte sie, offensichtlich beeindruckt. »Die Lebensdiebe kann man allen Berichten zufolge nicht so leicht hinters Licht führen.«

»Sie waren der erste Hinweis, den ich hatte.« Pugs Gesicht wurde lebhafter, als er fortfuhr: »Während ich zum ersten Mal mit einem Schreckenslord gekämpft habe, habe ich einen anderen Rhythmus gespürt, ein anderes Energiestadium seines Daseins. Als ich ihn besiegt habe, habe ich ein paar Dinge gelernt.

Über die Jahre hinweg habe ich weitere Dinge entdeckt. Auf Kelewan, der Heimatwelt der Tsurani, habe ich in vielen Jahren Einsichten gewonnen, die mir auf Midkemia verschlossen geblieben wären.

Eine Sache ist zum Beispiel, daß die Schreckenslords das Leben von Lebewesen auf dieser Welt nicht eigentlich trinken. Sie übertragen lediglich die Energie in einen Status, den sie hernach benutzen können. Der unglückliche Nebeneffekt dieses Wechsels ist der Tod der Kreatur, die sie berühren.«

»Solche akademischen Überlegungen interessieren denjenigen, der sterben muß, wenig.«

»Stimmt. Aber versteht Ihr, es ist von großer Wichtigkeit. Wenn sie so etwas tun können, warum können dann nicht Mächte, die wir mit unserer beschränkten Wahrnehmung nicht sehen können, fähig sein, ihre Hände auszustrecken und die Energien auf dieser unserer Welt beeinflussen?«

»Wohin soll uns das jetzt führen?« fragte Miranda und zeigte eine gewisse Ungeduld.

»Wie hat der Stein des Lebens ausgesehen, als Ihr das Orakel zuletzt aufgesucht hat?« fragte Pug.

»Wie meint Ihr das?«

»War er so, wie er immer war?«

»Ich weiß nicht.« Miranda schien verwirrt. »Ich habe ihn nur dieses eine Mal gesehen.«

»Aber es war etwas seltsam an ihm, nicht wahr?«

Miranda zuckte mit den Schultern. »Ich hatte so ein Gefühl...«

»Daß die Valheru, die darin gefangen sind, etwas getan haben?«

Mirandas Blick war abwesend. »Aufgewühlt. Ich glaube, das ist es, was ich gemeint habe. Sie waren aufgewühlter als sonst.«

»Ich fürchte, sie haben einen Weg gefunden, wie sie sich mit einem oder einer Gruppe innerhalb der Pantathianer in Verbindung setzen können. Vielleicht mit dieser sogenannten Smaragdkönigin, die die Schlangen jetzt anführt.«

»Da läuft es einem ja kalt über den Rücken.«

Pug meinte: »Wir wissen nur wenig. Habt Ihr von Macros dem Schwarzen gehört?«

Miranda erwiderte: »Ich kenne ihn nur dem Hörensagen

nach.« Ihr Tonfall war trocken, und Pug nahm an, sie glaubte die übertriebenen Geschichten über den Schwarzen Zauberer nur zum Teil.

»Vieles von dem, was er getan hat, war nur Bühnenzauber, aber hinter vielem steckte auch eine Magie, die ich bis heute nicht durchdringen konnte. Er war zum Beispiel fähig, Dinge mit der Zeit anzustellen, über die ich nur staunen kann.«

Sie kniff die Augen zusammen. »Zeitreisen?«

»Mehr. Tomas und ich wurden mit ihm in einer Zeitfalle gefangen, und wir sind bis zum Ursprung aller Zeit gereist und wieder zurück in die unsrige. Aber er konnte auch seinen Geist benutzen und sich mit seinem Willen durch Äonen bewegen.«

»Wir meint Ihr das?«

»Er benutzt seine Fähigkeiten und Kräfte, um eine Verbindung zwischen Tomas, einem Jugendfreund von mir, und Ashen-Shugar herzustellen –«

»Der Valheru, dessen Rüstung er trägt!« ergänzte Miranda.

»Es war keinesfalls ein einfacher Akt uralter Magie, der in der Rüstung schlummerte. Macros hat diese Rüstung lediglich als Vehikel für die Beeinflussung meines Freundes benutzt, und so konnte er während des Spaltkrieges tun, was er tun mußte.«

»Dieser listige Hund«, murmelte Miranda.

»Was ist, wenn Tomas' Rüstung nicht das einzige Vehikel für solche Beeinflussungen ist?«

Miranda riß die Augen auf. »Wäre das möglich?«

»Natürlich ist das möglich«, antwortete Pug. »Je älter ich werde, desto sicherer bin ich mir, daß es nur wenig gibt, was nicht möglich ist.«

Miranda stand auf und begann, in dem kleinen Zimmer hin und her zu gehen. »Wir könnten wir das herausbekommen?«

»Wir müssen Calis' Rückkehr oder zumindest seine Nachrichten abwarten. Als ich Nakor zum letzten Mal gesehen habe, bat ich ihn, mit Calis zu gehen, falls es möglich wäre, denn er ist wie kein anderer dazu geeignet, solche Rätsel zu lösen. Ich habe ihm die Möglichkeit, die ich Euch gerade erörtert habe, bereits vor drei Jahren unterbreitet. Jetzt, wo Ihr mir erzählt, er sei mit Calis unterwegs, kann ich getrost auf ihre Rückkehr warten. Und wir halten uns solange außer Sicht, um den Pantathianern kein Ziel zu bieten.

Ich könnte mich selbst eine Weile lang schützen, genauso wie Ihr, dessen bin ich mir sicher, aber wenn ich mich ständig verteidigen müßte, würde mich das erschöpfen und zudem von meinen Studien abhalten.«

Miranda nickte. »Trotzdem, was sollte das alles, mit dem Hinweis und dem Rest im Gang zwischen den Welten und der Stadt der Götter?«

»Ich wollte für mich bleiben und dennoch von jemandem gefunden werden, der die Schlauheit und die Fähigkeiten hatte und mich unbedingt erreichen mußte. Wärt Ihr einfach nur weiter im Gang herumgestreift und hättet auf allen möglichen Welten Fragen nach mir gestellt, so hättet Ihr einige Schwierigkeiten bekommen.«

»Ich wurde vor Euren Meuchelmördern gewarnt«, konterte sie.

»Wer hat es Euch erzählt?«

»War nur der Klatsch, den ich beim ehrlichen John gehört habe.«

Pug sagte: »Beim nächsten Mal werde ich jemanden anheuern, der nichts ausplappert, und vor allem das Gasthaus vermeiden. Wer hat Euch zu Mustafa geführt?«

»Boldar Blut.«

»Als Ihr Mustafa verlassen habt, bin ich Euch ins Gebirge vorausgeeilt, um Euch zu erwarten. Der einfache Trick, Euch zu sagen, irgendwo hinzugehen, war mein letzter Trick.« Er lächelte.

»Hättet Ihr Euch nicht als ein so angenehmer Gast erwiesen, hätte ich Euch auf einem dieser kalten Gipfel stehen lassen und Euch damit so fern wie möglich von Stardock gehalten, für den Fall, daß die Pantathianer das Schauspiel bemerkt hätten.«

Miranda sah ihn säuerlich an. »Euch fehlt es ein wenig an Feingefühl.«

»Vielleicht. Aber die Zeit ist knapp, und ich habe noch eine Menge Arbeit zu erledigen, während ich auf Calis und Nakor warte.«

»Kann ich Euch womöglich helfen? Boldar Blut wartet in einem Gasthaus in LaMut auf mich, falls er uns von Nutzen sein kann.«

»Im Moment mögt Ihr ihn benachrichtigen, er solle warten; mag der Söldner ruhig Taberts Mädchen und Bier genießen«, erwiderte Pug. »Und was Euch betrifft, gibt es einen Haufen Aufgaben, bei denen ich Hilfe gebrauchen könnte, falls Ihr nichts dagegen habt.«

»Ich koche nicht«, sagte sie, »und stopfe keine Socken.«

Pug lachte. Sie hatte wirklich einen ausgeprägten Sinn für Humor. »Meine Liebe, das ist das erste Mal seit langer Zeit, daß ich wieder richtig lachen kann.« Er schüttelte den Kopf. »Nein. Alles, was ich fürs tägliche Leben brauche, bekomme ich auf dem Eiland des Zauberers. Ich werde Gathis Bescheid sagen, und wenn alles bereit ist, werde ich die Sachen hier rüber transportieren. Nein. Ich brauche Euch, damit Ihr einen großen Teil einer sehr alten Bibliothek durchwühlt und nach Hinweisen sucht.«

»Hinweise worauf?« fragte Miranda, jetzt scheinbar begeistert.

»Hinweise darauf, wohin wir gehen müssen, um jemand Bestimmtes zu finden, falls sich die Notwendigkeit ergeben sollte.«

Sie neigte den Kopf zur Seite, als würde sie die Antwort bereits kennen, und fragte trotzdem: »Wen?«

Pug sagte: »Falls Calis mir jene Nachricht bringt, die wir am meisten fürchten, dann müssen wir jemanden auftreiben, der als einziger gegen jede Art von Magie, der wir gegenüberstehen werden, antreten kann. Wir werden versuchen müssen, Macros den Schwarzen zu finden.«

# Neun

## Durchgang

Calis machte ein Zeichen.

Schweigend blieben die Männer hinter ihm an Ort und Stelle stehen und hoben die Hände, um die weiter hinten in der Reihe zum Anhalten zu bringen. Seit sie den Gang vor zwei Tagen betreten hatten, zogen sie schweigend voran. Alle Mitteilungen wurden mittels Gesten weitergegeben, und die Männer machten so wenig Lärm wie möglich.

Während jeder Mann aus Calis' Truppe zu solch stillem Verhalten ausgebildet worden war, stellten die Clansmänner unter Hatonis und die Söldner, die Praji angeheuert hatte, einen lauten Haufen dar. Aber sie lernten schnell, und bald brauchten sie nicht mehr dauernd daran erinnert zu werden, leise zu sein.

Von den einhundertundelf Männern, die den Treffpunkt der Söldner verlassen hatten – sechsundsechzig unter Calis' Befehl und fünfundvierzig unter Greylock, Praji, Vaja und Hatonis –, hatten einundsiebzig den Zusammenstoß oben überlebt.

Unter »oben« verstanden sie die Ebene von Djams. Der Tunnel hatte sie immer weiter nach unten geführt, bis Nakor schätzte, daß sie sich eine Viertelmeile unter der Erdoberfläche befanden. Beim Lager in der Nacht zuvor hatte er Erik zugeflüstert, daß jemand vermutlich unbedingt auf der Ebene über ihnen hatte Handel treiben wollen und aus diesem Grund diesen langen und tiefen Durchgang hatte bauen lassen; oder vielleicht hatte jemand seine Vordertür sehr weit von seiner Heimat haben wollen, damit diese besser zu verteidigen war.

Der Tunnel war immer gleichbleibend groß. Nur gelegentlich schlug er einen Bogen um harten Fels, der besser zu umgehen als zu durchbrechen war. Außer diesen kleinen Umleitungen war der Tunnel stets zwei Meter hoch, drei Meter breit und anscheinend endlos.

An verschiedenen Stellen war der Gang etwas breiter angelegt worden, das waren offensichtlich Rastplätze oder Vorratslager gewesen, wobei man über den ursprünglichen Verwendungszweck jedoch allenfalls Vermutungen anstellen konnte.

Calis wandte sich um und machte Luis, der hinter ihm wartete, ein Zeichen, er möge vorkommen. Erik wunderte sich über die Wahl, bis er sah, daß Calis seinen Dolch gezogen hatte.

Vor dem des Hauptmanns befand sich eine weitere Verbreiterung, doch Erik hatte den Eindruck, daß sie anders war als die, an denen sie bislang vorbeigekommen waren. Er spürte einen Luftzug und fragte sich, ob sie einen Teil jener verlassenen unterirdischen Stadt entdeckt hatten, von der Praji erzählt hatte. Er wußte, so weit im Süden konnten sie noch nicht sein. Diejenige, von der Praji erzählt hatte, konnten sie also noch nicht erreicht haben, aber vielleicht gab es hier in den Bergen noch einen weiteren derartigen Ort.

Calis und Luis verschwanden in der Dunkelheit. Die einzige Fackel brannte in der Mitte der Kolonne, und das Licht reichte kaum bis an ihr Ende. Erik hatte keine Ahnung, wie Calis das machte; er mußte eine übermenschliche Sehfähigkeit besitzen, denn im fahlen Licht, welches bis zu ihm drang, konnte Erik kaum de Loungvilles Rücken erkennen, als dieser sich wartend duckte. Erik schlang die Arme um sich; es war kalt im Gang. Alle Männer fröstelten, ertrugen es jedoch stillschweigend.

Seit Foster gefallen war, hatte de Loungville die Aufgaben des Korporals zu gleichen Teilen auf Biggo und Erik übertragen. Erik war sich nicht sicher, ob dies eine Auszeichnung bedeutete oder ob de Loungville ihn deshalb ausgesucht hatte, weil er sich gerade zufällig in seiner Nähe befand; denn Erik und Biggo waren die beiden Männer, die fast immer hinter de Loungville gingen.

Einige Augenblicke später tauchten Calis und Luis wieder auf, und Calis murmelte gedämpft etwas, während Luis zu seinem Platz in der Reihe zurückkehrte. »Es ist eine große Galerie, und unser Gang endet auf einem Vorsprung, von dem es sowohl aufwärts als auch abwärts weitergeht – er ist breit genug, daß drei Männer nebeneinander gehen können, aber es gibt kein Geländer. Der Weg nach unten ist lang, also gebt an alle durch, sie sollen am Rand vorsichtig sein. Ich werde vorgehen und kundschaften. Ihr werdet euch hier eine halbe Stunde lang ausruhen, und wenn ich bis dahin nicht wieder zurück bin, nehmt ihr den Weg, der nach oben führt.«

De Loungville nickte und gab das Zeichen für eine Rast. Die Männer hinter ihm gaben die Anweisung stumm weiter, und alle setzten sich dort hin, wo sie sich gerade befanden. Erik rutschte hin und her, bis er eine einigermaßen bequeme Lage gefunden hatte und lehnte sich an den kalten Stein.

Er hörte ein leises Knistern. De Loungville zählte die Knoten in einem Riemen. Es war ein alter Trick, bei dem man die Finger über ein Stück Seil, Bindfaden oder Leder gleiten ließ und still eine bestimmte Weise vor sich hin sang, die man immer und immer wieder geübt hatte, bis sie so regelmäßig war wie der rieselnde Sand eines Stundenglases. De Loungville würde jedes Mal, wenn er einen Vers fertig hatte, einen Knoten weitergehen, und am Ende der Kordel wären zehn Minuten verstrichen. Wenn er dreimal mit der Kordel durch wäre, würde die halbe Stunde um sein.

Erik schloß die Augen. Er konnte zwar nicht schlafen, aber er konnte sich wenigstens so gut wie möglich entspannen. Ohne nachzudenken legte er die Hände auf seine schmerzenden Beine und spürte, wie sie warm wurden. Es waren die heilenden Kräfte, die zu nutzen Nakor ihnen beigebracht hatte. Da der Rest seines Körpers von den kalten Steinen noch weiter abgekühlt wurde, war die Wärme auf den Beinen ein angenehmes Gefühl.

Erik fragte sich, wie es wohl den Bewohnern des Dorfes Weanat ginge, und was aus ihnen werden würde, wenn die Smaragdkönigin die Gegend erreichte. Es gab so viele Invasoren, und damit wurde die Chance, sich in den Wäldern zu verstecken, bis die Sache vorbei war, schwindend gering. Das Heer würde auf einer Breite von fünf Meilen beiderseits des Flusses das Gelände durchkämmen. Die einzige Hoffnung für die Dorfbewohner war die Flucht ins Gebirge, wo sie sich in den Bergtälern verstecken konnten. Vielleicht würden Kirzon und seine Leute ihnen helfen. Allerdings bezweifelte Erik das: Die hatten vermutlich selbst kaum genug Essen, um den Winter zu überstehen.

Als nächstes fragte er sich, was seine Mutter wohl machte. Er hatte keine Ahnung, welche Zeit zu Hause war – er wußte nicht einmal, welche Zeit oben war; er glaubte allerdings, es wäre Mittag. Dann müßte es in Ravensburg Mitternacht sein. Sie würde also vermutlich in ihrem kleinen Zimmer im Gasthaus schlafen. Ob sie wußte, daß er noch am Leben war? Als letztes hatte sie vermutlich von seinem Todesurteil gehört. Bei der Geheimniskrämerei, mit der ihre Reise behandelt worden war, und der Wahrscheinlichkeit, während der Ausbildung doch noch hingerichtet zu werden, mußte sie ihn wohl für tot halten.

Er seufzte leise. Hoffentlich ging es ihr und Rosalyn und Milo und allen anderen in der Stadt gut. Sie waren so weit entfernt und führten ein Leben, das ihm mittlerweile so fremd war. Er konnte sich nur noch schwach daran erinnern, wie er jeden Morgen aufgestanden war und lediglich die harte Arbeit in der Schmiede vor sich gehabt hatte.

Plötzlich spürte er eine Berührung am Handgelenk. De

Loungville machte ihm ein Zeichen. Es war Zeit zum Aufbruch. Erik langte hinüber zu Biggo und gab dem dösenden Mann das gleiche Zeichen. Der nickte und stieß wiederum den nächsten an.

Erik erhob sich und ging hinter dem Feldwebel her, der hinaus auf die Galerie trat und auf den rechten Weg abbog, der nach oben führte. In der tiefen Finsternis konnte Erik die ungeheure Größe dieses Ortes allenfalls instinktiv erspüren. Er hatte die Hälfte des im Kreis führenden Gangs bereits hinter sich, als der Mann mit der Fackel aus dem Seitentunnel heraustrat. Plötzlich konnte Erik die gesamte Galerie sehen und wich unwillkürlich einen Schritt zur Wand zurück. Der Grund verlor sich in der Dunkelheit unter ihnen, und die Decke über ihnen ebenfalls. Ein leichter Luftzug war zu spüren, und er trug einen feucht-muffigen Geruch mit sich.

Erik wünschte, er hätte gewußt, wieso der Gang so eng und der Abgrund so tief sein mußten, denn jetzt gestaltete sich der Marsch erheblich unangenehmer. Er ging weiter und folgte de Loungville aufwärts in die Dunkelheit.

An verschiedenen Stellen ihres Wegs fanden sie Eingänge weiterer Gänge, und sie hielten stets an und sahen nach, ob Calis irgendwelche Zeichen hinterlassen hatte, denen zufolge sie den spiralförmigen Pfad nach oben verlassen sollten. Sie fanden keine Zeichen.

Dann gab es breitere Stellen, wo es aussah, als wären Vorsprünge in den Felsen gehauen worden, und dort konnten sie besser marschieren. An manchen Stellen legten sie eine Rast ein. Erik hatte keine Ahnung, wie lange sie Calis jetzt schon folgten, er spürte nur den Schmerz in seinen Beinen. Der nicht enden wollende Aufstieg forderte seinen Zoll.

Plötzlich sahen sie Calis vor sich in der Dunkelheit stehen. Er sagte: »Dieser Bereich ist verlassen.«

Bei dieser Nachricht schienen sich die Männer zu entspannen, und de Loungville fragte: »Praji, könnte das vielleicht die Zwergenstadt sein, von der du gesprochen hast?«

»Nicht daß ich wüßte«, antwortete der alte Söldner. Er war außer Puste und froh über den Aufenthalt, wenngleich dieser wohl nur ein paar Minuten dauern würde. »Es tut mir leid, aber ich kenne auch nur die Erzählungen, allerdings ist es mir mehrmals von verschiedenen Leuten berichtet worden, die alle dort waren.« Er sah sich um. »Dieser Ort ... ich weiß nicht, was das ist.«

Calis sagte: »In meiner Heimat gibt es Zwergenminen, und ich bin in einigen gewesen. Sie haben auch Galerien und so etwas, aber die gleichen diesen hier überhaupt nicht. Dieser Ort wurde nicht von Zwergenhand erbaut. Das ist keine Mine.«

Erik vernahm von hinten Roos Stimme. »Es sieht wie eine Stadt aus, Hauptmann.«

Erik drehte sich um. Calis fragte: »Eine Stadt?«

Roo antwortete: »Na ja, so etwas Ähnliches. Diese Tunnel führen vielleicht zu anderen Plätzen. Schlafquartieren oder Vorratslagern. Aber die breiten Stellen haben, wie Ihr es bestimmt bemerkt habt, ein bestimmtes Muster: Zwei Abbiegungen treffen jeweils auf den Weg, und sie haben alle die gleiche Größe. Ich glaube, das sind Marktplätze.«

»Demnach wäre das hier so etwas wie die Hauptstraße, ähnlich einer Prachtstraße in einer Stadt, nur daß sie nach oben und unten statt nach Norden und Süden führt«, sagte Biggo.

»Wer sollte so einen Ort bauen?« fragte Erik.

Calis antwortete: »Ich weiß es nicht.« Er wechselte das Thema. »Wir sind fast in Höhe der Ebene, also würde ich gern nach einem Ausgang suchen. Ich werde den nächsten Gang, den wir erreichen, auskundschaften. Die Männer sollen deshalb auf dem nächsten ›Marktplatz‹, an dem wir vorbeikommen, lagern.«

»Geht die Sonne denn schon unter?« fragte de Loungville.

»Ich nehme an, sie ist schon vor einer Stunde untergegangen«, sagte Nakor von hinten.

»Eher schon vor zwei«, schätzte Calis.

»Woher wollt Ihr das wissen?« platzte Roo heraus.

Im fahlen Licht konnte man Calis lächeln sehen. »Ich werde vorm Morgengrauen zurück sein.«

Mit diesen Worten ging er los, und die Kolonne erschöpfter Männer folgte ihm, bis sie die nächste breitere Stelle auf ihrem Weg fand, wo sich alle glücklich zur Nachtruhe niederließen.

Erik hatte in diesen Höhlen jedes Zeitgefühl verloren. Calis hatte de Loungville gegenüber erwähnt, sie wären nun seit zweieinhalb Tagen unterwegs, was seiner Ansicht nach den zwanzig Meilen Marsch von dem Hügel bis zu den Ausläufern der Berge entsprach. Erik erschien es wesentlich weiter zu sein, aber das mochte an dem langen Aufstieg über den spiralförmigen Pfad liegen, der zu diesem Berg hinaufführte.

Früher am Tage hatte Calis gesagt, er vermute, die ganze Gegend sei verlassen, aber in seiner Stimme hatte etwas mitgeschwungen, das Erik das Gefühl gab, Calis wisse etwas, das er den anderen nicht mitteilte. Obwohl sich Erik dauernd sagte, er solle sich nicht unnötige Sorgen machen und sich lieber mit seinen eigenen Angelegenheiten befassen, fragte er sich dennoch ständig, was hinter den Worten des Hauptmanns stecken mochte.

Besser hörte sich da schon etwas anderes an, das Calis gesagt hatte: Er glaubte, sie wären einem Ausgang aus diesem Labyrinth von dunklen Gängen und weiteren Höhlen nahe. An einer Stelle zwischen zwei großen Tunneln hatte er gezögert. Der eine war nach unten in den Berg abgebogen, der andere wand sich weiter nach oben. Erik hatte gespürt, wie Calis am liebsten denjenigen gewählt hätte, der tief nach unten ins Herz des Berges führte, aber er ließ die Männer weiter nach oben marschieren. Erik fragte sich, was Calis zu diesem anderen Gang hingezogen haben mochte.

Am Nachmittag des nächsten Tages sagte der Soldat, der die Fackeln trug, sie würden allmählich ausbrennen. Calis nahm die Mitteilung hin und sagte nichts dazu.

Erik verspürte plötzlich eine unerwartete Angst, als er daran dachte, ohne Licht durch diese Minen wandern zu müssen. Sie hatten die Fackeln gelöscht, während sie schliefen. In der ersten Nacht war er in der völligen Finsternis aufgewacht und hatte sich zusammenreißen müssen, um nicht laut zu schreien. Er war nie zuvor in solch undurchdringlicher Dunkelheit aufgewacht, und er hatte daraufhin nur dagelegen und gelauscht. Wie er dabei festgestellt hatte, war er nicht der einzige gewesen, der wachlag, denn er konnte den fliegenden Atem mehrerer Männer hören, die ebenfalls unter solchen Bedingungen keinen Schlaf fanden. Ein oder zwei Männer weinten leise, weil sie die Angst einfach nicht mehr ertragen konnten.

Und wieder mußten sie eine unruhige Nacht im Dunkeln verbringen, und dann ging der Marsch weiter. Gegen Mittag des fünften Tages machten sie Rast. Es gab wieder nur Trockenrationen. Das Wasser ging langsam zur Neige, sie hatten nur noch zwei große Schläuche und einige kleinere, die sie gestern morgen in einem unterirdischen Becken aufgefüllt hatten. Aber seitdem hatten sie kein Wasser mehr gefunden, und Calis ordnete an, den Vorrat so wie in der Wüste zu rationieren, einen Schluck jede Stunde und nicht mehr.

Während sie sich zum Weitermarsch anschickten, hörte man in der Ferne ein lautes Geräusch, als hätte jemand Steine losgetreten. Calis machte ein Zeichen, die Männer sollten still stehen. Nach einer Weile fragte de Loungville flüsternd: »Steinschlag?«

»Vielleicht«, antwortete der Hauptmann. »Aber ich muß mich

vergewissern.« Er zeigte nach oben und nach links. »Wenn ich mich nicht irre, müßtet ihr irgendwo dort oben entweder zu einer Öffnung kommen, die geradewegs zur Oberfläche führt – vielleicht könnt ihr sogar das Licht sehen –, oder zu einem Gang, der nach links und ebenfalls weiter nach oben abbiegt. Ihr dürft auf keinen Fall einen Gang nehmen, der deutlich nach unten oder nach rechts geht.« Er lächelte schwach. »Ihr solltet bereits wieder ›oben‹ sein, wenn ich euch einhole. Ich werde euch folgen, sobald ich weiß, daß sich niemand hinter uns befindet.«

»Willst du eine Fackel?« fragte de Loungville.

»Ich werde auch ohne zurechtkommen. Falls wir von den Saaur verfolgt werden, will ich ihnen nicht auch noch mit Licht zeigen, wo ich stecke, falls ich zu nahe an sie herankomme.«

Erik fragte sich, wie Calis sich in dieser Dunkelheit zurechtfinden konnte, und wie er, selbst wenn ihm das möglich war, auf den kümmerlichen Trost verzichten konnte, den eine Fackel bot. Calis schritt an der Reihe der Männer vorbei, nickte jedem zu, und gelegentlich klopfte er einem von ihnen auf die Schulter.

De Loungville gab mit einer Geste das Signal zum Weitermarsch. Erik war jetzt der zweite in der Kolonne. Er spähte in die Dunkelheit, konnte jedoch kaum weiter als drei Meter in die Finsternis hineinsehen, zumal die flackernde Fackel die Schatten tanzen ließ. Verzweifelt hoffte er, Calis möge recht haben mit seiner Annahme, sie wären dem Ausgang dieser Höhlen nahe. So marschierten sie weiter.

Schwache Geräusche hallten durch den Gang. Die Fackel war fast heruntergebrannt. De Loungville schätzte, Calis müsse jetzt schon einen halben Tag unterwegs sein. Die Männer waren erschöpft, und offenkundig war es Zeit zum Schlafen.

Er gab das Zeichen zum Anhalten und fragte flüsternd nach hinten: »Wie viele Fackeln haben wir noch?«

»Nach dieser noch zwei.«

De Loungville fluchte: »Falls der Hauptmann nicht bald wieder auftaucht, verirren wir uns noch in der Dunkelheit, wenn wir den Gang, von dem er gesprochen hat, nicht sehr bald in absehbarer Zeit finden. Die Fackel soll ausgemacht werden, aber der Mann, der sie trägt, soll das Feuerzeug bereithalten, damit sie im Falle eines Falles sofort wieder angezündet werden kann. Wir schlafen in zwei Schichten, jeweils vier Stunden lang, und dann wollen wir mal sehen, wie wir aus diesem von den Göttern verlassenen Loch herauskommen.«

Erik wußte, daß er zu jenen gehörte, die als erste schlafen sollten, also legte er sich hin und versuchte, es sich so bequem wie möglich zu machen. Obwohl er todmüde war, konnte er auf dem harten Felsen in dieser undurchdringlichen Finsternis nicht sofort Schlaf finden.

Er schloß die Augen, und bald hörte er Gemurmel, das ihm verriet, daß die Fackel gelöscht worden war; er war nicht der einzige, den die vollkommene Abwesenheit von Licht beunruhigte.

Er hielt die Augen geschlossen und richtete seine Gedanken auf angenehmere Dinge. Er fragte sich, wie die Ernte zu Hause in diesem Jahr ausgefallen sein mochte und wie die Weintrauben aussahen. Er erinnerte sich an die Winzer, die jedes Jahr prahlten, sie hätten eine Ernte eingefahren wie noch nie zuvor. Aber das war nichts Ungewöhnliches. Man wußte immer gleich, ob sie nur dummes Zeug daherschwätzten, um sich selbst reden zu hören, oder ob sie es wirklich ernst meinten. Je heftiger sie behaupteten, daß es ein großartiges Jahr werden würde, desto unwahrscheinlicher war es, aber wenn sie sachlich, fast gleichgültig von der Ernte sprachen, wurde es fast immer ein großartiges Jahr.

Danach dachte er an die anderen jungen Männer und Frauen der Stadt. Er dachte an Gwen und bedauerte es, nicht mit ihr in

den Apfelhain gegangen zu sein, als er die Gelegenheit dazu gehabt hatte. Diese Sache mit den Frauen war doch viel schöner, als er sich das vorgestellt hatte, und die Erinnerung an das weiche Fleisch der Hure ließ etwas in ihm wach werden, trotz seiner Erschöpfung. Er dachte an Rosalyn und fand es gleichermaßen faszinierend wie beunruhigend, als er sie sich nackt vorstellte. Er hatte sie als Kind unzählige Male beim Baden gesehen, doch ihre frauenhaften Brüste, als sie da unter dem Baum gelegen hatte ...
Die Erinnerung machte ihn seltsam unruhig, als wäre es nicht richtig, sie schön zu finden, während sie da als Opfer einer Vergewaltigung lag.

Er wälzte sich herum, doch es wurde nur noch unbequemer. Vielleicht könnte er mit Nakor über dieses verwirrende Bild von Rosalyn sprechen; der lustige Mann wußte auf so viele Fragen eine Antwort, und vielleicht konnte er Erik sagen, was ihn an diesem brutalen Bild plötzlich so heftig erregte.

Dennoch, der Gedanke an die Nacht der Vergewaltigung und der Wut war eine ferne Erinnerung, und ihm war, als hätte jemand anders den Mord begangen. Aber diese kleinen festen Brüste ...

Er stöhnte leise und richtete sich auf, weil er plötzlich in der Dunkelheit die Orientierung verloren hatte. Er schalt sich, weil er solch abscheulichen Gedanken nachhing, als es ihn mit einem Mal wie ein Schlag traf: Da näherte sich ein Licht aus dem Tunnel. Es war schwach, aber in der vollkommenen Dunkelheit der Höhle konnte man jeden Schimmer schon von weitem erkennen.

Er erspürte de Loungvilles Gestalt vor sich eher, als daß er sie sah. Der Soldat, der die Truppe den ganzen Tag geführt hatte, döste vor sich hin. Erik war deswegen nicht verärgert: Es war fast unmöglich, in dieser Dunkelheit wachsam zu bleiben. Da er überall nur regelmäßiges Atmen hörte, konnte Erik durchaus der einzige Mann sein, der wach und gleichzeitig so weit vorn in der Kolonne war, um das Licht zu sehen.

An de Loungville vorbei stieß er die Wache an. Der Mann schrak hoch und fragte: »Was ist?«

De Loungville war einen Augenblick später wach und flüsterte ebenfalls: »Was ist?«

Ehe die Wache noch etwas antworten konnte, sagte Erik: »Marc meint, er hätte vor uns ein Licht gesehen, Feldwebel. Er hat mich gefragt, ob ich es auch gesehen habe.« An die Wache gewandt fügte er hinzu: »Ja, ich hab's auch gesehen.«

De Loungville befahl: »Weckt die anderen. Aber leise. Keine Fackel. Und die ersten sechs Männer kommen mit mir.«

Sie schlichen sich voran, und nach ein paar Schritten erkannte Erik, daß sich das Licht bewegte und von links kam, aus einem Gang, der den, in dem sie sich jetzt befanden, kreuzte. Während sie sich dem Gang näherten, wurde es schnell heller, und dann machte de Loungville ihnen ein Zeichen, sie sollten sich an die Wand drücken.

Schritte kündigten eine Gestalt an, die rasch auf sie zukam und die Kreuzung überquerte, ohne einen Blick nach rechts oder links zu werfen. Erik griff nach seinem Schwert und war bereit, es jederzeit zu ziehen.

Die Kreatur war ein Schlangenmensch, der ein Hemd und eine sehr enge Hose trug, die es seinem Schwanz erlaubte, frei herumzuschwingen.

Hinter ihm folgten zwei weitere Gestalten, größer und in Rüstung. Erik hatte sich die Saaur gut ansehen können, besser als er es sich gewünscht hätte, aber diese Kreaturen waren von einem anderen Schlag. Die größte von ihnen war einen Kopf kleiner als ein Mensch, und sie bewegten sich schlängelnd vorwärts. Sie waren merkwürdig langsam. Erik fragte sich, ob es vielleicht die Kälte war, die sie so langsam machte, denn Nakor hatte gesagt, diese Kreaturen wären Kaltblüter.

Ein zweites Paar Wachen ging vorbei, und einer blickte in ihre

Richtung. Erik erwartete einen Alarmschrei, doch die Kreatur ließ sich nichts anmerken. Vielleicht wurde die Kreatur vom Licht der Fackel vor ihr geblendet. Und weil sich die Menschen ganz eng an den Fels geschmiegt hatten, waren sie so gut wie unsichtbar.

Es folgte ein weiteres Paar, dann noch eins, und schließlich war ein ganzes Dutzend Pantathianer vorbeigegangen.

De Loungville bedeutete den Männern zu warten und huschte dort hinüber, wo das Licht rasch verschwand. Er kam zurückgeeilt und sagte: »Sie sind weg.«

Der Tunnel lag abermals im Dunkeln, und sie kehrten wieder zur Kolonne zurück, die jetzt bis zum letzten Mann wach war. Nakor, der sich zur Spitze vorgearbeitet hatte, meinte: »Schlangenmenschen, ja.«

»Woher weißt du das?«

»Ich habe sie gespürt«, kam als Antwort. »Ich habe hier schon eine Menge seltsamer Dinge gespürt. Das ist ein böser Ort.«

»Das will ich nicht bestreiten«, antwortete de Loungville. Er seufzte niedergeschlagen und fuhr dann fort: »Wir sollten hier so schnell wie möglich rauskommen.«

In dieser völligen Finsternis konnte Erik die Niedergeschlagenheit aus der Stimme des Mannes deutlich heraushören. Dann fragte de Loungville: »Welchen Weg schlagen wir ein?«

Nakor flüsterte: »Wir marschieren ungefähr in Richtung Südosten. Ich denke, wir nehmen den Gang, aus dem die Schlangenmenschen gekommen sind. Ihnen folgen sollten wir auf keinen Fall. Sie sind vermutlich von oben gekommen und gehen jetzt tief in den Berg hinunter. Wir sind hoch genug, und selbst für uns wird es kühl, wahrscheinlich sogar kalt sein, wenn wir herauskommen. Schlangenmenschen mögen die Kälte nicht, also denke ich, daß sie nicht dort oben leben.«

»Glaubst du, sie leben tief unten im Berg?«

»Das könnte sein«, antwortete Nakor. »Schwer zu sagen, aber sie sind hier, und wir haben noch einiges zu erledigen, bevor wir uns wieder auf einen Kampf einlassen dürfen. Falls wir sterben, wird nie jemand erfahren, was wirklich vor sich geht, und das wäre sehr, sehr schlecht.«

De Loungville verstummte. Erik wurde immer unbehaglicher zumute, je länger das Schweigen andauerte, und schließlich fragte er: »Feldwebel?«

»Halt's Maul«, bellte ihn de Loungville an. »Ich denke nach.«

Erik und die anderen waren still. Endlich schnitt de Loungvilles Stimme durch die Dunkelheit. »Greylock!« rief er gedämpft, aber durchdringend.

Von hinten kam eine Gestalt langsam nach vorn und versuchte, den anderen im Dunkeln nicht auf die Füße zu treten. Schließlich hörte Erik ganz in der Nähe: »Ja?«

»Du übernimmst die Führung. Du bringst so viele Männer wie möglich lebend hier raus, klar?«

Der ehemalige Offizier antwortete: »Ja, Feldwebel. Ich würde Erik von Finstermoor gern zu meinem Stellvertreter ernennen.«

De Loungville zögerte nicht. »Von Finstermoor, du bist bis auf weiteres Feldwebel. Und Jadow, du bist sein Korporal. Und ihr hört darauf, was auch immer Nakor und Hatonis zu sagen haben. Genau das werdet ihr tun. Ich werde hier auf Calis warten. Ihr werdet in den Gängen auf keinen Fall irgendwelche Zeichen anbringen, denn es könnten noch mehr Schlangen dieses Wegs kommen. Laßt mir eine Fackel hier, und ich werde warten, bis der Hauptmann zurückkommt. Oder bis ich entschieden habe, daß der Hauptmann nicht mehr zurückkommt.« In seiner Stimme lagen eine Eindringlichkeit und eine Sorge, die Erik noch nie bei ihm gehört hatte. Erik fragte sich, ob sich die Gefühle auch in de Loungvilles Gesicht widerspiegelten, aber das konnte er nicht sehen.

»Dann werde ich euch einholen«, fuhr de Loungville fort.

»Also, ihr macht folgendes: Wenn ihr die Oberfläche erreicht, überquert ihr die Steppen, so schnell es geht, und macht euch zur Küste auf. Besorgt euch Pferde oder stehlt Boote, egal, aber ihr müßt in die Stadt am Schlangenfluß gelangen. *Trenchards Rache* liegt dort im Hafen, oder es wird ein anderes Schiff da sein, falls sie versenkt wurde, denn Nicholas hat den Befehl gegeben, daß wenigstens ein Schiff für uns bereitgehalten wird. Hatonis und seine Männer kennen den besten Weg.«

Hatonis antwortete von hinten gerade laut genug, um vorn verstanden zu werden. »Es gibt einen alten Handelsweg, der von Ispar zur Stadt am Schlangenfluß führt, über Maharta. Er wird heute nur noch selten benutzt, aber zu Pferde sollte er noch zu benutzen sein.«

De Loungville holte tief Luft und befahl: »Gut, zündet eine Fackel an und dann raus mit euch.«

Der Mann, der für die Fackeln zuständig war, schlug einen Funken, und bald brannte die Flamme. Erik mußte blinzeln, weil ihn das Licht blendete. Das erstaunte ihn, denn die Fackel brannte weit hinten in der Kolonne. Er wandte sich um und sah de Loungville; das Gesicht des Feldwebels zeigte wie immer eine maskenhafte Entschlossenheit. Erik glaubte, er hätte die Sorge aus der Stimme des Mannes nicht heraushören können, wenn er während seiner Worte das Gesicht hätte sehen können.

Ohne etwas zu sagen, streckte Erik die Hand aus, legte sie de Loungville auf den Arm und drückte leicht zu. Der Feldwebel sah ihn an und nickte ihm nur kurz zu, ehe Erik in den Tunnel aufbrach. Greylock erreichte die Kreuzung der Gänge als erster, spähte in beide Richtungen und machte den Männern dann ein Zeichen, sie sollten ihm nach links folgen. Als Erik an die Kreuzung gelangte und um die Ecke bog, unterdrückte er den Drang, einen Blick zu de Loungville zurückzuwerfen.

Wenn nur der Hauptmann hier wäre, sagte er zu sich selbst. Wo konnte Calis nur sein?

Calis drückte sich dicht an die Wand, während er mit aufgerissenen Augen vor sich starrte. Er hatte mit seinem Vater oft darüber gesprochen, wie es sein würde, wenn sie ihrem ungewöhnlichen Erbe, einem Vermächtnis uralter Magie, gegenübertreten müßten. Macros der Schwarze hatte seinem Vater einst die Kräfte verliehen, die dem legendären Valheru gehört hatten.

Tomas hatte um die Hand von Aglaranna geworben und die Königin der Elben schließlich geheiratet. Und er hatte Calis gezeugt, die unvorstellbare Frucht einer in der Geschichte einzigartigen Verbindung. Calis war nach Maßstäben der Elben noch sehr jung, er hatte kaum mehr als ein halbes Jahrhundert hinter sich. Nach menschlichen Maßstäben allerdings war er ein Mann in den mittleren Jahren, doch was das Wissen um Schmerz und Wahnsinn der Lebewesen dieser Welt anbetraf, hatte er nach allen Maßstäben ein Dutzend Leben hinter sich gebracht.

Doch nichts hatte ihn auf das vorbereitet, was er jetzt untersuchte.

Elben besaßen die Fähigkeit, sich auch in der schwächsten Dämmerung noch zurechtzufinden, beim Licht eines wolkenverhüllten Mondes oder einiger ferner Sterne, doch selbst Zwerge hätten in der völligen Finsternis dieser Gänge nichts sehen können. Aber sie besaßen andere Sinne, und Calis war, anders als seine elbischen Cousins, in seiner Jugend oft genug mit Zwergen herumgezogen und hatte dabei gelernt, auf viele Dinge zu achten: auf das Geräusch sich bewegender Luft oder auf den schwachen Hall, der von den Wänden zurückgeworfen wurde. Er wußte, wie man die Windungen und Kurven der Tunnel zählen mußte und wie man Entfernungen abschätzen konnte. Man sagte, ein Zwerg, der einmal einen Weg gegangen war, würde immer wieder zum

Ausgangspunkt zurückfinden. Calis kannte den Trick, mit dem die Zwerge das bewerkstelligten.

Nachdem er die Kompanie verlassen hatte, war er in die riesige Galerie zurückgekehrt, diese kreisförmige Halle im Zentrum der Stadt unter den Bergen. Denn das war sie in uralten Zeiten sicherlich gewesen, so wie Roo es vermutet hatte. Doch der Junge aus Ravensburg hatte keine Ahnung, um was für eine Stadt es sich gehandelt hatte.

Nach allem, was er von Tathar und den anderen Zauberwirkern der Elben gelernt hatte, mußte diese Stadt von Elbenhand und nicht von Zwergen erbaut worden sein. Aber die Elben, die sie aus dem Fels gehauen hatten, mußten sich von den Elben in Elvandar so sehr unterscheiden wie diese sich von anderen sterblichen Völkern dieser Welt unterschieden. Jene Elben waren die Sklaven der Valheru gewesen, und nur auf Befehl ihrer uralten Meister hatten sie diesen Ort angelegt.

Nachdem er die Galerie erreicht hatte, war Calis überzeugt, das ferne Geräusch, das sie gehört hatten, könne nur ein Steinschlag gewesen sein. Es gab keinen Hinweis auf Verfolger; und dennoch ging er nach unten, um sich zu vergewissern, vorbei an den Abzweigungen, die ihn so seltsam angezogen hatten.

Er war tief in die Dunkelheit hinabgestiegen, und als er schließlich seinen eigenen Atem hörte und sein eigener Herzschlag in seinen Ohren dröhnte, kehrte er um. Doch als er sich abermals dieser eigentümlichen Abzweigung näherte, wo er schon beim ersten Mal, noch an der Spitze der Kolonne, gezögert hatte, blieb er erneut stehen und spürte etwas Uraltes und bezwingend Tiefes in diesem Tunnel, der weiter abwärts führte.

Das Risiko war groß, aber Calis konnte nicht widerstehen. Er wußte, daß er die anderen sicher hier herausbringen sollte, doch er vertraute der Klugheit de Loungvilles und den Fähigkeiten von Nakor.

Er war den Tunnel hinabgestiegen und war ihm durch eine weitere Galerie gefolgt, die kleiner als die erste war, in der sie nach oben marschiert waren, die aber dennoch von den Ausmaßen einer kleinen Stadt zu sein schien. Hoch oben schimmerte schwaches Licht, so weit entfernt, daß die Sonne nur die Größe einer Nadelspitze hatte, doch dieser Eingang, auf dem höchsten Punkt eines hohen Berges, mußte, das sagte ihm sein Instinkt, der richtige sein.

Dieser uralte Ort war einst das Heim eines Valheru gewesen. Er ähnelte den großen Höhlen unter dem Mac Mordain Cadal, den alten Zwergenminen im Gebirge der Grauen Türme, welches das Heim von Ashen-Shugar, dem Herrscher des Adlerreiches, gewesen war, jenem Valheru, dessen uralter Geist in seinen Vater übergegangen war und ihn so tiefgreifend verändert hatte.

Er überquerte eine schmale Steinbrücke und kam zu einer Reihe hölzerner Tore, die groß genug waren, um einem der Großen Drachen Durchlaß zu gewähren. Calis wußte, hier waren einst tatsächlich Drachen ein und aus gegangen, denn die Drachenlords hatten ihre mächtigen Reittiere immer in ihrer Nähe gehabt. In dem Tor befand sich eine kleine Tür, die vor ewigen Zeiten von Dienern benutzt worden war.

Er hatte die schwere Klinke heruntergedrückt, und zu seiner Überraschung war der Riegel leicht und ohne Geräusch zurückgeschnappt. Die Tür war aufgeschwungen. Die Angeln mußten erst in letzter Zeit geölt worden sein, und Calis blinzelte in das plötzliche Licht, das ihn zu blenden drohte.

Am Ende der riesigen Halle, die von Fackeln hell erleuchtet war, erstreckte sich ein Sims quer über die Höhle; in deren Mitte befand sich eine Ansammlung von Erdhütten, die grob und ohne jede Kunstfertigkeit um eine Reihe von Spalten herum errichtet worden waren. Dampf stieg auf. Unten mußte sich irgendwo eine Wärmequelle befinden, und über der Mitte des größten Loches flimmerte die Luft. Während er näher trat, registrierte Calis verwirrt die plötzlich ansteigende Temperatur. Dort, wo er die anderen zurückgelassen hatte, war es feucht und kalt gewesen, und jetzt schwitzte er wie in der Wüste. Die heißen Quellen verrieten, daß diese Halle der Valheru auf einem erloschenen Vulkan erbaut worden war.

Die Luft stank durchdringend nach Fäulnis. Calis' Augen brannten von dem Gestank, während er die Szene betrachtete.

Durch die ganze Halle streiften Schlangenmenschen, und im hinteren Teil stand auf einem hohen Podest ein großer Thron an der Wand. Auf diesem Thron, wo einst ein Drachenlord gesessen hatte, saß nun einer von ihrer Art, eine Kreatur mit Schuppen und Krallen, deren Augen ins Leere starrten, da sie seit langer Zeit tot war. Die Pantathianer in der Nähe dieser reglosen Gestalt schienen Priester zu sein. Sie trugen Gewänder in grünen und schwarzen Farben. Der Mumie ihres uralten Reptilienkönigs brachten sie ihre Huldigungen dar.

Calis war kein Zauberwirker, doch er spürte die Magie in der Luft, und um den Fuß des Throns herum entdeckte er Artefakte aus Zeiten, die seit Äonen vergangen waren.

Es waren diese Gegenstände, die ihm Schmerzen bereiteten. Er wäre am liebsten hinab in die Halle gestiegen, hätte die Kreaturen zur Seite gefegt, wäre die Stufen zum Podest hinaufgegangen und hätte die elende Kreatur heruntergestoßen, um selbst von den Insignien der Macht, die zu ihren Füßen lagen, Besitz zu ergreifen.

Denn diese Gegenstände waren mit Sicherheit Reliquien der Valheru. Nie zuvor hatte sein Blut so gerauscht, außer in dem Augenblick, als ihm sein Vater erlaubt hatte, den weißen und goldenen Schild zu halten, welchen er stets in der Schlacht trug.

Calis drängte dieses närrische Begehren zurück und versuchte, die Szene vor sich zu begreifen. Das konnte nicht nur einfach ein pantathianisches Dorf sein, denn dazu gab es hier viel zu viele seltsame Gegenstände; er wünschte, Nakor wäre bei ihm – die Fähigkeit des kleinen Mannes, die Dinge zu durchschauen, wäre jetzt von unschätzbarem Wert gewesen.

Doch so konnte Calis sich den Anblick nur bis in die kleinsten Einzelheiten einprägen, ohne der einen oder anderen Sache mehr Bedeutung zuzumessen, damit er nicht durch eine Fehleinschätzung etwas Wichtiges übersah.

Nach einer halben Stunde wurden etliche menschliche Gefangene in die Halle getrieben. Die meisten starrten geistesabwesend vor sich hin, standen vermutlich unter Schock oder dem Einfluß eines Zaubers oder einer Droge, doch eine Frau wehrte sich verzweifelt gegen ihre Ketten. Die Priester stellten sich in einer Reihe auf der untersten Stufe des Podestes auf, und der in der Mitte breitete die Hände aus. Er hielt einen Stab, an dessen Spitze ein Smaragd saß.

Er sprach in einer zischenden Sprache, die keiner ähnelte, die Calis je auf seinen Reisen gehört hatte, und machte der Wache ein Zeichen, sie solle die Gefangenen zu einem anderen Platz bringen. Calis wünschte sich seinen Bogen her, damit er diesen Priester töten könnte; dann fragte er sich, woher diese plötzliche gewalttätige Wut rührte.

Der Priester ließ die ersten Gefangenen von zwei Wachen vor den Thron führen. Rituelle Sprüche, die in dieser Sprache wie kehliges Krächzen und tiefes Zischen klangen, ließen den Smaragd an der Spitze des Stabes hell aufglühen.

Tote Magie überflutete den Raum, während der Kopf des ersten Gefangenen zurückgerissen wurde, und blitzartig trennte eine der Wachen mit einem langen Messer den Kopf vom Rumpf. Calis zwang sich zur Ruhe, obwohl großer Zorn in ihm aufwallte. Die Wache warf den Kopf in die Ecke, und Calis folgte seinem Fall, bis er mit einem dumpfen Geräusch auf einem Haufen anderer Köpfe hinter dem Thron landete, von denen manche verrotteten, manche bereits nackte Schädel waren.

Die beiden Schlangen, die den Körper des Mannes hielten, hoben ihn hoch und trugen ihn zu einer tiefen Nische, wo sie ihn fallen ließen. Die Leiche war jetzt nicht mehr zu sehen, doch das hungrige Kreischen, das inzwischen eingesetzt hatte, ließ Calis heftig schlucken.

Die Frau, die nicht unter Drogen zu stehen schien, begann zu schreien, und Calis spürte, wie sich sein ganzer Körper anspannte. Er griff nach dem Heft seines Schwerts, und es drängte ihn, die Höhle von diesen Bestien zu säubern.

Einer nach dem anderen wurden die Gefangenen geschlachtet und ihre Köpfe auf den Haufen geworfen, nachdem sich dunkle Magie ihrer Lebensenergien bemächtigt hatte, und mit ihren Körpern wurde der Nachwuchs der Pantathianer gefüttert.

Die Frau hörte nicht auf zu kreischen, während sie sich zusammenkrampfte. Die Panik war stärker als ihre Erschöpfung. Schließlich stand sie allein vor den Priestern. Der Priester mit dem smaragdbesetzten Stab ließ sie von den Wachen herbeizerren, und sie schleppten sie auf das Podest. Dort rissen sie ihr die Kleider vom Leib, bis sie nackt vor dem Priester stand, der die warme, klebrige Lache, das Blut der anderen Gefangenen, zu seinen Füßen nicht beachtete, während er auf die Frau zutrat.

Calis sah, wie der Priester den Wächtern ein Zeichen machte, sie sollten die Frau festhalten. Die Männer drückten sie zu Boden und zwangen sie auf den Rücken. Der Priester schwang den Stab und stieß mit dem dicken Ende auf die Frau ein, derweil er in seiner fremden Sprache sang.

Calis spürte, wie sich ihm die Kehle zusammenschnürte. Er war schon früher der bösen Zauberei der Pantathianer begegnet. Sie waren fähig, Menschen zu benutzen, um Pantathianer zu schaffen, die wie Menschen aussahen. Calis hatte das mit eigenen Augen gesehen, und er wußte, welche mächtigen schwarzen Künste vor seinen Augen ausgeübt wurden.

Calis hatte sich nie viel mit Magie befaßt, doch einiges hatte er schon darüber erfahren. Das allerdings, was als nächstes folgte, war zu abscheulich, um es zu verstehen. Der Priester zog einen langen Dolch unter seiner Robe hervor und ging damit auf die kreischende Frau zu. Calis blickte zur Seite.

Er hatte sich schon viel zu lange an diesem Ort dunkler Magie aufgehalten und wich langsam zurück in die Dunkelheit. Nach ein paar Schritten drehte er sich um und eilte durch den Gang. Dort schlüpfte er durch die Tür, schloß sie hinter sich und wartete einen Augenblick, damit sich seine Sinne wieder an die Dunkelheit gewöhnten.

Während er wartete, dachte er über das nach, was er gerade gesehen hatte. Es war kaum vorstellbar, welchen Vorteil sich die Pantathianer von der Folterung dieser menschlichen Frau erhofften. Ohne Zweifel würde dieser Priester sie töten, und ihr Kopf würde bei den anderen auf dem Haufen landen, während mit ihrem Leib die Jungen gefüttert wurden.

Einen Augenblick lang wünschte er, Nakor wäre mit ihm gekommen, denn der seltsame kleine Mann, der stets behauptete, nicht an Magie zu glauben, wußte darüber mehr als fast jeder andere, dem Calis in seinem Leben begegnet war. Er hätte sich vielleicht bei dieser rituellen Folterung etwas denken können. Doch auf jeden Fall mußte ein Zusammenhang zwischen dieser Schlächterei, der Smaragdkönigin und den Artefakten der mächtigen Valheru bestehen.

Calis eilte in die Dunkelheit.

Ohne sich dessen bewußt zu sein, zählte er die Stufen und schätzte Entfernungen mit dem Gehör ab. Er hoffte, er würde seine Gefährten dort finden, wo er sie verlassen hatte.

De Loungville zuckte zusammen, als Calis ihn am Arm berührte. Er wirbelte herum und hörte die vertraute Stimme: »Wo sind die anderen?«

»Hauptmann!« antwortete de Loungville. »Ich wollte wegen dir schon ein Gebet an Ruthia und ein kleines Opfer an Lims-Kragma schicken und mich dann verflucht noch mal hier fortmachen.

Aber jetzt kann ich hier sitzen bleiben und am Herzschlag sterben.«

»Tut mir leid, wenn ich dich erschreckt habe, aber ich konnte nicht wissen, wer da in der Dunkelheit sitzt. Es roch nach dir, aber ich wollte sichergehen.«

»Roch nach mir ...?«

»Du hast schon einige Zeit nicht mehr gebadet, Bobby.«

»Na, du bist auch nicht gerade mit Rosenöl gesalbt, Calis.«

»Hast du eine Fackel?«

Statt einer Antwort schlug de Loungville Feuerstein und Stahl zusammen und setzte mit dem Funken die öldurchtränkte Baumwolle der Fackel in Flammen. Die Fackel brannte zuerst nur schwach, dann tauchte sie den Gang in Licht.

»Sei mir nicht böse, aber du siehst aus, als hättest du etwas Schreckliches gesehen«, meinte de Loungville. »Was hast du da unten entdeckt?«

»Ich erzähl es dir, wenn wir ein Stück zwischen uns und das da unten gebracht haben. Wo geht es lang?«

»Wir haben einen Gang gefunden, der von den Schlangenmenschen benutzt wird, also hab ich Greylock die Führung übertragen und sie nach links geschickt.«

»Gut. Dann sollten sie inzwischen oben sein. Wenn wir uns beeilen, werden wir sie einholen, bevor sie zu weit den Berg hinunter sind. Wir sind wesentlich höher als an jener Stelle, wo wir dieses Labyrinth betreten haben, Bobby.«

»Und eine ganze Ecke zu weit von dort entfernt, wo wir hinwollen, also dort, wo wir unseren Marsch begonnen haben«, erwiderte de Loungville.

»Wir sollten uns besser beeilen. Wir haben noch einen langen Weg vor uns.« Leise fügte Calis hinzu: »Und ich fürchte, wir haben nicht mehr viel Zeit.«

# Zehn

## Zermürbung

Erik duckte sich.

Ein Pfeilhagel zischte durch die Luft und einige der Pfeile prallten von seinem Schild ab, während Erik sich auf die Erde drückte. Seit sie die Höhle verlassen hatten und sich auf dem Marsch durch die Berge zur Steppe befanden, hatten sowohl Nakor als auch Sho Pi dauernd gesagt, sie würden beobachtet.

Schließlich waren sie auf ein Trümmerfeld voller Kalkstein, Ölschiefer und Granit gekommen. Zwischen den Felsen wuchsen kleine Inseln hohen Grases, und der Überfall der Gilani hatte sie vollständig überrascht. Beim ersten Angriff waren sechs Männer gestorben, und die Truppe hatte sich nur wegen des tapferen Vorgehens jener an vorderster Front halten können.

Greylock hatte die Reihen rasch zur Verteidigung geordnet, und das Gefecht hatte fast einen halben Tag gedauert. Zwei weitere Männer waren gefallen, als sie sich auf den Berg zurückgezogen und eine Position gesucht hatten, in der sie sich verteidigen konnten. Praji und Vaja waren jetzt vorn und hielten Rat mit Greylock, als Erik sich näherte.

»Ich habe alle Männer so gut aufgestellt, wie ich konnte, Owen. Wir sehen wohl einer Niederlage entgegen.«

»Ich weiß«, lautete die Antwort. Greylock blickte Praji an. »Irgendeine Ahnung, warum sie uns angegriffen haben?«

Praji zuckte mit den Schultern. »Wir sind hier, und sie sind die Gilani. Sie mögen niemanden, der kein Gilani ist, und wir sind auf dem Weg in die Steppe. Das ist ihr Gebiet, und sie versuchen uns nur mitzuteilen, daß wir uns besser fernhalten sollten.«

»Wie verflucht noch mal kann das Gras zu dieser Jahreszeit so hoch sein?« fragte Greylock.

Vaja erwiderte: »Manche Grasarten wachsen im Winter und andere im Sommer, und das da unten ist eine Mischung von beidem, schätze ich.«

Greylock unterdrückte seine Niedergeschlagenheit und fragte: »Gibt es noch einen anderen Weg aus diesen Bergen heraus?«

Praji zuckte abermals mit den Schultern. »Das weiß ich so wenig wie du. Selbst wenn ich genau wüßte, wo wir uns befinden, so bin ich doch noch nie hier gewesen. Die wenigsten Männer aus den Ostlanden sind je so weit vorgedrungen.« Er blickte sich um. »Ich schätze, wenn wir über den Kamm dort kommen« – er zeigte auf den höchsten Gipfel des Gebirges – »könnten wir es vielleicht zum Fluß Satpura schaffen. Dort könnten wir womöglich Flöße bauen und dann runter bis zur Küste in der Nähe von Chatisthan fahren. Oder wir ziehen uns wieder in die Ausläufer der Berge zurück, bleiben hoch genug, damit die Gilani uns in Ruhe lassen, und marschieren Richtung Süden. Kann sein, wir finden einen Weg zum Dee und folgen dem Fluß bis nach Ispar, aber das würde ich nicht unbedingt vorschlagen.«

»Warum nicht?«

»Da müßten wir durch den Großen Wald des Südens. Sind nicht viele Leute lebend wieder rausgekommen. Den Gerüchten zufolge haben sich da deine Pantathianer verkrochen, und außerdem leben dort Tiger, die wie Menschen sprechen ...« Als Greylock ihn ungläubig anstarrte, fügte er rasch hinzu: »Das sind natürlich nur Gerüchte.«

Ein Zischen in der Luft warnte sie, und es verging nur ein kurzer Augenblick, bis der nächste Pfeilhagel auf sie niederging. Erik versuchte, seinen Körper hinter dem Schild zu verbergen. Ein Ruf und ein Fluch verrieten ihm, daß einer von ihnen sich nicht schnell genug in Sicherheit gebracht hatte, während die Pfeile auf Schilde und Felsen herabregneten.

»Wie geht es den Verwundeten?« fragte Greylock.

»Die Verletzungen sind nicht allzu schlimm«, antwortete Erik. »Einer der Männer hat einen Pfeil im Bein, aber nur im Fleisch der Wade – mit ein bißchen Hilfe wird er gehen können. Dazu zwei gebrochene Arme, und Gregory von Tiburn hat sich die Schulter ausgerenkt.«

Greylock sagte: »Also, wir können hier nicht warten, bis wir wissen, wie viele verfluchte Pfeile sie mit sich herumschleppen.« Niedergeschlagen fügte er hinzu: »Verdammt, wir wissen ja noch nicht mal, wie viele Gilani es sind.« Die kleinen Leute waren über die Spitze der Kolonne hergefallen und sofort wieder im Gras verschwunden, als Calis' Truppe sich kampfwillig gezeigt hatte. Seitdem hatten sie nur gelegentlich ihre Pfeile abgeschossen.

Greylock blickte sich um und meinte: »Erik, versuch doch mal nach hinten zu kommen und die Männer zurück zur Höhle zu führen. Wir müssen sehen, ob wir nicht einen anderen Weg finden, auf dem wir dieses Hornissennest umgehen können.«

Erik duckte sich, während er nach hinten lief, und zweimal mußte er sich lang hinwerfen, um Geschossen auszuweichen. Die Pfeile waren grob, aber geschickt gemacht. Es waren lange Schilfhalme, von denen jeweils mehrere zusammengebunden und dann mit einer Spitze aus Glas oder Stein versehen worden waren. Diese Pfeile waren erstaunlicherweise stark genug, um einen nicht durch Rüstung geschützten Körperteil zu durchbohren. Praji hatte erwähnt, die Gilani würden einen Wurfstock benutzen, den sie Atlatl nannten und den sie in hohem Bogen über die Köpfe ihrer Gegner schleuderten, von wo er dann mit großer Wucht herunterfiel. Erik konnte ihre Wirksamkeit bestätigen.

Er gelangte ans Ende der Reihe und führte die Männer wieder

zurück nach oben. Weniger als zehn Minuten später kamen Greylock, Praji und Vaja in Sicht, die letzten der Vorhut.

Erik begutachtete die Lage hinter ihnen und sah kein Zeichen von Verfolgern. »Sie scheinen nicht darauf zu brennen, hinter uns her zu kommen«, sagte er.

Vaja entgegnete: »Sie sind nicht dumm. Im offenen Kampf haben diese kleinen Kerlchen kaum eine Chance, da würden wir sie in kürzerer Zeit niedermachen, als wir hinterher am Lagerfeuer bräuchten, um es zu erzählen. Aber wenn sie aus dem Gras kommen, also, da kann niemand besser kämpfen als die Gilani.«

Erik konnte das nicht bestreiten. »Warum sind sie uns so feindlich gesonnen?«

Praji blickte zurück. »Normalerweise mögen sie Fremde einfach nicht; allein deshalb würden sie uns schon überfallen. Aber vielleicht haben die Saaur sie auch nach Süden vertrieben, und sie sind deswegen sauer.«

Erik meinte: »Aber die Saaur, die uns verfolgt haben, können doch nicht so viele Männer ausgeschickt haben, um diese Steppenbewohner zu verscheuchen. Sie müßten ja eine Armee haben wie die, die an der Vedra liegt.«

Vaja klopfte Erik auf die Schulter und zeigte den Berg hoch. Calis und de Loungville eilten zu ihnen herab.

Als der Hauptmann seine Männer erreicht hatte, konnte Erik von mehr als einem Gesicht die Erleichterung darüber ablesen, daß der Adler von Krondor wieder lebend unter ihnen weilte. Er nahm dem Mann, der die Waffe für ihn aufbewahrt hatte, den Langbogen wieder ab und fragte: »Warum klettert ihr wieder nach oben?«

Greylock erklärte rasch die Lage, und Calis sagte:

»Wir können nicht über die Berge. Da gibt es nichts, was wie ein Paß aussieht. Und in die Höhle können wir auch nicht zurück.« Er hielt es für besser, den anderen nicht zu erzählen, was er gesehen hatte, bis er Nakor von seinen Entdeckungen berichtet hätte.

Er wandte sich an de Loungville und befahl: »Schick Sho Pi und Jadow vor. Sag ihnen, sie sollen einen Weg nach Süden suchen. Falls wir an diesen Bergen entlangziehen und dann im Rücken der Gilani nach Süden abbiegen können, bis wir nach Maharta kommen, bringen wir das alles womöglich doch noch ohne weiteren Schaden hinter uns.«

De Loungville nickte und ging an der Reihe entlang zu den beiden, die kundschaften sollten. »Wie sieht es mit Wasser aus?« fragte Calis.

»Wir müssen wohl jeden Tag, zumindest aber jeden zweiten, eine Quelle finden«, antwortete Greylock. »Wir haben jetzt acht Männer weniger, die trinken müssen, und wir haben vor zwei Stunden Wasser gehabt.«

Calis nickte. »Praji, wie sieht es da draußen mit dem Wasser aus?«

»Könnte genausogut eine Wüste sein«, lautete die Antwort. »Durch die Ebene von Djams fließen einige Flüsse, und gelegentlich findet man ein Wasserloch, aber wenn man sie nicht kennt, läuft man im hohen Gras dran vorbei und verdurstet.«

»Gibt es keine Vögel, denen man folgen könnte?«

»Ein paar, aber verdamm mich, die will ich nicht zu Gesicht bekommen«, gab der alte Söldner zu. »Falls wir weit genug in den Süden kommen, sind die Ausläufer des Gebirges entlang der Küste wesentlich angenehmer. Viele Quellen, Seen und Bäche, jedenfalls habe ich so etwas gehört.«

»Süden also«, sagte Calis.

Obwohl er ausgesprochen erschöpft war, eilte er an den Männern vorbei und nahm seine Position an der Spitze der Kolonne ein.

Erik trottete nach oben und versuchte, sich seine Müdigkeit genausowenig anmerken zu lassen, obwohl seine Beinmuskeln vor Müdigkeit brannten. Jeder Schritt kostete Überwindung, und er war ungeheuer dankbar, als Calis schließlich eine Rast machen ließ.

Erik wartete, bis der Wasserschlauch zu ihm kam und nahm dann einen langen Schluck. Auf dem Weg nach unten hatten sie einen Teich entdeckt, und daher brauchten sie jetzt nicht sparsam zu sein.

Während er den Wasserschlauch weiterreichte, blickte er hinaus auf die weite Ebene, und da fiel ihm etwas auf. »Was ist denn das für eine wogende Bewegung?« fragte er, an niemand Bestimmtes gerichtet.

Praji hörte ihn und kam zu Erik herunter. Er blinzelte und sagte: »Meine Augen sind auch nicht mehr das, was sie mal waren.« Er blickte bergauf und rief: »Hauptmann! Das solltest du dir mal angucken.« Er wies zum Horizont.

Calis starrte eine Weile auf die Ebene hinaus, dann sagte er: »Bei den Göttern! Es sind die Saaur.«

»Aber das ist unmöglich«, keuchte de Loungville. »So viele so weit im Süden –«

»Es muß noch eine zweite Armee geben«, unterbrach ihn Praji.

»Kein Wunder, daß die Schweinehunde uns von den Bergen fernhalten wollten«, sagte Vaja.

Calis meinte: »Deshalb sind unsere kleinen Freunde im Gras auch so aus dem Häuschen – weil gerade eine Armee über die ihren hinwegreitet.«

De Loungville ergänzte: »Sie wollen Lanada von hinten angreifen.«

Einen Moment später, in dem die meisten Männer irgendwelche Bemerkungen machten oder einfach nur herzhaft fluchten, erklärte Calis: »Nein, sie reiten nach Südosten. Sie wollen nach Maharta.«

Praji sagte: »Wenn der Radsch seine Kriegselefanten zum Priesterkönig nach Lanada geschickt hat, wird Maharta lediglich von den Palastwachen und einigen Söldnern bewacht.«

De Loungville fluchte. »Diese Schweinehunde wollten uns gar nicht in ihren Diensten haben! Sie wollten nur nicht, daß wir für die andere Seite kämpfen.« Er spuckte die Worte fast aus.

Calis fragte: »Wann werden sie die Stadt erreichen?«

Praji erwiderte: »Ich habe nur eine sehr ungefähre Ahnung davon, wo wir uns befinden.« Er dachte nach und fügte dann hinzu: »Vielleicht in einer Woche, vielleicht in zehn Tagen. Wenn sie ihre Pferde schonen, in zwei Wochen.«

»Können wir vor ihnen dort ankommen?«

»Nein«, kam die barsche Antwort. »Wenn wir Flügel hätten, dann ja, oder wenn wir uns durch die Gilani kämpfen würden und dann auf frische Pferde stießen, gut, vielleicht, aber wenn wir weiter nach Süden ziehen, kommen wir mindestens eine Woche nach diesen Eidechsenmenschen an.«

»Kann sich die Stadt eine Woche lang halten?«

»Vielleicht«, antwortete Praji. »Hängt davon ab, wieviel Durcheinander das Heer hinterläßt, das auf der Flucht nach Süden ist. Bei so vielen Leuten, die hineinwollen, stehen sie vielleicht schon jetzt unter Belagerung.«

Erik fragte: »Können wir nicht um sie herum marschieren?«

Vaja schlug vor: »Wenn wir nach Chatisthan gelangen, können wir vielleicht ein Schiff finden, das uns zur Stadt am Schlangenfluß bringt.«

Calis erwiderte: »Zu viele ›Vielleichts‹. Wir machen uns zur Küste auf und schlagen uns von dort aus zur Stadt am Schlangenfluß durch.« Er rief nach Hatonis. »Willst du lieber über Chatisthan oder über Land nach Hause?«

Hatonis zuckte mit den Schultern, grinste und sah trotz seiner grauen Haare jugendlich aus. »Ein Kampf ist so gut wie der andere, und wenn wir die Schlangen nicht in Maharta bekämpfen, dann tun wir das einige Zeit später vor unserer eigenen Haustür.«

Calis nickte. »Gehen wir.«

Erik sah, wie sich die anderen in Reihe aufstellten, und klopfte seinem Jugendfreund auf die Schulter, als der vorbeiging. Roo lächelte ihn schief an. Erik verstand: Es gab nichts, worüber sich zu lächeln lohnte, und er nickte zustimmend. Erik wartete, bis der letzte Mann vorbei war, dann bildete er die Nachhut. Plötzlich fiel ihm auf, daß er Fosters Platz in der Kolonne eingenommen hatte, ohne daß man es ihm gesagt hätte. Er sah nach vorn, ob de Loungville ihm vielleicht ein Zeichen machte oder ob ein anderer kam, um seinen Platz einzunehmen, doch als nichts passierte, ging er weiter und richtete seine Gedanken wieder auf die Aufgabe, die vor ihnen lag: am Leben zu bleiben.

Die Vorsehung meinte es gut mit ihnen, denn sie fanden einen Weg nach Süden. Er schien von Minenarbeitern ausgefahren worden zu sein, da er breiter war, als für einen Ziegenhirten notwendig gewesen wäre, und an vielen Stellen konnte man anhand des nackten Felsens folgern, daß sich die Arbeiter ihren Weg freigehauen hatten, damit sie mit ihren Wagen besser auf der Straße fahren konnten.

Endlich schien ihnen das Glück doch noch hold zu sein. Die Männer kamen rasch voran, marschierten mal zügig, dann gingen sie wieder etwas langsamer. Calis wählte die Geschwindigkeit so, daß sie jeden Tag eine möglichst große Entfernung hinter sich bringen konnten.

Die Verwundeten konnten mithalten, obwohl der Mann mit dem verletzten Bein vor Schmerz und Blutverlust am Ende des Tages fast ohnmächtig wurde. Nakor verband seine Wunde. Wie er Calis sagte, würde er sich mit Sho Pi die ganze Nacht um ihn kümmern, dann würde es ihm morgen früh etwas besser gehen.

Sie fanden Wasser und konnten noch an Geschwindigkeit zulegen. Dann führte der Weg einen Berg hinauf. Ein Donnern warnte sie schon vor, als sie hochstiegen, doch erst von der Spitze aus sahen sie den Wasserfall.

De Loungville fluchte. Sie standen vor einem tiefen Einschnitt mitten durch die Berge; unter ihnen stürzte das Wasser dreißig Meter tief hinunter. Von dort aus mäanderte der Fluß in Richtung Südosten zum Meer.

Alte Steinfundamente wiesen darauf hin, daß hier einst eine Hängebrücke über die Schlucht geführt hatte. Auf der anderen Seite konnte man die gleichen Steinhalterungen sehen.

»Der Satpura«, sagte Praji. »Jetzt wissen wir wenigstens, wo wir sind.«

»Und wo sind wir?«

»Genau im Osten der Ebene von Djams liegt Maharta«, erklärte Praji. Er wandte sich an Calis. »Ich weiß nicht, was in diesem Tunnel da für eine Magie gewirkt hat, aber wir sind verdammt noch mal wesentlich weiter vom Eingang dieser Höhle entfernt, als ich dachte.«

»Wie meinst du das?« fragte de Loungville. »Wir waren fünzig, sechzig Meilen vom Eingang der Höhle entfernt.«

»Eher dreihundert«, antwortete Vaja. »Du würdest mit einem guten Pferd ungefähr einen Monat brauchen, bis du wieder bei diesem Hügel in der Steppe bist«, meinte er. »Allerdings nur, wenn du an den Gilani vorbeikommst.«

Nakor sagte: »Ein sehr guter Trick also, denn ich habe nichts davon gemerkt.« Er lächelte, als wäre das eine Meisterleistung. Dann grinste er. »Ich wette, es ist gleich passiert, als wir aus diesem Hügel herausgekommen sind. Da gibt es vermutlich gar keinen Tunnel. Das ist nur eine Illusion.« Er schüttelte den Kopf. »Nun, ich würde am liebsten zurückgehen und es mir anschauen.«

Calis meinte: »Vielleicht ein andermal. Wie weit ist es bis nach Maharta?«

Praji zuckte mit den Schultern. »Die Karawane von Palamds braucht einen Monat bis zum Hafen des Leids. Aber niemand reist von dort aus über Land nach Maharta – man nimmt das Schiff. Doch dann gibt es da noch diese alte Küstenstraße, wenn man nichts gegen Banditen und ähnliches Volk hat, das sich dort herumtreibt.«

»Wie kommen wir am besten voran?« fragte Calis.

Praji rieb sich das Kinn. »Ich denke, wir schicken Sho Pi und Jadow da lang«, sagte er und zeigte auf einen Abhang nahe der Schlucht. »Vielleicht gibt es hier in der Nähe noch eine Straße. Falls dem so ist, nehmen wir sie. Wenn wir dem Fluß folgen, sollten wir in weniger als einer Woche in Palamds sein. Dort finden wir entweder eine Karawane, oder wir kaufen uns Pferde, und dann reiten wir zum Hafen des Leids. Von dort aus geht es mit dem Schiff weiter, wo auch immer du hinwillst.«

»Ich muß nach Krondor«, erklärte Calis, und viele der umstehenden Männer jubelten, als sie das hörten.

Nakor widersprach: »Nein, erst müssen wir nach Maharta, und dann nach Krondor.«

»Warum?« fragte Calis.

»Weil wir uns noch keine Gedanken darüber gemacht haben, weshalb die Smaragdkönigin die Städte am Fluß eigentlich erobern will.«

Vaja sagte: »Tatsächlich eine gute Frage.«

»Hatonis, Praji, habt ihr eine Ahnung?«

Hatonis antwortete: »Eroberung um der Eroberung willen ist hierzulande nichts Ungewöhnliches – wegen Beute, um das eigene Land zu vergrößern, der Ehre wegen –, aber daß sie nun unbedingt alles erobern will ...« Er zuckte mit den Schultern.

Praji meinte: »Wenn es etwas in Maharta gäbe, was ich gern besitzen würde, dann könnte ich es nicht wagen, die anderen Städte im Rücken zu haben ...«

Erik schlug vor: »Vielleicht will sie nur jedes Schwert unter ihr Banner bringen?«

Calis blickte ihn einen Moment lang scharf an, dann nickte er. »Sie wollen die größte Armee der ganzen Geschichte aufstellen, um damit dann das Königreich anzugreifen.«

Dann fragte Roo: »Aber wie will sie diese Armee hinüberbringen?«

Nakor grinste nur, als Calis nachhakte: »Was?«

Verlegen wiederholte Roo seine Frage noch einmal: »Wie will sie diese Armee hinüberbringen? Wir haben mit Ausrüstung und Vorräten und so schon zwei Schiffe gebraucht. Wie groß ist ihre Armee? Sagen wir, hunderttausend, zweihunderttausend Soldaten? Und dazu die Pferde und die Ausrüstung. Woher nimmt sie all die Schiffe?«

Hatonis erklärte: »Die Schiffsbauer in Maharta sind die besten von ganz Novindus. Allenfalls die Werften auf den Inseln von Pa'jkamaka kommen ihnen gleich. Unser Clan kauft schon seit langer, langer Zeit seine Schiffe in Maharta. Das ist die einzige Werft, die möglicherweise in kurzer Zeit genug Schiffe bauen könnte, vielleicht in zwei Jahren oder so.«

Calis sagte: »Dann müssen wir dorthin.«

Und Nakor ergänzte: »Ja, wir müssen die Werften niederbrennen.«

Hatonis riß die Augen auf. »Niederbrennen ... Aber die Stadt wird belagert sein. Sie werden Schiffsrümpfe in der Hafenmündung versenken, damit die Flotte der Smaragdkönigin nicht einfach hineinsegelt, und wir werden uns der Stadt unmöglich auch nur auf zwanzig Meilen nähern können.«

»Wie lange würde es dauern, die Werften wieder aufzubauen, wenn sie zerstört würden?« fragte Calis.

Hatonis zuckte mit den Schultern. »Die Werften sind massiv, und sie wurden über die ganzen letzten Jahrhunderte hin angelegt. Es würde Jahre dauern, sie wieder aufzubauen. Dazu muß erst Bauholz im Sothugebirge und im Sumanugebirge geschlagen werden, und das muß dann mit Schiffen oder Wagen flußabwärts gebracht werden. Die Sache wird sicherlich ein Jahr dauern und wird zudem sehr teuer werden.«

Nakor tänzelte fast, so aufgeregt war er. »Wenn wir die Werften niederbrennen, gewinnen wir fünf, sechs, vielleicht zehn Jahre, bevor sie ihre Schiffe bauen können. In der Zeit kann vieles geschehen. Es fragt sich, ob diese Smaragdkönigin ihr Heer so lange zusammenhalten kann? Ich glaube, das wäre sehr unwahrscheinlich.«

Calis' Augen begannen bei dieser Aussicht zu glänzen. Dann drängte er seine Begeisterung beiseite. »Unterschätz sie nicht, Nakor.«

Nakor nickte. Die beiden hatten sich lange über das unterhalten, was ein jeder von ihnen gesehen hatte, und sie wußten, sie hatten es mit dem gefährlichsten Feind seit der Tsuraniinvasion im Spaltkrieg zu tun. »Ich weiß, aber es sind Menschen, und solange die Magie der Pantathianer nicht so stark ist, daß sie ihre Herzen verwandelt, werden die meisten Soldaten ihren Dienst verlassen, wenn sie nicht bezahlt werden.«

»Dennoch«, meinte Hatonis, »wäre die Zerstörung der Werften ein großer Sieg. Mein Vater hat die größte Handelsgesellschaft in der Stadt am Schlangenfluß geführt. Wir können Männer zu den Pa'jkamakainseln schicken, damit sie dort keine Schiffe kaufen kann. Und ich werde persönlich dafür einstehen, daß keine Werft in der Stadt am Schlangenfluß Schiffe für sie baut.«

Calis fragte: »Du weißt doch, daß sie nach Maharta euch angreifen wird? Das ist nur folgerichtig.«

»Ich weiß, wir werden gegen sie kämpfen müssen. Falls es so

kommt, können wir die Stadt verlassen und wieder in der Wildnis leben. Wir Männer von den Clans waren nicht immer Stadtmenschen.« Hatonis lächelte düster. »Aber viele dieser Grünhäute werden ihr Leben lassen, bevor dieser Tag kommt.«

Calis erwiderte: »Gut, aber zunächst stehen andere Dinge an. Jadow, Sho Pi, ihr sucht einen Weg nach unten.«

Die beiden Männer nickten, gingen die Straße ein Stück zurück und suchten nach einem anderen Weg.

»Solange wir warten«, sagte Nakor und machte seine Tasche auf, »möchte vielleicht jemand eine Orange?« Er grinste und zog ein großes Exemplar aus seinem Beutel heraus, in das er seinen Daumen bohrte, um Praji und de Loungville mit Saft zu bespritzen.

Sie fanden einen Weg nach unten, einen schmalen, trügerischen Felspfad. Drei Männer stürzten in den Tod, als ein anscheinend fester Sims unter ihren Füßen abbrach. Jetzt drängten sich die verbliebenen sechzig Männer um zwei Lagerfeuer, wo sie der Kälte zu widerstehen suchten, da ein plötzlicher Wetterumschwung die Temperaturen unter den Gefrierpunkt getrieben hatte.

Calis und drei weitere Männer waren auf die Jagd gegangen. Die Vorräte waren aufgebraucht, doch die Jäger kamen ohne Beute zurück. Hier in ihrer Nähe gab es kein Wild. Die Kompanie war zu groß, und die Tiere hielten sich fern. Calis sagte, er würde vor Tagesanbruch aufbrechen und den Weg so weit wie möglich hinuntergehen. Vielleicht würde er dort einen Hirsch oder irgendein größeres Wild finden.

Praji meinte, auf der Ebene könnten Bisons weiden, und viele dieser Tiere würden in den Wäldern an den Ausläufern des Gebirges leben. Calis versprach, er würde das bedenken.

Erik und Roo saßen Schulter an Schulter und hielten die Hände ans Feuer, während andere Männer sich eng aneinanderkauerten, um sich gegenseitig zu wärmen.

Die einzige Ausnahme war Calis, der ein Stück abseits stand und die Kälte nicht zu spüren schien.

Roo fragte: »Hauptmann?«

Calis antwortete: »Ja?«

»Warum erzählt Ihr uns nicht, was vor sich geht?«

De Loungville, der ebenfalls am Feuer saß, bellte: »Halt den Mund, Avery!«

Roo klapperten die Zähne. »Hängt mich doch, damit Ihr es endlich hinter Euch habt, was? Mir ist zu kalt, als daß es mir noch etwas ausmachen würde.« Zum Hauptmann gewandt fuhr er fort: »Ihr und Nakor habt zusammengehangen wie Flöhe auf einem Bettler, Sir, und wenn wir also dem Tod ins Auge sehen müssen, dann wüßte ich gerne wofür, bevor ich meine Augen endgültig schließe.«

Ein paar andere Männer stimmten mit: »Ja«, und: »Stimmt doch wirklich« zu, ehe de Loungville sie anfahren und zum Schweigen bringen konnte.

»Der nächste Mann, der die Schnauze aufreißt, dem tret ich eine rein! Verstanden?«

Calis unterbrach ihn: »Nein, er hat schon recht mit dem, was er gesagt hat.« Er sah die Männer in seiner Nähe an und meinte: »Viele von euch werden nicht nach Haus zurückkehren. Ihr wußtet das schon, als man eure Urteile ausgesetzt hat. Andere sind nur hier, weil sie dem Löwenclan treu ergeben oder alte Freunde von Praji sind. Und einige von euch sind einfach nur zur falschen Zeit am falschen Ort gelandet.« Er warf Greylock einen Blick zu, und der lächelte schwach.

Calis kniete sich hin und fuhr fort: »Ich habe euch einiges von dem erzählt, was uns bevorsteht, und euch gewarnt. Die Welt, wie wir sie kennen, wird nicht mehr weiterbestehen, wenn diese Smaragdkönigin an die Macht kommt.«

Die Clansmänner und Prajis Söldner hatten davon noch nichts gehört, und einige äußerten Unglauben. Hatonis brachte seine

Männer zum Schweigen, und Praji rief: »Er sagt die Wahrheit. Haltet das Maul und hört ihm zu.«

»Vor langer, langer Zeit herrschten die Drachenlords über diese Welt. Vielleicht habt ihr die Legenden über sie gehört, aber die Drachenlords selbst waren keine Legenden. Es hat sie wirklich gegeben.

Als die Männer des Königreichs vor einem halben Jahrhundert gegen die Tsurani Krieg führten, wurde ein Tor geöffnet, ein Tor zwischen den Welten. Die Drachenlords, die diese Welt vor vielen Zeitaltern verlassen hatten, versuchten dieses Tor für ihre Rückkehr zu benutzen. Viele tapfere und findige Männer konnten sie aufhalten.

Aber die Drachenlords sind noch immer dort draußen.« Er zeigte in den nächtlichen Himmel, und einige der Männer sahen hinauf zu den fernen Sternen. »Und immer noch wollen sie zurückkehren.«

Nakor übernahm plötzlich das Wort. »Diese Frau, die Smaragdkönigin, war einst jemand, den ich kannte, vor langer Zeit. Sie war etwas, was man als Zauberin bezeichnen könnte, eine Magierin. Eines Tages hat sie sich auf einen Pakt mit den Schlangenmenschen eingelassen, die ihr ewige Jugend versprachen. Aber eins ahnte sie nicht: daß sie ihre Seele und ihren Geist verlieren und zu etwas ganz anderem werden würde.«

Nakor fuhr fort: »Unter diesem Berg wird sehr dunkle Magie ausgeübt.«

Calis fragte: »Du glaubst doch gar nicht an Magie?«

Nakor lächelte, aber sein Gesichtsausdruck spiegelte keine Belustigung wider. »Dann nennen wir es eben Tricks oder Geisteskräfte oder sonstwie, aber diese Schlangenmenschen benutzen ihre Kräfte auf eine sehr verdrehte Weise. Sie tun böse Dinge, die kein gesunder Mensch je tun würde, weil sie eben nicht ganz richtig im Kopf sind.

Dies hier sind nicht die Kreaturen, mit denen Mütter ihren kleinen Kindern drohen, damit sie gehorchen. Dies hier sind unvorstellbar böse Kreaturen, die glauben, eine von den Drachenlords, die Alma-Lodaka heißt, wäre eine Göttin. Noch schlimmer, sie halten sie für die Mutter aller Schöpfung, die Grüne Mutter, die Smaragdgrüne Herrin der Schlangen. Sie hat sie als ihre Diener geschaffen, als lebende Einrichtung, nicht mehr, doch die Schlangen glauben, sie wären ihre Lieblinge, wie Kinder, die sie liebt, und wenn sie das Tor für ihre Rückkehr aufstoßen könnten, würde sie sie in den Rang von Halbgöttern erheben. Niemals werden die Schlangen glauben, daß diese Alma-Lodaka sie mit allem anderen zusammen hinwegfegen wird.«

Nakor schwieg einen Moment lang. Schließlich setzte er seine Rede fort: »Calis erzählt keine Geschichten. Falls diese Frau, die Smaragdkönigin, sich so verhält, wie ich es von ihr erwarte, dann stehen die Dinge sehr schlecht. Calis, erzähl ihnen von deinem Vater.«

Calis nickte. »Mein Vater trägt den Namen Tomas. Er war als Junge ein Mensch wie alle anderen auch. Irgendwann kamen einige machtvolle Artefakte in seinen Besitz, eine alte Rüstung und ein goldenes Schwert, die einst das Eigentum eines Valheru waren: nämlich von Ashen-Shugar. Mein Vater trug diese Rüstung und das Schwert während des Spaltkriegs gegen die Tsurani, und über die Jahre hinweg veränderte er sich.

Mein Vater ist heute kein Mensch mehr. Er ist etwas Einzigartiges auf dieser Welt, ein menschlicher Körper, in dem der Geist jenes Drachenlords wohnt, dem die Rüstung und das Schwert gehörten.«

»Einzigartig bis heute«, ergänzte Nakor. »Denn diese Smaragdkönigin strebt danach, genauso zu werden wie er.«

Unter den Männern erhob sich Gemurmel, und Calis fuhr fort:

»Aus Gründen, die ich nur zur Hälfte verstehe, besitzt mein Vater die Natur eines Menschen –«

Nakor unterbrach ihn erneut. »Das gehört jetzt nicht hierher. Ich weiß, weshalb, aber diese Männer hier brauchen es nicht zu wissen.« An die Männer gewandt, sagte er: »Es ist einfach wahr. Tomas ist ein Mann, in dem das Herz eines Menschen schlägt, trotz seiner Kräfte. Aber diese Frau, die sich vor langer Zeit einmal Lady Clovis nannte –«

Hatonis fragte: »Die Smaragdkönigin ist Lady Clovis? Es ist fast fünfundzwanzig Jahre her, seit sie aus der Stadt am Schlangenfluß geflohen ist.«

Nakor zuckte mit den Schultern. »Es ist ihr Körper.«

»Wichtig ist nur eins«, fuhr Calis fort, »falls die Pantathianer ihre Magie einsetzen, um mit dieser Frau das zu tun, was andere mit meinem Vater taten ...«

Calis erzählte kurz, wie sein Vater, ein Junge von der Fernen Küste, an die alte Rüstung gekommen war, die ihm auf magische Weise die Erinnerungen und die Macht eines jener uralten Drachenlords eingeflößt hatte. »Nakor ist überzeugt«, schloß er seine Rede ab, »diese Smaragdkönigin sei eine sterbliche Frau, die er einst kannte und die große magische Fähigkeiten besitzt, aber ansonsten so ist wie ihr, und daß sich diese Frau gerade einer ähnlichen Verwandlung unterzieht wie mein Vater es vor über fünfzig Jahren getan hat.«

»Und dann würde es einen zweiten Drachenlord unter uns geben«, ergänzte Nakor.

Biggo fragte: »Warum kann Euer Vater nicht ein für alle Mal mit ihr abrechnen? Dann könnten wir alle nach Hause gehen.«

Calis erwiderte: »Es geht um mehr als nur um zwei Drachenlords, die sich gegenüberstehen. Mehr als ich euch erzählen möchte.« Er blickte Nakor an, und der nickte.

»Noch ist sie kein Valheru.« Er nickte erneut bestätigend. »Falls sie einer wäre, würde sie auf einem Drachen über das Meer fliegen. Sie bräuchte keine Armee.«

Calis fragte: »Bist du jetzt fertig?«

Nakor grinste, sagte jedoch ohne Zögern: »Eigentlich nicht.«

»Auf jeden Fall muß jemand nach Krondor zurückkehren und Prinz Nicholas erzählen, was hier vor sich geht.«

»Was ist, wenn nur einer von uns zurückkehrt?« fragte Luis. »Was sollen wir berichten?«

Calis schwieg einen Augenblick, dann sagte er: »Ihr müßt folgendes berichten: Die Pantathianer werden mit einem Heer kommen, um das mit Gewalt zu tun, was sie zuvor mit List nicht geschafft haben. Geführt werden sie von jemandem, der den Mantel eines Drachenlords trägt und der vielleicht fähig ist, den Preis zu gewinnen. Tomas und Pug müssen gewarnt werden.«

Er blickte in die Gesichter der Männer, die im flackernden Schein des Feuers orangefarben und gelb aufleuchteten. Die Kälte war vergessen. »Nur diese drei Dinge. Das wird genügen.

Jetzt wiederholt es: Die Pantathianer werden mit einem Heer kommen, um das mit Gewalt zu tun, was sie zuvor mit List nicht geschafft haben ...« Die Männer wiederholten den Satz, als würden sie eine Lektion in der Schule lernen.

»Geführt werden sie von jemandem, der den Mantel eines Drachenlords trägt und der vielleicht fähig ist, den Preis zu gewinnen.« Die Männer wiederholten auch das.

»Tomas und Pug müssen gewarnt werden.« Die Kompanie sprach auch diesen Satz nach. »Man wird euch sicherlich nicht viele Fragen stellen; beantwortet sie richtig, und versucht nicht, eure Taten herauszustellen oder zu beschönigen. Die Wahrheit ist in dieser Sache unser einziger Verbündeter. Doch vor allem anderen müßt ihr diese drei Sätze im Kopf behalten.«

Nakor fügte hinzu: »Und jetzt werde ich euch helfen, jedes dieser drei Dinge besser zu verstehen, damit ihr, falls ihr zu dumm seid, diese drei Sätze im Kopf zu behalten, wenigstens einige Fragen richtig beantworten könnt.«

Einige der Männer lachten, doch die meisten schwiegen.

Calis wandte sich ab und ging die Hügel hinunter. Er machte sich auf die Jagd. Still fragte er sich, ob einer von ihnen die Dinge überhaupt je richtig verstehen könnte. In der Dämmerung zogen zitternde Männer den Weg entlang, und der Frost knirschte unter ihren Absätzen. Mehr als einer hatte Fieber, und alle waren ausgehungert und schwach. Calis war ihnen vor zwei Tagen vorausgegangen, doch er hatte kein Zeichen von Wild gefunden.

Glücklicherweise hatten sie genug Wasser, aber falls sie nicht bald etwas zu essen fanden, würden die Männer bei diesem Wetter nicht überleben. Tagsüber war es kalt und nachts noch kälter. Die Temperatur sank unter den Gefrierpunkt. Ohne viel Fett am Leib und nach all den Strapazen der Ausbildung und der Reise, brauchten die Männer etwas Anständiges zu essen. Einige hatten sich bereits den Magen verdorben, weil sie zu viele Orangen und sonst nichts gegessen hatten.

Erik hatte Roo noch nie so blaß gesehen, und er wußte, daß er selbst genauso aussah. Sie marschierten durch einen ziemlich dichten, leeren Wald. Das bunte Laub bedeckte den Boden.

De Loungville gab das Signal zum Halt, als sich plötzlich ein Kreischen erhob und Pfeile durch die Luft pfiffen. »Zur Verteidigung aufstellen!« brüllte de Loungville.

Erik hob seinen Schild und kniete sich hin, damit so viel wie möglich von seinem Körper dahinter Platz fand. Die anderen Männer seiner Gruppe taten das gleiche. Die Kompanie bildete ein großes Viereck mit ungefähr fünfzehn Männern an jeder Seite und war bereit, dem Angriff zu begegnen.

Aus dem Gebüsch und aus Laubhaufen sprangen Gestalten hervor, die sich dort versteckt gehalten hatten, und andere kamen aus Verstecken in der Nähe hinzugelaufen. Erik sah eine grüne Armbinde und schrie: »Es sind die Männer der Schlangen!«

Stahl klirrte, Schwerter antworteten, und Erik schwang seine Waffe mit aller Kraft einem Mann entgegen, dessen Kopf vollständig hinter einem Helm verborgen war. Er zerteilte den Schild des Mannes, und sein Schwert schnitt tief in seinen linken Arm, dann duckte sich Erik, um einem Konterschlag auszuweichen, als der Mann nach vorn fiel. Roo trat hinter ihn und traf den Angreifer unter dem Schwertarm. Der Mann starb, ehe er noch zu Boden gefallen war.

Erik wirbelte nach links herum und wandte sich dem nächsten zu, während Roo sich einem entgegenstellte, der mit voller Kraft auf ihn zulief. Schild prallte gegen Schild, und der kleinere Roo wurde zurückgeworfen.

Im leeren Raum des Vierecks standen de Loungville, Greylock und drei weitere Männer bereit, um jede Bresche, die geschlagen wurde, auszufüllen. De Loungville trat vor und tötete den Mann vor Roo, riß den Jungen aus Ravensburg hoch und brüllte ihn an: »Zurück auf deinen Platz, Avery! Oder willst du dich vor der Arbeit drücken?«

Roo kam auf die Füße, schüttelte die Benommenheit ab und kehrte halb rennend, halb springend zu seinem Platz neben Erik zurück. Der Kampf ging weiter, ohne daß eine der beiden Seiten einen Vorteil erringen konnte. Erik fragte sich, ob er das wohl noch lange würde durchstehen können, so schwach, wie er vor Hunger war.

Dann hörte er einen Ruf, auf den ein zweiter folgte, und die Männer hinten sahen, wie ein Angreifer nach dem anderen von Pfeilen getroffen umfiel. Calis stand unten am Weg und schoß. Noch bevor sie den Mann in ihrem Rücken bemerkt hatten, waren vier der Angreifer tot.

Da es auf dieser Seite eine kleine Entlastung gab, befahl de

Loungville: »Greift sie an!« und führte seine fünf Begleiter auf die stärkste Abteilung der Angreifer zu.

Die Angreifer hatten keinen Gegenangriff erwartet, und das brachte sie arg durcheinander. Augenblicke später liefen sie um ihr Leben.

Erik jagte zwei Männer einen schmalen Pfad entlang, holte den einen ein und schlug ihn von hinten nieder. Der andere fuhr herum und stellte sich ihm. Der Mann hob den Schild, und Erik versuchte, ihn mit einem raschen Hieb niederzumachen.

Doch der Mann hatte damit gerechnet, und Erik klingelten die Ohren, als der Mann seinen Schild gegen sein Gesicht schlug. Vor seinen Augen begann es zu flimmern, und er taumelte zurück, wobei er reflexartig seinen Schild hochriß.

Stunden und Stunden der Übung retteten ihm das Leben, als einen Moment später ein Schwerthieb auf den Schild niederging. Erik schlug blindlings zu und merkte, daß sein Schwert den Schild des Gegners traf. Er konnte wieder klar sehen, gerade rechtzeitig, um einem weiteren Hieb auszuweichen. Beide Männer traten einen Schritt zurück; jeder von ihnen wußte nun, daß er es mit einem gefährlichen Gegner zu tun hatte.

Irgendwo von hinten hörte Erik de Loungvilles Stimme: »Ich will wenigstens einen Gefangenen!«

Erik wollte antworten, doch sein Mund gehorchte ihm nicht. Er spuckte aus und merkte, daß einer seiner Zähne wackelte. Er schmeckte Blut, und sein rechtes Auge brannte. Er konnte nichts mehr sehen, weil ihm das Blut die Sicht nahm.

Er riß sich zusammen und schrie: »Hier drüben!«

Sein Gegenüber, ein Mann mittleren Alters mit einem wettergegerbten Gesicht, zögerte einen Augenblick und trat dann einen weiteren Schritt zurück. »Hier drüben!« schrie Erik abermals und griff den Mann an. Der blieb stehen und verteidigte sich, doch Erik duckte sich, drückte die Schultern gegen den

Schild und warf sich gegen den Mann, um ihn zu Fall zu bringen.

Der Mann stolperte rückwärts, und Erik zog seine Klinge weg und tänzelte zurück, als der Mann zuschlug. Erik rief erneut: »Hier drüben!« und sprang rechts um seinen Gegner herum, um ihm den Fluchtweg abzuschneiden.

Der Mann zuckte, und Erik machte sich gerade auf einen weiteren Hieb gefaßt, als der Mann plötzlich sein Schwert fallen ließ. Dann warf er seinen Schild zur Seite und nahm den Helm ab, den er ebenfalls zu Boden fallen ließ.

Erik sah sich um und entdeckte Calis, der mit einem Pfeil auf den Mann zielte. Erik atmete tief durch. »Hat ja lange genug gedauert.«

Calis blickte Erik an und lächelte schief. »Das kommt dir nur so vor.«

Nachdem der Mann erst einmal aufgegeben hatte, war er sehr freundlich. Er hieß Dawar und stammte aus Hamsa, doch während der letzten sieben Jahre war er Mitglied einer Truppe gewesen, die sich Nahoots Großartige Kompanie nannte.

Calis, de Loungville und Greylock verhörten den Mann, derweil sich Nakor und Sho Pi um die Verwundeten kümmerten. Eriks Verletzungen waren nicht der Rede wert: ein leichter Schnitt an der Stirn, eine aufgeplatzte Lippe, ein paar wackelige Zähne sowie ein paar Beulen. Sho Pi gab ihm einige Kräuter und riet ihm, er solle sich hinsetzen und sich nach Reiki-Art die Hände aufs Gesicht legen. Die Zähne, meinte Sho Pi, würde er wohl behalten.

Erik saß da, die Hände über das Gesicht gelegt, die Ellbogen auf den Knien. Manche der Männer um ihn herum stöhnten vor Schmerz, andere wandten ebenfalls Reiki an sich selbst an oder kümmerten sich um die, die dazu nicht in der Lage waren.

Siebzehn Mann waren bei dem Gefecht gefallen; beim Feind vierundzwanzig. Als Calis sie von hinten überrascht hatte, waren sie überzeugt gewesen, von einer weiteren Truppe angegriffen zu werden, ansonsten wäre die Sache wohl nicht so glimpflich ausgegangen.

Dawar berichtete, daß hundert Mann im Hinterhalt gelegen hätten. Sie hatten Calis am Tag zuvor beobachtet, und ein Kundschafter von Nahoots Truppe hatte seine Spuren zurückverfolgt und war rechtzeitig zurückgekehrt, damit der Hauptmann den Überfall vorbereiten konnte.

»Nichts Persönliches«, meinte Dawar, »aber Befehl ist Befehl. Wir haben Euch entdeckt, und uns wurde befohlen, jeden zu töten, der dieses Wegs kam. So einfach war das.«

»Wer hat euch den Befehl gegeben?« hörte Erik Calis fragen.

»Irgendein hohes Tier aus dem Stab der Königin. Vielleicht Fadawah selbst. Ich weiß es nicht. Nahoot hat uns nichts darüber erzählt, versteht Ihr. Er sagt uns, was wir zu tun haben, und wir tun es.«

»Also decken sie jetzt ihre Flanken« stellte Calis fest

»Schätze schon. Das Ganze läuft ein wenig durcheinander, und alle rennen wie Hühner im Wirbelsturm herum. Wir wußten nicht einmal, wer als Ablösung für uns kommt.«

»Wann war die Ablösung fällig?« fragte de Loungville.

Erik spürte, wie sehr die Wärme seiner Hände ihre Heilkraft entfaltete. Ansonsten hätte er sie zu gerne vom Gesicht genommen, um zu sehen, was da vor sich ging.

»Ich weiß es wirklich nicht«, meinte Dawar. »Vielleicht in ein paar Tagen, vielleicht in einer Woche. Wir sind schon fast einen Monat hier draußen, und der Hauptmann fing bereits an, auf seinem Sattel rumzukauen.«

Calis befahl: »Bringt ihn dort drüben hin.«

Erik hörte, wie Dawar fragte: »Hauptmann, ich frage mich, ob

Ihr mir einen Tag Vorsprung gebt oder mich in Eure Dienste eintreten laßt?«

»Warum?« fragte Calis.

»Weil es hier verdammt noch mal nichts anderes in der Nähe gibt, deshalb. Mein Pferd steht unten am Ende des Wegs, zusammen mit meinen Habseligkeiten, und es ist kalt, wie Ihr vielleicht bemerkt habt. Ich würde vor morgen abend nicht aufbrechen.«

Calis fragte: »Können wir diesem Mann trauen?«

Es war Prajis Stimme, die Erik als nächste hörte. »So gut wie jedem anderen dieser Schweinehunde. Ich kenne Nahoot vom Hörensagen. Er gehört nicht zu den Schlechtesten, aber von den Guten ist er genauso weit entfernt.«

»Du würdest gegen deine Gefährten kämpfen?«

»Würde das nicht jeder von Euch auch machen? So sind die Regeln im Krieg. Ich bin nicht bezahlt worden, um für eine aussichtslose Sache zu sterben.« Er senkte die Stimme und murmelte fast nur noch. »Verdammt, Hauptmann, von uns ist seit über einem Monat niemand mehr bezahlt worden, und wir sind weit davon entfernt, irgendwelche Beute zu machen außer vielleicht den Nüssen von Eichhörnchen.«

Einen Augenblick lang herrschte Schweigen, ehe Calis sagte: »Führ uns dorthin, wo sich deine alte Kompanie befindet, und du bekommst dein Pferd zurück und bist frei. Und wenn du dich nach Palamds aufmachst, wird dir niemand folgen.«

»Hört sich nach einem guten Angebot an, Hauptmann.«

Erik hörte, wie der Mann fortgeführt wurde, dann sagte de Loungville leise: »Bist du verrückt? Da draußen sind noch immer siebzig Schwerter oder so.«

»Aber sie wissen nicht, daß wir sie überfallen werden«, antwortete Calis.

»Überraschungsvorteil?« fragte de Loungville ungläubig.

»Der einzige Vorteil, den wir haben, Bobby«, erwiderte Calis.

»Wir sind zu Fuß unterwegs. Wir brauchen Ruhe und Essen. Da unten gibt es Essen, und da unten gibt es Pferde. Wenn wir diese Truppe überwältigen, kommen wir vielleicht ohne weitere Schwierigkeiten nach Maharta.«

»Was denkst du?« fragte Greylock.

Calis erklärte: »Wenn auf dieser Flanke wirklich ein solches Durcheinander herrscht, wie der Mann behauptet, dann wird die Ablösung von Nahoots Truppe, wer auch immer das sein mag, keine Ahnung haben, wie diese Truppe aussehen soll. Falls wir am vereinbarten Ort auf sie warten und diese grünen Armbinden tragen ...«

De Loungville stöhnte, und Erik war diesmal froh, daß sein Gesicht hinter seinen Händen verborgen war, bei der Grimasse, die er schnitt.

Erik wartete. Vorn schlichen Calis, Sho Pi, Luis und Jadow voran, um die Wachen ausfindig zu machen, die sich irgendwo in der Nähe befinden mußten. Calis hob die Hand, zeigte nach rechts und reichte dann Jadow seinen Bogen. Er tippte Sho Pi auf die Schulter und zog seinen Dolch aus dem Gürtel. Sho Pi legte sein Schwert und seinen Schild auf den Boden. Danach zog er ebenfalls sein Messer. Luis tat das gleiche, und Calis machte Jadow ein Zeichen, er solle warten.

Die drei Männer, Calis und Sho Pi auf der rechten, Luis auf der linken Seite, verschwanden in der Abenddämmerung.

Die drei Monde standen bereits am Himmel, der mittlere Mond hoch oben, der kleine und der große gingen gerade auf. Erik wußte, es würde im Laufe des Abends immer heller werden, also war der jetzige Zeitpunkt genau richtig, um sich anzuschleichen.

Plötzlich hörte man eine Bewegung und ein Grunzen, dann herrschte wieder Stille. Erik wartete, ob jemand Alarm gab, doch nichts geschah.

Calis kam zurück, übernahm seinen Bogen wieder und winkte den anderen zu, sie sollten ihm folgen. Erik machte den Männern hinter sich ein Zeichen und schlich so leise er konnte den Weg entlang.

Ein paar Meter hinter der Stelle, wo Calis und die anderen kurz gewartet hatten, fand er eine tote Wache, deren Augen leer in den Himmel starrten. Er warf nur schnell einen Blick auf den Mann, dann richtete er seine Aufmerksamkeit wieder auf seine Aufgabe.

Seine Nase schmerzte immer noch, doch es war nur ein dumpfes Pochen, und seine Lippen waren geschwollen. Seine Zähne wackelten, wenn er sie mit der Zunge berührte, also versuchte er, das zu vermeiden. Trotzdem tastete er seine losen Zähne dauernd ab. Sie hatten sich kaum eine Stunde ausgeruht, bis Calis wieder aufgebrochen war und die Toten und Verletzten zurückgelassen hatte. Dawar mußte ihm den Weg zum Lager seiner früheren Kompanie zeigen. Zwei der Verwundeten, die noch gehen konnten, führten ihn den Weg zurück.

Vor sich sahen sie Lichter, und Erik fragte sich, wie viele Männer es wohl sein mochten, da sie sich so unbeschwert niederließen, obwohl sie Stunden zuvor vor einem Gefecht davongelaufen waren. Dann sah er eine Bewegung. So leichtfertig war der Gegner offensichtlich doch nicht, denn wenigstens zehn Männer standen um das Lager herum Wache.

Doch sie hatten keine Verteidigungsanlage errichtet, was Erik am meisten erstaunte. Zwanzig Viermannzelte standen weit verstreut, und in der Mitte brannte ein großes Feuer. Das Wiehern von Pferden wurde durch die Nacht herangetragen. Erik vermutete, daß es von der gegenüberliegenden Seite des Lagers kommen mußte.

Er beobachtete Calis, der ihm ein Zeichen gab, vorzukommen. Er ging zu ihm nach vorn, und der Hauptmann flüsterte: »Du wirst die ersten zehn Männer hinter dir durch die Bäume dort drüben führen.« Er zeigte nach rechts. »Umrundet das Lager und macht euch bereit, sie von der Seite her anzugreifen.

Im Moment sind sie noch wachsam, aber wenn in den nächsten Stunden nichts passiert, läßt ihre Aufmerksamkeit nach. Sie glauben dann vielleicht, wir hätten einen anderen Weg eingeschlagen oder würden bis morgen nicht herunterkommen.« Er sah zum Himmel. »Bis Mitternacht sind es noch vier Stunden. Wenn ihr an eurem Platz seid, bleibt wachsam, aber ruht euch ein bißchen aus.«

De Loungville ergänzte: »Wenn ihr irgend etwas hört, dann geht es los. Fallt so schnell es geht über sie her, dann ist es egal, wie viele sie sind. Sie werden vollkommen verwirrt sein über das, was da aus der Dunkelheit über sie hereinbricht, jedoch nur, wenn ihr rasch genug handelt.«

Erik nickte und kehrte zur Kolonne zurück. Er tippte zehn Männern, von denen der erste Roo war, auf die Schultern und bedeutete ihnen mit einer Geste, ihm zu folgen. Natombi, der frühere keshianische Legionär, grinste, während sie sich in den Wald schlugen.

Erik bewegte sich, so leise er konnte, und dennoch erwartete er jeden Augenblick einen Alarm im Lager. Als er es zu etwa einem Drittel umrundet hatte, ließ er die Männer anhalten. Zwei Wachen standen ihnen genau gegenüber, waren durch die Bäume jedoch kaum zu sehen. Anscheinend war ihnen ihre Unterhaltung wichtiger als die Pflicht, wachsam zu sein. Erik hoffte nur, Calis würde recht behalten.

Er winkte den Männern zu, sie sollten sich setzen und ausruhen. Roo machte er ein Zeichen, er solle die erste Wache übernehmen. Erik setzte sich ebenfalls und legte sich die Hände vors Gesicht. Er spürte, wie die Wärme in seine Hände zurückkehrte. Diese Heilmethode war die reinste Wohltat. Der Gedanke, er könne seine Zähne verlieren, war ihm dennoch ein Greuel.

Zur verabredeten Zeit hörte man Calis' Ruf und seinen Angriff. Das Lager kam nur langsam in Bewegung, da die meisten Männer schliefen.

Während sie aufsprangen, um sich dem Angriff entgegenzustellen, fielen ihnen Erik und seine zehn Männer in die Flanke.

Er ging auf einen Mann los, der gerade aus einem Zelt kam und sich die Hose anzog. Der Mann starb, bevor er noch nach seinem Schwert greifen konnte. Der nächste mußte dran glauben, bevor er sich noch zu Erik umdrehen konnte. Dann stand plötzlich noch einer vor Erik, von dessen Gesicht man das Erstaunen deutlich ablesen konnte. Der Kerl schrie: »Sie kommen von hinten!«

Erik schlug, so hart er konnte, zu, und der Mann ging ohne Schrei zu Boden. Natombi stieß irgendeinen keshianischen Kriegsruf aus, und Biggo brüllte, daß es einem das Blut stocken lassen konnte.

Männer krabbelten aus ihren Zelten, und Erik schlug etliche von ihnen mit der flachen Klinge bewußtlos, ehe sie noch recht wußten, wie ihnen geschah.

Und dann warfen diese Männer mit einem Mal Helme, Schilde und Schwerter zu Boden. De Loungville kam angelaufen und befahl, die Gefangenen zum Feuer zu bringen. Halb angezogen, verwirrt und entmutigt fluchten einige von ihnen vor sich hin, als sie sahen, wie wenige Angreifer sie übermannt hatten.

Erik blickte sich um, weil er immer noch Hinterlist witterte, doch alles, was er sah, waren geschlagene Männer, die mit aufgerissenen Augen in die Runde starrten. Von Calis' dreiundvierzig Männern waren nur siebenunddreißig in der Lage gewesen, an dem Kampf teilzunehmen, und sie hatten eine fast doppelt so große Truppe fast ohne Verluste gefangengenommen.

Plötzlich mußte Erik lachen. Er versuchte, den Drang zu unterdrücken, doch es gelang ihm nicht. Zuerst war es nur ein Kichern, aber es wurde lauter und lauter. Die anderen seiner Truppe fielen mit ein, und bald jubelten Calis' Blutrote Adler über ihren ersten Sieg seit langer Zeit.

Calis kam herbei und sagte: »Bringt Nahoot her.«

Einer der Gefangenen sagte: »Er ist tot. Ihr habt ihn gestern umgebracht.«

»Warum hat Dawar uns das nicht erzählt?« fragte de Loungville.

»Er wußte es nicht, der Scheißer. Wir haben Nahoot hier heruntergeschleppt, und beim Essen ist er gestorben. Bauchwunde. Schöner Mist.«

»Wer führt euch an?«

»Ich denke, ich«, antwortete ein Mann und trat vor. »Heiße Kelka.«

»Bist du Feldwebel?« fragte de Loungville.

»Nein, Korporal. Dem Feldwebel habt ihr den Kopf gespalten.«

De Loungville meinte: »Nun, das erklärt wenigstens, weshalb ihr euer Lager nicht befestigt habt.«

»Tut mir leid, Hauptmann«, erwiderte Kelka. »Werdet Ihr uns in Eure Dienste aufnehmen?«

»Warum?« fragte Calis.

»Nun, wir haben seit einer ganzen Weile keinen Sold mehr bekommen, und wir haben weder einen Hauptmann noch einen Feldwebel ... Verflucht, Hauptmann, Ihr habt uns zwar reichlich den Arsch versohlt, mit halb so vielen Männern wie wir, aber ich schätze, Ihr müßt euch schon mächtig anstrengen, wenn Ihr uns die Gnade des einen Tags Vorsprung gewährt.«

»Ich werde darüber nachdenken.«

»Hauptmann, wenn ich fragen darf, werdet Ihr uns die Zelte abnehmen?«

Calis schüttelte den Kopf. »Geht dort rüber. Ich werde euch sagen, was geschieht, sobald ich mich entschieden habe.«

Calis winkte de Loungville zu sich und erklärte: »Die Männer sollten etwas zu essen bekommen, und jemand soll die Verwundeten und Dawar herunterholen. Bis morgen mittag sollen alle hier sein.«

Erik setzte sich, weil seine Beine zitterten. Der Tag war lang gewesen, und er war erschöpft, genauso wie jeder andere Mann in der Truppe.

Dann schnitt de Loungvilles Stimme durch die Luft. »Was? Wer hat euch gesagt, ihr solltet ausruhen? Los, an die Arbeit, das Lager befestigen!«

Die Männer begannen zu stöhnen, während de Loungville befahl: »Ich will einen Graben und einen Wall, und auf den Wall kommen angespitzte Pfähle. Bringt die Pferde her und pflockt sie hier in der Nähe an. Dann will ich ganz genau wissen, welche Vorräte und Ausrüstung wir haben, und ich will wissen, wer verwundet ist. Und nachdem das Lager anständig aussieht, werde ich darüber nachdenken, ob ihr ein bißchen schlafen dürft.«

Erik brauchte alle seine Kraft, um sich zu erheben, und während er aufstand, fragte er sich laut: »Und wo sollen wir Schaufeln herbekommen?«

De Loungville schrie ihn an: »Dann nimmst du eben deine Hände, wenn es sein muß, von Finstermoor!«

# Elf

## Unterwanderung

Calis flüsterte.

Erik konnte die Unterhaltung nicht verfolgen, sah jedoch, wie Praji und Greylock zustimmend nickten.

Die Gefangenen waren in eine kleine Schlucht gebracht worden, wo eine Handvoll Männer sie ohne Schwierigkeiten bewachen konnte. De Loungville verhörte sie, doch welchem Plan des Hauptmanns das dienen mochte, konnte sich Erik nicht vorstellen.

Traditionell wurde den Verlierern, die sich ergeben hatten, ein Tag Vorsprung gewährt, ehe die Feindseligkeiten weitergingen. Und normalerweise wurden die, die abzogen, in Ruhe gelassen. Erik saß gedankenverloren da, als Roo zu ihm trat.

»Wie sehen die Pferde aus?« fragte Roo.

»Sie sind ein bißchen abgemagert; um diese Jahreszeit ist das Gras knapp, und sie haben schon zu lange an der gleichen Stelle geweidet. Ansonsten sind sie gut in Schuß. Wenn wir sie im Laufe der nächsten Woche ein paar Mal von einer Stelle zu einer anderen führen, sollten sie genug zu fressen finden und wieder an Gewicht zulegen, vor allem, wenn es irgendwo einen Platz gibt, wo sie nachts ein wenig Schutz vor dem Wind haben. Es ist die Kälte, wegen der sie und alle anderen an Gewicht verlieren. Sie bekommen aber schon ein dickeres Fell, also ist alles in Ordnung mit ihnen.«

Roo fragte: »Was denkst du; was hat der Hauptmann jetzt vor?«

Erik antwortete: »Ich habe keine Ahnung. Nur eins ist seltsam. Er redet die ganze Zeit so laut über unser Ziel, den Hafen des Leids, und die Gefangenen können alles mit anhören.«

Roo grinste. »Na ja, vielleicht soll die Armee der Königin dort nach uns suchen. Was gibt es sonst noch?«

»Jede Menge zu tun«, erwiderte Erik. »Und wir sollten uns besser an die Arbeit machen, ehe de Loungville zurück ist. Wenn er uns herumlungern sieht, wird er uns die Hölle heiß machen.«

Roo stöhnte. »Ich sterbe vor Hunger.«

Plötzlich wurde auch Erik bewußt, daß er außer einer Kleinigkeit seit gestern abend nichts mehr gegessen hatte. »Los, wir holen uns was«, sagte er, und Roos Gesicht hellte sich auf. »Und danach machen wir uns an die Arbeit.« Roos Gesicht wurde wieder düster, doch er folgte seinem Freund.

In der vergangenen Nacht hatten sie alle Bestände aufgenommen, und obwohl Nahoots Männer seit einer Weile kein Geld mehr gesehen hatten, waren sie mit Vorräten gut versorgt gewesen. Erik und Roo machten sich zu dem Zelt auf, das sie mit Luis und Biggo teilten – Sho Pi und Natombi waren mit Nakor und Jadow in ein anderes Viermannzelt gezogen. Die beiden schliefen. Ein halber Laib Brot, der erst vor zwei Tagen gebacken worden war, und eine Schüssel mit Getreide und Nüssen lagen am Eingang. Erik setzte sich hin, seufzte und nahm das Brot. Er riß es in zwei Hälften und reichte eine davon Roo, dann nahm er eine Handvoll Getreide und Nüsse und begann zu essen.

Die Luft war frostig, aber die Sonne war warm, und nach dem Essen fühlte sich Erik schläfrig. Er beobachtete Luis und Biggo und wäre am liebsten ihrem Beispiel gefolgt, doch er verdrängte den Gedanken. Es gab noch genug Arbeit, und wenn de Loungville sie erst darauf hinweisen mußte, würde er ihnen noch mehr aufbrummen.

Erik erhob sich und weckte Luis und Biggo. Die sahen Roo und Erik, und Biggo meinte: »Wäre doch wirklich zu schön gewesen.«

»Allerdings«, flüsterte Erik. »Kommt mit.«

Luis funkelte Erik böse an, was noch dadurch verstärkt wurde, daß sich unter seinen Augen dunkle Ringe gebildet hatten. Während er aufstand, fragte ihn Erik leise: »Habt ihr eure Messer?«

Luis flüsterte: »Aber immer doch«, und zog mit einer blitzschnellen Bewegung seinen Dolch aus dem Gürtel. »Haben wir noch irgendwelche Kehlen übersehen, die dringend aufgeschlitzt werden müssen?«

Erik sagte: »Folgt mir.«

Er führte sie zwischen den Zelten hindurch, ging schnell, blieb aber oftmals stehen, als wollte er feststellen, ob sie beobachtet wurden. Er machte sich dorthin auf, wo die Arbeiten an der Befestigung des Lagers fortgeführt wurden.

Er zeigte auf einen Stapel Pfähle, die auf einem Haufen lagen. »So, die müssen angespitzt und auf dem Wall plaziert werden.«

Roo und Biggo lächelten, nahmen sich jeder einen Pfahl und holten die Messer vor. Luis blickte Erik finster an. »Und dafür hast du mich geweckt?«

»Besser ich als de Loungville, oder?«

Luis starrte Erik an. Eine Sekunde lang hielt er seine Messerspitze auf Erik gerichtet, dann grunzte er nur, schnappte sich einen der Pfähle und begann, ihn anzuspitzen.

Roo und Biggo lachten, und Erik sagte: »Schön. Ich werde mich um die Pferde kümmern.«

Er machte sich davon und warf über die Schulter einen Blick zurück auf die Männer, die die Pfähle anspitzten. Für jeden, der den Wall überwinden wollte, würden die Pfähle ein Hindernis darstellen; und wenn das Lager abgebrochen wurde, konnte man sie auf die Lasttiere packen und mitnehmen.

Erik ging zur anderen Seite des großen, befestigten Platzes. Er trat neben zwei Männer, die gerade eine Zugbrücke bauten. Ohne die richtigen Werkzeuge war das nicht ganz einfach, und sie hatten die Bäume mit der einzigen Axt schlagen müssen, die es in Nahoots Truppe gab, und die Äste mit Messer und Dolchen abgeschnitten. Erik hätte sein ganzes Gold, was so viel nun auch wieder nicht war, für einen anständigen Hobel und ein paar gute Eisenwerkzeuge hergegeben.

Er wußte einiges über Holzarbeiten, also schlug er den Männern vor, sie sollten Kerben machen, die Bohlen verschwalben und das Ganze dann mit Seilen zusammenbinden. Dann könnte man es bei Bedarf vom Inneren des Lagers ausfahren. Allerdings würden sie es nicht mitnehmen können, wie jenes, das sie in Weanat angefertigt hatten – das war allerdings zusammen mit dem größten Teil ihrer Ausrüstung vor der Höhle auf der Ebene von Djams zurückgeblieben.

Erik fragte sich, ob sie es wirklich schaffen würden, die Ebene zu überqueren. Nun ja, sie waren etliche Meilen weiter südlich von der Stelle, an der sie es mit den Gilani zu tun bekommen hatten, aber eine weitere Begegnung mit den kleinen Kriegern konnte das Ende ihrer Mission bedeuten. Doch schließlich beschloß er, daß es viel zu viele Dinge gab, über die man sich Sorgen machen konnte, und das überließ er Calis und de Loungville, während er sich lieber der Arbeit zuwandte, die für ihn anstand.

Als das Tor fertig war, ging es schon auf Mittag zu. Er ließ einige Feuer entfachen und prüfte nach, ob die Wachen abgelöst worden waren. Doch seit Tagesanbruch standen immer noch die gleichen Männer auf ihren Posten. Erik ging zu den Zelten zurück und weckte einige Burschen, die seiner Aufforderung, die Wache zu übernehmen, nur unter Protest nachkamen.

Die Vorbereitungen für das Mittagessen waren in vollem Gange, als de Loungville von den Verhören zurückkam. Er stieg von seinem Pferd und fragte: »Ist der Wall fertig?«

»Seit zwei Stunden«, antwortete Erik.

»Pfähle?«

»Werden gerade angespitzt und gesetzt.«

»Das Tor?«

»Fertig.«

»Ausfallrampe?«

»Wird gebaut – ich weiß allerdings nicht, ob sie viel taugen wird; wird nur jeweils ein Pferd drübergehen können.«

»Wurden die Wachen abgelöst?«

»Darum hab ich mich vor einer Weile gekümmert.«

»Wo ist der Hauptmann?«

»Er bespricht sich mit Greylock, Praji, Vaja und Hatonis.«

»Du machst das ja wie ein richtiger Offizier.« De Loungville nahm sich einen Becher, der in Nähe des Kochfeuers stand. Er tauchte ihn in einen brodelnden Topf, pustete auf den Inhalt, und nahm schließlich einen Schluck von der heißen Suppe.

»Wie Ihr meint, Feldwebel. Ist alles noch ein bißchen neu für mich.«

De Loungville überraschte ihn mit einem Lächeln und trank dann seine Suppe. Er zog ein Gesicht und meinte: »Da fehlt Salz dran.« Er warf den Becher zu Boden und ging davon. »Falls du mich suchst, ich bin beim Hauptmann.«

Erik wandte sich an einen der Männer, die kochten, und sagte: »Was hatte das denn zu bedeuten?«

Der Mann hieß Samuel. Er hatte zu einer der ersten Gruppen gehört, die vom Galgen verschont geblieben waren, und er kannte de Loungville schon lange Zeit. »Der Feldwebel hat immer seine

Gründe für das, was er tut.« Dann hielt er inne. Schließlich fügte er hinzu: »Aber er hat zum ersten Mal wieder richtig gelächelt, seit Foster gefallen ist, Korporal.«

Erik wollte den Mann berichtigen, da ihn bis jetzt noch niemand offiziell zum Korporal ernannt hatte, aber dann dachte er, falls die Männer so besser und schneller gehorchten, würde er fein den Mund halten. Er zuckte nur mit den Schultern. Als das Essen fast fertig war, entschied Erik, daß es an der Zeit sei, die Männer gruppenweise Pause machen zu lassen, so daß auch die Wachposten etwas Heißes in den Bauch bekamen, ehe sie ihre nächste Schicht antraten.

Erik überwachte die Verteilung der Pferde an die Männer, denen die Gnade des einen Tags Vorsprung gewährt wurde, ehe sie gehetzt werden durften. Calis machte ihnen ein ungewöhnliches Angebot: Falls sie geradewegs zum Dee reiten würden, also Richtung Süden, würde er sie nicht verfolgen lassen. Er warnte sie davor, ihm und seinen Männern zum Hafen des Leids zu folgen. In diesem Fall würde er jeden von ihnen töten. Er zahlte ihnen auch einen kleinen Betrag in Gold aus.

Für Erik war es überraschend, daß etwa zwanzig von Nahoots Leuten angeboten wurde, bei Calis zu bleiben. Sie wurden von jenen getrennt, die de Loungville ausgebildet hatte, und Greylocks Leuten zugeteilt; sie sollten mit Hatonis' Clansmännern reiten. Unter diesen Umständen Fremde in die Truppe zu nehmen, erschien Erik als ein Risiko, das er selbst nicht auf sich genommen hätte. Allerdings war dies vielleicht der Grund, weshalb Calis der Adler von Krondor und er selbst nur so eine Art Korporal in dessen Truppe war.

De Loungville kam herüber und sah zu, wie Erik die sechzig Mann marschfertig machte. Sie hatten die schlechtesten Pferde bekommen und wußten das, doch zumindest lahmte keines von ihnen. Zudem wurden sie mit Vorräten für eine Woche versorgt, bekamen Gold von Calis und durften ihre Waffen mitnehmen. Alle anderen Sachen behielt die Truppe für sich.

Ein halbes Dutzend Reiter würde den Männern einen halben Tag lang folgen und dann zurückkehren. Als alle aufgestiegen und bereit waren, wurde der Befehl zum Aufbruch gegeben, und die besiegten Söldner und ihre Eskorte ritten davon.

Erik sah ihnen nach und fragte dann: »Feldwebel, warum nehmen wir die anderen zwanzig bei uns auf?«

De Loungville antwortete: »Der Hauptmann wird schon seine Gründe haben. Du hältst einfach nur ein Auge auf sie und achtest drauf, ob sie das tun, was ihnen gesagt wird. Mach dir keine Sorgen. Nur eins noch: Sag unseren Männern, keiner solle den neuen gegenüber ein Wort über unsere Auseinandersetzung mit den Saaur verlieren.«

Erik nickte und ging los, um den Männern Bescheid zu sagen. Als er die Mitte des Lagers erreichte, sah er Greylock, der grüne Armbinden austeilte. Erik nahm eine und fragte: »Wofür ist die?«

»Von heute morgen an sind wir Nahoots Großartige Kompanie.« Er zeigte auf de Loungville, der die Vorräte begutachtete, die sie gewonnen hatten. »Er ist Nahoot. Zumindest haben die Männer, die zu uns gestoßen sind, gesagt, Bobby sähe Nahoot von uns allen am ähnlichsten.«

»Und Calis meint, die Saaur denken sowieso, wir Menschen würden alle gleich aussehen?«

Greylock grinste. »Hab ich doch gleich gewußt, du bist gar nicht so dumm. Freut mich, freut mich, daß ich mich nicht geirrt habe.« Er legte Erik die Hand auf die Schulter und zog ihn ein Stück von den Männern fort, die sich versammelt hatten, um ihre Armbinden in Empfang zu nehmen. »Nahoots Ablösung ist in den nächsten Tagen fällig. Zumindest glauben das alle.«

»Wenn wir also als Nahoots Truppe durchgehen, können wir wieder ins Lager der Königin marschieren, und niemand wird uns eines Blickes würdigen.«

»So in etwa. Falls wir diesen Jungs glauben können, herrscht hier unten ein wesentlich größeres Durcheinander als oben im Norden bei Lanada. Natürlich können wir immer noch auf jemanden treffen, der uns von dort oben her kennt, aber das ist doch sehr unwahrscheinlich.«

Greylock blickte sich um, ob jemand mithörte, und fuhr dann fort: »Scheint so, als wären Nahoots Jungs ausgeschickt worden, um uns zu finden.«

»Ist das eine Tatsache oder eine Vermutung?« fragte Erik.

»Eine Vermutung, aber schätzungsweise sehr nah an der Wahrheit. Der Befehl lautete, zu dieser Straße herauszureiten und nach einer Kompanie Ausschau zu halten, die von den Bergen herunterkommt, die keine Armbinden trägt und die das Losungswort nicht kennt. Ich habe keine Ahnung, wen außer uns sie in den Bergen erwartet haben.«

Erik meinte: »Ihr habt recht. Ich würde allerdings nicht darauf wetten, daß sie nach uns Ausschau gehalten haben.«

Greylock zuckte mit den Schultern. »Vielleicht befürchten sie, wir könnten etwas in diesem Labyrinth von Höhlen und Galerien gesehen haben.«

Erik meinte: »Jedenfalls hab ich dort genug gesehen, um meinen nächsten Besuch so lange wie möglich aufzuschieben.«

Greylock grinste. »Wie geht's den Pferden?«

»Gut. Wir haben sie auf eine andere Weide gebracht, und sie legen ganz hübsch an Gewicht zu. Nichts dabei, womit ein Adliger bei uns zu Hause gern herumreiten würde, aber für einfache Söldner ist es eine brauchbare Herde.«

»Such mir ein gutes aus«, sagte Greylock. »So, und jetzt muß ich wieder an die Arbeit. Wir müssen die Neuen irgendwie beschäftigen, damit wir Ruhe vor ihnen haben, und dann heißt es: warten.«

»Warten worauf?«

»Auf die Ablösung, damit wir am Sturm auf Maharta teilnehmen können.«

Erik schüttelte den Kopf. »Schon lustig, die Art, wie wir uns durch diesen Krieg kämpfen. Helfen dem Feind bei seinen Eroberungen.«

Greylock zuckte mit den Schultern. »Abgesehen von Leid und Tod kann der Krieg ein ziemlich lustiges Geschäft sein, Erik. Ich habe jedes Geschichtsbuch über Kriege gelesen, das ich in die Finger kriegen konnte, und eins weiß ich ganz bestimmt: Wenn man anfängt, einen Schlachtplan in die Tat umzusetzen, entwickelt er sein eigenes Leben. Und wenn man einmal Feindberührung gehabt hat, besitzt dieser Plan keinen Wert mehr. Dann muß man die Gunst der Stunde ausnutzen, damit am Ende des Tages ein Sieg steht. Meistens hofft man jedoch lediglich, die andere Seite würde einen Fehler machen, bevor man selbst einen begeht.

Calis hatte einen Plan, als wir aufgebrochen sind, aber nach dem, was Nakor im Lager der Königin erfahren hat, hat er ihn verworfen, und jetzt entscheidet er von Fall zu Fall.«

»Er hofft also, die andere Seite würde vor uns einen Fehler machen?«

»So in etwa.«

»Na, dann werde ich mal ein Gebet an Ruthia schicken«, sagte Erik, derweil sich Greylock umdrehte und davonging.

Erik dachte darüber nach, was er bisher gesehen und getan hatte, und er mußte sich eingestehen, daß Greylock recht hatte. Seit der ersten Berührung mit der Armee der Königin hatte Calis kaum noch Pläne schmieden und Listen aushecken können, und Kühnheit und die Hoffnung auf Glück mußten diesen Mangel ersetzen.

Er ließ die tiefschürfenden Überlegungen sein und dachte, solange die Lage so ruhig blieb, könnte er sich ja ein bißchen um seine Rüstung und seine Waffen kümmern. Er ging zu seinem Zelt zurück und fand es leer vor, da seine Gefährten draußen an der Palisade schufteten. Erik legte sein Schwert, seinen Helm und seinen Brustpanzer ab. Er schnappte sich einen alten Lappen und etwas Öl und begann, seine Rüstung zu polieren. Er runzelte die Stirn, als er sah, wieviel Rost sie schon angesetzt hatte, und legte sich tüchtig ins Zeug, um den Schmutz zu entfernen.

Ein Reiter galoppierte über den Berg und hetzte sein schaumbedecktes Tier die Straße entlang. Erik wandte sich augenblicklich um und rief: »Da kommt ein Reiter!«

De Loungville befahl den Männern, ihre Waffen zu holen, und sie hatten ihre Positionen eingenommen, ehe der Reiter das Tor erreichte. Als Erik den Mann als einen der ihren erkannte, ließ er die Brücke ausfahren. Der Graben und der Wall waren gut ausgebaut worden, seit Nahoots Truppe abgezogen war. Ein Stück weiter unten im Wald hatten sie eine Herde Büffel aufgetrieben und außerdem weiteres Wild und Nüsse gefunden. Mit den Vorräten, die sie Nahoots Großartiger Kompanie abgenommen hatten, waren sie fürs erste reichlich versorgt.

Als der Reiter die Brücke erreichte, zügelte er sein Pferd und stieg ab, so schnell er konnte. Er führte das Tier über die Brücke, die sich dabei alarmierend durchbog und ächzte, jedoch besser hielt, als Erik erwartet hatte.

Der Reiter warf die Zügel Erik zu und rannte an ihm vorbei zu de Loungville und Calis. »Es sind die Grünhäute«, schrie er.

»Unten an der Straße. Es ist eine große Patrouille, vielleicht zwanzig. Aber sie scheinen es nicht eilig zu haben.«

Calis dachte einen Moment lang nach. »Sag den Männern, sie

sollen bereitstehen. Es soll aussehen, als wären wir wachsam, aber wir wollen keinen Verdacht erregen.«

Erik gab den Befehl weiter und führte dann das Reittier davon. Luis hielt bei den Pferden Wache, und er sagte ihm, er solle das Pferd eine Weile herumführen, damit sich die Stute abkühlen konnte, und danach solle er sie striegeln und füttern.

Als er ins Lager zurückkehrte, nahmen die Männer gerade wieder ihre gewohnten Posten ein. Jeder hatte jedoch seine Waffen in der Nähe und viele sahen nervös aus. Während er an ihnen vorbeiging, sagte er leise zum einen oder anderen: »Mach dir keine Sorgen«, oder: »Ganz ruhig bleiben. Du erfährst es schon noch früh genug, wenn es irgendwelchen Ärger gibt.«

Dennoch vergingen die nächsten zwanzig Minuten quälend langsam, bis endlich die ersten Saaur in Sicht kamen. Erik sah sie sich genau an. Bei der letzten Begegnung war er zu sehr damit beschäftigt gewesen, seine Haut zu retten, als daß er sie eingehend hätte betrachten können. Roo kam zu ihm und meinte: »Das ist vielleicht ein Anblick.«

»Sag, was du willst, aber diese Grünhäute wissen auf ihren unglaublichen Tieren zu sitzen.«

Die Saaur saßen locker im Sattel, so als hätten sie ihr ganzes Leben darin verbracht. Jeder Reiter hatte hinten am Sattel einen kurzen Bogen hängen, und Erik schickte ein kurzes Dankgebet gen Himmel, weil die Kompanie, die sie auf der Ebene von Djams angegriffen hatte, von den Bögen keinen Gebrauch gemacht hatte. Die meisten Saaur trugen runde Schilde, die aus Leder und Holz gemacht und mit fremdartigen Zeichen verziert waren. Der Anführer trug einen Pferdeschweif auf seinem Helm, der blau gefärbt war, von einem großen Obsidianring gehalten wurde und an einer Metallkappe befestigt war, die den Schädel bedeckte. Als die letzten Reiter in Sicht kamen, zählte Erik sie rasch durch. Es waren zwanzig, denen noch vier Packpferde folgten.

Sie erreichten das Lager, blieben stehen, und der Anführer rief: »Wo ist Nahoot?«

Er hatte einen starken Akzent, und seine Stimme dröhnte, aber man konnte ihn verstehen. De Loungville, der einen Helm trug, der die Augen verbarg, trat an die andere Seite der Brücke. »Was gibt's?« rief er.

»Was hast du zu berichten?«

Calis hatte sich dazu schon etwas überlegt. Alle außer den neuen Rekruten wußten, was jetzt kommen würde. »Wir wurden von einigen Männern überfallen, die versuchten, die Straße hinunterzuziehen. Wir haben sie zurückgeschlagen und in die Berge gejagt.«

»Was?« röhrte der Anführer der Saaur. »Du solltest uns einen Boten schicken, falls jene versuchen sollten, die Berge zu verlassen.«

»Haben wir gemacht!« brüllte de Loungville und tat sein Bestes, ärgerlich zu klingen. »Wollt Ihr behaupten, er hätte Euch nicht erreicht?«

»Ich behaupte gar nichts«, schrie der erboste Saaur. »Wann ist das passiert?«

»Vor knapp einer Woche!«

»Vor einer Woche!« Der Saaur schrie etwas in seiner eigenen Sprache, und seine halbe Kompanie machte sich auf, die Straße hochzureiten. Der Anführer sagte: »Wir brauchen Vorräte. Ihr werdet aufbrechen und zum Heer zurückkehren. Aber das gefällt mir gar nicht.«

»Nun, könnt Ihr Euch vorstellen, wie wenig es mir gefällt, daß Ihr meinen Boten einfach verloren habt«, schrie de Loungville. »Ich werde General Fadawah darüber Bericht erstatten!«

»Und die Kobolde werden kommen und dich begatten, weil du ein so liebenswerter Kerl bist«, schnauzte der Offizier zurück. Mit einem Mal wurde Erik ganz ruhig. Hätte der Saaur mit de Loungville kämpfen wollen, würde er keine Beleidigungen ausstoßen, während er abstieg. Wer auch immer dieser Offizier war, er hatte de Loungville als Nahoot akzeptiert und liebte es einfach, mit Beleidigungen um sich zu werfen, während die Ablösung erfolgte.

»Ärger mit den Gilani gehabt?«

»Nein«, grunzte der Saauroffizier. »Unsere Reiter haben diese kleinen haarigen Menschlein nördlich von hier in die Berge gejagt. Ihr werdet einen friedlichen Ritt haben und dabei im Sattel schlafen können.« Er trat auf die Brücke, die beim Gewicht seines riesigen Pferds bedenklich knarrte, jedoch standhielt. Erik schickte ein stilles Dankgebet zum Himmel. Und er war froh, weil er sich nach ihrem Abzug nicht mehr darum scheren mußte, ob die Brücke auch weiterhin hielt.

De Loungville brüllte: »Brecht das Lager ab! In zehn Minuten ist jeder Mann zum Aufbruch bereit!«

Erik eilte los, denn wie jeder andere wußte er, je länger sie sich noch hier bei den Saaur aufhielten, desto größer waren die Chancen, daß einem der Männer etwas herausrutschte, das einen Kampf vom Zaun brechen könnte.

Er lief zu seinem Zelt, Roo an seiner Seite, und dort waren Biggo und Luis bereits mit dem Einpacken beschäftigt. »Roo«, bat Erik, »pack auch meine Sachen ein. Ich werde mal ein Auge auf Nahoots Männer werfen.«

Roo ersparte Erik jegliche Bemerkung darüber, er solle sich gefälligst nicht vor der Arbeit drücken, und sagte nur: »Ich kümmere mich drum.«

Erik ging dorthin, wo die zwanzig Männer von Nahoots Truppe warteten. Sie unterhielten sich murmelnd miteinander. Erik wollte ihnen keine Gelegenheit geben, sich über einen Seitenwechsel Gedanken zu machen und rief: »Los, rüber zu den Pferden! Holt sie her! Die ersten sechs sind für die Offiziere. Dann bringt ihr welche zum ersten Zelt, dann zum zweiten und so weiter, bis jeder Mann ein Pferd hat. Und danach packt ihr euren Kram zusammen und steigt selbst auf. Verstanden!« Der Grimm und die Lautstärke seines Tonfalls machten jedem klar, daß das letzte keine Frage gewesen war. Das war ein Befehl.

Die zwanzig Männer setzten sich sofort in Bewegung, und einige erwiderten: »Jawohl, Korporal«, während sie halb gehend, halb im Laufschritt zu den Pferden eilten.

De Loungville kam kurze Zeit später dazu und fragte: »Wo sind die Neuen?«

Erik zeigte auf sie. »Ich laß sie die Pferde für die anderen holen, und ich habe ein Auge auf sie.«

De Loungville nickte. »Gut.« Ohne ein weiteres Wort drehte er sich um und gesellte sich wieder zu Calis und Greylock.

Der Anführer der Saaur war inzwischen damit beschäftigt, einem der Packpferde eine Rolle abzunehmen, und Erik wandte sich wieder Nahoots Männern zu. Die zwanzig Neuen kamen mit den Pferden herbeigeeilt und taten ihr Bestes, die Disziplin zu wahren, derweil sich das Lager in einen Ameisenhaufen verwandelt hatte. Erik lief zu seinen drei Zeltgenossen hinüber, die ihre Ausrüstung einpackten, und Roo warf ihm sein Bündel zu. »Hab deins zuerst eingepackt«, meinte er.

Erik lächelte. »Danke.« Er schnappte sich seinen Sattel und lief dorthin zurück, wo die Neuen gerade die Pferde anbrachten. Rasch suchte er sich eins aus, sattelte es, packte sein Bündel hinter den Sattel und stieg auf.

In flottem Trab ritt er an den Männern vorbei, während sich das Lager auflöste. Zelte wurden zusammengefaltet und, so gut es ging, in die kleinen Beutel gestopft, damit man sie auf die

Rücken der Lasttiere packen konnte. Die Pfähle vom Befestigungswall waren bereits eingesammelt worden und wurden nun ebenfalls auf Packpferden verstaut. Die ersten Männer saßen bereits im Sattel und hatten sich in einer Reihe aufgestellt, ehe noch Nahoots Männer die letzten Pferde gebracht hatten. Den Saaur wurden nur der Graben, die Brücke, das Tor und die Feuerstellen hinterlassen.

Erik sah zu, wie die Saaur ihr Lager aufschlugen. Zehn große, kreisrunde Zelte wurden aufgebaut, deren Gerüst aus Rohrstangen oder Holz bestand, über das Häute gespannt wurden. Sie waren so klein, daß er sich fragte, wie die Saaur wohl hineinkamen. Allerdings fragte er das keinen, sondern wandte seine Aufmerksamkeit wieder den letzten Männern zu.

Die Neuen brauchten einige Zeit, bis sie ihre Sachen geordnet hatten, aber schließlich waren auch sie marschbereit. Erik ritt zur Seite, als Calis den Befehl zum Aufbruch gab, und er sah zu, wie die Männer an ihm vorbeiritten. Gleichzeitig beobachtete er auch den Anführer der Saaur, der die Menschen während ihres Aufbruchs nicht aus den Augen ließ.

In diesen rot-weißen Augen schien Mißtrauen zu liegen, zumindest glaubte Erik dies zu erkennen. Doch plötzlich winkte ihnen der Anführer zum Abschied zu. Erik merkte, wie er seinerseits die Hand zum Gruß hob, ehe er noch darüber nachgedacht hatte. Er zog sein Tier herum und nahm seinen Platz, den letzten in der Kolonne, ein.

Als er über die Brücke ritt und sie die Saaur hinter sich zurückließen, dachte er: »Wie seltsam? Als wären wir alte Freunde, die sich eine gute Reise wünschen.«

Sie zogen durch die Ausläufer des Gebirges, die die Ebene von Djams überragten und kamen schließlich hinunter in die Steppe, in der Kompanien von Saaur Patrouille ritten. Was auch immer die

Invasoren denken mochten, eine Truppe Söldner, die langsam auf das Zentrum der Armee zuritt und smaragdgrüne Armbinden trug, stellte keinen Grund zur Sorge dar.

Verschiedene Male kamen sie an Lagern vorbei. Calis schätzte, die Saaur und ihre Verbündeten würden immer noch in diesem Gebiet patrouillieren, um vielleicht die Gilani in Schach zu halten oder um niemandem im Süden den Durchzug hinter den eigenen Reihen zu gewähren.

Eine Woche lang ritten sie ohne Zwischenfall weiter, bis sie den ersten großen Sammelplatz erreichten, eine mit einem Turm versehene Erdhügelburg, die groß genug für mehrere hundert Männer und Pferde war. Eine Wache auf dem Turm hoch über der Burg rief etwas nach unten, und am Kontrollpunkt hundert Meter vor dem Tor wartete daraufhin schon eine Abteilung Saaur auf sie.

Ohne Einleitung schrie der Anführer: »Befehle?«

»Wir stoßen wieder zum Heer«, antwortete Calis ruhig.

»Welche Truppe?«

»Nahoots Großartige Kompanie«, antwortete de Loungville.

Der Anführer faßte de Loungville fest ins Auge und stellte fest: »Du siehst anders aus.«

Mit gereizter Stimme antwortete de Loungville: »Sitzt Ihr mal eine Weile lang abends in diesen verdammt kalten Bergen und friert, dann seht Ihr auch anders aus.«

Der Saaur zuckte zusammen, als wäre dies nicht die Antwort, die er erwartet hatte. Dawar, einer der Männer aus Nahoots Truppe, sagte beschwichtigend: »Laß uns schon rein, Murtag. Wir haben keine Zeit für solche Spielchen.«

Der Saaur wandte sich Dawar zu: »Dich kenne ich. Ich sollte euch beide verprügeln, wegen eurer schlechten Manieren.«

Dawar antwortete: »Und wen würdest du dann beim Knochenwerfen betrügen?«

Eisiges Schweigen machte sich breit, doch plötzlich stieß der Saaur mit Namen Murtag einen Laut aus, der sich anhörte, als würde einem ein Lederriemen durchs Trommelfell gezogen. Er zischte: »Passiert, ihr Hurensöhne, aber schlagt euer Lager außerhalb des Grabens auf. Drinnen ist es schon eng genug. Und wenn ihr heute nacht zum Spielen kommt, bringt genug Gold mit.«

Nachdem sie den Kontrollpunkt verlassen hatten, trieb Erik sein Pferd zu Dawar vor und fragte: »Was war denn das für ein Geräusch?«

Der Söldner schüttelte den Kopf und sagte: »Ich schätze, das ist so etwas wie Lachen, falls Ihr das glauben könnt. Murtag tut immer wie ein harter Kerl, aber das ist nur Schau. Oh, er würde Euch ohne mit der Wimper zu zucken in zwei Hälften teilen, wenn ihm danach wäre, doch er mag es lieber, wenn man vor ihm zittert und sich in die Hosen macht, oder wenn Ihr ihn ebenfalls anständig beleidigt. Nur wenn man sich einfach gleichgültig verhält, fällt man ihm auf die Nerven. Ich habe oft genug mit ihm gespielt, um das zu wissen. Wenn er erstmal was getrunken hat, ist er ein ziemlich netter Geselle, zumindest für eine Eidechse. Kennt ein paar lustige Geschichten.«

Erik lächelte. »Und du hast dir eine Belohnung verdient.«

Über Dawars Gesicht huschte ein berechnendes Lächeln. »Vielleicht könnte ich mich später mal mit Euch unterhalten, Korporal.«

»Wenn wir die Pferde versorgt haben«, antwortete Erik.

Erik ritt rasch zu de Loungville und Calis, wo er sich im Sattel weit vorbeugte, damit er leise mit de Loungville sprechen konnte. »Ich habe Dawar gesagt, er hätte eine Belohnung verdient.«

De Loungville sagte: »Dann kannst du sie ja auch bezahlen.«

Calis gab das Zeichen, die Kompanie sollte zur Ostseite des Grabens hin ausschwärmen, wo schon eine weitere Truppe lagerte, die ihre Ankunft allerdings nicht beachtete. Er zog sein Pferd herum und fragte: »Was gibt's?«

»Der junge von Finstermoor gibt dein Geld aus.«

Erik erklärte die Sache, und Calis fragte: »Und was bereitet dir daran jetzt Sorgen?«

»Er hat sich so schnell und leicht bereitgefunden, die Saaur zu täuschen. Ich traue ihm nicht. Als es darum ging, sein Leben zu retten, war er ähnlich schnell bei der Sache, fast so, als ...«

»Als wollte er gefangengenommen werden?« beendete Calis den Satz.

De Loungville grinste, und Erik fragte: »Was ist denn?«

»Diese zwanzig, die wir bei uns behalten haben, Erik«, antwortete Calis, »sind nicht etwa die, denen wir am meisten getraut haben.«

De Loungville fügte hinzu: »Das sind die, auf die wir am ehesten ein Auge haben müssen.«

Erik setzte sich im Sattel auf und starrte mit offenem Mund vor sich hin, dann schüttelte er den Kopf. »Ich bin ein ausgemachter Dummkopf.«

»Nein«, sagte Calis, »aber du hast noch eine ganze Menge zu lernen, was diese Seite der Kriegsführung anbetrifft, die nicht so deutlich auf der Hand liegt. Bei jedem von diesen zwanzig Männern kamen die Antworten ein wenig zu schnell und leicht für Söldner. Ich glaube, die Smaragdkönigin hat überall in ihrem Heer Spione verteilt. Sicherlich gehören nicht alle zwanzig dazu, aber ein oder zwei ganz bestimmt, wenn nicht mehr. Also behalten wir die verdächtigsten einfach bei uns.«

»Ein höchst liebenswerter Haufen«, meinte de Loungville. »Also, hör zu. Du und zwei Männer, denen du vertraust, sagen wir mal Biggo und Jadow, ihr behaltet diese Männer genau im Auge. Achtet drauf, daß nicht zu viele von ihnen gleichzeitig dienstfrei haben, und sieh dir an, wo sie sich herumtreiben. Wenn einer von ihnen in die Burg geht, soll ihn auf jeden Fall einer von euch begleiten.« Er griff in seine Jacke und zog einen schweren Geldbeutel heraus. »Wir haben mit dem Gepäck auch einiges Gold verloren, aber das meiste konnte ich retten.« Er öffnete den Beutel und übergab Erik ein Dutzend kleiner Münzen. »Wenn irgendeiner von diesen Kerlen zum Trinken in die Burg will, dann bist du derjenige, der ihnen das Bier und den Wein ausgibt. Verstanden?«

Erik nickte. »Ich werde mich darum kümmern, daß niemals mehr als vier von ihnen Zeit haben, gleichzeitig Ärger anzuzetteln.« Er wandte sein Pferd um, stieß ihm die Hacken in die Flanken und ritt zurück zum Ende der Kolonne.

Calis sagte: »Er entwickelt sich prächtig.«

»Ja, schon, aber er ist noch nicht halb so fies, wie er eigentlich sein müßte. Doch darum werde ich mich schon noch kümmern.«

Calis lächelte schwach und wandte seine Aufmerksamkeit wieder den Männern zu, die vor ihm ihr neues Lager aufschlugen.

Erik drehte eine Runde ums Lager und hielt die Augen offen, falls es irgend etwas gab, das aus dem Rahmen fiel. Mit der Erdhügelburg im Rücken hatte Calis auf eine Befestigung des Lagers verzichtet. Die Männer bauten rasch ihre Zelte auf, überprüften die Vorräte und machten sich für die Nacht fertig.

Während er so seine Runde drehte, sah er die acht Männer aus Nahoots Truppe, die er eingeteilt hatte, um bei den Pferden Wache zu halten. Sie unterhielten sich immer zu zweit, sonst taten sie, was ihnen gesagt worden war. Vier weitere von ihnen hatten sich schon schlafen gelegt, als er an ihrem Zelt vorbeigegangen war. Jadow beobachtete diese Gruppe. Vier waren mit Kochen beschäftigt. Blieben also nur noch vier, und falls Biggo tat, was ihm befohlen worden war, blieb er immer in ihrer Nähe.

Erik kam zurück zu seinem Zelt, wo Roo gerade zu schlafen versuchte. »Ich dachte, du hättest Wache?« fragte Erik, setzte sich und zog die Stiefel aus.

»Ich hab mit Luis getauscht. Er wollte ins Fort gehen und sehen, ob es dort nicht ein paar Huren gibt.«

Die Erwähnung von Frauen ließ Erik aufhorchen, und er hörte auf, an seinen Stiefeln zu ziehen. »Vielleicht sollte ich das mal überprüfen.«

Roo wälzte sich verschlafen herum und meinte: »Mach doch.«

Erik ging rasch hinüber zu Calis' Zelt, wo er den Hauptmann im Gespräch mit de Loungville und Greylock vorfand. Letzterer hatte irgendwo eine Pfeife und Tabak aufgetrieben. Erik hielt den Tabakrauch für giftig, hatte sich jedoch sein Leben lang damit abfinden müssen; denn im Schankraum des Gasthauses zur Spießente war das Rauchen ganz selbstverständlich, auch wenn es bei einem guten Wein eigentlich den Geschmack störte. Einen Augenblick lang fragte sich Erik, was wohl aus dem hübschen Feuerzeug geworden war, das er zu Hause gehabt hatte.

»Was gibt's?« fragte de Loungville.

»Ich gehe ins Fort«, antwortete Erik, »wenn nichts dagegen spricht. Luis ist schon drin, und ich glaube, Biggo auch.«

De Loungville nickte. »Paß auf«, sagte er und machte eine Handbewegung, er solle abtreten.

Erik ging den feuchten Hügel hinauf, auf dem das Fort errichtet worden war, und umrundete es, bis er zum Tor kam. Es war immer noch offen, und die Wachen dort schliefen halb. Zwei Saaur, von denen einer so etwas wie ein Offiziersabzeichen auf dem Brustpanzer trug, unterhielten sich in einer Hütte am Tor, aber sie beachteten Erik nicht, als er hineinging.

De Loungville hatte das Fort eine »klassische« Erdhügelburg mit Turm genannt, und Erik war von der Bauweise fasziniert. Zuerst hatte man einen Erdhügel angelegt und einen Turm gebaut. Um diesen Turm herum erstreckte sich der Burghof, der von einer Mauer umgeben war, an die sich die Gebäude der Burg drängten. Plötzlich fiel es Erik auf: Calis hatte in Weanat versucht, eine ähnliche Anlage zu errichten, natürlich in viel bescheideneren Ausmaßen. Auf dem Turm hatte sicherlich ein halbes Dutzend Bogenschützen Platz, auf einer Plattform, die sich zehn Meter über den Boden erhob. Um das kleine Dorf war eine fünf Meter hohe Mauer aus Baumstämmen errichtet worden, die mit einem Wehrgang ausgestattet war und von Erde gestützt wurde. Eine Armee würde mit diesem Fort wenig Schwierigkeiten haben, aber die meisten einzelnen Kompanien würden sich die Zähne daran ausbeißen.

Im Inneren gab es ein halbes Dutzend Gebäude, die alle aus Holz gebaut und deren Dächer mit einem Geflecht aus Erde und Stroh gedeckt waren. Um die Häuser herum standen kleinere Hütten. Erik verstand nun, warum sie die Saaur am Außentor nicht in der Burg hatten lagern lassen wollen. Es war ziemlich eng hier drinnen.

Er hörte Lachen und ging auf etwas zu, das er für eine Art Gasthaus hielt, und nachdem er eingetreten war, fand er seine Vermutung bestätigt. Der Schankraum war dämmerig, des Rauches und der wenigen Lampen wegen, aber vor allem traf Erik der Gestank von Bier, vergossenem Wein und menschlichem Schweiß wie ein Hammer. Plötzlich spürte er tiefes Heimweh und wünschte sich zurück ins Gasthaus zur Spießente. Er schob das Gefühl beiseite und drängelte sich zum Tresen durch.

Der Wirt, ein stämmiger Mann mit blühender Gesichtsfarbe, fragte: »Was darf's sein?«

»Hast du Wein?« fragte Erik.

Der Mann zog eine Augenbraue hoch – alle anderen Leute schienen Bier oder Schnaps zu trinken –, doch er nickte und holte unter dem Tresen eine dunkle Flasche hervor. Der Korken war noch ganz, also hoffte Erik, die Flasche wäre frisch und noch ungeöffnet. Altgewordener Wein schmeckte wie Essig, den man mit Rosinen gemischt hat, aber die meisten Wirte konnte man einfach nicht davon überzeugen, daß man am Ende des Tages eine Flasche nicht wieder verkorken und am nächsten Tag wieder öffnen konnte, ohne sich dabei Beschwerden der Gäste einzuhandeln.

Der Wirt nahm einen Becher und goß den Wein ein. Erik nippte daran. Der Wein war süßer, als er es eigentlich mochte, aber lange nicht so süß wie die Dessertweine, die aus dem Norden von Yabon kamen. Man konnte ihn trinken, und Erik zahlte, wobei er dem Wirt bedeutete, daß er die Flasche auf dem Tresen lassen sollte.

Erik sah sich um und entdeckte Biggo in einer Ecke. Der Mann versuchte, unverdächtig auszusehen, was ihm allerdings ganz und gar nicht gelang. Er hatte sich an die Wand gelehnt, hinter einem Tisch, an dem fünf Männer mit zwei Saaur spielten. Die Eidechsenmenschen waren zu groß für die Stühle, aber sie hatten sich irgendwie hingehockt und waren ganz erpicht auf das Spiel. Erik hörte das Klacken von Knochen, wie die Würfel hier genannt wurden, und dazu erhob sich immer wieder der Jubel der Gewinner und das Stöhnen der Verlierer.

Nach ein paar Minuten stand Dawar auf und verließ den Spieltisch. Er kam herüber zu Erik und fragte: »Habt Ihr eine Minute Zeit für mich?«

Erik machte dem Wirt ein Zeichen, er solle ihm noch einen Becher geben, den er dann füllte. Dawar nippte daran und verzog das Gesicht. »Keinesfalls so gut wie der von den Weingärten Eurer Heimat, nicht?«

»Und wo liegt meine Heimat?« fragte Erik.

Dawar entgegnete: »Weit entfernt von hier. Gehen wir einen Augenblick nach draußen.«

Erik nahm die Flasche, und Dawar führte ihn nach draußen in die frische, kalte Nachtluft. Der Mann sah erst nach rechts, dann nach links, und zog Erik schließlich in eine dunkle Ecke an der Mauer.

»Nun, Korporal«, begann Dawar. »Wir sollten diesem Mummenschanz vielleicht ein Ende machen. Ihr seid die Kompanie, die Nahoot abfangen sollte.«

»Wie kommst du darauf?« fragte Erik. »Ihr wart doch diejenigen, die über uns hergefallen sind.«

»Ich bin nicht erst seit heute morgen auf der Welt«, antwortete der Mann und grinste. »Ich weiß, Euer Hauptmann ist nicht Euer Hauptmann, sondern dieser schlanke blonde Kerl.«

»Was willst du?«

»Ich wäre gern reich«, sagte Dawar, wobei seine Augen gierig aufblitzten.

»Und wie stellst du dir das vor?« fragte Erik und legte die Hand behutsam auf den Griff seines Schwertes.

»Seht, ich würde vielleicht die eine oder andere Goldmünze verdienen, wenn ich Murtag erzähle, Ihr seid gar nicht die, die Ihr zu sein vorgebt. Aber das wäre eben nur eine Goldmünze oder zwei, und dann muß ich mir wieder eine neue Kompanie suchen.« Er blickte sich um. »Doch ich mag die Dinge nicht, die ich bei dieser großen Eroberung in der letzten Zeit zu sehen bekommen habe. Da sterben zu viele Männer für zu wenig Gold. Und es wird nicht viel übrigbleiben, mit dem man hinterher weitermachen könnte, versteht Ihr? Also ich denke, ich könnte Euch und Eurem Hauptmann eine große Hilfe sein, aber ich will mehr als meinen Sold und eine kleine Belohnung.«

»Du wirst genug Gelegenheit zum Plündern bekommen, wenn wir Maharta eingenommen haben«, sagte Erik unverbindlich.

Dawar trat einen Schritt auf Erik zu und sagte mit gedämpfter

Stimme: »Wie lange, glaubt Ihr, werdet Ihr das noch durchhalten können? Ihr seid vollkommen anders als jede Kompanie, die mir je untergekommen ist. Ihr redet seltsam und Ihr seht aus wie ... ich weiß nicht ... irgendwelche Soldaten, aber nicht wie die, die bei Paraden vorbeimarschieren, sondern wie richtig harte, so wie Söldner. Aber wer auch immer Ihr seid, Ihr seid nicht das, wofür Ihr gern gehalten werden möchtet, und es sollte Euch etwas wert sein, wenn ich das nicht ausplaudere.«

»Also hast du uns deshalb am Tor ausgeholfen?«

»Sicher. Die meisten von uns sehen für die Saaur gleich aus, und Murtag ist dazu noch ziemlich dumm – was keinesfalls auf alle Saaur zutrifft –, und aus diesem Grund ist er auch hier draußen gelandet und nicht im Haupheer. Ich denke, ich kann Euch jederzeit verraten, aber ich wollte Euch zumindest die Gelegenheit geben, mir ein besseres Angebot zu machen.«

»Ich weiß nicht«, meinte Erik und hob mit der Linken den Weinbecher an die Lippen, während seine rechte auf dem Heft seines Schwertes ruhte.

»Nun seht einmal, von Finstermoor, ich bleibe bis zum Ende bei Euch, falls ihr mich gut bezahlt. Warum besprecht Ihr das nicht mit Hauptmann Calis –«

In diesem Augenblick schob sich eine Gestalt aus der Dunkelheit hinter Dawar, und große Hände packten ihn an den Schultern. Der Mann wurde herumgerissen, dann packten ihn die Hände im Nacken und am Kinn, es gab ein lautes Knacken, und das Genick war gebrochen.

Erik hatte sein Schwert schon gezogen, als Biggo aus der Dunkelheit trat. »Einen der Spione hätten wir somit entlarvt«, flüsterte er.

»Wieso bist du dir da so sicher?« zischte Erik, dessen Herz heftig pochte. Er steckte sein Schwert zurück in die Scheide.

»Ich bin mir sicher, weil dich bestimmt keiner mehr von Finstermoor genannt hat, seit wir auf diesen Haufen gestoßen sind. Aber verdammt noch mal, selbst wenn, auf keinen Fall hat jemand seitdem den Hauptmann beim Namen genannt.« Erik nickte. Es war der strikte Befehl ergangen, den Namen des Hauptmanns nicht zu benutzen. »Wie konnte er also wissen, wer du bist?«

Erik verließ der Mut. »Ich habe es noch nicht einmal bemerkt.«

Im schwachen Licht konnte Erik Biggos Grinsen erkennen. »Ich werd es niemandem verraten.« Er hob Dawars Leiche hoch und legte sie sich über die Schulter.

»Was sollen wir mit ihm machen?« fragte Erik.

»Wir tragen ihn einfach zurück ins Lager. Ist bestimmt nicht der erste Betrunkene, der von seinen Freunden hier herausgeschleppt wird, da bin ich mir sicher.«

Erik nickte, hob die Becher und die Weinflasche auf, die zu Boden gefallen waren, und gab Biggo das Zeichen zum Gehen. Er stellte die Becher und die leere Flasche an der Tür des Gasthauses ab und eilte dem großen Mann hinterher.

Angespannt erwartete Erik am Tor Schwierigkeiten, doch wie Biggo vorausgesagt hatte, glaubten die Wachen, sie würden nur einen Betrunkenen sehen, der von seinen Gefährten zurück ins Lager getragen wurde.

Sie ritten beim ersten Tageslicht weiter. Erik hatte de Loungville und Calis die Sache mit Dawar erzählt. Sie hatten sich der Leiche in einer kleinen Schlucht nahe am Lager entledigt und sie unter Steinen versteckt. Danach hatten sie die Lage kurz besprochen, und Calis hatte gesagt, wofür auch immer sie sich entscheiden sollten, sie würden es weit entfernt von den Saaur und anderen Söldnern tun.

Während sie das Lager abbrachen, erregten sie wenig Aufmerksamkeit, nur ein Saaurkrieger kam zu ihnen und fragte, was sie taten. De Loungville wiederholte, sie hätten Befehl, zum Heer zurückzukehren, und der Krieger grunzte nur und machte sich wieder zum Fort auf.

Wie Calis vermutet hatte, diente das Fort gleichermaßen dazu, Deserteure von der Flucht in den Süden abzuhalten und die Flanken der Hauptarmee vor Angriffen zu schützen.

Gegen Mittag, während sich die Männer ausruhten und ihre Marschrationen aßen, sagte Calis, man solle fünf der Männer aus Nahoots Truppe zu ihm bringen. Als sie erschienen, erklärte Calis: »Einem eurer Gefährten, Dawar, haben sie gestern nacht bei einem Streit wegen einer Hure das Genick gebrochen. Ich möchte nicht, daß das noch einmal vorkommt.«

Die Männer waren verblüfft, nickten jedoch und gingen wieder. Die nächsten fünf wurden zu Calis gebracht, und wieder fünf. Als die letzten vier zu Calis geholt wurden, wiederholte er die Ermahnung erneut. Drei der Männer blickten ihn offen an, doch der vierte wirkte bei der Nachricht von Dawars Tod angespannt, und sofort hatte Calis den Dolch gezogen und ihn dem Mann an die Kehle gesetzt.

De Loungville befahl Erik: »Bring sie fort!«, während er den Mann mit Calis und Greylock zum Verhör davonführte.

Während Erik die drei Männer zurückbrachte, wurde er mehrmals gefragt, was denn da vor sich ginge. Erik erklärte: »Wir haben noch einen Spion gefangen.«

Einen Augenblick später konnte man von einer kleinen Erhebung her einen gellenden Schrei hören. Erik blickte hinüber, während das Schreien anhielt, und als es endlich zu Ende war, atmete er auf.

Dann ging es wieder los, und Erik bemerkte, daß es jeder Mann vermied, zu dem Hügel, der sich in einiger Entfernung befand, hinzusehen. Ein paar Minuten später kehrten de Loungville, Calis und Greylock zurück, und alle hatten eine grimmige Miene aufgesetzt. De Loungville blickte sich um und sagte: »Sie sollen aufsitzen, Erik. Wir haben noch ein ganzes Stück zurückzulegen und nur noch wenig Zeit.«

Erik drehte sich um. »Ihr habt den Feldwebel gehört! Aufsitzen!«

Die Männer erhoben sich, und Erik fühlte sich erleichtert, als sich plötzlich alle bewegten. Die Schreie des Spions, der unter der Folter gestorben war, waren ihm an die Nieren gegangen. Die plötzliche Bewegung nahm diese Anspannung von ihm, und jetzt konnte er seine Aufmerksamkeit auf etwas anderes richten.

Bald war die Kolonne wieder unterwegs und ritt dem Hauptheer der Saaur und dem Angriff auf Maharta entgegen.

# Zwölf

## Angriff

Erik blinzelte.

Beißender Rauch erfüllte meilenweit die Luft und machte es schwer, irgend etwas in der Ferne zu erkennen. Ein stechender Wind trug den Geruch verbrannten Holzes und den wenig angenehmen Gestank anderer Opfer der Flammen herüber.

Nakor ritt zu Erik nach hinten. »Übel, sehr übel«, meinte er.

Erik sagte: »Seit einer Woche habe ich kaum noch etwas gesehen, das nicht übel war.«

Sie waren seit vier Wochen unterwegs gewesen und hatten die Ebene überquert, immer in Richtung auf das Heer, das um Maharta herum lag. Während sie sich dem Schlachtfeld näherten, begann es in dem Gebiet von Vorbeiziehenden nur so zu wimmeln; zum einen waren das die Patrouillen des angreifenden Heeres, zum anderen Söldnerkompanien, die sich entschlossen hatten, die Stadt lieber zu verlassen als sich auf einen Kampf einzulassen – die meisten von ihnen jedoch machten einen weiten Bogen um Calis' Truppe, und nur zwei hatten sich kampfbereit aufgestellt. Als Calis jedoch kein Interesse an einem Gefecht gezeigt hatte, hatten beide Kompanien das Lager mit ihnen geteilt und Nachrichten ausgetauscht.

Die Nachrichten waren ernüchternd. Lanada war durch Verrat gefallen. Niemand wußte genaueres, doch man hatte den Priesterkönig überzeugen können, sein Heer nach Norden zu schicken, und die Stadt war unter dem Schutz einer kleinen Kompanie zurückgeblieben. Der Anführer dieser Kompanie hatte sich als Spion der Smaragdkönigin erwiesen, und er hatte die Stadttore einem Heer der Saaur geöffnet, welches von Südwesten heranzog. Das Volk der Stadt war eines Nachts nach einer großen Parade zu Bett gegangen. Die Kriegselefanten des Priesterkönigs mit scharfen Klingen an den Stoßzähnen und eisernen Dornen an den Füßen waren zu den Toren hinausgetrampelt, und auf den großen Sätteln hatten sich Bogenschützen gedrängt, die bereit waren, einen Pfeilhagel auf die Invasoren loszulassen. An ihrer Seite waren die Fürstlichen Unsterblichen marschiert, die Leibwache des Radsch von Maharta, eine Truppe, die so viele Drogen nahm, daß sie eine Kraft und Tapferkeit an den Tag legte, die kein gewöhnlicher Mann je aufbringen konnte. Den Unsterblichen war großer Ruhm und eine Wiedergeburt in einem besseren Leben versprochen worden, wenn sie für die Sache des Radsch starben.

Am nächsten Morgen war die Bevölkerung aufgewacht, und die Stadt hatte sich in der Hand der Saaur befunden. Die hatten, vom Gejammer der Menschen begleitet, alle Häuser durchsucht und die Leute bis zum letzten Mann, zur letzten Frau, zum letzten Kind auf dem großen Platz der Stadt zusammengetrieben, wo sie sich eine Rede des Priesterkönigs anhören mußten. Er war unter Bewachung herausgekommen und hatte seinem Volk verkündet, daß es nun unter der Herrschaft der Smaragdkönigin stand. Er und seine Priesterschaft waren daraufhin in den Palast zurückgeführt worden, und danach hatte man nie wieder etwas von ihm gehört.

Das Heer von Lanada war nach Norden geschickt worden, um sich einer Armee entgegenzustellen, die sich bereits in seinem Rücken befand, und der General des Priesterkönigs hatte daraufhin den Befehl über das Heer an General Fadawah übergeben und sich zu seinem Herrn im Palast gesellt. Den Gerüchten nach, welche in der Stadt die Runde machten, war der Priesterkönig mitsamt seinen Ministern und Generälen alsbald hingerichtet und von den Saaur aufgefressen worden.

Eine Sache stand jedoch fest. Dieser ganze Eroberungsfeldzug spitzte sich zu. Nach Lanadas Fall hatte General Fadawah nur eine kleine Truppe im Norden der Stadt zurückgelassen und den Rest des Heeres um Lanada herum auf der anderen Seite des Flusses nach Maharta ziehen lassen. Der große Marsch hatte nur Tage nach der Flucht von Calis' Kompanie begonnen.

Die Armee der Smaragdkönigin hatte ohne nennenswerten Widerstand rasch nach Süden ziehen können. Nur befand sie sich auf der falschen Seite des Flusses. Jetzt marschierten die nördlichen Truppen von Lanada auf der Hauptstraße zwischen den beiden Städten, während Pioniere einige Meilen nördlich der Mündung immer wieder behelfsmäßige Brücken über den Fluß bauten.

Erik betrachtete die verkohlte Landschaft; manche der Einheimischen hatten das trockene Wintergras angezündet, um der Verfolgung durch die Saaur zu entgehen, so vermutete er, denn die Steppenbrände waren an verschiedenen Stellen ausgebrochen. Nur ein kalter Regen hatte verhindert, daß sich der Brand über die ganze Ebene ausbreiten konnte.

Erik dachte über das kalte Wetter nach. In der Heimat mußte jetzt Hochsommer sein. Zu dem Zeitpunkt, an dem sie Maharta verlassen würden – falls sie Maharta je verlassen würden –, wäre fast ein Jahr vergangen, seit Erik aus Finstermoor geflohen war.

Der rasche Marsch von Fadawahs Heer nach Süden bot Calis' Truppe einen klaren Vorteil, denn überall herrschte ein wildes Durcheinander. Es war überraschend leicht, sich der Frontlinie zu nähern.

Tags zuvor hatte ein Offizier einen Paß von ihnen verlangt, doch Calis hatte nur einfach gesagt: »Niemand hat uns irgendwelche Papiere ausgestellt. Wir sollen nur an die Front ziehen.«

Der Offizier war vollkommen verblüfft gewesen, hatte sie jedoch an dem Kontrollpunkt vorbeigewinkt.

Jetzt hatten sie den höchsten Punkt einer Erhebung erreicht, von der aus man das ganze Tal überblicken konnte, bis hin zur Mündung der Vedra ins Blaue Meer. Erik ließ die Landschaft, die sich unter ihm erstreckte, auf sich wirken.

Maharta war aus weißem Stein und Putz gebaut und lag hell in der Sommersonne da. Das Weiß hatte sich jedoch durch den Ascheregen der letzten Wochen in Grau verwandelt. Die Stadt bereitete sich hauptsächlich über zwei große Inseln aus, wobei sich jedoch auf den kleineren Inseln im Delta verschiedene Vorstädte erhoben. Der eigentliche Stadtkern war im Nordwesten, Norden und Nordosten von einer hohen Mauer umgeben, an den anderen Seiten wurde sie vom Fluß, vom Hafen und vom Meer begrenzt. Mehrere Buchten am Fluß und entlang der Küste boten eine Vielzahl von Ankerplätzen. Und auf den unzähligen Inseln gab es kleine Dörfer, während sich an der Westseite des Flusses eine riesige Vorstadt erstreckte, die ebenfalls von einer Mauer umgeben war.

Nakor betrachtete die Stadt in der Ferne. »Die Sache geht ihrem Ende zu.«

»Woher wißt Ihr das?« fragte Erik.

Nakor zuckte mit den Schultern. »Siehst du die Kaserne auf dieser Seite?«

Erik schüttelte den Kopf. »Nein. Zu viel Rauch.«

Nakor zeigte darauf. »Sieh mal, da, wo Fluß und Meer sich vereinen. Da gab es mal viele Brücken – du kannst die verkohlten Fundamente noch sehen – und einige Dörfer, aber hier, an diesem Ufer, liegt eine große Stadt mit ihrer eigenen Mauer.«

Erik kniff die Augen zusammen, um im Rauch und dem schwachen Sonnenlicht mehr zu erkennen. Im dunklen Wasser konnte er einen hellgrauen Punkt ausmachen. Er betrachtete ihn.

Das könnte eine Stadt sein, aber sicher war er sich dessen nicht. »Ich glaube, ich kann es sehen.«

»Das ist das westliche Viertel von Maharta. Es wird immer noch gehalten.«

Erik meinte: »Eure Augen müssen so scharf sein wie die des Hauptmanns.«

»Vielleicht, aber ich glaube, es liegt nur daran, daß ich weiß, wonach ich suche.«

»Was werden wir jetzt machen?« fragte Erik.

»Ich weiß es nicht«, antwortete Nakor. »Ich denke, Calis wird es wissen, aber womöglich weiß er es auch nicht. Ich weiß nur, wir müssen nach drüben.« Er zeigte auf das andere Ufer des Flusses.

Erik betrachtete das große Heer, welches sich am Ufer gesammelt hatte. »Das scheint nicht nur für uns ein Problem zu sein, Nakor.«

»Was?«

»Nach drüben zu kommen.« Erik wies nach Norden. »Ich habe gehört, zehn Meilen nördlich von hier hätten sie Brücken gebaut. Falls das stimmt, warum versammeln sie sich alle hier unten so nah an der Küste? Sie werden doch wohl nicht hinüberschwimmen wollen.«

»Schwimmen ist hier bestimmt nicht leicht«, gab Nakor zu. »Das werden sie kaum machen. Aber vermutlich haben sie einen Plan.«

»Einen Plan«, sagte Erik und schüttelte den Kopf, als er sich daran erinnerte, was Greylock ihm über Schlachtpläne und die Wirklichkeit des Kriegs erzählt hatte. Er seufzte. »Alles, was wir zu tun haben, ist, durch diese Armee zu marschieren, den Fluß zu überqueren und die Verteidiger dazu zu bringen, uns die Tore aufzumachen.«

»Es gibt immer einen Weg«, sagte der kleine Mann und grinste.

Erik schüttelte erneut unsicher den Kopf, als der Befehl gegeben wurde, zu dem wartenden Heer hinunterzuziehen, und plötzlich fühlte er sich wie eine Maus im Schlupfwinkel einer Katze.

Hatte in den äußeren Teilen des Heeres ein wildes Durcheinander geherrscht, so war der Kern der Armee wohlgeordnet. Calis entdeckte mehrere stark besetzte Kontrollpunkte und umging sie, wobei er sich zweimal aus dem Stegreif Ausreden für die Offiziere berittener Patrouillen ausdenken mußte. Er behauptete, in dem Wirrwarr jenen Teil des Lagers, den er suchte, nicht finden zu können, und sagte, er gehöre zu jenen, die als erste übersetzen sollten.

Beide Male gingen die Offiziere davon aus, daß keiner, der als erster übersetzen sollte, lügen würde, und winkten Calis und seine Truppe einfach nur weiter. Doch als sie sich dem Kern der Armee immer weiter näherten, bekamen sie eine Ahnung davon, wie die Dinge eigentlich standen.

Ein großer Hügel bildete den Mittelpunkt des Heeres, und auf ihm stand der Pavillon der Smaragdkönigin. Um ihn herum waren die Zelte der Offiziere und hochrangigen Saaur angeordnet, dahinter die der Kampftruppen der Pantathianer. Dann folgte eine Reihe Zelte, die den Priestern der Pantathianer gehörten. Nakor behauptete, die Luft schwirre nur so von deren Magie, so daß er es riechen könnte. Um diesen Mittelpunkt herum lagerten die anderen Heeresteile, strahlenförmig, wie die Speichen eines Rades.

De Loungville sagte: »Schade eigentlich, daß hier nicht noch eine Armee im Gras lauert. Diese Kerle sind dermaßen auf die Eroberung konzentriert, daß sie überhaupt keine Verteidigungsanlage für ihr Lager errichtet haben.«

Erik kannte sich mit der Kriegskunst nur wenig aus, aber nachdem er unendlich viele Abende damit verbracht hatte, ein Lager zu befestigen, fiel es sogar ihm auf: Bei der Aufstellung dieser Armee waren einige Fehler begangen worden. »Sie müssen ihren Angriff für die allernächste Zeit geplant haben«, stellte er fest.

»Wie kommst du darauf?« fragte Calis.

»Greylock, wie hieß noch dieses Wort, das Ihr mir gesagt habt, für Versorgung und so?«

»Logistik.«

»Sie haben keine. Ihre Logistik ist völlig falsch. Wenn man sich nur ansieht, wo sie ihre Pferde haben. Jede Kompanie hat sie bei sich, aber man kommt von hier aus nicht so schnell an den Fluß, um Wasser zu holen. In ein oder zwei Tagen wird hier ein riesiges Durcheinander herrschen.«

Calis nickte, sagte jedoch nichts, während er sich weiter umsah.

De Loungville bestätigte: »Du hast recht. Dieses Heer kann kaum mehr eine Woche warten, bis es angreift. Entweder werden die Männer krank, fangen an, miteinander zu kämpfen oder haben nichts mehr zu essen und müssen ihre Pferde schlachten. Sie können hier nicht mehr lange bleiben.«

Calis sagte: »Dort!« und zeigte auf etwas.

Erik sah zu einer schmalen Halbinsel am Flußufer hinüber, die mit hohem Gras bewachsen war. Sie ritten einen langen Abhang hinunter, durch Felsgräben, die der Regen ausgewaschen hatte. Dann ging es über einen langen Sandstreifen und über eine weitere Erhebung weiter, bis sie die Stelle erreichten.

Erik sprang vom Pferd und kniete am Wasserrand. Er schöpfte etwas Wasser mit den Händen und probierte es. Brackig und salzig. »Das können sie nicht trinken.«

»Weiß ich wohl«, meinte Calis. »Schick eine Gruppe ein Stück flußaufwärts, um Wasser für die Pferde zu holen.« Er sah sich um, derweil die Sonne im Westen den Horizont berührte. »Wir werden nicht lange bleiben.«

Das Lager war rasch aufgeschlagen, und Erik achtete darauf, daß die verbliebenen achtzehn Männer aus Nahoots Truppe immer unter Bewachung standen. Sie waren sich zwar nicht im klaren darüber, was mit Dawar und dem anderen Mann passiert war, aber sie wußten, daß die beiden tot waren, und keiner von ihnen wollte das gleiche Schicksal erleiden. De Loungville hatte beiläufig erwähnt, es könnte sich noch ein weiterer Spion unter ihnen befinden. Sollte das der Fall sein, so verriet sich dieser allerdings nicht, denn keiner von den achtzehn hatte irgend etwas Verdächtiges getan. Dennoch ließ Erik sie nah am Fluß zusammen mit seinen eigenen Männern lagern.

Roo kam zu ihm, während er nach den Pferden sah. »Der Hauptmann will etwas von dir.« Er zeigte dorthin, wo Calis, de Loungville, Nakor, Greylock und Hatonis standen.

Als er den kleinen Hügel, auf dem sie standen, erreichte, hörte Erik Nakor sagen: »... dreimal. Ich glaube, etwas hier ist sehr seltsam.«

Calis meinte: »Diese Stellung ist gut bewehrt –«

»Nein«, unterbrach ihn Nakor. »Sieh es dir mal genau an. Die Mauern sind gut, ja, aber es gibt keine Möglichkeit, Verstärkung hineinzubringen, und das, obwohl dieser Mann gesagt hatte, sie würden bei jedem Angriff frischen Soldaten gegenüberstehen. Dreimal an einem Tag.«

De Loungville sagte: »Gerüchte.«

»Vielleicht«, erwiderte Nakor. »Vielleicht aber auch nicht. Falls es stimmt, gibt es einen Weg von dort« – er zeigte auf das kleine Viertel im Westen der Stadt, welches auf dem hiesigen Ufer lag – »nach dort.« Er zeigte auf die fernen Lichter von Maharta. »Deshalb haben sie vielleicht die ganze Woche so hart gekämpft, um die Stadt einzunehmen. Wenn es keinen Weg hinein und hinaus gäbe, warum sollten sie die Stadt nicht einfach aushungern?«

De Loungville kratzte sich am Kinn. »Vielleicht wollen sie keine Schwierigkeiten in ihrem Rücken riskieren.«

»Ach!« erwiderte Nakor. »Sieht die Armee vielleicht aus, als würde sie sich wegen irgendwelcher Schwierigkeiten hinter sich Sorgen machen? Diese Armee hat selbst genug Sorgen. Jedenfalls, wenn sie nicht bald über den Fluß kommt. In Kürze wird sie nichts mehr zu essen haben. Schlechte ...« Er wandte sich an Erik. »Wie hieß dieses Wort noch?«

»Logistik.«

»Schlechte Logistik. Die Karawanen mit der Ausrüstung sitzen zwischen hier und Lanada fest. Oben am Fluß pissen die Männer ins Wasser, und bald werden sie hier unten alle Magenkrämpfe und Durchfall bekommen. Überall steht man bis zu den Knien in Pferdeäpfeln. Die Männer bekommen nichts zu essen, und sie streiten sich untereinander. Es ist ganz einfach. Sie wollen dieses Viertel einnehmen« – er machte eine Art Tauchbewegung – »und dann durch den Tunnel in die Stadt eindringen.«

»Es gab auch unter dem Schlangenfluß einen Tunnel«, gestand Calis ihm zu.

Hatonis entgegnete: »Aber unter der Stadt am Schlangenfluß liegt Felsgestein. Unsere Clans haben diesen Tunnel über einen Zeitraum von zweihundert Jahren angelegt, und zwar wegen der Sommerstürme, der Monsune. Wenn das Meer hoch ist und der Wind so stark, kann man nicht über die Brücken gehen.«

»Gibt es diese Stürme in Maharta auch?« fragte Nakor.

»Ja«, gab der Clansmann zu. »Aber ich weiß nicht, woraus der Boden hier besteht.«

»Das ändert nichts«, meinte Nakor. »Ein guter Baumeister wird schon eine Möglichkeit finden.«

»Und mit Sicherheit würde das ein Zwerg schaffen«, fügte Greylock hinzu.

Über Calis' Gesicht huschte ein gereizter Ausdruck. »Wie

auch immer. Wir riskieren, getötet zu werden, was immer wir auch tun. Es ist Dummheit, getötet zu werden, wenn man versucht, in eine Stadt einzudringen, aus der es keinen Ausweg gibt, und wir wissen nicht, ob es einen Weg aus dem Westviertel heraus gibt. Aber eins wissen wir: Auf der anderen Seite des Flusses liegt Maharta, und es ist fraglich, ob von dort aus wirklich ein Tunnel zu dieser Seite führt.«

»Was ist, wenn ich losgehe und ihn finde?« fragte Nakor.

Calis schüttelte den Kopf. »Ich habe keine Ahnung, wie du hineinkommen willst, aber meine Antwort ist nein. Ich will jeden Mann heute um Mitternacht zum Abmarsch bereit sehen.

Wie ich gehört habe, wird heute abend irgendein Fest stattfinden. Die Pantathianer und die Saaur wirken so etwas sie Kriegsmagie, und morgen werden die nördlichen Truppenteile vermutlich die Stadt angreifen.«

Nakor kratzte sich am Kopf. »Nördlich des Hauptlagers bauen sie Brücken, aber die sind noch lange nicht fertig. Warum? Und welche Tricks haben die Schlangenmenschen, um diese Armee ans andere Ufer zu bringen? Sie haben den ganzen Tag etwas beschworen.«

»Ich weiß es nicht«, antwortete Calis, »aber bei Sonnenaufgang sollten alle unsere Männer auf der anderen Seite sein.« Er wandte sich an Erik. »Das ist deine Aufgabe. Diese Männer aus Nahoots Truppe.«

Plötzlich zog sich Eriks Magen zusammen. Er wußte, was Calis als nächstes sagen würde. »Ja?«

»Laß sie bei den Pferden lagern, und gib ihnen das hier zu trinken.« Er reichte Erik einen Schlauch mit Wein, in dem es gluckerte. »Nakor hat etwas hineingetan, was sie für eine Weile bewußtlos macht.«

Erik mußte grinsen, als er den Schlauch nahm. »Einen Moment lang ...«

»Falls Nakor mir dieses Mittel nicht gegeben hätte, hättest du sie töten müssen«, fuhr Calis fort. »Und jetzt kümmere dich darum.«

Erik ging davon, wobei ihm abermals ein Schauer über den Rücken lief, und aus einem Grund, den er nicht hätte benennen können, fühlte er eine tiefe Scham.

Im ganzen Lager hörte man fremdartige Geräusche, Musik aus fernen Ländern, Freudenrufe und Schmerzensschreie, Gelächter und Fluchen. Doch über allem lag das dumpfe Dröhnen der Trommeln.

Saaurkrieger schlugen auf die großen Holztrommeln ein, die mit Haut bespannt waren. Das Geräusch hallte über den Fluß hinweg wie Donner und dröhnte wie der eigene Puls in den Ohren. Blutige Rituale waren begangen worden, und jetzt machten sich die Krieger für die Schlacht bereit, die am Morgen stattfinden würde.

Hörner schmetterten, Glocken läuteten, und das Schlagen der Trommeln nahm kein Ende.

Hatonis und seine Männer standen bei den Pferden, während Erik rasch überprüfte, ob die achtzehn Männer von Nahoots Truppe wirklich bewußtlos waren. Wenn das Mittel bei einem von ihnen nicht gewirkt hatte, mußte er ihn umbringen.

Erik kehrte zu Calis zurück und erstattete Bericht. »Alle achtzehn schlafen fest.«

Praji meinte: »Wenn sie bei diesem Lärm schlafen können, sind sie wirklich dumm.«

Calis streckte die Hand aus. »Auf Wiedersehen, alte Freunde.«

Zuerst nahm Praji seine Hand und schüttelte sie, dann folgten Vaja und schließlich Hatonis. Sie und die acht verbliebenen Männer ihrer Truppen würden nach Norden ziehen, wo sie in den Wirren des Angriffs versuchen würden, über die Brücke ans andere Ufer zu kommen. Dann wollten sie sich aus dem Heer davonstehlen und sich zur Stadt am Schlangenfluß aufmachen. Was auch immer in den nächsten Tagen passieren würde, mit Sicherheit würde die Smaragdkönigin bald vor den Toren der Stadt am Schlangenfluß stehen. Hatonis würde die Clans davon in Kenntnis setzen; einst waren sie Nomaden gewesen, wie ihre Verwandten, die Jeshandi, und falls es sein müßte, würden sie wieder durch die Berge um die Stadt streifen, das Heer angreifen und sich in die Wälder zurückziehen. Denn Hatonis wußte, dieser Krieg würde sein Ende fern seiner Heimatstadt finden, und mehr als bloße Kriegsmacht würde vonnöten sein.

Die Nacht war dunkel, da der Wind vom Meer her Wolken zur Küste getrieben hatte, welche die Monde verdeckten. Nur jemand, der eine besonders gute Sehfähigkeit besaß, würde ihren Marsch am Ufer des Flusses entlang bemerken.

Nakor sog prüfend die Luft durch die Nase. »Es wird Regen geben, glaube ich. Spätestens morgen ganz bestimmt.«

Calis gab ein Zeichen, woraufhin Erik sich umdrehte und der ersten Gruppe das Signal gab, ins Wasser zu steigen. Der Plan war einfach: Sie wollten durch den schwach strömenden Fluß zu einer der winzigen Inseln in der Nähe der Stadt schwimmen, von dort aus auf einen der südlichen Wellenbrecher klettern und so in den eigentlichen Hafen hineinschlüpfen. Dann würden sie sich zur südlichsten Ecke des Hafens aufmachen, wo die Werften lagen. Calis wußte sehr gut über die Stadt Bescheid, weil Spione diesen Kontinent seit Jahren ausgekundschaftet hatten, aber er wußte nur wenig über den Hafen, der dahinter lag. Bis zu dem Augenblick, als Roo sie darauf gebracht hatte, war niemandem die Idee gekommen, daß die Smaragdkönigin eine Flotte brauchte.

Nachdem sie die Werften niedergebrannt hatten, würden sie einem ähnlich einfachen Plan folgen: Sie würden ein Boot stehlen und die Küste entlang zur Stadt am Schlangenfluß segeln. Erik dachte, und zwar keineswegs zum ersten Mal, daß ein einfacher Plan nicht unbedingt auch leicht auszuführen war.

Das Wasser war eiskalt, aber Erik gewöhnte sich rasch daran. Die Männer hatten ihre Schwerter, Schilde und Rüstungen eingepackt, und manche hatten ihre schwereren Waffen zurückgelassen, damit sie sie beim Schwimmen nicht behinderten.

Der Pfad, auf dem sie zum Ufer hinuntergegangen waren, lag gefährlich nah an der Stelle, wo die Pferde der Smaragdkönigin untergebracht waren. Genauso nah waren die Wachposten der befestigten Vorstadt von Maharta, Die Fackeln auf den Mauern zeigten, daß der Lärm aus dem Lager der Königin die Verteidiger alarmiert hatte. Erik hoffte, die Wachen würden nur die Lichter auf dem Hügel beachten und sich weniger der felsigen Küste unterhalb ihrer Mauern zuwenden.

Jeder Mann der Truppe war ein guter Schwimmer. Wer das vor diesem Unternehmen nicht gewesen war, hatte es spätestens in dem Lager bei Krondor gelernt. Aber als sie ihren ersten Treffpunkt erreichten, eine Sandinsel in der Mündung des Flusses, fehlten drei Männer. Beim Durchzählen kamen sie auf zweiunddreißig Männer.

Auf dieser Insel waren sie Blicken so gut wie schutzlos ausgesetzt, wenn man von etwas hohem Gras absah. Daher scheuchte Calis die Männer schon bald wieder ins Wasser, und Erik wartete, bis alle bis zum letzten Mann wieder losgeschwommen waren. Dann sah er sich noch einmal ohne Erfolg nach den drei fehlenden Männern um und folgte schließlich den anderen.

Das Wasser wurde tiefer und zunehmend aufgewühlter, während sie sich der Stadt näherten. Zudem schmeckte es salziger. Ein Husten, Spucken und Planschen in seiner Nähe verriet Erik, daß da jemand in Schwierigkeiten war. Er schwamm auf das

Geräusch in der Dunkelheit zu, doch als er dort ankam, war es still. Er spähte in die Finsternis, lauschte, und schwamm schließlich weiter auf das ferne Ufer zu.

Plötzlich spürte er etwas unter seinem Knie. Es war eine Insel, die nur knapp vom Wasser überspült wurde. Dann zog es ihn mit einemmal nach unten, und er mußte sich abrackern, damit er im schneller strömenden Wasser den Kopf oben behalten konnte.

Seine Rüstung erschien ihm schwerer als je zuvor, und er mußte sich zwingen, den Kopf über Wasser zu halten. Er hatte stundenlang geübt, mit Schwert und Schild auf dem Rücken zu schwimmen, doch nichts in der Ausbildung hatte ihn auf den Alptraum vorbereitet, sich durch eine schwarze, nasse Finsternis zu arbeiten.

Seine Lungen brannten, seine Arme fühlten sich wie Blei an, und er mußte sich zum Weiterschwimmen zwingen. Er hob einen Arm und warf ihn nach vorn, hob den anderen und warf ihn nach vorn. Er paddelte mit den Beinen. Er bewegte sich voran, aber er hatte keine Ahnung, wieviel der Strecke er hinter sich hatte und wieviel noch vor ihm lag.

Dann veränderten sich die Geräusche vor ihm. Wasser schlug an Felsen. Er hörte Männer leise husten und fluchen und sich Wasser aus den Nasen schnäuzen. Mit letzter Kraft machte er weitere Schwimmzüge, bis er mit dem Gesicht gegen Stein stieß.

Im ersten Moment sah Erik Sternchen, dann fiel er in einen langen schwarzen Tunnel.

Erik hustete, spuckte Wasser aus und übergab sich schließlich. Er wandte sich um und stieß mit dem Kopf an einen großen Felsen. Er hörte von irgendwoher Roos Stimme: »Mach doch so was nicht! Lieg still!«

Erik spürte Schmerzen. Sein ganzer Körper schien ein einziger Krampf zu sein, und er hatte sich noch nie in seinem Leben so abscheulich gefühlt. »Du hast eine ganze Menge Wasser geschluckt«, erklärte Biggo. »Wenn ich nicht zufällig auf dem Felsen gestanden hätte, gegen den du geschwommen bist, weiß ich nicht, ob wir dich gefunden hätten.«

»Danke«, erwiderte Erik schwach. Es klingelte in seinen Ohren, sein Gesicht schmerzte, und er war sich nicht sicher, ob er es tatsächlich begrüßte, noch am Leben zu sein.

Calis kam dazu und fragte: »Kannst du mitkommen?«

Erik stand wacklig auf und sagte: »Natürlich.« Am liebsten hätte er hier jetzt eine Weile gesessen, aber dann hätten sie ihn zurückgelassen.

Erik blickte sich um. Dann kniff er die Augen zusammen und zählte die Männer, die auf den Felsen standen. Dreizehn. Er suchte die Gesichter ab, drehte sich Biggo zu und fragte: »Luis?«

»Dort draußen«, antwortete Biggo und neigte den Kopf flußwärts.

»Heilige Götter«, flüsterte Erik. Zweiunddreißig Männer waren auf der kleinen Insel in der Mitte des Flusses noch ins Wasser gestiegen, und dreizehn hatten es auf die andere Seite geschafft.

Sho Pi war ganz in der Nähe und sagte: »Vielleicht hat es einige an ein anderes Stück Ufer verschlagen.«

Erik nickte. Aber mit viel größerer Wahrscheinlichkeit waren sie ins Meer hinausgeschwemmt worden oder im Fluß ertrunken.

Sie befanden sich an der Spitze des südlichen Wellenbrechers, der wie ein langer Felsenfinger weit ins Meer hineinreichte, um Behinderungen der Schiffahrt durch die Gezeiten zu verhindern. Calis gab ein Zeichen, und die Männer stellten sich hintereinander auf. Vorsichtig stiegen sie über die hoch aufgeschütteten Felsen, die den Wellenbrecher bildeten. In der Dunkelheit war es gefährlich, hier entlangzugehen. Nachdem sie sich eine halbe Stunde lang vorsichtig vorangeschlichen hatten, erreichten sie eine kleine Straße, die oben auf dem Wellenbrecher angelegt worden war. Nakor flüsterte: »Sie müssen Erde aufgeschüttet haben, damit sie mit Wagen darauf fahren und den Wellenbrecher nach einem Sturm wieder ausbessern können.«

Calis nickte und befahl den Männern, sie sollten sich ruhig verhalten. Er wies auf ein winziges Licht vor ihnen. Wenige hundert Meter entfernt stand ein kleines Häuschen, an der Stelle, wo der aufgeschüttete Wellenbrecher in die eigentliche Hafenmole überging. Das Gebäude würde sicherlich bewacht sein.

Als Erik einen Blick auf die Hafenmündung warf, zog sich sein Magen zusammen. »Hauptmann«, flüsterte er.

»Habe ich schon gesehen«, kam als Antwort.

Erik sah zurück. Die anderen waren seinem Blick gefolgt und sahen nun hinüber in die Hafenmündung. In ihr waren drei Schiffsrümpfe versenkt worden, damit keine Flotte vom Meer aus in den Hafen eindringen konnte; und wie die Küken um die Henne lag an den Anlegern eine Flottille von Schiffen. Keines von ihnen sah allerdings flach genug aus, um über die Rümpfe, die die Hafenausfahrt blockierten, hinüberzukommen.

Die zwei Wachen in dem Gebäude beobachteten nur den Fluß, und sie wurden überwältigt, bevor sie etwas bemerkt hatten. Calis schlüpfte hinter sie, und rasch hatte er beide Männer kampfunfähig gemacht. Dann legte er sie auf den Boden der Hütte.

Calis versammelte die Männer um sich herum. »Die Befehle sind einfach«, sagte er.

»Wir warten, bis morgen früh die Schlacht beginnt. Die Smaragdkönigin wird vielleicht versuchen, einige kleine Boote in den Hafen einzuschleusen, und dann könnten hier womöglich ein paar Verteidiger auftauchen, aber der größte Teil der Armee der Stadt wird auf der Nordmauer stehen und die landzugewandte Seite der Stadt verteidigen. Dann ziehen wir einfach die Mole entlang, machen uns zu den Werften auf und stecken alles in Brand, was wir finden können. Falls euch jemand aufhalten will, tötet ihn.

Danach ziehen wir uns in den Haupthafen zurück, stehlen uns das flachste Boot, das wir auftreiben können, und versuchen, hier herauszukommen. Falls einer von euch nicht zum Hafen zurückkehren kann, muß er sich auf dem Landweg zur Stadt am Schlangenfluß durchschlagen.« Er blickte von Gesicht zu Gesicht. »Jeder muß für sich allein arbeiten, Jungs. Niemand darf wegen eines Kameraden etwas riskieren. Wenn es keiner von uns zurück nach Krondor schafft, war alle Mühe vergeblich. Und wenn die meisten von uns schon sterben müssen, dann wenigstens nicht umsonst.«

Grimmiges, zustimmendes Nicken war die einzige Antwort. Die Männer drängten sich um die Hütte und warteten.

Erik zitterte. Er döste. Das Pochen in seinem Kopf machte tiefen Schlaf unmöglich. Er konnte kaum glauben, wie erschöpft er sich fühlte. Und das Stechen in seiner Nase peinigte ihn schlimmer als jeder Schmerz, den er je verspürt hatte.

»Sie ist gebrochen«, erklärte Roo.

»Was?« fragte Erik, schlug die Augen auf und bemerkte, daß er seinen Freund jetzt im schwachen Licht der Morgendämmerung erkennen konnte.

»Deine Nase. Ziemlich übel. Soll ich sie dir richten?«

Erik wußte, er hätte besser nein sagen sollen, statt dessen nickte er. Roo hatte sich oft genug geprügelt, und er wußte, was er zu tun hatte. Sein Freund legte ihm auf jede Seite der Nase eine Hand, und mit einer raschen Bewegung saß das gute Stück wieder an Ort und Stelle.

Heißer Schmerz schoß durch Eriks Kopf wie ein Eisennagel. Seine Augen begannen zu tränen, und er glaubte, ohnmächtig zu werden; dann plötzlich ließ der Schmerz nach. Das Stechen, das ihn die ganze Nacht gepeinigt hatte, wurde schwächer.

»Danke«, sagte er und wischte sich die Tränen ab.

Ein lautes Donnern verhinderte jede Antwort. Es war, als rissen die Himmel auf und als brächen tausend Drachen wütend daraus hervor. Vom gegenüberliegenden Ufer wehte ein starker Wind herüber.

»O nein!« sagte Nakor. »Das muß irgendein Trick sein!«

Über dem Fluß erstrahlte ein riesiges, grellweißes Licht, welches von einem blassen Grün begrenzt wurde, in den Himmel und wölbte sich dann langsam über das Wasser, wobei es sich ausdehnte. Menschen und Saaur ritten zaghaft darauf zu und gaben dann ihren Tieren die Sporen. Die Pferde bewegten sich langsam voran und folgten der Brücke aus Licht, die Stück für Stück weiterwuchs.

Nakor sagte: »Jetzt wissen wir auch, weshalb sie sich in der Nähe der Mündung gegenüber von Maharta versammelt haben – und warum es keine Brücken gab. Sie benutzen die Zauberei ihrer Priester, um die Armee über das Wasser zu befördern.«

Calis befahl: »Wir brechen sofort auf!«

Er stand auf und ging die Mole hinunter. Den Haupthafen erreichten sie ohne Zwischenfall. Diejenigen auf den Anlegern beachteten sie einfach gar nicht, sondern richteten ihre Aufmerksamkeit ganz auf den Anblick, den die Brücke aus Licht bot, die sich in den Himmel erhob. Erik mußte sich zwingen, seinem Anführer zu folgen, und mehr als einen Mann mußte er hinter Calis herschieben.

Sie liefen durch eine Reihe von kleinen Gassen, die sich auf einer schmalen Halbinsel entlangzogen. Erik hatte überhaupt kein Gefühl mehr dafür, wo er sich befand, aber er glaubte, er würde den Weg, den sie gekommen waren, auch so zurückfinden.

Dann bogen sie links ab, und es ging eine Hauptstraße hinunter. Eine Kompanie Reiter jagte an ihnen vorbei. Sie waren in weiße Hemden und Hosen gekleidet und trugen rote Turbane und schwarze Westen. Ein anderer Mann, der ähnlich gekleidet war, zügelte kurze Zeit später sein Pferd neben Calis und rief: »Wo wollt ihr hin?«

»Wir haben unsere Befehle!« rief Calis zurück. »Der Hafeneinlaß ist in Gefahr.«

Die Antwort schien den Mann zu verwirren, aber der unglaubliche Anblick der Brücke aus Licht, die sich in den Himmel erhob, machte ihn nervös, also beließ er es bei Calis' Geschichte und ritt weiter.

Sie erreichten die nächste Querstraße, und Erik blieb stehen. An ihrem Ende lag ein Trockendock. Es ragte hoch in den Himmel, und auf ihm ruhte der Kiel eines großen Schiffes, das trockengelegt worden war, um den Rumpf abzuschaben. Das hölzerne Gerüst des Docks erstreckte sich über wenigstens hundert Meter, und das Heck des Schiffes ragte noch darüber hinaus. Erik blickte daran vorbei und sah die Hafenmündung, einen riesigen See, der an den Haupthafen angrenzte. Die Hafenmündung war rundum von ähnlichen Werften umgeben. Und jedes Ende des Werftengeländes war wenigstens eine Viertelmeile weit entfernt.

De Loungville sagte: »Nimm ein paar Männer und geh dort lang.« Er zeigte nach rechts. »Geht bis zum Ende, und dann fangt ihr an, alles anzustecken, was euch unter die Finger kommt. Danach versucht ihr, wieder in den Hafen zu kommen. Aber denkt dran, jeder kümmert sich nur um sich selbst!« Und schließlich streckte er noch die Hand aus, legte sie Erik auf den Arm und drückte herzhaft zu. Dann lief er nach links weiter.

Erik sagte: »Ihr drei«, und zeigte auf Roo, Sho Pi und Nakor, die drei, die am nächsten bei ihm standen. »Ihr kommt mit mir.«

Während er lief, pochte es in seinem Kopf, und er versuchte, den Schmerz nicht zu beachten. Seine Knie waren weich, aber sein Herz schlug wild und seine Nerven waren angespannt. Nach ein paar Augenblicken wurde sein Kopf wieder etwas klarer.

Reiter kamen ihnen entgegen und galoppierten in die Richtung davon, aus der die vier gekommen waren. Erik konnte dem einen kaum ausweichen, und der schien es offensichtlich darauf anzulegen, ihn niederzureiten. Der Ausdruck auf dem Gesicht der Wache verriet Erik, daß diese Soldaten nicht mit Befehl unterwegs waren, sondern von Schrecken erfüllt flohen.

Erik blickte zum Himmel und konnte es dem Manne nicht verdenken. Die Brücke hatte jetzt ein Viertel des Wegs zur Stadt überspannt, und auf ihr standen Tausende von Saaur, deren Schlachtgeschrei wie endloser Donner über das Wasser herüberhallte.

Erik bog um eine Ecke und entdeckte zwei Werften. Zu Sho Pi, der am nächsten bei ihm stand, sagte er: »Geh dort runter und steck alles an. Nakor, Ihr helft ihm.«

Erik schnappte sich Roo und lief zu einer Hütte, die vor einem weiteren riesigen Holzgerüst stand. Sie war leer. Die Tür war versperrt. Rasch ging Erik um sie herum und fand ein Fenster. Er sah hinein und entdeckte keinen Hinweis auf einen Bewohner. Mit dem Schild schlug er das Fenster ein und meinte: »So, jetzt kommt deine Größe mal richtig zur Geltung.« Er hob seinen Freund hoch, damit der durch das Fenster einsteigen konnte.

Roo beeilte sich und machte Erik die Tür auf. Erik fragte: »Gibt es hier was Brennbares?«

»Ein paar Pergamente und eine Fackel. Hast du ein Feuerzeug?«

Erik griff in den Beutel an seinem Gürtel und holte den Feuerstein heraus. Roo nahm ihn, zog seinen Dolch und schlug Funken an die Fackel, dann erweckte er das kleine Flämmchen richtig zum Leben.

Als die Fackel brannte, hielt er sie an den Stapel von Pergamenten, bis die Flamme übergesprungen war; dann rannte er aus der Hütte. Erik führte Roo hinunter zum Dock, wo er einen

Haufen Holzreste entdeckte. Er stapelte sie am Fundament der Werft auf und befahl Roo, er solle sie in Brand setzen. Sie brannten langsam und verursachten dunklen Rauch, aber schließlich kam das Feuer richtig in Gang.

Erik blickte sich um und sah vom anderen Ende der Hafenmündung ebenfalls ein wenig Rauch aufsteigen, doch nirgendwo das Anzeichen eines richtig großen Feuers. Er winkte Roo mit sich, und sie liefen zur nächsten Werft, die von einem Schiffsbauer und seiner Familie bewacht wurde. Drei Männer im mittleren Alter und ihre vier Söhne, die noch unter zwanzig waren, standen zum Kampf bereit. Sie hielten Hämmer und Brecheisen als Waffen in den Händen.

»Geht zur Seite«, sagte Erik.

»Was hast du denn vor?« wollte der älteste von ihnen wissen.

»Ich sage das keinem Handwerksmeister gern, aber ich muß deine Werkstatt anzünden. Und auch die Werkzeuge.«

Der Mann kniff die Augen zusammen und antwortete: »Nur über meine Leiche.«

Erik erklärte: »Sieh mal, ich will nicht unbedingt mit dir kämpfen, aber niemand darf für die Smaragdkönigin Schiffe bauen. Verstehst du?«

»Mann, das ist alles, was ich besitze!« erwiderte der Schiffsbauer.

Erik zeigte mit dem Schwert auf die ferne Brücke weißen und grünen Lichts, die sich ihnen Stück für Stück näherte und sagte: »Sie werden dir alles wegnehmen, was du besitzt. Und sie werden deine Frau vergewaltigen, dich töten oder zum Sklaven machen, und dann werden sie in meine Heimat segeln und mich und die meinen töten.«

»Was sollen wir denn machen?« fragte der Schiffsbauer, und es war gleichermaßen als Verteidigung wie als Herausforderung gemeint.

»Nimm ein Boot und segle hinaus, Freund«, antwortete Erik. »Nimm deine Söhne und Töchter und mach dich davon, solange du noch Zeit dazu hast. Geh in die Stadt am Schlangenfluß, aber wenn du jetzt nicht aufbrichst, werde ich dich töten, wenn ich muß.«

Biggo und zwei weitere Männer kamen hinter Erik angelaufen, und der Anblick der fünf bewaffneten Männer wurde dem Schiffsbauer dann doch zuviel. Er nickte und sagte: »Wir brauchen eine Stunde.«

Erik schüttelte den Kopf. »Ihr habt fünf Minuten, dann werde ich das alles anstecken.« Er erblickte ein kleines Segelboot, welches im Wasser lag. »Ist das deins?«

»Nein, es gehört meinem Nachbarn.«

»Stiehl es und fliehe.«

Erik befahl den Männern, sie sollten ausschwärmen, und als Biggo an dem Mann vorbeiging, rief einer der Söhne: »Nein, Vater! Ich werde nicht zulassen, daß sie unser Zuhause niederbrennen!«

Ehe Biggo sich umdrehen konnte, hatte der junge Mann schon von hinten mit der Brechstange auf ihn eingeschlagen und den großen Mann im Genick getroffen. Erik schrie: »Nein!«, aber es war zu spät. Das laute Knacken verriet, daß der Schlag Biggo das Genick gebrochen hatte.

Roo ging auf den jungen Mann los und schlug ihm den Schild ins Gesicht, und der Kerl stolperte rückwärts in seine Brüder und Onkel. Dabei verlor er die Brechstange, die klirrend auf den Steinen landete. Erik starrte auf Biggos reglose Gestalt.

Der Schiffsbauer und seine Familie standen bewegungslos da, während Roo über dem Jungen stand und das Schwert hob, um sein Leben zu beenden. Erik trat zu ihm hin, packte seinen Freund und zog ihn weg. »Warum?« fragte er und beugte sich über den schockierten jungen Mann. Er packte ihn am Hemd und zog ihn mit einer Hand hoch, bis ihre Gesichter auf gleicher Höhe waren. »Sag mir, warum?« schrie er ihn an.

Der Junge starrte ihn verängstigt an. Dann hörte Erik die Stimme einer Frau: »Tu ihm nichts.«

Erik drehte sich um und sah die Frau, der die Tränen übers Gesicht strömten. »Er ist mein einziger Sohn.«

Erik brüllte: »Er hat meinen Freund getötet! Warum sollte ich ihn dafür nicht auch umbringen?«

»Er ist alles, was ich habe«, antwortete die Frau.

Erik spürte, wie die Wut von ihm abfiel. Er stieß den Jungen in Richtung seiner Mutter. »Geh!« Der Junge machte zaghaft einen Schritt, und Erik brüllte: »Sofort!«

Er wandte sich an Roo und sagte: »Brennt alles nieder!«

Roo eilte mit der Fackel ins Haus der Familie, die hilflos daneben stand. Erik befahl: »Steigt in das Boot und fahrt los. Sonst werdet ihr alle sterben.«

Der Vater nickte und führte seine Leute davon. Erik kniete sich neben Biggo nieder. Er drehte den Mann herum und sah in seine weit aufgerissenen Augen. Plötzlich hörte er hinter sich ein Lachen. Es war Nakor. »Er sieht überrascht aus.«

Plötzlich mußte Erik ebenfalls lachen, weil es stimmte. Keine Wut, kein Schmerz, sondern bloßes Erstaunen zeichneten das Gesicht des großen Mannes.

Erik erhob sich. »Ich frage mich, ob die Göttin des Todes wirklich so ist, wie Biggo geglaubt hat.« Dann wandte er sich ab und erblickte Roo, der aus dem Haus trat. Rauch quoll aus der Tür hinter ihm.

»Kommt schon«, sagte Erik, »wir haben keine Zeit mehr zu verlieren.«

Roo blickte hinüber zum Fluß. Die Brücke spannte sich inzwischen fast über das halbe Mündungsdelta.

Schlachtenlärm, Schreie und Waffengeklirre drangen, aus dem

Norden zu ihnen herüber. Erik wußte, die Mauer würde nicht mehr lange gehalten werden können, und bald würden die Verteidiger voller Schrecken vor der Magie der Smaragdkönigin und ihrer Armee davonlaufen.

Von der gegenüberliegenden Seite der Hafenmündung stieg jetzt mehr Rauch auf und verkündete, daß Calis und seine Gruppe ihre Arbeit getan hatten. Sho Pi und zwei weitere Männer liefen zum nächsten Gebäude und setzten es in Brand, während Erik und Roo ein paar Steinstufen hinaufstiegen, die zu einer Reihe von Holzhütten auf einem großen Felsen führten. Rasch zündeten sie diese an. Nakor eilte ihnen voraus.

Als sie den Kai erreichten, hatte sich das Feuer schon bis zur anderen Straßenseite ausgebreitet und wurde immer stärker. Erik rannte, bis er zur nächsten Werft kam und begann, auch diese in Brand zu setzen.

Während er zurück zur Hauptstraße lief, bemerkte Erik eine Flut von Menschen, die auf ihr entlangrannte, und viele von ihnen trugen Bündel. Der Feind war in die Stadt eingedrungen.

Roo zog Erik am Ärmel, und Erik fragte: »Was gibt's?«

Roo zeigte auf etwas und sagte: »Es ist der Hauptmann.« In dem Gedränge von Männern und Frauen konnte Erik kurz Calis, Nakor und de Loungville sehen. Dann wurden sie wieder von der Menschenmasse verschluckt.

»Auf zum Hafen!« schrie Erik laut, falls irgendwer von seinem Haufen in der Nähe sein sollte.

Erik und Roo drängten sich so gut es ging durch die Menschenmenge, wobei Erik seinen massigen Körper zu ihrem Vorteil einsetzen konnte. Roo blieb dicht hinter ihm. Die anderen verlor er aus den Augen.

In einer Seitenstraße holte er de Loungville ein. »Wo ist der Hauptmann?« rief Erik

»Irgendwo vor uns.«

Erik bemerkte an de Loungvilles Arm eine Schnittwunde, die er hastig verbunden hatte. »Ist alles in Ordnung mit Euch?«

De Loungville brummte: »Die nächsten Minuten werde ich wohl noch überstehen.«

»Wo wollen die alle hin?« rief Roo.

»Genau dahin, wo wir auch hinwollen«, antwortet de Loungville. »Zum Hafen. Die Stadt wird bald fallen, und daher sind alle auf der Suche nach einem Boot. Wir sollten uns beeilen, damit wir vor den anderen da sind.«

Roo blickte über die Schulter. »Zumindest haben wir die Werften angesteckt.«

De Loungville sagte: »Zumindest das haben wir geschafft.«

Und in diesem Augenblick begann es zu regnen.

# Dreizehn

## Flucht

Erik drehte sich um.

»Das Feuer!«

»Was sollen wir denn deiner Meinung nach tun?« fragte der Feldwebel, während sie von immer mehr Leuten umgeben waren.

Plötzlich tauchte Calis auf und drängte sich zu ihnen durch. Nakor und Sho Pi waren bei ihm. »Wir müssen zurück!« schrie der kleine Mann.

»Was sollen wir machen?« wollte de Loungville wissen.

»Wir müssen die Feuer am Brennen halten«, erwiderte Nakor. Als wollte er sie verspotten, nahm der Regen an Heftigkeit zu. »Wenn sie richtig heiß sind, kann sie nur der schlimmste Sturm löschen.«

Calis nickte. Sie liefen wieder auf die Feuer zu. und Erik sah sich nach Roo um. In der schwachen Hoffnung, er könnte über den Lärm hinweg verstanden werden, rief er in der Sprache des Königreichs: »Zurück zu den Feuern! Zurück zu den Werften!«

Was auch immer sonst in der Stadt passieren mochte, hier unten am Wasser war die Hölle los. Soldaten, die hergeschickt worden waren, um die Ordnung aufrechtzuerhalten, machten sich zu den Schiffen auf. Daß die Hafeneinfahrt versperrt war und daß nur Boote ohne großen Tiefgang hindurchkommen konnten, schien die Bürgerschaft von Maharta nicht zu interessieren.

Schiffsmannschaften versuchten ihr Bestes, die Menschen abzuschütteln, die eine Zuflucht suchten, und etliche Kapitäne ließen die Segel setzen, um einigen Abstand zwischen ihre Schiffe und die Anleger zu bringen. Ein halbes Dutzend Reiter jagte wild die Straße hinunter, und Männer und Frauen kreischten, derweil sie versuchten, ihnen auszuweichen.

Erik schrie: »Schnappt euch die Pferde«, und während das Leittier vor der Menschenmenge scheute, packte Erik den Reiter am Arm. Mit einer Kraft, die erstaunlich war, wenn man bedachte, wie erschöpft er war, riß er den Mann aus dem Sattel. Ein einziger Hieb genügte, und der Mann war bewußtlos. Erik ließ ihn zu Boden sinken. Das war vermutlich sein Todesurteil, da die Masse über ihn hinwegtrampeln würde. Aber andererseits empfand Erik für jemanden, der um der eigenen Flucht willen Kinder und Frauen niederritt, kein Mitleid.

Die Augen des Pferdes waren vor Angst weiß, und die Nüstern waren weit aufgebläht. Das Tier versuchte, zurückzuweichen, stieß jedoch an das nächste und begann ohne zu zögern auszuschlagen. Die Hufe trafen einen unschuldigen Händler, der sein letztes halbes Dutzend Gläser mit wertvollen Salben trug, die zu Boden fielen und sich über die Steine ergossen, während der dickliche Mann von dem Schlag fast ohnmächtig wurde. Erik nahm sich einen Augenblick Zeit, packte den Mann und stellte ihn wieder auf die Beine, während er mit der anderen Hand heftig an den Zügeln zerrte. Er schrie den Händlern an: »Bleib auf den Füßen, Kerl. Wenn du hinfällst, wirst du sterben.«

Der Mann nickte, und Erik ließ ihn los. Mehr Zeit konnte er für ihn nicht opfern. Erik stieg auf und sah, daß Calis und die anderen seinem Beispiel gefolgt waren, außer Nakor, der von einem der verbliebenen Reiter angegriffen wurde. Erik trat seinem Pferd hart in die Flanken, und der verängstigte Wallach sprang nach vorne. Die feste Hand seines Reiters führte das Tier durch die Menge dorthin, wo Nakor mit dem Besitzer des Pferdes, auf das er es abgesehen hatte, kämpfte, der ihn mit seinem Krummsäbel niederschlagen wollte. Erik zog sein Schwert, und mit einem einzigen Hieb schlug er den anderen Reiter aus dem Sattel.

Nakor sprang auf das nun freie Pferd und sagte: »Danke. Ich habe mir die Zügel gegriffen, ehe ich darüber nachgedacht habe, wie ich den Kerl dazu bringen soll, sein Pferd herzugeben.«

Erik drängte sein Tier an Nakor vorbei und sprengte die Straße hinauf hinter Calis und de Loungville her. Die beiden Reiter schienen sich damit abzufinden, ihre Pferde verloren zu haben, und sie versuchten nicht, die Pferdediebe aufzuhalten.

Die Körper der Pferde drängten die Menschenmenge auseinander, die die Männer zu Fuß hingegen einfach mit sich mitgerissen hätte. Nachdem sie wieder auf dem Weg zu den Feuern waren, wurde der Pulk dünner. Der Regen hielt stetig an, und als sie um die Ecke bogen, sahen sie, daß die ersten Feuer bereits wieder erloschen waren.

Erik hielt sich so dicht an den Flammen wie möglich, denn dort konnte man noch am besten reiten. Das Pferd scheute vor dem Feuer zurück, doch Erik behielt mit festem Schenkeldruck und kurzgehaltenen Zügeln die Gewalt über das Tier.

Am Ende der Hafenmündung, wo sie die ersten Feuer gelegt hatten, war das große Trockendock noch nahezu unversehrt. Erik entdeckte ein verlassenes Haus auf der anderen Straßenseite, und er ritt darauf zu. Schnell sprang er aus dem Sattel und jagte das Tier mit einem Schlag auf das Hinterteil davon.

Erik lief ins Innere des Hauses, und überall fand er umgekippte Möbel. Vielleicht hatten hier Plünderer gehaust, dachte Erik, oder eine Familie, die ihren wertvollsten Besitz zusammengerafft hatte, bevor das Feuer das Haus erreichte. Er schnappte sich einen Stuhl und rannte über die breite Straße zur Hafenmole, die das Feuer überragte, und dann schleuderte er den Stuhl in die Flammen unten. Das wiederholte er immer wieder, bis er jedes Möbelstück, das er tragen konnte, über die im Regen liegende

Straße geschleppt hatte. Wie Nakor vorhergesagt hatte, ließ sich das Feuer nicht mehr aufhalten, nachdem es erst einmal eine gewisse Hitze entwickelt hatte, ungeachtet des Regens, der mittlerweile zu einem leichten Nieseln abgeklungen war.

Im nächsten Haus fand Erik weitere leicht brennbare Gegenstände, und alle warf er in das sich ausbreitende Feuer. Zuletzt war er sich sicher, daß die Werft und der große Schiffsrumpf darin völlig verbrennen würden. Doch als er einen Blick auf die anderen Brände warf, verließ ihn der Mut. Es war das einzige Feuer, das so heftig loderte, daß es dem Regen widerstehen konnte.

Er eilte zum nächsten Feuer, das fast schon erloschen war, und fand ihm gegenüber einen Laden. Die beiden großen Holztüren waren aufgebrochen worden, und eine hing nur noch an einer Angel, während die andere schon auf der Straße lag. Erik hob eine Tür hoch und trug sie zur anderen Straßenseite, von wo aus er die Werft unten überblicken konnte. Er schleuderte die hölzerne Tür so weit er nur konnte, und sie landete am Rand des zischenden Feuers. Wenn das Ganze eine Wirkung zeigte, dann nur die, daß die Flammen noch mehr erloschen.

Erik fluchte, während er zurück zu dem Laden lief. Die Front war noch so gut wie unbeschädigt; wer auch immer die Tür aufgebrochen hatte, hatte nur einen Blick hineingeworfen und war dann weitergelaufen. Es war ein Schiffsausrüster, bei dem es scheinbar nichts gab, was sich zu plündern lohnte. Erik eilte hinein, und im hinteren Teil des Ladens fand er Segeltuch. Und noch besser, in einigen Fässern entdeckte er Pech zum Abdichten. Rasch rollte er eins der Fässer hinaus auf die Straße. Dann hob er es hoch und warf es geradewegs in die Flammen. Das Faß zerbrach mit einem befriedigenden Krachen, und sofort begann das Pech zu brennen. Erik wich einen Schritt zurück, als eine Stichflamme in den Himmel schoß.

Nakor kam angerannt und fragte: »Was hast du gefunden? Das hat aber gut ›wusch!‹ gemacht.«

»Pech«, antwortete Erik. »Da drinnen.« Er lief wieder hinein, und der kleine Mann folgte ihm. Nakor huschte hin und her und besah sich alles, was er finden konnte. Mit verschiedenen kleineren Fäßchen lief er wieder nach draußen, stellte sie ab und kam wieder herein. Einen Augenblick später rannte er erneut hinaus, diesmal gebückt, weil er ein Faß vor sich herrollte. Inzwischen hatte Erik bereits das zweite Faß in die Flammen geworfen und kam zurück zum Laden.

Erik blieb stehen und warf einen Blick auf den Himmel im Westen. Die Brücke aus Licht näherte sich dem Scheitelpunkt ihres Bogens. Die Saaur und ihre Söldner standen fast hundert Meter hoch über dem Wasser.

Nakor meinte: »Wenn ich bloß einen Trick dagegen kennen würde, Junge. Wenn ich diese Brücke verschwinden lassen könnte« – er schnippte mit den Fingern – »das wäre was, wenn wir zugucken könnten, wie sie alle in den Fluß fallen.«

Erik holte das nächste Faß heraus, und Seite an Seite rollten sie jeder eins über die Pflastersteine hinüber zur dritten Werft. »Warum denkt nicht einer der hiesigen Magier an so etwas?« fragte Erik, keuchend vor Anstrengung.

»Schlachtenmagie ist eine äußerst schwierige Angelegenheit«, sagte Nakor, während er sein Faß voranschob. »Ein Magier hat einen Trick. Der nächste Magier setzt seinen Trick dagegen. Ein dritter setzt seinen Trick gegen den zweiten. Der vierte versucht, dem zweiten zu helfen. Dabei stehen sie alle starr rum und geben sich alle Mühe, einander zu übertreffen, und dann kommt die Armee und schlägt ihnen die Köpfe ab. Sehr gefährlich, und nicht viele Magier wagen das.«

»Überraschung ist das wichtigste.« Er zögerte, als sie die Rampe erreichten, die zu einem Absatz führte, auf dem das Hauptgebäude der Werft stand, und die Fässer hinunterrollen ließen. »Diesem Trick kann man ziemlich leicht etwas entgegensetzen, wenn man ein mächtiger Magier ist und die Zeit hat, ihn zu studieren. Aber es arbeiten viele Pantathianer zusammen an dieser Brücke. Viele Schlangenpriester richten gleichzeitig alle Aufmerksamkeit darauf. Sehr schwierig. Allerdings leicht zu unterbrechen. Als würdest du einen Sack aufribbeln. Du brauchst nur am richtigen Faden ziehen, und er geht auf.« Erik sah ihn erwartungsvoll an, doch Nakor grinste nur. »Ich weiß auch nicht, wie das gehen könnte. Aber Pug von Stardock oder einige der Erhabenen der Tsurani würden es vielleicht hinbekommen.«

Erik schloß für einen Moment die Augen, dann sagte er: »Nun, da sie vermutlich kaum auftauchen werden, um uns zu helfen, schätze ich, daß wir diese Sache aus eigener Kraft hinter uns bringen müssen. Kommt, wir machen weiter.«

Während sie zurück zum Schiffsausrüsterladen liefen, fuhr Nakor fort. »Aber falls Pug oder irgendein anderer mächtiger Magier es versuchen würde, hätte die Smaragdkönigin noch mehr Magier bereitstehen, die ihn zu Zunder verkohlen lassen würden, wenn er ...« Er stockte. »Ich hab eine Idee.«

Erik blieb keuchend stehen. »Was für eine?«

»Du suchst die anderen. Sag ihnen, sie sollen irgendwo ein Boot stehlen, hier in der Hafenmündung. Wartet nicht auf mich. Ihr müßt sofort aufbrechen und so schnell wie möglich aus dem Hafen raus. Ich kümmere mich um die Feuer.«

Erik fragte: »Wie denn, Nakor?«

»Erzähl ich dir später. Du hast mich auf eine großartige Idee gebracht! Und jetzt los mit dir! Brecht sofort auf!« Der kleine Mann eilte zurück zum Schiffsausrüster, und Erik holte tief Luft und rannte los. Er zwang sich, so schnell zu rennen, wie es sein ausgelaugter Körper noch gestattete, und machte sich auf, Calis und die anderen zu finden.

Am anderen Ende der Hafenmündung entdeckte Erik Calis, de Loungville und Sho Pi, die hart schufteten, um die Feuer in Gang zu bekommen. Zwei tote Wachen verrieten Erik, daß jemand sie daran hatte hindern wollen.

Der Regen wurde heftiger, und Erik war bis auf die Haut durchnäßt, als er schließlich zu Calis gelangte. »Nakor sagt, wir sollen uns ein Boot schnappen und sofort aufbrechen.«

Calis meinte: »Es sind immer noch zu viele Werften unversehrt.«

»Er meinte, er selbst würde sich darum kümmern. Ihm ist ein großartiger Trick eingefallen.«

Augenblicklich ließ Calis ein langes Brett fallen, das er gerade ins Feuer hatte werfen wollen. »Hast du irgendwo ein Boot gesehen?«

Erik schüttelte den Kopf. »Ich habe aber auch nicht danach gesucht.«

Sie eilten die Straße zurück, bis sie zur ersten steinernen Treppe kamen, die hinunter zum Kai führte, wo immer noch einige kleinere Feuer glühten. Der Regen wurde wieder heftiger, fast zum Wolkenbruch, der den magischen Brückenbogen, welcher jetzt die Hälfte seines Wegs hinter sich hatte, nahezu verhüllte.

Erik spähte in den Regen und sagte: »Da unten ist etwas.«

Er zeigte darauf. Calis erwiderte: »Das ist gekentert.«

Sie liefen am Rand des Kais entlang, und mehr als einmal glaubten sie, etwas gefunden zu haben, doch immer war es nur ein umgekippter Rumpf oder ein zermalmter Bug. Dann sagte Sho Pi: »Da! Drüben an der Boje!«

Calis ließ seine Waffen fallen und sprang ins Wasser. Erik holte tief Luft und folgte ihm. Er orientierte sich eher an den platschenden Geräuschen, die sein Hauptmann machte, als daß er ihn sehen konnte. Jeder Schwimmzug drohte, sein letzter zu werden, denn er war vollkommen erschöpft, und die Kälte schien die letzte Kraft aus ihm herauszusaugen.

Aber er erreichte das Boot doch. Es war ein Fischerboot, das in der Mitte einen großen, mit Pökellake gefüllten Kasten hatte, der zum Frischhalten des Fanges diente. Der einzige Mast lag auf dem Schandeck Richtung Backbord, wo er festgebunden war. »Kennt sich jemand mit kleinen Segelbooten aus?« fragte Calis.

Erik ließ sich ins Boot fallen und sagte: »Ich weiß nur das, was ich an Bord der *Trenchards Rache* gelernt habe. Ich komme aus den Bergen, habt Ihr das vergessen?«

De Loungville spähte in eine Seemannskiste. »Es gibt sowieso kein Segel.« Er griff unter das Schandeck und zog zwei Paar Ruder hervor.

Calis setzte sich und legte eines der beiden Paare in die Halterungen ein, während de Loungville das Boot von der Boje losschnitt. Als Calis seinen dritten Ruderzug machte, hatte de Loungville die anderen Ruder ebenfalls eingehängt und begann zu pullen.

Sho Pi fand die Ruderpinne und ließ sie ins Wasser, während Erik sich einfach hinsetzte. Er war bis auf die Haut durchnäßt, erschlagen und erschöpft. Dankbar genoß er es, einen Moment lang nur dasitzen zu können und sich nicht bewegen zu müssen.

»Hat jemand Roo gesehen?« fragte er. »Oder Jadow und Natombi?«

De Loungville schüttelte den Kopf. »Wo ist Biggo?«

»Tot«, erwiderte Erik.

Dann sagte de Loungville: »Such einen Eimer. Wir werden schwimmen müssen, wenn wir das Wasser nicht rausschöpfen.«

Erik sah sich um, und in einer Köderkiste fand er einen großen Eimer. Einen Augenblick lang stand er da, dann fragte er: »Was soll ich damit machen?«

»Guck, wo sich die größten Pfützen bilden, dann schöpfst du

das Wasser in den Eimer und schüttest es über die Seite hinaus«, antwortete de Loungville.

Erik sagte: »Ach so«, und kniete sich hin. Das Boot hatte über der Bilge einen Rost liegen, und Erik sah, daß sich darunter das Wasser sammelte. Er schob den Rost zur Seite und tauchte den Eimer ein, der sich halb füllte.

Das Wasser, das ins Boot kam, war lediglich der Regen, und Erik brauchte sich nicht besonders anzustrengen. Er sah nach vorn.

Eine schmale Öffnung im Hafenbecken erlaubte es, geradewegs in die Flußmündung zu gelangen. Calis rief Sho Pi zu: »Steuer dorthin. Der tiefe Kanal für die großen Schiffe führt in den Haupthafen. Wir würden dieses Boot zwar wahrscheinlich über die Rümpfe hinwegbringen können, aber man muß das Glück ja nicht unbedingt herausfordern.«

Erik meinte: »Bei dem Durcheinander im Hafen würden wir nur vom Regen in die Traufe kommen.«

De Loungville antwortete nur: »Schöpf du bloß weiter.«

Pug richtete sich auf, als ein seltsames Klagen die Luft erfüllte. Die Nacht in Stardock näherte sich ihrem Ende, und er hatte geschlafen. Er zog seine Robe an, als die Tür zu seinem Schlafgemach aufgestoßen wurde. Miranda, die nur ein kurzes Schlafhemd trug, fragte: »Was gibt es?«

Pug sagte: »Ein Alarm. Ich habe auf ganz Novindus Melder verteilt, die mir berichten, was vor sich geht, ohne daß ich dabei zuviel Aufmerksamkeit auf mich lenke.« Er machte eine Handbewegung, und das Klagen verstummte. »In Maharta.«

In den vergangenen Wochen, seit Miranda hier war, hatte sich zwischen den beiden ein stilles Einverständnis entwickelt. Miranda fand es erheiternd, wie viele der Geheimnisse, mit denen sich Pug umgab, sich als Taschenspielertricks herausgestellt hatten.

Wenn er verschwand, blieb er meist in der Nähe, hielt sich nur außer Sicht. Um Stardock zu verlassen und zum Eiland des Zauberers zu gelangen, benutzte er ein magisches Tor, und normalerweise tauchte er nachts dort auf. Dann warteten Essen und frische Kleidung auf ihn.

Pug blickte in die dunklen Augen, die ihn beobachteten. »Was habt Ihr vor?« fragte sie. »Wollt Ihr dort hingehen?«

»Nein«, antwortete Pug. »Das könnte eine Falle sein. Kommt mit. Ich möchte Euch etwas Interessantes zeigen.« Er führte sie aus seinem Gemach die Treppen des Turms in der Mitte von Stardock hinunter.

»Und warum zieht Ihr Euch nicht etwas an? Mit diesem Hemdchen, in dem Ihr schlaft, könnt Ihr einen Mann ganz schön von seiner Arbeit ablenken.«

Miranda lächelte ihn schwach an, während sie rasch in ihr Gemach huschte, um sich ein Kleid zu schnappen und es über den Kopf zu ziehen. Um Strümpfe, Schuhe und den Rest würde sie sich später kümmern.

Sie kehrte in den Gang zurück und folgte Pug die Stufen hinab. In den Wochen, die sie hier bei Pug verbracht hatte, hatte sie durchaus bemerkt, wie anziehend er sie fand, und bei verschiedenen Gelegenheiten hatte sie sich persönlichere Gedanken über den Magier gemacht, doch keiner von beiden hatte dieses Thema bisher angeschnitten. Sie hatte jede Nacht in ihren eigenen Gemächern geschlafen.

Eine seltsame Art von Vertraulichkeit hatte sich zwischen ihnen entwickelt. Miranda weigerte sich, viel über sich selbst preiszugeben, aber sie war von rascher Auffassungsgabe und besaß den gleichen trockenen Humor, den auch Pug über die Jahre hinweg entwickelt hatte. Er hatte ihr erlaubt, sich frei zu bewegen, und sie war in fast allen Zimmern gewesen, bis auf einige wenige. Manche Zimmer waren verschlossen, und wenn sie sich danach erkundigte, sagte er nur, darin seien Dinge, die er mit niemandem teilen wollte und wechselte einfach das Thema.

Während sie sich nun einer dieser Türen näherten, machte Pug eine Handbewegung, und die Tür schwang auf, ohne daß er sie berührt hätte. Sie verstand das Prinzip, das sich hinter diesem Zauber versteckte, aber als sie die Tür untersucht hatte, hatte sie keine Spur von Magie entdecken können.

In dem Zimmer befanden sich eine ganze Reihe von Gegenständen, die dem Wahrsagen dienten. Miranda sah ein rundes Ding, das von blauem Samt bedeckt war, und als Pug das Tuch fortzog, enthüllte er eine Kristallkugel.

»Das ist ein Erbteil meines Lehrers Kulgan, der vor vielen Jahren gestorben ist. Die Kugel wurde von Althafain von Carse hergestellt.« Sie nickte, da sie den Namen kannte. Er war ein berühmter Hersteller magischer Gegenstände gewesen. Als Pug mit der Hand über die Kristallkugel fuhr, wurde sie im Inneren opak. Eine milchigweiße Wolke formte sich darin. Mit einer weiteren Handbewegung brachte Pug ein rosafarbenes Glühen in die Wolke. »Dieses Gerät hat Kulgan zum ersten Mal darauf gebracht, daß ich einige Begabung besitze« – er senkte die Stimme, als er hinzufügte: »Vor langer, langer Zeit.«

»Was kann es bewirken?«

»Es ist ein Gerät zum Sehen, und das Schönste daran ist, daß es so unauffällig ist. Diejenigen, die damit beobachtet werden, müssen schon sehr wachsam sein, damit sie es bemerken.« Er setzte sich auf einen Hocker und bedeutete Miranda, sie solle neben ihm Platz nehmen.

»Das Problem ist allerdings folgendes: Weil es so unauffällig wirkt, muß man genau wissen, wonach man sucht, sonst wird es einem nicht helfen.

Glücklicherweise weiß ich noch, wo ich die Melder verteilt habe.« Er blinzelte ein bißchen, und Miranda spürte Magie, während Pug fortfuhr: »Dann wollen wir mal sehen, was in Maharta los ist. Dort muß es jetzt später Morgen sein.«

Er richtete seinen Willen aus, und die Stadt Maharta enthüllte sich im Glas, als würde man sie wie ein Vogel vom Himmel aus betrachten. Die Stadt lag unter Wolken und Rauch im Dämmerlicht.

»Was hat denn Euren Melder ausgelöst?« fragte Miranda.

»Das wollte ich gerade ... Hier, das ist es, glaube ich.«

Die Perspektive in der Kugel veränderte sich, und über dem Fluß wurde eine Brücke aus Licht sichtbar, auf der eine Armee stand. Nachdem Pug sie einen Augenblick betrachtet hatte, schloß er die Augen.

Schließlich öffnete er sie wieder. »Eine Sache an den Pantathianern ist allerdings recht angenehm. Ihre Magie ist nicht besonders ausgeklügelt. Solange ich sie nicht direkt angreife, werden sie wohl kaum bemerken, daß ich sie beobachtet habe.«

»Wird Maharta fallen?« fragte Miranda.

»Das scheint mir so«, antwortete Pug.

»Was ist mit Calis?«

»Ich versuche, ihn zu finden.«

Pug schloß die Augen, und das Bild in der Kugel veränderte sich abermals, und als er die Augen wieder aufschlug, fügten sich die flirrenden Farben im Kristall zu einem neuen Bild zusammen. Man sah ein kleines Fischerboot, welches von zwei Männern gerudert wurde, die sich durch aufgewühltes Wasser kämpften. Pug holte das Bild noch näher heran, und so konnte man nun sehen, daß einer der Ruderer Calis war, der sich mit mehr als menschlicher Kraft in die Riemen legte.

Miranda seufzte. »Ich nehme an, wir dürfen ihm nicht helfen?«

»Es ist schwierig, wenn wir uns dabei nicht von den Pantathianern erwischen lassen wollen. Mit einigen könnte ich es ja aufnehmen. Die, die diese Brücke bewachen –«

»Ich weiß«, meinte sie.

Pug blickte Miranda an. »Ihr habt ihn sehr gern, nicht wahr?«

»Calis?« Sie schwieg einen Moment lang. »In gewisser Weise schon. Er ist einzigartig, und ich ... ich fühle mich sehr mit ihm verbunden.« Sie sah wieder in die Kugel und sagte: »Wir könnten –«

Plötzlich blitzte es in der Kugel orange auf.

Miranda fragte: »Was war das?«

»Was war das?« brüllte de Loungville, als im Hafen etwas unter orangefarbenem Blitzen explodierte.

Sie waren mit aller Kraft gegen das stürmische Wasser angerudert, während sie aus dem Hafenbecken heraus in den eigentlichen Fluß gefahren waren. Der Wind und der Regen hatten an Stärke zugenommen, und Erik mußte jetzt ernsthaft schöpfen.

Eine ganze Weile lang hatte niemand etwas gesagt. Trotz ihrer Anstrengungen, die Feuer richtig in Gang zu bringen, hatte der Regen fast alle gelöscht. Selbst das größte flackerte inzwischen nur noch spärlich. Und was auch immer Nakor für eine Idee gehabt hatte, bislang war nichts geschehen. Dann war irgendwo in der Ferne ein Summen erklungen, welchem einen Augenblick später ein Strahl weißer Energie gefolgt war, der von der Brücke aus in die Mitte der Werften geschossen kam.

Ein riesiger orangefarbener Feuerball erhob sich in die Luft. Danach stieg eine Säule schwarzen Rauchs in den Himmel. Der Knall der Explosion hatte ihnen selbst auf diese Entfernung noch in den Ohren weh getan, und Sekunden später war eine Welle heißer Luft über sie hinweggestrichen.

»Rudert weiter!« schrie Calis.

Erik schöpfte, doch zwischendurch warf er über die Schulter einen Blick auf Sho Pi. Der Isalani sah ebenfalls zum Werftengelände zurück. »Seht!« rief er, als sich ein winziger Pfeil blauen

Lichts aus dem Hafen erhob und die vordere Kante der Brücke aus Licht traf.

Innerhalb von Sekunden schlug der nächste Lichtblitz im Hafen ein, und Häuser und Hütten gingen in Flammen auf. Zwei zuvor noch unversehrte Schiffe, die vor Anker lagen und auf eine Reparatur in den Werften warteten, fingen Feuer, als die Flammen bis zu ihren Segeln leckten.

Jetzt stand das halbe Werftengelände in Flammen, und der Brand war heftig genug, um dem Regen standzuhalten. Calis und de Loungville pullten heftig, und wenige Augenblicke später erhob sich abermals ein blauer Lichtstrahl und schlug in die Brücke ein.

Der dritte Einschlag im Hafen war so stark wie die beiden ersten zusammen, und die halbe Hafenfront war in Flammen eingehüllt. Plötzlich hörte man de Loungville schrill lachen. »Nakor!« keuchte er.

Selbst Calis konnte sein Erstaunen nicht verbergen.

Erik sagte: »Aber er hat gemeint, er würde keine Magie kennen, die gegen die Brücke etwas ausrichten könnte!«

De Loungville erwiderte: »Aber das wissen die nicht!«

Die Brücke senkte sich mittlerweile immer näher auf den Rand von Maharta herab. »Was auch immer er macht, sie glauben, es wäre ein Angriff, und sie erledigen die Arbeit für uns! Sie brennen die halbe Stadt nieder, um unseren kleinen Verrückten zu grillen!«

Plötzlich mußte auch Erik lachen. Er konnte sich kaum zusammenreißen. Das Bild des kleinen Mannes, wie er hurtig von Ort zu Ort huschte, um irgendwie der schrecklichen Zerstörung zu entgehen, die die Pantathianer auf ihn losließen, war einfach zu komisch.

»Es ist nur eine Illusion«, meinte Sho Pi. »Die Schlangenpriester sind so sehr auf eine Schlacht eingestellt, daß sie es gar nicht merken. Sie verhalten sich, als wäre es ein echter Angriff.«

Und abermals erhob sich ein winziger Lichtblitz gen Himmel, und die donnernde Antwort von der anderen Seite setzte die letzten unversehrten Gebäude am Wasserrand in Flammen.

»Götter«, flüsterte Erik. »Wie will er da nur wieder rauskommen?«

Miranda mußte blinzeln, so hell flammte es in der Kugel auf.
»Was geht da vor?«
»Jemand hat den Pantathianern überzeugend weisgemacht, sie würden angegriffen, und sie setzen einen großen Teil ihrer Kraft ein, um wen auch immer zu vernichten.«
»Können wir demjenigen nicht helfen?«
Pug sagte: »Ich denke, bei diesem Durcheinander können wir es durchaus wagen, der Smaragdkönigin ein wenig die Hölle heiß zu machen.« Er schloß die Augen, und Miranda spürte, wie eine große Kraft auf ihn einströmte. Pug bewegte leicht die Lippen, und wie Musik verwandelte sich das Energiefeld in dem Zimmer.
Miranda lehnte sich zurück, sah zu und wartete.

Jedes Mal, wenn die Flammen abermals in den Himmel schossen und Erik überzeugt war, Nakor müsse schließlich doch tot sein, schlug ein weiterer kleiner blauer Blitz in die Brücke ein, und daraufhin ging wieder ein Feuerball auf die Stadt nieder. Die gesamte Hafenseite war jetzt eine einzige Feuersbrunst, von den Werften bis zum Haupthafen hin. Während sie den Fluß in Richtung Meer hinunterruderten und mit dem auslaufenden Wasser der Ebbe an der Hafenmündung vorbeikamen, sahen sie hinter sich die mächtigen Schiffe im Hafen brennen. Erik verscheuchte die Vorstellung, wie Roo inmitten dieser Flammen voller Panik versuchte, einen Ausweg zu finden, wobei ihm vermutlich nichts anderes übrigbleiben würde, als geradewegs ins Wasser zu springen.

Sie ruderten an dem langen Wellenbrecher entlang, auf dem sie in die Stadt eingedrungen waren. Erik entdeckte eine Bewegung und sagte: »Was ist denn das da drüben?«

Er konnte im Regen kaum etwas erkennen, doch Calis rief: »Es sind einige unserer Männer.«

Er befahl Sho Pi, er möge dichter heransteuern, doch das Boot durfte nicht zu nah an die Felsen des Wellenbrechers kommen. Erik sah hinüber und erkannte drei Männer, die seit der Überquerung des Flusses in der letzten Nacht vermißt gewesen waren. Einer von ihnen schien ernsthaft verletzt zu sein, und die anderen beiden winkten wie wild zu ihnen herüber.

Calis stand auf und rief ihnen zu: »Ihr müßt schwimmen. Wir können es nicht riskieren, noch näher zu kommen.«

Die Männer nickten, und einer von ihnen glitt ins Wasser. Der andere half dem Verletzten hinein, und zusammen schleppten sie ihn dann langsam zum Boot herüber.

Einer von ihnen war Jadow, und Erik freute sich, ein vertrautes Gesicht zu sehen. Ansonsten war von seiner Gruppe nur noch Sho Pi übrig. Roo und Luis waren nicht bei den Geretteten. Und Greylock ebenfalls nicht.

Während Calis sich setzte, um weiterzurudern, hörte Erik einen Ruf. Es war eine schwache, dennoch vertraute Stimme.

»Wartet!« sagte er und suchte den Wellenbrecher ab.

In der Ferne sprang eine winzige Gestalt über die Felsen. Als sie näher kam, fiel Erik ein großer Stein vom Herzen, denn es war tatsächlich Roo, der da angehumpelt kam. »He!« schrie er und winkte mit dem Arm.

Erik stand auf und winkte zurück. »Wir haben dich gesehen!« rief er.

Roo kam, so nah er konnte, dann sprang er mit den Füßen voran ins Wasser. Hektisch schwamm er los, und Erik war seitlich ebenfalls ins Wasser gesprungen, bevor noch jemand irgend etwas sagen konnte.

Noch einen Moment zuvor war er völlig erschöpft gewesen, doch mit Roos Not vor Augen überwand er seine Müdigkeit, und mit allem, was er an Kraft noch aufbieten konnte, schwamm er los. Als er den kleinen Mann erreichte, packte er ihn am Hemd, und halb trug er ihn, halb schleppte er ihn durchs Wasser.

Dann schob er Roo ins Boot, zog sich selbst hoch, bis die anderen ihm hineinhalfen. Als er auf den Boden des Bootes fiel, fragte Erik: »Was hat dich aufgehalten?«

»Irgendein Dummkopf hat sein Pferd so ungeschickt gewendet, daß es mich getreten hat.« Er richtete sich auf. »Ich wußte, im Hafen war zu viel los, also dachte ich mir, falls einer von euch herauskäme, dann würde er hier vorbeikommen. Und da bin ich.«

»Schlau, schlau«, bemerkte de Loungville, während er und Calis wieder zu rudern begannen. »Und jetzt ab ans Schöpfen.«

»Schöpfen?« fragte Roo.

Erik zeigte auf den Eimer, der am Boden des Bootes lag. »Nimm den Eimer, mach ihn voll« – er zeigte auf die Bilge – »und dann schüttest du das Wasser über die Seite.«

»Ich bin verletzt!« protestierte Roo.

Er blickte sich im Boot um, entdeckte jedoch keinen, der nicht ebenfalls verletzt gewesen wäre. Erik sagte: »Mann, du tust mir richtig leid. Schöpf!«

»Natombi, Greylock?« fragte Erik..

»Natombi ist tot«, sagte Roo. Ein Soldat hat ihn von hinten erschlagen, weil er an ihm vorbeiwollte. Greylock habe ich nicht mehr gesehen, seit wir vom Hafen weggelaufen sind.«

De Loungville meinte: »Du kannst soviel reden, wie du willst, aber fang endlich an zu schöpfen!«

Roo murmelte etwas in sich hinein, doch er tauchte den Eimer in das Wasser, das sich in der Bilge gesammelt hatte, und schüttete es seitlich hinaus.

Kräfte manifestierten sich in der Luft, und ein Singen brachte alle Männer dazu, sich umzudrehen. Seit einer Stunde waren sie gerudert, und die Hafenmündung hatten sie weit hinter sich gelassen, weit genug jedenfalls, um nicht mehr so schnell rudern zu müssen. Jetzt wandten sie sich nach Nordosten, wo sie die Küste entlang zur Stadt am Schlangenfluß fahren wollten.

Die Brücke aus Licht würde bald die andere Seite erreicht haben, und von einem Ende zum anderen waren die Armeen auf ihr aufgereiht. Aber dieses seltsame Klagen, bei dem jeder Mann im Boot zusammenzuckte, erhob sich geradewegs über der Brücke, und für jene, die darauf standen, mußte es schmerzvoll sein, stellte Erik sich vor.

Dann war die Brücke verschwunden.

»Was ist das?« fragte Roo.

Einen Augenblick später donnerte es, und dann wehte ein warmer Wind über sie hinweg, der das Boot auf den Wellen zum Schaukeln brachte. Sho Pi sagte: »Jemand hat die Brücke verschwinden lassen.«

De Loungville lachte. Es war ein böses Lachen, das einem richtig angst machen konnte.

Erik sah ihn an und fragte: »Was ist denn?«

»Ich hoffe nur, daß die Saaur auf der Brücke auch schwimmen können.«

Jadows Gesicht wurde von einem breiten Lächeln erhellt. »Bei der Höhe der Brücke kann man nur hoffen, daß sie auch wissen, wie man fliegt.«

Roo zuckte zusammen. »Da müssen mehrere tausend Mann drauf gestanden haben.«

»Je mehr, desto besser«, erwiderte de Loungville. »So, und jetzt kann mich mal einer von euch Kerlen ablösen.« Plötzlich sackte er nach vorn zusammen und fiel zu Boden.

Roo und Sho Pi legten ihn hin, während Erik seinen Platz an den Rudern einnahm. »Er ist am Arm verletzt«, sagte Erik.

Sho Pi untersuchte ihn. »Und an der Seite. Er hat eine Menge Blut verloren.«

Jadow ging an die Ruderpinne, und Calis meinte: »Ich denke, wir rudern bis zur Dämmerung, und dann gehen wir an Land. Bis dahin sollten wir einen guten Vorsprung vor den Flüchtlingen aus der Stadt haben, und vielleicht finden wir eine Stelle, wo wir lagern können.

Sho Pi stand auf. »Hauptmann!«

»Was gibt es?«

Er zeigte nach vorn. »Ich glaube, ich sehe ein Schiff.«

Calis hörte auf zu rudern und wandte sich um. Im Dämmerlicht des späten Nachmittags hoben sich weiße Segel von den dunklen Regenwolken ab.

»Ich hoffe, sie sind uns nicht feindlich gesonnen«, sagte Roo.

Doch Calis drehte sich nur wieder um, und diesmal verbarg er das Grinsen auf seinem Gesicht nicht. »Dankt den Göttern! Es ist die *Freihafenwächter*!«

»O Mann, ich glaube, ich werd den Käpt'n abknutschen«, rief Jadow.

»Halt bloß den Mund«, empfahl ihm Roo. »Sonst drehen sie angesichts dieser Drohung noch bei.«

Die anderen lachten. Dann sagte Calis: »Ihr solltet ihnen zuwinken, damit sie uns bemerken.«

Die Männer standen auf und begannen, mit Hemden oder mit den Schwertern zu winken, in der Hoffnung, daß das Blitzen der Klingen bemerkt werden würde.

Dann wendete das Schiff und kam auf sie zu. Nach scheinbar endlos langer Zeit war es nahe genug, daß ein Mann vorne am Bug in ihre Rufweite kam: »Seid ihr es, Lord Calis?«

»Wir brauchen Hilfe hier unten. Einige Männer sind verletzt.«

Das Schiff wurde langsamer, und Seeleute kletterten herab und halfen, die Verletzten an Bord zu bringen. Dann wurde das Fischerboot sich selbst überlassen, und nachdem alle an Deck waren, trat der Kapitän vor. »Gut, euch wiederzusehen.«

Erik riß die Augen auf. »Euer Hoheit«, keuchte er.

Nicholas, Prinz von Krondor, antwortete: »Hier bin ich nur ›Admiral‹.«

»Wie hast du den König überredet, dich ziehen zu lassen?« fragte Calis.

»Als die *Freihafenwächter* mit deinen Nachrichten ankam, habe ich Borric erklärt, daß ich mitfahren würde. Erland ist mit Patrick in Krondor und spielt für seinen Sohn den Prinzregenten, also hatten wir beide das, was wir wollten. Ich erzähle dir das Neueste aus der Politik später. Jetzt braucht ihr alle erstmal trockene Sachen.«

Calis nickte. »Wir müssen so schnell wie möglich so weit wie möglich von hier fort. Und es gibt vieles, über das ich mit dir sprechen muß.«

Nicholas rief: »Mr. Williams!«

»Aye, Sir?«

»Wendet das Schiff und setzt alle Segel. Es geht heimwärts.«

»Aye, aye, Sir«, kam als Antwort.

Erik glaubte, in der Stimme des Ersten Maats Erleichterung hören zu können. Seeleute brachten Erik und die anderen nach unten, und irgendwann schlief Erik ein. Irgend jemand zog ihn aus und brachte ihn in eine Koje.

Miranda sagte: »Ihr habt die Gelegenheit genutzt.«

Pug lächelte: »War nicht schwer, unter diesen Umständen. Ich habe sie nur ein bißchen geärgert. Die Stadt gehörte schon ihnen.«

»Was nun?«

»Wir werden weiter warten«, antwortete Pug, und für einen Augenblick konnte sie seine Gereiztheit erkennen. »Sobald die Königin zu ihrem nächsten Schachzug bereit ist und uns zeigt, was sie mit den Gegenständen, die sich in ihrem Besitz befinden, anfangen wird, dann werden wir auch erfahren, was es als nächstes zu tun gilt.«

Miranda streckte sich. »Ich denke, wir werden reisen müssen.«

»Und wohin?«

»Irgendwohin, wo es warm und schön ist, und wo es leere Strände gibt. Seit Monaten waren wir mit diesen Büchern eingesperrt, und wir sind dem Schlüssel zum Rätsel kein Stück nähergekommen.«

»Da habt Ihr unrecht, meine Liebe«, erwiderte Pug. »Ich kenne den Schlüssel schon seit einiger Zeit. Der Schlüssel ist Macros der Schwarze. Fragt sich lediglich, wo das verdammte Schloß ist?«

Miranda stand auf und kniete sich neben ihm hin. Vertraulich legte sie ihm den Arm um die Schulter und sagte: »Warum zerbrechen wir uns nicht zu einem späteren Zeitpunkt den Kopf darüber? Ich könnte ein bißchen Ruhe gebrauchen. Und Ihr auch.«

Pug lachte. »Ich kenne da ein Plätzchen. Warme Strände, kaum Störungen – falls einen die Kannibalen in Ruhe lassen. Da könnten wir uns ausruhen.«

»Gut«, antwortete sie und küßte ihn sanft auf die Wange. »Ich geh nur schnell und hole meine Sachen.«

Nachdem sie das Zimmer verlassen hatte, lehnte Pug sich zurück und dachte über diese seltsame Frau nach. Die leichte Berührung ihrer Lippen auf seiner Wange war nur eine kleine Geste gewesen, doch er konnte sie immer noch spüren, und er wußte, es war eine Aufforderung, wenn auch eine sehr verhaltene. Seit dem Tod seiner Gemahlin hatte er keine Zeit mehr gefunden, sich mit Frauen zu beschäftigen, und das war schon fast dreißig Jahre her. Natürlich hatte es einige Liebschaften gegeben, aber nur zur Ablenkung, nichts Ernstes. Mit Miranda würde es vielleicht anders werden.

Plötzlich mußte er lächeln. Er stand auf. Ein einsamer Strand war der geeignetste Ort, um die Geheimnisse dieser Frau zu enthüllen. Das nördliche große Archipel war zu dieser Jahreszeit wunderschön, und in jener Gegend gab es mehr einsame Inseln als bewohnte.

Während er in sein Gemach zurückkehrte, bemerkte Pug, daß er plötzlich so aufgekratzt war, wie es seit seiner Jugend nicht mehr der Fall gewesen war. Der gesamte Ärger der Welt war mit einem Mal weit fort, zumindest für eine Weile.

Erik starrte in die Gischt, während das Schiff durch die Wellen schoß. Roo hatte ihm alles berichtet, was er an Klatsch aufgeschnappt hatte: Prinz Nicholas war von Krondor aus mit der *Freihafenwächter* hergekommen und hatte persönlich den Befehl übernommen. Er hatte die Berichte gelesen, die ihm Calis noch vom Treffpunkt mit Hatonis am Schlangenfluß aus hatte zukommen lassen, und dann hatte er sich ständig über die Bewegungen des Feindes informiert. Die *Trenchards Rache* hatte er im Hafen der Stadt am Schlangenfluß vor Anker liegen lassen, falls Calis und seine Männer dorthin hätten fliehen müssen.

Im Hafen von Maharta hatten sie einen Monat gelegen, bis die Spione in der Stadt die Nachricht von der bevorstehenden Blockade des Hafens gebracht hatten. Da hatte er Anker lichten lassen und war an einem Boot voller Wachen und einem verärgerten Hafenmeister vorbeigesegelt, und dann vor einem Schiff geflohen, das sie verfolgte. Eine Woche lang waren sie draußen auf See geblieben, dann waren sie zurückgekommen und hatten den Hafen abgeriegelt vorgefunden.

Daraufhin war Nicholas einen Tag lang die Küste hochgesegelt und hatte sich außer Sicht der Stadt gehalten, für den Fall, daß feindliche Schiffe dort einfallen sollten. Als er den Rauch der ersten Schlacht gesehen hatte, hatte er Befehl gegeben, so nah an der Küste wie möglich zur Stadt zurückzusegeln, damit sie feststellen konnten, was an Land vor sich ging. Mit Kurs auf den Hafen hatten sie schließlich das kleine Fischerboot gesichtet, das die überlebenden Männer von Calis' Truppe an Bord hatte.

De Loungville kam an Deck. Sein Arm und sein Brustkorb waren verbunden. Er blieb neben Erik stehen. »Wie geht's?«

Erik zuckte mit den Schultern. »Soweit ganz gut. Alle ruhen sich aus. Mir tut immer noch der ganze Leib weh, aber immerhin lebe ich noch.«

De Loungville sagte: »Du hast dich dort hinten wacker geschlagen.«

»Ich habe getan, was ich konnte«, antwortete Erik. »Was machen wir als nächstes?«

»Wir?« fragte de Loungville. »Nichts. Wir fahren nach Hause. In der Stadt am Schlangenfluß werden wir den Anführern der Clans noch berichten, was wir in Erfahrung gebracht haben, nur für den Fall, daß Hatonis und Praji es nicht bis dorthin schaffen, und dann holen wir die *Trenchards Rache* und machen uns nach Krondor auf.

Und wenn wir dort ankommen, bist du ein freier Mann.«

Erik schwieg eine Weile lang. Schließlich meinte er: »Ein komischer Gedanke.«

»Was ist ein komischer Gedanke?« fragte Roo, der zu ihnen herüberhumpelte. Er gähnte. »Hätte mir nie träumen lassen, daß ich eines Tages froh bin, auf einem Schiff aufzuwachen.«

»Ich hab nur gerade gesagt«, erklärte Erik, »der Gedanke, ein freier Mann zu sein, wäre komisch.«

Roo sagte: »Ich kann diese Schlinge um den Hals immer noch spüren. Ich weiß, sie ist nicht mehr da, aber ich kann sie fühlen.«

Erik nickte.

De Loungville fuhr fort: »Ich habe gerade gefragt, was ihr beiden dann anstellen wollt.«

Erik zuckte mit den Schultern, doch Roo sagte: »In Krondor gibt es einen Händler, der eine häßliche Tochter hat. Ich werde sie wohl heiraten und reich werden.«

De Loungville lachte, während Erik nur grinste und den Kopf ungläubig schüttelte. »Helmut Grindle«, sagte er.

»Genau das ist der Mann«, bestätigte Roo. »Ich habe einen Plan, wie ich in einem, höchstens zwei Jahren reich werde.«

»Und wie soll das gehen?« fragte de Loungville.

»Wenn ich Euch den Plan verraten würde, und Ihr ihn jemand anderem, dann wäre mein Vorteil zum Teufel, nicht wahr?«

De Loungville war von Roos Logik ausgesprochen erheitert. »Ich fürchte auch.« Er wandte sich an Erik. »Und was ist mir dir?«

»Ich weiß nicht. Vielleicht gehe ich zurück nach Ravensburg und besuche meine Mutter. Aber sonst – ich weiß nicht.«

»Ich denke, es wird euch nicht weh tun, Jungs, wenn ihr erfahrt, daß es eine Belohnung geben wird. Und zwar einen schönen Batzen Gold.«

Erik lächelte, und in Roos Augen blitzte es.

De Loungville sagte: »Bestimmt genug, damit du eine Schmiede aufmachen kannst.«

Erik meinte: »Irgendwie ist dieser Traum so weit entfernt.«

»Nun, es liegt noch eine lange Reise vor uns, und ihr habt genug Zeit, darüber nachzudenken. Aber ich hätte da einen Vorschlag.«

»Und der wäre?« fragte Erik.

»Diese Schlacht war nur eine von vielen, mehr nicht. Wir haben ihnen einen üblen Schlag versetzt, und jetzt lecken sie ihre Wunden, aber wir haben sie noch lange nicht besiegt. Der Brand der Werften hat uns einige Jahre Aufschub verschafft. Calis glaubt, vielleicht fünf, vielleicht auch sechs. Aber dann werden wieder Schiffe gebaut werden. Hatonis und die anderen werden den Krieg fortsetzen und die Nachschubkarawanen mit Holz aus den Bergen und die Lastkähne auf dem Fluß überfallen; dadurch wird alles noch langsamer gehen, aber früher oder später werden die Schiffe doch gebaut werden.

Wir haben überall in der Gegend unsere Spione, und wir werden die neugebauten Schiffe immer wieder anzünden, was ihnen Kummer bereiten wird, aber früher oder später ...«

»Werden sie kommen«, beendete Erik seinen Satz.

»Über die Endlose See ins Bittere Meer bis vor die Tore von Krondor.« Er deutete zurück nach Maharta, welches nicht mehr zu sehen war, aber immer noch frisch in ihrer Erinnerung war. »Stellt euch vor, das da würde mit der Stadt des Prinzen passieren.«

»Kein schöner Gedanke«, gab Roo zu

»Vor Calis und mir liegt jede Menge Arbeit. Und ich könnte einen guten Korporal gebrauchen.«

Roo grinste, und Erik fragte: »Korporal?«

»Du hast den Bogen raus, mein Sohn, selbst wenn du immer noch nicht gemein genug bist. Zum Teufel, Charlie Foster war bestimmt ein genauso netter Kerl, ehe ich ihn in die Finger bekommen habe. Zwei Jährchen mit mir, und du spuckst Nägel wie ein Flickschuster.«

»Ich soll in die Armee?«

De Loungville sagte: »Nicht einfach in die Armee. Nicholas wird Calis den Auftrag geben, eine Armee aufzubauen, wie sie noch kein Mann zuvor gesehen hat. Wir werden sie ausbilden und drillen, und wenn wir damit fertig sind, werden wir die besten Kämpfer der Geschichte haben.«

Erik zögerte. »Ich weiß nicht.«

»Denk drüber nach. Ist eine wichtige Aufgabe.«

Erik sagte: »Ich bin schon jetzt wegen der ganzen Toten ziemlich verbittert, Feldwebel.«

De Loungville antwortete mit leiser, jedoch fester Stimme: »Genau aus diesem Grund ist es so wichtig, und deshalb bist du auch genau der Richtige dafür. Diese Männer werden lernen müssen zu überleben.«

Er klopfte Erik auf die Schulter. »Die Reise wird noch lange dauern. Wir haben genug Zeit, uns darüber zu unterhalten. Ich werd mich jetzt erst einmal ein bißchen ausruhen.«

Erik und Roo blickten hinter ihm her, und Roo meinte: »Du wirst das Angebot annehmen, nicht wahr?«

»Wahrscheinlich«, antwortete Erik. »Obwohl ich nicht weiß, ob ich mein Leben lang Soldat sein möchte. Aber irgendwie habe ich tatsächlich den Bogen raus, und außerdem weiß man in der Armee immer, wo man hingehört, Roo. Zu Hause habe ich mich nie so gefühlt. Ich war immer nur der ›uneheliche Sohn des Barons‹ oder ›der Sohn dieser verrückten Frau‹.« Er schwieg einen Moment lang und fügte dann hinzu: »In Calis' Armee wäre ich immerhin Korporal Erik.« Er lächelte. »Außerdem will ich ja auch nicht unbedingt so reich werden wie du.«

»Dann werde ich so reich, daß es für uns beide reicht.«

Erik lachte, und die beiden Männer standen eine Weile still da und erfreuten sich an der bloßen Tatsache, überlebt zu haben und Pläne für die Zukunft machen zu können.

# Epilog

## Wiedersehen

Der Reisende blinzelte.

Auf einem Hügel in der Nähe saß eine Gestalt, die auf einer schmalen, roten Flöte spielte, und zwar ziemlich schlecht.

Der Reisende lehnte sich auf den Stab, den er wegen seines Hinkens benutzte, welches von einer bösen Schwertwunde an der Hüfte herrührte, die nur langsam verheilte. Er nahm den Hut ab und fuhr sich mit den Fingern durchs Haar, und die Gestalt auf dem Hügel winkte.

Owen humpelte näher heran und fragte schließlich: »Nakor?«

»Greylock!« rief Nakor und kam den Hügel hinuntergelaufen. Auf der Straße war viel Verkehr, da Tausende vor den Invasoren flohen und sich entlang der alten Küstenstraße zur fernen Stadt am Schlangenfluß aufgemacht hatten.

Die beiden Männer umarmten sich, und Nakor fragte: »Du bist nicht mit den anderen weggekommen?«

»Ich weiß nicht, wer es rausgeschafft hat«, antwortete er und stützte sich mit dem Stab ab, während er sich auf den Boden setzte. Nakor hockte sich neben ihm hin und ließ die Flöte in dem Beutel verschwinden, den er stets und jederzeit bei sich trug.

»Die meisten haben es nicht geschafft«, meinte Nakor. »Ich hab ein Boot gesehen, und ich glaube, Calis war drin, ziemlich sicher sogar. Und ein paar andere. Und ich habe auch ein Schiff gesehen, aber das war zu weit entfernt, als daß sie mich hätten sehen können.«

»Also bringt jemand die Nachricht zum Prinzen nach Krondor?«

»Ganz bestimmt«, antwortete Nakor und grinste.

»Was machst du jetzt?«

»Ich habe gerade ein bißchen Flöte geübt und mich ausgeruht. Ich will zur Stadt am Schlangenfluß.«

»Hättest du etwas dagegen, wenn ich dich begleite?« fragte Greylock. »Aber du wirst langsamer gehen müssen wegen mir.«

»Das ist schon in Ordnung«, entgegnete Nakor. »Ich habe viel Zeit.«

»Was ist mit dir passiert?« fragte Greylock. »Ich habe plötzlich in der Menge festgesteckt, die sich zum Hafen drängte. Ich hatte zwar ein Pferd, wurde jedoch abgeworfen, und dann hat ein Soldat mit dem Schwert nach mir geschlagen, bevor er mit dem Tier abgehauen ist.« Er zeigte auf sein Bein. »Ich bin kaum aus der Stadt rausgekommen, als die Bürger das nordöstliche Tor aufgebrochen haben. Den Invasoren muß irgend etwas passiert sein, und eine Zeitlang waren sie nirgends zu sehen, also hab ich es doch hinausgeschafft. Zwei Tage lang habe ich mich versteckt, bis das Bein wieder so weit in Ordnung war, daß ich humpeln konnte.« Er rieb sich das steife Bein. »Ich weiß nicht, was dahinten passiert ist, aber was auch immer es war, es hat ihren Angriff ziemlich durcheinander gebracht.«

»Pug von Stardock«, sagte Nakor. »Ich glaube, es war ein Trick von ihm. Er hat sie alle im Fluß versenkt. Großartig. Ich konnte allerdings nicht viel sehen, weil ich mich darum kümmern mußte, nicht zu verbrennen.«

»Du hast das in der Stadt angerichtet?«

»Das meiste. Ein kleiner Trick. Hab die Pantathianer dazu gebracht, die Arbeit für mich zu erledigen.«

»Und wie bist du aus diesem Inferno herausgekommen?«

»Ich habe den Tunnel gefunden, von dem ich Calis erzählt

habe. Der führt ins westliche Viertel der Stadt. Und an Schutt und ein paar Wachen vorbei habe ich das westliche Flußufer erreicht, und dort waren die meisten Verteidiger schon geflohen.«

Greylock sagte: »Geschickt, geschickt.« Dann fuhr er fort: »Augenblick mal. Falls du auf der anderen Seite des Flusses warst, wie bist du ...«

Er zog sich mit Hilfe seines Stabes und Nakors Unterstützung auf die Beine. »Warum erzählst du es mir nicht, während wir weitergehen?«

Nakor grinste. »Gut. Wenn wir uns beeilen, erreichen wir die Stadt am Schlangenfluß noch rechtzeitig, ehe Calis und die anderen nach Hause segeln.«

»Bist du sicher, daß sie lebend rausgekommen sind?«

»Das Schiff, das ich vor ein paar Tagen gesehen habe«, erwiderte Nakor grinsend und zeigte aufs Meer hinaus, »war die *Freihafenwächter*; falls Calis in dem Boot war, das ich gesehen habe, dann leben sie und brechen gerade dorthin auf.« Er zeigte nach Nordosten. »Zur Stadt am Schlangenfluß. Sie werden sich dort mit den Anführern der Clans besprechen, Pläne schmieden und dies und das erledigen.« Sie gingen los. »Wenn wir nicht bummeln, dann werden wir rechtzeitig da sein.«

»Glaubst du, wir könnten uns ein paar Pferde stehlen?« fragte Greylock.

Nakor grinste nur, während er in seinen Beutel griff und etwas Großes, Rundes herausholte. »Willst du eine Orange?«

# GOLDMANN

## Der phantastische-Verlag

*Phantastische und galaktische Sphären, in denen Magie und Sci-Tech, Zauberer und Ungeheuer, Helden und fremde Mächte aus Vergangenheit und Zukunft regieren – das ist die Welt der Science Fiction und Fantasy bei Goldmann.*

Die Schatten von
Shannara                 11584

Das Gesicht im Feuer     24556

Raistlins Tochter        24543

Die Star Wars Saga       23743

*Goldmann · Der Taschenbuch-Verlag*

# GOLDMANN

## Der phantastische Verlag

*»Ich kann mich nicht erinnern, jemals eine so großartige Fantasy gelesen zu haben. Terry Goodkind ist der wahre Erbe von J.R.R. Tolkien.«*
Marion Zimmer Bradley

*»Einfach phänomenal.«*
Piers Anthony

Terry Goodkind:
Das erste Gesetz der Magie    24614

Terry Goodkind:
Der Schatten des Magiers    24658

Goldmann · Der Taschenbuch-Verlag

# GOLDMANN

## Der phantastische Verlag

*Raymond Feists Midkemia-Saga – eine unerreichte Fantasy von Liebe und Krieg, Freundschaft und Verrat, Magie und Erlösung.*

Midkemia-Saga 1:
Der Lehrling des Magiers   24616

Midkemia-Saga 2:
Der verwaiste Thron   24617

Midkemia-Saga 3:
Die Gilde des Todes   24618

Midkemia-Saga 4:
Dunkel über Sethanon   24611

## Goldmann · Der Taschenbuch-Verlag

# GOLDMANN

## *Der phantastische Verlag*

*Allan Coles und Chris Bunchs Saga von den Fernen Königreichen – »Fantasy vom Feinsten – durchdacht und wunderbar erzählt.«*
Publishers Weekly

**Die Fernen Königreiche**    24608

**Das Reich der Kriegerinnen**    24609

**Das Reich der Finsternis**    24610

## Goldmann · Der Taschenbuch-Verlag

# GOLDMANN

## Der phantastische Verlag

*Drachenlanze – der Fantasy-Welterfolg exklusiv im Goldmann Taschenbuch!*

Drachenzwielicht     24510

Drachenjäger     24511

Drachenwinter     24512

Drachenzauber     24513

## Goldmann · Der Taschenbuch-Verlag

# GOLDMANN

*Das Gesamtverzeichnis aller lieferbaren Titel erhalten Sie
im Buchhandel oder direkt beim Verlag.*

Taschenbuch-Bestseller zu Taschenbuchpreisen
– Monat für Monat interessante und fesselnde Titel –

∗

Literatur deutschsprachiger und internationaler Autoren

∗

Unterhaltung, Thriller, Historische Romane
und Anthologien

∗

Aktuelle Sachbücher, Ratgeber, Handbücher
und Nachschlagewerke

∗

Esoterik, Persönliches Wachstum und
Ganzheitliches Heilen

∗

Krimis, Science-Fiction und Fantasy-Literatur

∗

Klassiker mit Anmerkungen, Autoreneditionen
und Werkausgaben

∗

Kalender, Kriminalhörspielkassetten und
Popbiographien

Die ganze Welt des Taschenbuchs

Goldmann Verlag · Neumarkter Str. 18 · 81673 München

---

Bitte senden Sie mir das neue kostenlose Gesamtverzeichnis

Name: _____

Straße: _____

PLZ/Ort: _____